MELODIA PRATEADA, CHAMAS DA NOITE

银曲夜焰

Amélie Wen Zhao

MELODIA PRATEADA, CHAMAS DA NOITE

银曲夜焰

tradução: Lígia Azevedo

Copyright © 2023 Amélie Wen Zhao
Copyright desta edição © 2024 Editora Gutenberg

Título original: *Song of Silver, Flame like Night*

Todos os direitos reservados pela Editora Gutenberg. Nenhuma parte desta publicação poderá ser reproduzida, seja por meios mecânicos, eletrônicos, seja via cópia xerográfica, sem a autorização prévia da Editora.

EDITORA RESPONSÁVEL
Flavia Lago

EDITORAS ASSISTENTES
Natália Chagas Máximo
Samira Vilela

PREPARAÇÃO DE TEXTO
Yonghui Qio

REVISÃO
Fernanda Marão

PROJETO GRÁFICO DA CAPA
Caroline Young

ILUSTRAÇÃO DA CAPA
Diamonster/Caper Illustration

ADAPTAÇÃO DA CAPA
Alberto Bittencourt

DIAGRAMAÇÃO
Waldênia Alvarenga

Dados Internacionais de Catalogação na Publicação (CIP)
Câmara Brasileira do Livro, SP, Brasil

Zhao, Amélie Wen
   Melodia prateada, chamas da noite / Amélie Wen Zhao ; tradução Lígia Azevedo. -- 1. ed. -- São Paulo : Gutenberg, 2024. -- (A lenda do último reino, v. 1)

   Título original: Song of Silver, Flame like Night.
   ISBN 978-85-8235-732-3

   1. Ficção chinesa I. Título II. Série.

24-191374   CDD-895.13

Índices para catálogo sistemático:
   1. Ficção : Literatura chinesa 895.13

Aline Graziele Benitez - Bibliotecária - CRB-1/3129

A **GUTENBERG** É UMA EDITORA DO **GRUPO AUTÊNTICA**

São Paulo
Av. Paulista, 2.073 . Conjunto Nacional
Horsa I . Salas 404-406 . Bela Vista
01311-940 . São Paulo . SP
Tel.: (55 11) 3034 4468

Belo Horizonte
Rua Carlos Turner, 420
Silveira . 31140-520
Belo Horizonte . MG
Tel.: (55 31) 3465 4500

www.editoragutenberg.com.br
SAC: atendimentoleitor@grupoautentica.com.br

献给爸爸妈妈，姥姥姥爷，爷爷奶奶
Aos meus pais, meus avós e nossos ancestrais

CRONOLOGIA

Era dos Clãs Combatentes
CERCA DE 500 CICLOS
Os 99 clãs lutam uns contra os outros para defender suas terras. Variados clãs dominantes sobrevivem (mais notavelmente os mansorianos das Estepes ao Norte e os sòng dos Vales ao Sul) e se tornam hegemônicos transformando os outros membros de outros clãs em seus vassalos.

Primeiro Reino
CICLOS 0-591
Os clãs hegemônicos estabelecem cortes poderosas e seus governantes assumem o título de "rei" em uma tentativa de consolidar o poder. Ocorrem disputas territoriais. Os clãs hegemônicos passam a maior parte desse período em um impasse.

Perto do fim dessa era, o general Zhào Jùng, do poderoso reino de Hin Central, dá início a uma guerra com o intuito de absorver os outros clãs hegemônicos e formar um único reino de Hin. O clã mansoriano – e seus vassalos – oferece uma brava resistência, porém sofre duras perdas. O clã sòng se rende e seus membros se tornam conselheiros do imperador. O general Zhào se torna o primeiro imperador da dinastia Jīn.

Reino do Meio
CICLOS 591-1344
A unificação dos clãs outrora fragmentados dá início a uma era de estabilidade, com o Primeiro Imperador Jīn e seus sucessores implementando

políticas para incentivar o desenvolvimento econômico do reino recém-formado. Mais notadamente, eles delineiam o Caminho para padronizar toda a prática no Reino do Meio como maneira de limitar o poder dos clãs conquistados. Confrontos e levantes por parte dos clãs rebeldes são logo reprimidos pelo Exército Imperial.

Ao fim da era, o imperador Yán'lóng – o Imperador Dragão – se mostra obcecado pela possibilidade de uma revolta mansoriana. Ele acredita que a política do imperador Jīn de permitir que os 99 clãs mantivessem suas terras, sua cultura e sua identidade só pode terminar em uma revolução. Fraco e ganancioso, com medo de perder seu poder, o imperador invoca a Fênix Escarlate, o deus-demônio que permanecia dormente sob o controle de sua família, e dá início a uma campanha militar que ficou conhecida como o Massacre dos Noventa e Nove Líderes.

O general mansoriano Xan Tolürigin, aliado ao deus-demônio Tartaruga Preta do Norte, lidera o contra-ataque e recebe o apoio de antigos clãs aliados. Eles perdem, no entanto, e em um acesso de fúria Xan Tolürigin foge para o norte, destruindo cidades e massacrando civis ao longo do caminho. Até hoje, não está claro onde seu espírito descansa – se é que descansa.

Último Reino
CICLOS 1344-1424

Os 99 clãs estão quase erradicados. Dispersos, foram forçados a se assimilar à identidade hin. O Último Reino dura apenas oitenta ciclos. Então, no trigésimo segundo da dinastia Qīng, sob o governo do imperador Shuò'lóng, o Dragão Luminoso, os elantianos invadem.

Era Elantiana
ANO 1 (CICLO 1424)-DIAS DE HOJE

1

O poder é sempre emprestado, nunca criado.
Dào'zǐ, Livro do Caminho (Clássico das virtudes), 1.1

Ciclo 12 da Era Elantiana
Porto Negro, Haak'gong

O Último Reino tinha caído de joelhos, porém dali a vista era bem agradável.

Lan inclinou o chapéu de bambu sobre a cabeça e entreabriu os lábios de prazer enquanto a brisa fresca do fim do dia soprava entre as mechas pretas e sedosas de seu cabelo. O suor escorria de seu pescoço depois de uma tarde de trabalho vendendo artigos no mercado vespertino local, e suas costas doíam por conta da surra que Madame Meng havia lhe dado por roubar doces de ameixa da cozinha da casa de chá. Em momentos raros como aquele, no entanto, quando o sol pendia maduro e inchado como uma tangerina sobre o mar cintilante, ainda era possível encontrar uma beleza estilhaçada nos resquícios de uma terra conquistada.

A cidade de Haak'gong se desdobrava à sua frente como uma colcha de retalhos de contradições. Havia lanternas vermelhas penduradas nos beirais curvos dos templos com telhas cinzentas, serpenteando entre os pagodes e pátios sob a auréola dos bazares e das feiras noturnas. Os elantianos tinham se estabelecido em terreno mais elevado, nas colinas à distância, com suas estranhas construções de pedras, vidro e metal assomando sobre os hins feito deuses. A cidade brilhava com uma aura sombria por conta das lamparinas alquímicas cuja luz vazava pelos vitrais e pelas portas arqueadas de mármore.

Lan revirou os olhos e se virou para o outro lado. Sabia que a história dos deuses – quaisquer que fossem – era uma tigela grande e fumegante de fezes. Por mais que os elantianos preferissem fingir que não era o caso,

Lan sabia que tinham ido ao Último Reino atrás de uma única coisa: recursos. Todos os dias, navios cheios de especiarias em pó, grãos dourados e folhas de chá verdejantes, baús de sedas e brocados, jade e porcelanas partiam de Haak'gong para o Império Elantiano, atravessando o Mar do Esplendor Celestial.

E o que restasse era negociado no mercado clandestino de Haak'gong.

Àquela altura, o mercado vespertino estava a todo o vapor, com os comerciantes enchendo a Trilha de Jade de joias brilhantes como o sol, especiarias com sabores de terras que Lan nunca havia visto, e tecidos que cintilavam como o céu noturno. Os batimentos do coração de Haak'gong eram o tilintar de moedas, seu sangue era o fluxo do comércio, seus ossos eram as barraquinhas de madeira. Tratava-se de um local de sobrevivência.

Lan parou na extremidade do mercado. Tomou o cuidado de baixar o dǒu'lì – seu chapéu de bambu – sobre o rosto caso houvesse oficiais elantianos à espreita. O que estava prestes a fazer podia muito bem lhe render um lugar no patíbulo, junto com outros hins que haviam quebrado as leis elantianas.

Com um olhar furtivo para os arredores, ela atravessou a rua e partiu para os cortiços.

Era ali que a ilusão do Último Reino terminava e a realidade de uma terra conquistada tinha início. Ali as ruas de paralelepípedos cuidadosamente construídas pelos elantianos após a Conquista se transformavam em terra; as fachadas elegantemente reformadas e as janelas brilhantes cediam lugar a construções caindo aos pedaços.

A casa ficava em uma esquina abandonada, com portas baratas de madeira, lascadas e embotadas pelo tempo, janelas fechadas com papel remendado, sujo de gordura e cedendo à umidade do sul. Um sino de madeira tilintou acima da cabeça de Lan ao entrar.

Ela fechou as portas, e o burburinho do exterior desapareceu.

O interior era escuro, com partículas de poeira girando à luz do fim da tarde que batia sobre as tábuas rachadas do assoalho e as prateleiras lotadas de todo tipo de pergaminhos, livros e quinquilharias. No todo, o lugar parecia uma velha pintura que desbotara no sol, cheirando a tinta e madeira úmida.

Aquele, no entanto, era o lugar preferido de Lan no mundo. Lembrava-a de um passado distante, de um mundo que havia muito se fora.

Uma vida apagada das páginas dos livros de História.

A casa de penhores do Velho Wei comercializava artigos que sobravam no mercado vespertino, depois que os elantianos já haviam escolhido o que queriam. Os itens eram comprados indiscriminadamente e vendidos a hins com um lucro baixo. A casa escapava ao radar dos inspetores do governo porque artigos de segunda mão que não eram de metal não despertavam o interesse dos colonizadores.

Assim, a casa de penhores havia se tornado um ponto de contrabando. Os itens que o Velho Wei exibia eram inofensivos: carretéis de lã, cânhamo e algodão, vidros de anis-estrelado e folhas de louro, rolos de papel barato feito de casca seca e triturada. No entanto, Lan sabia que havia algo para ela escondido em algum lugar ali dentro.

Algo que poderia lhe custar a vida.

– Velho Wei – ela chamou. – Recebi sua mensagem.

Fez-se silêncio por um momento. E então:

– Achei que tivesse ouvido os sinos de prata de sua voz. Veio me trazer prejuízo de novo?

O comerciante se anunciou com um arrastar de pés e uma tosse seca. O Velho Wei tinha sido professor em um vilarejo litorâneo no nordeste, antes que sua família fosse morta e ele perdesse tudo na Conquista, doze ciclos antes. Ele havia fugido para Haak'gong e aproveitado sua educação para entrar no comércio. A fome constante o havia reduzido à magreza, e a umidade de Haak'gong fazia com que uma tosse permanente o afligisse. Isso era tudo o que Lan sabia de sua vida. Ela não sabia nem o nome verdadeiro dele, banido pela lei elantiana e reduzido a uma única sílaba monótona.

Lan lhe ofereceu um sorriso doce por baixo do *dǒu'lì*.

– Prejuízo? – ela repetiu, imitando o dialeto nortenho dele, com tons mais duros em comparação com o doce cantarolar sulino a que se acostumara. Era raro que agora se falasse qualquer um dos dois. – Quando foi que eu lhe trouxe prejuízo, Velho Wei?

Ele grunhiu, avaliando-a com os olhos.

– Tampouco me trouxe lucro. Ainda assim, permito que retorne.

Ela lhe mostrou a língua.

– Deve ser meu charme.

– Rá! – ele fez, o monossílabo superando o obstáculo de uma camada grossa de catarro. – Os deuses que estiverem observando sabem o que reside sob esse charme.

– Não há nenhum deus observando.

Ela gostava de debater aquele assunto com o Velho Wei, um firme adorador do panteão hin – em particular, do Deus das Riquezas. O Velho Wei gostava de contar a Lan que rezava para ele com devoção na infância.

. 13 .

Lan gostava de lembrá-lo de que o Deus das Riquezas devia ter um senso de humor esquisito para recompensá-lo com uma loja decadente onde ele vendia contrabando.

– Há, sim – o Velho Wei respondeu. Lan ergueu os olhos para o céu e balbuciou as palavras com ele, palavras que já havia ouvido uma centena de vezes. – Há deuses antigos e deuses novos, deuses bondosos e deuses volúveis. E os mais poderosos de todos são os quatro deuses-demônios.

Lan preferia não acreditar que seu destino estava nas mãos de quatro velhotes invisíveis no céu, não importava quão poderosos supostamente fossem.

– Você que sabe, Velho Wei – ela falou, debruçando-se sobre o balcão e apoiando o queixo nas mãos.

O velho comerciante fungou algumas vezes, então perguntou:

– No mercado vespertino outra vez? Não estão lhe dando comida direito na casa de chá?

Ambos sabiam a resposta: Madame Meng via a casa de chá como uma vitrine, e suas garotas eram seus bibelôs mais preciosos. Ela lhes dava comida suficiente apenas para mantê-las frescas e maduras para serem colhidas, porém nunca tanto que chegasse a encher a barriga – e muito menos a ponto de ficarem preguiçosas ou gordas.

– Gosto do mercado – Lan afirmou, e era verdade. Ali, trabalhando ao lado de outros comerciantes e colocando o dinheiro que ganhava no *próprio* bolso, era onde sentia que se aproximava mais de controlar a própria vida, onde sentia o gostinho da liberdade e do livre-arbítrio, ainda que apenas temporariamente. – Além do mais – ela acrescentou, com doçura –, posso passar aqui para ver você.

Ele lhe lançou um olhar astuto, fez *tsc-tsc* e movimentou um dedo.

– Não me venha com suas palavras cobertas de mel, yā'tou – o Velho Wei disse, e se agachou diante dos gabinetes que havia sob o balcão.

Yā'tou. Menina. Era como ele a chamava desde que a encontrara, uma pequena órfã mendigando nas ruas de Haak'gong. Ele a levara para o único lugar que sabia que receberia uma menina sem nome ou reputação: a casa de chá de Madame Meng. Lan havia assinado um contrato cujos termos mal conseguira decifrar e cujo tamanho só parecia aumentar conforme ela trabalhava mais e mais.

No fim das contas, no entanto, o Velho Wei havia salvado sua vida. Conseguido um trabalho para ela, arranjado-lhe um teto permanente. O que era mais bondade do que se podia esperar naqueles tempos. Lan sorriu para aquele velho azedo.

— Jamais faria isso.

O grunhido do Velho Wei se transformou em um acesso de tosse, e o sorriso de Lan fraquejou. O inverno no sul não era cortante como o frio com que ela crescera no nordeste. Tratava-se de um frio úmido que penetrava os ossos, as articulações e os pulmões e apodrecia ali.

Lan conferiu o estado da antiga casa de penhores, com as prateleiras mais cheias que de costume. Para aquela noite, que antecedia as festividades pelo décimo segundo ciclo da Conquista Elantiana, a segurança havia sido reforçada em torno de Haak'gong, e a primeira coisa que as pessoas tentavam evitar em tais circunstâncias era uma loja que comercializava artigos ilegais. Lan não tinha tempo a perder: logo as ruas seriam inundadas pela ronda elantiana e, sendo uma garota da casa de chá, ficar sozinha em meio a eles era dar sopa para o azar.

— Os pulmões atacando de novo, Velho Wei? — ela perguntou, passando um dedo em um dragãozinho de vidro que havia no balcão, provavelmente fruto de uma troca valiosa com uma das nações da Trilha de Jade do outro lado do grande deserto de Emará. Os hins só tomaram conhecimento do vidro durante o Reino do Meio, quando o imperador Jīn, o Imperador Dourado, estabeleceu rotas formais de comércio que chegavam até o oeste, onde ficavam os lendários desertos de Masíria.

— Ah, sim — o Velho Wen disse, com uma careta. Das dobras da manga, ele tirou o que no passado deveria ter sido um belo lenço de seda e secou a boca. O tecido estava úmido e cinza de encardido. — O preço do ginseng disparou desde que os malditos elantianos ficaram sabendo de suas propriedades curativas. No entanto, esses velhos ossos me sustentaram a vida toda, e ainda não me mataram. Não é nada para se preocupar.

Lan tamborilou os dedos no balcão de madeira, lustrado pelo vaivém de muitos antes dela. Aquele era o truque para viver em uma terra colonizada: você não podia demonstrar que ligava. Todo hin tinha sua cota de histórias tristes: a família morta na Conquista, a casa saqueada ou coisa pior. Quem demonstrava que se importava tinha uma abertura na armadura que usava para sobreviver.

Portanto, Lan fez a pergunta que guardara dentro do peito o dia todo.

— Bem, e o que tem para mim?

O Velho Wei abriu um sorriso deixando transparecer os espaços entre os dentes e se agachou sob a bancada. O coração de Lan acelerou; por instinto, ela pressionou os dedos contra a parte interna do pulso esquerdo.

Ali, em carne, tendões e sangue, havia uma cicatriz que só ela enxergava: um círculo perfeito, envolvendo um caractere para uma palavra hin que ela não sabia ler, traços amplos desabrochando como um botão elegantemente equilibrado – flor, folhas e caule.

Ela estava com 18 ciclos e passara doze deles procurando por aquele caractere – a única pista para seu passado que sua mãe havia lhe deixado antes de morrer. Lan ainda sentia o calor lancinante dos dedos de Māma em seus braços, do buraco no peito dela sangrando, vermelho, enquanto o mundo irrompia em um branco ofuscante. O móvel caro de laca do gabinete escurecendo com o sangue, o ar tomado pelo aroma amargo de metal queimando... e algo mais. Algo antigo; algo impossível.

– Acho que você vai gostar.

Ela piscou, e as imagens se dissiparam enquanto o Velho Wei emergia das prateleiras empoeiradas e colocava um pergaminho no balcão entre os dois. Lan prendeu o fôlego enquanto o homem o abria.

Estava desgastado, porém só de olhar Lan soube que era especial: a superfície era lisa, diferente do papel barato feito de cânhamo, trapos ou rede de pesca que havia se tornado comum. Era um pergaminho de verdade – velino, talvez – com os cantos chamuscados e manchado pelos anos. Ela conhecera aquele toque intimamente, em outro mundo.

Apesar do desgaste natural, Lan identificava traços desbotados de magnificência. Seus olhos passaram pelo esboço dos quatro deuses-demônios, nos cantos do pergaminho, quase invisíveis, porém sempre presentes: dragão, fênix, tigre e tartaruga, todos de frente para o meio do pergaminho, congelados no tempo. Redemoinhos de nuvens adornavam as margens superiores e inferiores. E então... *ali*, bem no centro, envolvido por um círculo quase perfeito, um único caractere, com o equilíbrio delicado de um caractere hin, que, no entanto, não podia ser relacionado a nada. O coração de Lan pulou para a garganta e ela se debruçou sobre o pergaminho, mal conseguindo respirar.

– Achei que ficaria animada – o Velho Wei disse. Ele a observava com cuidado, com os olhos brilhando diante da perspectiva de uma venda. – Espere até ouvir onde o consegui.

Ela mal o escutava. Sentia a pulsação nos ouvidos enquanto traçava o caractere, seguindo cada linha e a comparando com aquele que havia memorizado tão bem a ponto de figurar em seus sonhos. O entusiasmo dela fraquejou quando seu dedo hesitou em um traço. Não... *não*. Uma linha curta demais, um ponto faltando, uma diagonal ligeiramente fora de eixo... Diferenças mínimas, mas ainda assim...

Estava errado.

Seus ombros caíram e ela deixou um suspiro escapar. De maneira descuidada, Lan girou o punho enquanto seu dedo traçava um círculo solto e finalizava o caractere.

Foi então que aconteceu.

O clima na loja se alterou, e ela sentiu como se algo dentro de si se encaixasse, fazendo com que uma corrente invisível corresse das pontas de seus dedos para a loja de penhores. Como um choque provocado pela estática no inverno.

Passou em meio segundo, tão rápido que ela pensou que havia imaginado. Quando piscou, o Velho Wei continuava observando-a com os lábios franzidos.

— E então? — ele perguntou, ávido, debruçado sobre o balcão.

Ele não havia sentido. Lan levou as pontas dos dedos às têmporas. Não fora nada — um lapso momentâneo de foco, seus nervos pregando peças, algo ocasionado pela fome e exaustão.

— É um pouco diferente — ela falou, ignorando a decepção familiar que fermentava em seu estômago.

Chegara tão perto... no entanto, *não estava certo*.

— Então não é o que está procurando — o Velho Wei disse, pigarreando. — Porém é um começo. Veja aqui. O silabário parece composto no mesmo estilo que o seu, com essas curvas e traços... Mas o que realmente chamou minha atenção foi o círculo em volta. — Ele bateu dois dedos cheios de calos no pergaminho. — Todos os círculos que vimos envolvendo caracteres tinham propósitos decorativos. Mas está vendo como esses traços sangram para o círculo? Foram escritos em uma traçada só, com um começo e um fim claros.

Lan deixou que ele continuasse falando, porém sua mente estava ocupada por uma constatação esmagadora: de que talvez ela nunca compreendesse o que havia acontecido no dia em que a mãe morrera e o Último Reino caíra. De que ela talvez nunca soubesse como a mãe havia conseguido *gravar* algo em seu pulso, com os dedos trêmulos, nus e manchados de vermelho. Algo que permanecera depois de todos aqueles ciclos na forma de uma marca visível apenas para Lan.

Uma lembrança que existia entre o sonho e a imaginação — a menor centelha de esperança de algo que *não* deveria ser possível.

— ... ouviu alguma coisa do que acabei de dizer?

Lan piscou, e o passado se foi em uma espiral de fumaça.

O Velho Wei olhava feio para ela.

– O que eu disse – ele retomou, com a rabugice de um professor ignorado pela aluna – é que o pergaminho veio da biblioteca de um templo antigo, e dizem os rumores que ele teve origem em uma das Cem Escolas de Prática. De fato, os antigos praticantes escreviam de maneira diferente.

A palavra a fez perder o ar. *Praticantes*.

Lan se obrigou a sorrir e avançou um pouco, apoiando-se no cotovelo sobre o balcão.

– Tenho certeza de que os praticantes escreveram isso, assim como o yāo'mó'guǐ'guài com quem trocaram sua alma – ela falou, e a expressão do Velho Wei se desfez.

– Quem fala no demônio o convoca! – ele sibilou, olhando em volta como se um pudesse surgir de trás dos gabinetes cheios de goji seca. – Não amaldiçoe minha loja falando assim!

Lan revirou os olhos. Nos vilarejos, de onde o Velho Wei era, a superstição era mais forte que nas cidades. Histórias de carniçais assombrando povoados nas florestas de pinheiro e bambu, de demônios devorando almas de bebês à noite. Tais coisas já tinham provocado arrepios em Lan, feito com que pensasse duas vezes antes de seguir pela sombra. Agora, no entanto, ela sabia que havia coisas piores a temer.

– É tudo folclore, Velho Wei – ela disse.

O homem se inclinou para a frente, chegando perto o bastante para que ela visse as manchas que o chá deixara em seus dentes.

– O Imperador Dragão pode ter banido tais temas quando fundou o Último Reino, mas eu me lembro dos contos dos avós de meus avós. Ouvi as histórias sobre ordens anciãs de praticantes que cultivavam magia e artes marciais, que caminhavam sobre os rios e lagos do Primeiro Reino e do Reino do Meio, lutando contra o mal e trazendo justiça ao mundo. Quando os imperadores do Reino do Meio tentaram controlar a prática, não conseguiram esconder os rastros de provas em nossas terras. Livros escritos em caracteres indecifráveis, templos e tesouros perdidos, artefatos com propriedades inexplicáveis. A magia sempre esteve embrenhada em nossa história, yā'tou.

O Velho Wei acreditava com fervor nos mitos dos heróis folclóricos – os praticantes – que andavam sobre a água e flutuavam sobre as montanhas, fazendo magia e aniquilando demônios. O que talvez tivesse mesmo acontecido, havia muito, muito tempo.

– Então onde eles estão agora? Por que não vieram nos salvar... *disto?* – Lan apontou para a porta, para as ruas dilapidadas. Diante da hesitação do homem, seus lábios se retorceram. – Mesmo que tenham existido no passado, provavelmente foi há séculos, muitas dinastias atrás. Quem quer que sejam os heróis e praticantes de antigamente em quem acredita, eles estão mortos. – A voz dela se abrandou. – Não restaram heróis para nós neste mundo, Velho Wei.

Ele lhe lançou um olhar penetrante.

– Acredita *mesmo* nisso? – o Velho Wei perguntou. – Então me diga: por que vem aqui toda semana em busca de um caractere estranho em uma cicatriz que *apenas você* vê?

As palavras cortaram o coração de Lan como uma lâmina, despertando a centelha mínima de faísca que ela não se atrevia a pronunciar, que nunca se atrevera a pronunciar: apesar de tudo o que dizia a si mesma, o que Lan havia testemunhado no dia da morte de sua mãe... fora mágico. E a cicatriz em seu pulso era uma pista – a única pisca – do que havia acontecido naquele dia.

– Porque isso me permite sonhar que há algo para mim fora daqui. Algo além desta vida.

As partículas de poeira à frente dela giraram no ar, manchadas de vermelho e laranja pelo sol se pondo, como brasas morrendo na lareira. Lan colocou a mão sobre o pergaminho. Talvez pudesse aprender algo com os traços inescrutáveis daquele caractere. Era o mais próximo que havia chegado em doze ciclos, afinal de contas.

– Eu quero – ela disse. – Vou ficar com o pergaminho.

O Velho Wei piscou, claramente surpreso com o desenrolar das coisas.

– Ah. – Ele bateu no pergaminho. – Tome cuidado, hein, yā'tou? Já ouvi histórias demais sobre marcas deixadas por energias sombrias e demoníacas. O que quer que a cicatriz em seu pulso contenha... bem, vamos torcer para que tenha sido deixada por alguém com uma causa nobre.

– Superstições – Lan repetiu.

– Todas as superstições vêm de algum lugar – o Velho Wei falou, agourento, depois curvou os dedos. – Agora vamos ao pagamento. Nada é de graça neste mundo. Tenho que pagar o aluguel e comprar comida.

Ela hesitou por um breve momento. Então se debruçou sobre a bancada, deixou de lado um saco de pó de ervas que o Velho Wei estivera pesando e jogou uma algibeira esfarrapada de cânhamo ali, que aterrissou com um tilintar.

As mãos do Velho Wei se apressaram a pegá-la. Seus olhos se arregalaram quando ele conferiu o conteúdo.

– Dez infernos, yā'tou – ele sussurrou, e puxou a lanterna de papel antiga mais para perto. À luz das chamas, uma colher de prata polida cintilou.

A visão dela provocou uma pontada de dor no coração de Lan. Era seu bem mais valioso, e a havia encontrado em meio aos pratos quebrados nos fundos da casa de chá. Sua intenção era vendê-la para depois diminuir seu contrato com a casa de chá em uma ou duas luas. Aquilo claramente valia uma pequena fortuna, porque o metal – qualquer tipo de metal – era uma relíquia do passado. Uma das primeiras coisas que os elantianos haviam feito ao assumir o poder fora monopolizar o fornecimento de metal de todo o Último Reino. Ouro, prata, cobre, ferro, latão – até mesmo uma colherzinha de prata era uma raridade agora. Os elantianos não chegaram a se apoderar de todo o metal do Último Reino; Lan imaginava que algumas colheres, moedas e joias não seriam o bastante para construir armas suficientes para uma rebelião.

Ela sabia para onde todo o metal ia: para os feiticeiros elantianos. Dizia-se que eles precisavam de metal para canalizar a magia. Nisso Lan acreditava. Havia visto, com os próprios olhos, seu poder assustador. Eles haviam derrubado o Último Reino com as próprias mãos. Tinham matado Māma sem nem mesmo tocá-la.

– Não consegui vender a colher – Lan mentiu. – Ninguém está querendo metal no momento, e dá mais trabalho do que vale caso um oficial elantiano me pegue com ela. Sem falar que Madame Meng me esfolaria viva se descobrir que a roubei. Use para conseguir ginseng para os seus velhos pulmões, por favor. Acaba com meus ouvidos ter que ouvi-lo tossir assim.

– Certo – o Velho Wei disse, devagar, ainda olhando para a colherzinha de prata como se fosse de jade. O restante do pagamento dela, dez moedas de cobre que Lan havia recebido pelo dia de vendas, permanecia intocado. – Possuir qualquer metal pode ser perigoso agora... é melhor deixar comigo... – Seus olhos se aguçaram de repente, e o Velho Wei abriu um sorriso iluminado. Ele se inclinou para ela e sussurrou: – Acho que posso ter algo *excelente* para você da próxima vez. Uma fonte me apresentou um traidor hin disposto a negociar...

O Velho Wei parou e inspirou profundamente, olhando para as janelas de papel que ele havia aberto para deixar a brisa fresca do fim de tarde entrar.

– Anjos – ele sibilou, passando à língua elantiana.

A palavra inundou as veias dela de terror. "Anjos" era uma referência aos anjos brancos, a maneira coloquial como os soldados elantianos se referiam a si mesmos.

Lan se virou na hora. Ali, emoldurada pelas janelas ornamentadas da loja, ela viu algo que fez com que sua bile lhe subisse à garganta.

Um lampejo prateado, o brilho de um emblema de ouro branco com uma coroa e asas, uma armadura colorida pelo gelo do inverno...

Não teve tempo de pensar. Precisava sair dali.

Lan lançou um olhar assustado ao Velho Wei. A expressão do homem endureceu, sua boca se tornou uma linha decidida. Quando ela estendeu a mão para o pergaminho, ele a segurou.

– Deixe-o comigo, yā'tou. Você não pode ser pega com algo assim na véspera do décimo segundo ciclo. Volte quando for seguro. Agora vá!

Em um piscar de olhos, o pergaminho e a colher de prata desapareceram.

Lan baixou o dǒu'lì na cabeça bem quando o sino da entrada tocava, um som agora imbuído de ameaça. O ar pareceu mais denso. Sombras caíam no chão, longas e escuras.

Lan seguiu para a porta, grata por seu duàn'dǎ de cânhamo áspero, uma veste barata que escondia a maior parte do corpo. Ela trabalhava na casa de chá havia tempo o bastante para saber o que os elantianos faziam com moças hins.

– Que os quatro deuses a preservem – Lan ouviu o Velho Wei murmurar para ela. Era uma velha expressão hin, baseada na crença de que os quatro deuses-demônios vigiavam sua terra e seu povo.

No entanto, Lan sabia, com uma clareza cortante, que não havia deuses naquele mundo. Só monstros na forma de homens.

Havia dois deles ali, dois soldados elantianos corpulentos com armadura completa, seus passos tilintando ao passar por ela. Por instinto, os olhos de Lan correram para os punhos deles – e então ela conseguiu respirar. Estavam livres, sem o brilho de braceletes de metal tão apertados que pareciam fundidos à pele, e suas mãos não pareciam poder invocar fogo e sangue com um movimento de seus dedos pálidos.

Eram apenas soldados então. Um dos dois parou quando Lan passava por eles, a porta a alguns centímetros de distância, o ar fresco da noite já roçando seu rosto. O coração dela pulou como um coelho sob os olhares de uma águia.

A mão do anjo se fechou sobre o pulso de Lan.

A semente de medo brotou no estômago dela.

– Veja só, Maximillian – o soldado falou. Com a outra mão, ele ergueu a aba do dǒu'lì de Lan. Ela encarou aqueles olhos de um verde jovial como um dia de verão e se perguntou como um homem podia fazer uma cor parecer tão cruel. O rosto dele poderia ter sido cortado das estátuas de mármore dos guardiões alados que os elantianos mantinham sobre suas portas e em suas igrejas: era bonito e profundamente desumano.

– Quem diria que encontraríamos um espécime tão *belo* de mosca em um lugar deste tipo.

Lan havia aprendido a língua elantiana – precisara aprender, para trabalhar na casa de chá –, a qual nunca falhava em fazer seu sangue gelar. As palavras eram longas e retumbantes, muito diferentes dos caracteres bem definidos, que lembravam o toque de uma libélula, dos hins. Os elantianos falavam com a cadência lenta e despreocupada de um povo entorpecido pelo poder. Lan se manteve imóvel, sem se atrever a respirar.

– Deixe a coisa em paz, Donnaron – o outro soldado falou, já a meio caminho do balcão, onde o Velho Wei se debruçava e balançava a cabeça com um sorriso obsequioso no rosto. – Estamos trabalhando. Você pode se divertir quando terminarmos.

Os olhos de Donnaron se demoraram sobre o rosto de Lan, desceram por seu pescoço e foram além. Ela se sentiu violada por aquele único olhar. Queria arrancar aqueles olhos verdes dele. O anjo abriu um sorriso ainda mais largo.

– Que pena. Mas não se preocupe, florzinha. Não vou deixá-la escapar tão fácil.

A pressão no pulso dela aumentou ligeiramente – como uma promessa, uma *ameaça*. Então ele a soltou.

Lan cambaleou para a frente. Já estava com um pé para fora, com a mão ainda na maçaneta, quando hesitou. Ela olhou para trás.

A silhueta do Velho Wei parecia pequena entre os elantianos corpulentos, uma sombra sob o sol poente. Os olhos velhos e remelentos dele tremeluziram para ela por um único momento, e Lan notou seu aceno de cabeça quase imperceptível. *Vá, yā'tou.*

Lan passou pela porta e correu. Não parou até estar bem longe da balaustrada de pedra que marcava a entrada do mercado vespertino. À frente, estendia-se a escuridão da Baía do Vento Sul, cintilando vermelha ao refletir fragmentos de luz do sol que se punha em suas ondas. Ali, o vento forte e salgado fazia os deques de madeira chacoalharem e os velhos muros de pedra de Haak'gong assoviarem como se desejasse erguer a própria terra.

Qual seria o gosto de ser tão livre e ter tanto poder? Talvez ela descobrisse um dia; talvez um dia fosse capaz de fazer mais do que presentear um velho doente com uma colherzinha de prata e sair correndo quando o perigo batia à porta.

Ela inclinou o rosto para o céu e inspirou fundo, massageando o ponto em que o soldado a havia agarrado e tentando apagar da cabeça a sensação de seus dedos. Era o solstício de inverno, que marcava o décimo segundo ciclo da Conquista; com os mais altos oficiais elantianos reunidos para as festividades, fazia sentido que o governo aumentasse a vigilância e soldados patrulhassem as maiores cidades hin. Haak'gong era o posto avançado ao sul, a joia do comércio entre as colônias elantianas, atrás apenas da Capital Celestial, Tiān'jīng – ou, como deveria ser conhecida agora, Alessândria.

O décimo segundo ciclo, Lan pensou. *Deuses, já faz tanto tempo assim?*

Se fechasse os olhos, ela conseguia se lembrar exatamente como seu mundo havia terminado.

Neve, caindo como cinzas. Vento, suspirando contra o bambu.

E a música de um alaúde de madeira subindo ao céu.

Ela teve um nome, no passado. Dado por sua mãe. *Lián'ér*, que significava "lótus": a flor que brotava na lama, uma luz nos tempos mais sombrios.

Eles haviam tirado isso dela.

Lan teve uma casa, no passado. Uma casa grande, com pátio, salgueiros cujas folhas verdes tocavam a superfície de lagos, pétalas de flores de cerejeira cobrindo as pedras dos caminhos, varandas abertas para a exuberância da vida.

Eles haviam tirado isso dela.

Lan também teve uma mãe que a amava, que lhe contava histórias, declamava sonetos, cantava músicas, que a ajudava com a caligrafia, traço a traço, sobre pergaminhos macios, os dedos envolvendo os dela, as mãos envolvendo todo o seu mundo.

Eles a haviam tirado a mãe também.

O badalar demorado e estrondoso dos sinos do crepúsculo ecoou à distância, cortando as lembranças dela. Seus olhos se abriram, e ali estava, outra vez, o mar vazio pairando solitário à sua frente, ecoando tudo o que ela havia perdido. No passado, ela talvez tivesse ficado ali, na beirada do mundo, tentando dar sentido àquilo tudo – tentando explicar como tudo dera tão errado, como ela havia acabado sem nada além de lembranças entrecortadas e uma estranha cicatriz que ninguém mais via.

No entanto, enquanto as batidas sonoras dos sinos retumbavam nos céus, a realidade a atingiu. Ela estava com fome, estava cansada, e estava atrasada para a apresentação na casa de chá.

Mas o pergaminho *parecia* promissor... Lan voltou a passar a mão no pulso esquerdo, com cada traço do caractere estranho e indecifrável gravado de maneira indelével em sua mente.

Da próxima vez, ela disse a si mesma, como havia dito nos últimos onze ciclos. *Da próxima vez encontrarei a mensagem que você deixou, Māma.*

Naquele momento, no entanto, Lan só voltou a afundar o dǒu'lì na cabeça e espanar a poeira das mangas. Precisava retornar à casa de chá. Precisava cumprir seu contrato. Tinha elantianos a servir.

Em uma terra que fora subjugada, a única maneira de vencer era sobrevivendo.

Sem olhar para trás, ela se virou para encarar as ruas coloridas de Haak'gong e começou a subir as colinas.

2

> *Na vida, o qì arde e se move como yáng; na morte,*
> *o qì esfria e se imobiliza como yīn. Um corpo com um*
> *qì agitado é indicativo de uma alma agitada.*
>
> Chó Yún, invocador de espíritos imperial, *Clássico da morte*

A loja estava em ruínas, e o ar noturno tinha um cheiro acre de magia dos metais.

Zen se encontrava à sombra das casas degradadas de um beco em Haak'gong, lutando contra o choque diante da escala da destruição a meros passos de distância. Embora não fosse inesperado ou incomum nos primeiros ciclos da Conquista, ele não estava preparado para uma demonstração tão impetuosa de violência e dominação na suposta joia da coroa do poder elantiano. O lembrete lhe pareceu quase pessoal: os elantianos adoravam fazer de traidores e rebeldes hins um exemplo, para mandar em sangue e ossos a mensagem de que não havia esperança e que resistir era inútil.

Zen quase tinha acreditado neles.

Hesitou por um momento antes de tirar as luvas. Sentiu o ar frio nos dedos, o fluxo do vento e da umidade roçando sua pele. Sentiu o fogo também, das velas que queimavam fracas naquele distrito – de pessoas pobres demais para pagar pela iluminação alquímica fornecida pelos elantianos –, e a terra, firme sob seus pés. O metal e a madeira na estrutura das casas da rua.

Não havia nenhuma outra perturbação no fluxo de energia – no qì – à sua volta.

Zen se endireitou e foi para a rua. Em três passadas vigorosas, estava à porta da loja, o frágil batente de madeira velha e podre facilmente esmagado. Os sinos do crepúsculo tinham acabado de soar, o que significava que as comemorações do décimo segundo ciclo logo começariam. Os funcionários de mais alto escalão do governo elantiano na fortaleza ao sul estariam reunidos no distrito mais agradável de Haak'gong enquanto soldados rondavam as ruas.

Não que Zen precisasse temê-los; de casaco de lã preto e comprido, horríveis boina e sapatos de couro envernizado, com cano alto, estava muito bem disfarçado como um comerciante hin trabalhando para os elantianos. Os únicos oficiais do governo que Zen precisava evitar eram os feiticeiros. Ele olhou de um lado para o outro da rua. Não viu nem sentiu nada, então entrou na pequena loja.

O lugar estava banhado em sangue. Ele sentiu isso assim que as correntes de qì o envolveram – a água e o metal do sangue, tingidos de yīn: o lado do qì que representava o frio, a escuridão, a ira e a morte. O outro lado, yáng, compreendendo o calor, a luz, a alegria e a vida.

Yīn e yáng: as duas metades do qì, dois lados de uma moeda sempre mudando, um sucedendo ao outro em um ciclo contínuo de equilíbrio. Do calor ao frio, da luz à escuridão... da vida à morte.

Era quando esse equilíbrio se perdia que havia um problema.

Ele avançou por entre os destroços: pedaços de madeira de estantes derrubadas, tábuas do piso arrancadas, revelando a fundação da loja logo abaixo. Zen notou alguns objetos em meio à ruína: um pincel de rabo de cavalo com o cabo danificado, uma estatueta de dragão partida ao meio e um leque dobrado como uma asa quebrada. Objetos que tinham importância para os hins e que os elantianos haviam destruído sem pensar duas vezes.

Zen respirou fundo para se acalmar e se virou para o corpo no chão. Deu uma olhada nele, em seus membros em ângulos nada naturais, a boca entreaberta em surpresa ou em uma súplica inútil. Tratava-se de um idoso, com manchas na testa e cabelo branco brilhando ao luar. Zen sentiu uma quantidade de água incomum nos pulmões dele – uma doença, talvez, resultado da umidade eterna da atmosfera sulina.

Reprimindo a fúria que se formava em seu peito, Zen esvaziou a mente e invocou os ensinamentos de seu mestre. *Apazigue a tempestade de emoções. Não se pode velejar no mar agitado.* Ele precisava tratar o corpo como nada além de uma prova, um quebra-cabeça esperando para ser desmontado e remontado.

Velho Wei, ele pensou, absorvendo com precisão clínica detalhes do homem morto. *O que aconteceu?*

O dono da loja era um contato que Zen havia conquistado depois de luas procurando. Diziam que estava envolvido com contrabando: de itens que os elantianos haviam banido e de informações consideradas confidenciais pelo governo.

Zen estava ali por um motivo: o registro de metais comprados pelo governo, a chave para compreender os movimentos das tropas elantianas. Nos doze ciclos anteriores, os conquistadores haviam ignorado as Planícies Centrais – uma região vasta e selvagem do Último Reino – e se estabelecido próximos aos principais portos comerciais e cidades na costa leste e sul.

Algo havia mudado nas luas anteriores: a armadura de metal que era marca registrada dos elantianos embrenhada como nunca nas florestas de bambu, o ribombo das tropas se reunindo no posto avançado ao sul. Tudo isso levara Zen até ali, para investigar.

E agora seu contato estava morto.

Ele cerrou o maxilar em meio à raiva e à decepção. Todo aquele percurso e tempo perdido em troca de nada. Os elantianos não apenas haviam eliminado uma dica valiosa, o que atrasaria Zen e sua escola, como também tinham cometido o crime máximo aos olhos hins, assassinado um ancião.

Devagar, ocorreu-lhe que havia algo de errado com o cheiro daquele lugar. A magia elantiana cheirava a metal queimado, por causa do modo como seus feiticeiros se aproveitavam do poder alquímico dos metais para fazer feitiços, porém permanecia na loja um aroma vago – quase imperceptível – de algo diferente. Algo quase familiar.

Zen pegou a algibeira de seda preta que carregava consigo o tempo todo e tirou dela dois incensos. Inspirou fundo, baixou o dedo indicador na direção das pontas dos incensos e começou a traçar o selo para calor no ar. Seu dedo era rápido, bem treinado e preciso, e trabalhava como um calígrafo talvez o fizesse – só que traçando um caractere que um calígrafo comum não compreenderia.

Assim que o círculo que traçava se completou, ele sentiu uma alteração no qì à sua volta: uma concentração de fogo no selo brilhando à sua frente, dando vida às pontas dos incensos, que piscaram em vermelho por um momento antes de dar lugar a uma fumaça cinza espiralada. Tudo isso ocorreu em uma fração de segundo.

Zen levou os incensos ao corpo do homem, segurando-o acima do coração.

Por um momento, nada ocorreu. E então, na fluorescência prateada do luar entrando pelo papel rasgado nas janelas, a fumaça começou a mudar de direção. Em vez de continuar espiralando para cima, ela seguiu na direção de Zen, afastando-se do corpo no chão como se… fugisse dele.

Zen se inclinou para a frente e inspirou curto. A fumaça quente carregava a fragrância do sândalo e um vago toque de bambu e terra. Sob tudo isso, como sombras se agarrando à luz, havia um aroma peculiar. Um cheiro amargo que ele havia confundido com magia elantiana.

Mas... não, aquilo não se tratava do rastro deixado por feiticeiros reais elantianos.

Zen soltou o ar devagar, baixando os olhos para o corpo no chão com um vago alarme. Os hins acendiam incensos por seus mortos, no entanto as raízes daquele costume tinham sido esquecidas havia muito, apagadas das páginas da história. Muito antes da era do Último Reino, quando o Imperador Dragão limitou a prática à corte e a erradicou em outras partes, praticantes usavam incenso para se alternar entre as energias yīn e yáng. Yáng, a energia do sol, do calor, da luz e da vida, atraía a fumaça. Yīn, a energia da lua, do frio, da escuridão e da morte, repelia a fumaça.

A maior parte dos cadáveres tinham uma neutralidade na composição de seu qì – no entanto, o corpo do Velho Wei continuava cheirando a yīn.

Embora o folclore dissesse o contrário, não havia nada de inerentemente errado com a energia yīn. Tratava-se de uma necessidade, do outro lado da moeda do qì.

Somente quando a energia yīn ficava desequilibrada era que os problemas vinham.

Porque o yīn também era a energia do sobrenatural.

Mó, Zen pensou de imediato. *Demônio*. Uma alma que continha uma ira ou um ódio insuperável – um excesso de energia yīn – aliada à força de um assunto pendente não se dissipava no qì natural do mundo da morte. Em vez disso, tornava-se algo maligno. Demoníaco.

Zen sentiu um buraco se abrir no estômago enquanto pegava o punho da adaga escondida dentro do sapato. Sentia falta do tamanho de sua jiàn, porém era arriscado demais carregar uma espada longa em território elantiano, principalmente considerando que as festividades do décimo segundo ciclo haviam trazido consigo um grande volume de soldados. Ademais, sua adaga – Aquela que Corta as Estrelas – fora criada para lutar contra demônios.

A ideia de uma alma se transformando em um demônio ou carniçal ali, no meio do posto avançado ao sul, parecia incongruente, quase risível, a Zen. A ironia entraria para a lenda caso uma horda de demônios atacasse a elite militar do Império.

No entanto, com o desaparecimento dos hins de sua própria terra depois da Conquista, os espíritos também tinham desaparecido.

Não, presumir que a alma do velho ia se corroer em algo demoníaco não parecia certo. O núcleo de um demônio – a concentração de qì que lhe dava sua vitalidade – exigia ciclos, se não décadas ou séculos, para se formar. Ademais, concentrado no fluxo de energia à sua volta, ele descobriu uma leve distinção: o yīn que sentia não vinha do cadáver em si, mas pairava sobre partes dele, como nuvens de perfume. E agora que Zen havia expandido os sentidos encontrava traços dele no ar, no piso, na porta, em toda a loja.

Os olhos de Zen se arregalaram. Suas juntas ficaram brancas em volta do punho da adaga. A resposta daquele mistério era algo muito mais intrigante e agourento.

Outra pessoa havia deixado o rastro de yīn ali. E, em um mundo onde apenas praticantes treinados podiam manipular o qì, Zen conseguia pensar em um único tipo de praticante com um qì consistindo em sua maior parte de yīn: um praticante demoníaco. Alguém que usava um ramo proibido da prática, que consumia a energia de um demônio ligado à sua alma.

Impossível.

As restrições quanto à prática demoníaca tinham se intensificado ao longo da era de quase oitocentos ciclos do Reino do Meio, no entanto, só quando ela chegara ao fim tal ramo fora erradicado. O imperador Yán'lóng, o Imperador Dragão, massacrara os últimos praticantes demoníacos do clã rebelde dos mansorianos, e o Reino do Meio dera lugar ao Último Reino: uma era de paz, sem tumultos e tensões entre os 99 clãs e o governo imperial hin. Os clãs sobreviventes tinham se rendido e jurado lealdade à corte imperial; os que não o haviam feito acabaram se vendo caçados ao longo daquela era e extintos.

Tinham sido oitenta ciclos até os elantianos invadirem.

Zen recuou como se tivesse se queimado, rompendo o selo com um movimento do dedo. A ponta dos incensos se extinguiu com um silvo, deixando as batidas de seu coração se infiltrarem no silêncio que se seguiu.

O foco de Zen deixou de ser o registro que tinha ido procurar e passou a ser vasculhar o lugar em busca de mais vestígios de qì.

Ele encontrou outro ponto de concentração: um pergaminho sob a mão do Velho Wei. Zen o pegou e o abriu, depois espanou os detritos e as lascas de madeira da superfície. Seu coração acelerou.

No pergaminho, havia um selo de encantamento, provavelmente copiado de um livro de prática. Ele se surpreendeu ao estudá-lo – tinha uma estrutura equilibrada, uma combinação de traços retos e curvas que imitavam os caracteres hin, mas que se dispunham de maneira totalmente diferente, e era contido por um círculo –, dando-se conta de que, apesar de todos os seus ciclos de estudo, não o reconhecia. Ele virou o pergaminho na mão, porém não encontrou nada no verso, então examinou os desenhos dos quatro deuses-demônios nas margens, empoleirados em redemoinhos de nuvens.

Aquilo não vinha de nenhum livro que ele já tivesse visto. A pergunta, no entanto, era: o que estava fazendo ali? O pergaminho fino em suas mãos pareceu aumentar de tamanho, representando uma grande impossibilidade: contra todas as probabilidades, algo havia escapado pelas frestas do tempo, pelas águas e pelos fogos da história. Depois da vitória do Imperador Dragão sobre o clã mansoriano e da capitulação dos outros clãs, a prática ficou limitada ao serviço da corte por decreto imperial; todo o restante foi eliminado. A Incineração das Cem Escolas pelo Imperador Dragão foi apagada das páginas dos livros de História, porém era transmitida no boca a boca por praticantes que ainda se lembravam dela.

Ao fim do Último Reino, os praticantes e as Cem Escolas tinham desaparecido da mente da gente comum, sendo tomados apenas como velhas lendas.

Então os elantianos chegaram e reduziram a cinzas os templos hins restantes, eliminando os praticantes que serviam à corte imperial para que os hins nunca mais pudessem se reerguer. As poucas escolas de práticas que eram apoiadas pelo imperador caíram logo após a Conquista. Com exceção de uma.

Com delicadeza, como se o pergaminho fosse composto de ouro e lápis-lazúli, Zen o enrolou e enfiou em sua algibeira de seda preta. Sua relação comercial com Wei estava encerrada. O velho procurava no mercado paralelo hin livros das Cem Escolas que tivessem sobrevivido; Zen, ao saber da profissão do homem, havia demonstrado interesse em um registro do comércio de metais elantiano.

Mais especificamente, metais preciosos. Metais que vinham sendo acumulados e que eram usados pelos feiticeiros reais elantianos para canalizar sua magia.

Zen não planejava entregar um livro de prática de verdade ao velho. As relíquias resgatadas das ruínas das Cem Escolas e sobrevivido até ali valiam muito mais do que jade.

Por quê?, ele pensou enquanto olhava para o corpo do ancião, com a fumaça do incenso volteando como sombras. *Por que você queria um livro de prática?*

E o mais importante: *a quem* o velho pretendia vendê-lo?

Zen tinha um palpite: a mesma pessoa que havia deixado o rastro de energia yīn no ar. Ele passou a mão pela algibeira de seda preta, onde o pergaminho se encontrava seguro. Se pudesse falar com o velho...

Zen conhecia praticantes muito mais proficientes em invocação espiritual, e tentar realizar uma possivelmente exauriria suas forças. Mesmo que não fosse o caso, criar qualquer coisa além do menor distúrbio na energia colocaria os feiticeiros reais em seu encalço mais rápido do que formigas atacavam tâmaras com mel. Realizar uma invocação espiritual seria o equivalente a atirar em um barril de pólvora no meio da noite.

Para ele, um praticante hin que havia sobrevivido até ali, cair nas mãos dos feiticeiros reais elantianos seria um destino pior que a morte... e revelaria a existência da única escola de prática remanescente do Último Reino.

Zen agitou os incensos entre os dedos, enquanto considerava suas opções. O incenso não mentia: havia um praticante independente à solta em algum lugar naquela cidade corrompida. O jogo havia mudado, e agora era crucial que Zen fosse o primeiro a encontrá-lo. Não apenas para manter o praticante e suas habilidades longe das mãos dos elantianos, mas para descobrir qual tinha sido sua relação com o velho, para descobrir a quem era leal... e para obter respostas em relação ao rastro de energia yīn que havia deixado ali. O selo no pergaminho era a chave daquela busca.

Zen se inclinou para a frente. Os olhos do velho continuavam abertos na escuridão, seu rosto estava congelado em uma expressão de medo. O luar batia em sua pele branca, a cor hin do luto.

Zen voltou a calçar as luvas e, com dois de seus dedos, fechou os olhos do velho.

– Que a paz esteja em sua alma – murmurou – e que você encontre o caminho para casa.

Então se levantou, fechou bem o casaco preto de lã e saiu da loja destruída. Em momentos, as sombras o engoliram e ele já não era nada além de uma silhueta na noite.

3

Para saber o futuro, é preciso compreender o passado.
Analectos kontencianos (Clássico da sociedade), 3.9

Lan recordava as palavras exatas que a mãe havia dito sobre seu futuro. *Você vai me suceder como conselheira imperial*, ela falara, emoldurada pelas janelas ornamentadas de madeira de jacarandá do gabinete da casa delas, enquanto observava Lan treinar caligrafia. O cabelo da mãe era como tinta preta escorrendo, seu qípáo de seda era claro e esvoaçava à brisa do solstício de primavera. *Seu dever será para com o reino. Você protegerá os francos e contribuirá para o equilíbrio do mundo.*

Parecera possível, na época. Ela se perguntava o que a mãe pensaria se a visse agora.

Os sinos do crepúsculo já tinham cessado quando Lan chegou à casa de chá. Conhecida em hin como Méi'tíng Chá'guǎn, ou Casa de Chá do Pavilhão das Rosas, na tradução literal para elantiano, o lugar ficava abaixo das Colinas do Rei, a região mais rica de Haak'gong, onde os elantianos haviam se estabelecido.

De onde se encontrava, Lan conseguia ver as casas estrangeiras se erguendo nas montanhas que circundavam a fronteira leste da cidade: construções com camadas de metal e mármore que lembravam pálidas sentinelas vigiando as terras conquistadas do ponto mais alto da cidade. As Colinas do Rei davam para a Estrada do Rei Alessander, antes conhecida como a Estrada dos Quatro Deuses: a região mais próspera de Haak'gong, repleta de restaurantes, lojas e serviços, alvo da iluminação dourada das lanternas alquímicas desde o crepúsculo até o amanhecer.

Enquanto isso, o restante de Haak'gong, que se estendia de pouco abaixo do mercado vespertino até a Baía do Vento Sul, continuava decaindo, com o povo reduzido à fome em cortiços tomados pelo lixo.

Mas, ah, como os elantianos adoravam a cultura hin: o bastante para preservar suas melhores partes e restringi-las a seu próprio uso.

Não havia melhor exemplo disso que a Casa de Chá Pavilhão das Rosas.

Lan seguiu para o beco nos fundos do lugar, onde a sarjeta vivia suja de gordura e restos da cozinha. Ela virou em uma esquina familiar e abriu a porta fina de bambu.

Foi imediatamente atingida pelos aromas da comida cozinhando, enquanto vapor subia quente das tinas de água fervendo. Havia várias meninas usando avental cinza logo à entrada, ajoelhadas e lavando a louça; elas cumprimentaram Lan enquanto ela passava.

– Com licença. Desculpe, estou atrasada...

– Vocês cuspiram nas minhas panelas outra vez? – gritou Li, o cozinheiro, emergindo com o rosto vermelho e suado de uma nuvem de vapor.

– Não! – Lan gritou em resposta. Aquilo a lembrou de que precisava pensar no que fazer com o dinheiro que havia juntado ganhando das outras garotas na brincadeira de cuspe à distância que elas faziam usando as panelas. Os jogos das mulheres ricas envolviam baralhos de cartas com bordas de ouro e dedos cheios de joias; os jogos das párias sem um tostão envolviam panelas roubadas e bocas trabalhando rápido.

Ela ouviu Li gritar algo de volta enquanto pegava a torta de cebolinha que ele atirara na direção dela e mordia um pedaço.

– Obrigada, tio Li! – Lan agradeceu, com a voz abafada enquanto se abaixava para passar pela divisória e descer a escada que dava no porão. O corredor dos fundos ficava escondido da vista do salão principal por um biombo de papel; através deles, Lan conseguiu ouvir a conversa dos clientes e o tilintar dos talheres. O corredor cheirava a rosas, flor nacional dos elantianos cujo aroma era a assinatura daquela casa de chá. Madame Meng podia ser implacável e amoral, porém tinha-se que admitir que era uma excelente empreendedora.

Lan desceu a escada correndo e irrompeu no vestiário, cortando o aglomerado de garotas e provocando uma onda de protestos enquanto passava. Ignorando todos, ela chegou ao outro lado e começou a se despir, tirando seu vestido de cânhamo agora grudento e passando no corpo sabão e água fria da pia de pedra. Lan foi alvo de alguns olhares e resmungos, mas segundos depois as outras garotas já tinham voltado a falar sobre a apresentação daquela noite, em uma variedade de dialetos que se sobrepunham como o canto dos pássaros.

– Lanlan, por onde nos dez infernos você andou?

Ela viu o reflexo de uma garota no espelho, sob a luz amarela de uma lanterna, um conjunto de traços que eram tudo o que Lan não era: bochechas rosadas e cheias, olhos gentis e inocentes e lábios cor de cereja, no momento franzidos de preocupação.

Se havia uma pessoa que Lan odiava preocupar, era Yīng'huā – na nova era, apenas Ying. Ela era a única pessoa no mundo que sabia o nome verdadeiro de Lan, o nome de antes da exigência dos elantianos de que os hins se identificassem apenas por um monossílabo. Aparentemente, três sílabas eram demais para os hipócritas, que tinham nomes de pronúncia horrorosa, como Nicholass, Jonasson e Alessander. Lan muitas vezes pegava no sono murmurando os nomes dos oficiais elantianos de alto escalão para si mesma, as estranhas sílabas fazendo sua língua se revirar enquanto ela tentava fazê-las sair mais naturalmente e mais rápido, para poder usá-las em proveito próprio (o que no momento consistia em incluí-las nas músicas obscenas que cantava enquanto cumpria suas tarefas na casa de chá).

– Madame decidiu fazer um ensaio de última hora hoje à tarde – Ying prosseguiu, já começando a pentear o cabelo de Lan. – Parece que vão vir oficiais elantianos de alto escalão esta noite. *Feiticeiros reais.* – A última parte foi falada de maneira entre temerosa e deslumbrada. – Procuramos você por toda parte.

– Verdade? – Gelo correu pelas veias de Lan em pensar que ela havia desobedecido uma ordem de Madame Meng. – Ela disse alguma coisa?

– Só perguntou se sabíamos onde você estava. Eu inventei uma desculpa. – Os olhos de Ying se tornaram cortantes enquanto Lan exalava aliviada. – Onde você estava?

– Desculpa – Lan disse, voltando a jogar água no rosto e o secando com o vestido de cânhamo. – Dei uma passada no mercado vespertino.

Ying sugou as bochechas para dentro, com uma reprovação clara nos olhos. Sem dizer mais nada, ela tirou a roupa de Lan para a apresentação daquela noite da gaveta e começou a vesti-la.

– Não entendo por que você sempre vai lá – ela comentou, puxando a manga de seda. – Garotas da casa de chá não podem ser vistas perambulando, ou acabam se encrencando. Fora que é tão... sujo. E você vai acabar se bronzeando, mais ainda do que já se bronzeou. Vai ficar parecendo alguém de um clã antigo!

Lan se segurou para não revirar os olhos. Ying amava os confortos e pequenos luxos que a casa de chá oferecia, porém Lan era irrequieta demais para aquilo. No entanto, ela pensou enquanto inclinava a cabeça para passar ruge nas bochechas e nos lábios, havia aprendido que, às vezes, mentiras doces eram melhores que verdades duras. Além do mais, ela não podia contar a Ying o motivo pelo qual havia ido à loja do Velho Wei, ou por que passava lá algumas vezes ao longo da lua.

Lan estudou o próprio rosto no espelho, alguns tons mais escuros do que Madame Meng gostaria. Os padrões elantianos de beleza hin envolviam rostos brancos como a neve e corpos esguios. No entanto, Lan não podia mudar a aparência com que havia nascido. E, se possível, preferiria parecer desagradável aos olhos dos anjos brancos.

– Não tem nada de errado com isso – ela disse, mostrando a língua. – Além do mais, não somos todos descendentes dos clãs, de uma maneira ou de outra?

Mesmo após a Conquista, os clãs continuavam sendo uma espécie de tabu entre os hins – os 99 clãs, como tinham ficado conhecidos no passado. Tudo o que Lan sabia era que haviam ameaçado a paz e a estabilidade no Reino do Meio e sido derrotados pelo imperador Yán'lóng, o que deu início à paz e à estabilidade que marcaram a era do Último Reino. Os clãs logo tinham se desmantelado ou desaparecido na obscuridade, assumindo a identidade hin dominante para evitar a perseguição imperial.

Muito provavelmente, a maior parte dos hins daqueles dias devia ter um ou dois ancestrais de clãs, ainda que não soubesse disso.

– Você me ajuda com o lápis de olho? – Lan perguntou.

Os lábios de Ying se curvaram em um sorriso enquanto ela pegava o lápis de Lan. Seus dedos quentes e macios traçaram com cuidado o ponto onde os cílios da outra nasciam. Lan continuou aplicando ruge nos lábios, cantarolando ao mesmo tempo.

– Que música é essa que você sempre canta? – Ying perguntou, perplexa.

Lan deu de ombros. Não sabia dizer de onde vinha a melodia – às vezes sentia que a havia aprendido em alguma noite, em um sonho. Ela conhecia aquela música desde que se lembrava.

– Deve ser uma antiga canção de ninar – ela falou.

– Hum. – Ying se afastou e franziu os lábios enquanto avaliava o próprio trabalho. Ela sorriu. – Um dia, você vai conhecer um nobre rico e se casar com ele.

Lan deu risada, o que levou Ying a beliscá-la.

– Ai'yo, isso dói! E se casar com um nobre rico é o *seu* sonho, Yingying.

– Pode parar de se remexer por cinco segundos? E esse é mesmo o meu sonho. – Havia um toque de tensão na voz de Ying enquanto ela prendia algumas mechas soltas do cabelo de Lan. – Não tem nada de errado em querer tirar o máximo de uma situação ruim. Sei que essa possibilidade a revolta, mas eu sonho em um dia ir para o Salão Flor de Pêssego.

Lan sentiu suas entranhas se contraírem. O Salão Flor de Pêssego já dera origem a muitas discussões entre as duas. Também conhecido como o Salão do Prazer, tratava-se de uma área separada no andar superior, com acesso proibido. Dizia-se que custava cem barras de ouro reservar o salão por uma única noite, e que se um oficial ou nobre elantiano pedia que uma garota fosse até lá não era pelo espaço que estava pagando. Com sorte, o contrato da garota era transferido para o comprador e ele a levava embora.

Caso contrário, a garota era usada uma única noite e expulsa por Madame Meng. Ninguém queria uma flor maculada.

Enquanto avaliava seu rosto no espelho – o cabelo com partes ainda molhadas, o pó e o ruge que cobriam sua pele –, Lan pensou em como em todo o processo não havia um único momento em que as garotas tinham uma escolha.

Trabalhar na casa de chá ou morrer de fome na rua.

Agradar a um elantiano ou morrer nas mãos dele.

Lan levou um dedo à algibeira de cânhamo com pétalas secas de lírio que mantinha consigo o tempo todo, porque se recusava a cheirar a rosa, a flor nacional elantiana. Aquele era um pequeno ato de rebelião.

– Não teve nenhuma mudança na apresentação de hoje, teve? – ela perguntou, mudando de assunto. As outras garotas já estavam vestidas, como flores cintilantes que eram expostas noite após noite. – Ainda vamos cantar "Balada do Último Reino"?

Ying abriu a boca para responder, mas naquele exato momento uma voz fria cortou a conversa com a precisão de um bisturi.

– Você saberia disso se tivesse comparecido ao ensaio.

No mesmo instante, o burburinho animado da conversa das garotas morreu. A temperatura pareceu despencar quando uma sombra recaiu sobre a porta.

Ouviram-se os passos suaves e sinuosos de Madame Meng no piso de madeira, e suas vestes de seda se arrastando atrás dela. Embora fosse costume dizer que a beleza se esvaía com o tempo, a chefona da Casa de Chá Pavilhão das Rosas havia envelhecido como um bom licor de ameixa. O cabelo preto caía em plumas esfumaçadas sobre os ombros antes de ser preso em um coque tradicional hin, e seu rosto era emoldurado como um retrato por olhos delineados e a boca vermelho-sangue. Quando ela levantou as mangas das vestes, suas unhas postiças de metal – feitas no mesmo estilo usado pelas antigas concubinas hin – cintilaram, compridas e afiadas feito garras.

Tal qual Haak'gong, Madame Meng e sua casa de chá haviam sobrevivido à Conquista e até prosperado conforme os outros restaurantes e tavernas da área eram esvaziados e substituídos por versões mais palatáveis ao gosto elantiano. Ela havia usado sua beleza como arma e abandonado o orgulho, os valores e a moralidade de um reino derrotado, correndo para os braços do conquistador.

As pessoas que poderiam tê-la julgado tinham todas morrido.

Agora, Madame Meng avançava como uma imperatriz em seus domínios, passando pelas garotas se enfileirando e murmurando "madame".

– Ora, ora, veja só quem decidiu aparecer – Madame Meng disse. Sua voz era delicada, quase um sussurro, porém Lan estremeceu como se ela houvesse gritado.

– Perdão, madame, eu...

As mãos de Madame Meng despontaram, e ela enfiou as unhas postiças nos antebraços de Lan. A garota reprimiu um ruído de dor; seu coração palpitava feito um pássaro em uma gaiola enquanto ela se obrigava a olhar nos olhos da mulher, que era de um tom de preto aterrorizante, tal qual obsidiana.

– Devo lembrá-la – Madame Meng murmurou – do que acontece com garotas que acabam se sentindo confortáveis *demais* aqui?

As unhas machucavam, porém Lan sabia que a mulher não ia tirar sangue dela, não na noite da apresentação mais importante do ciclo. Lan baixou os olhos.

– Não, madame. Não vai acontecer outra vez.

Em um movimento repentino, a mulher ergueu a mão como se fosse bater nela. Lan se encolheu e fechou os olhos. Em seguida, no entanto, as unhas postiças pousaram em sua bochecha. Madame Mei nunca batia nas garotas onde daria para ver.

– Não espero nada menos que seu melhor desempenho esta noite – ela falou, descendo um dedo pela bochecha de Lan. Com delicadeza, recolheu um leve excesso de pó em um ponto no rosto dela. – Pronto. Agora você está parecendo uma boneca. Nenhum homem que a olhar desconfiaria que aí dentro tem uma raposa de espírito ardiloso.

Era notável como madame podia fazer um elogio de modo que parecesse uma ameaça. Ela se virou e desapareceu do outro lado da porta, deixando uma nuvem de terror com aroma de rosas em seu encalço.

Em algum lugar no andar de cima, um gongo soou. As garotas se endireitaram; figurinos foram ajeitados e sapatilhas de seda se arrastaram no piso de madeira conforme elas faziam fila à porta.

Lan deu uma última olhada em seu reflexo no espelho. Como sempre, usava o qípáo de seda branco, simples e reto em comparação com os vestidos luxuosos das outras meninas, o que ela achava bom. Naqueles tempos, era melhor se manter escondida como uma pomba simples do que se destacar como um pavão. Ela era a principal – e única – cantora das apresentações da casa de chá, desempenhando sempre o papel da contadora de histórias. Madame dera uma rápida olhada em seu corpo esquelético dez ciclos antes e decidira que não devia desperdiçar tecidos de qualidade com "uma raposa de rua".

No entanto, Lan tinha algo que as outras garotas não tinham: uma voz mais pura que jade. Mesmo quando ainda era criança e cantava do outro lado do biombo de papel, seu canto parecia encantar os clientes; logo as apresentações da Casa de Chá do Pavilhão das Rosas chamaram a atenção dos generais elantianos, e os negócios começaram a crescer. E, quando os lábios e os seios de Lan encheram, Madame Meng percebeu que ela não havia crescido tão mal: continuava sendo uma menina abandonada e magra, mais notável do que bonita, mas ainda assim poderia ser mais uma boneca em sua coleção.

Lan correu para o fim da fila de garotas subindo ao som do segundo gongo. Do outro lado da divisória de madeira de cerejeira que levava para as cozinhas e os dormitórios, ela já ouvia o burburinho das vozes dos clientes. Devia estar lotado – o que parecia condizente com a véspera do décimo segundo ciclo de domínio elantiano.

O gongo soou pela terceira vez, e a voz aguda de Madame Meng se ergueu:

– Nobres clientes, agradeço por terem escolhido a Casa de Chá do Pavilhão das Rosas nesta noite tão especial. Prometo que não a esquecerão. Hoje, para honrar o décimo segundo ciclo de iluminação elantiana, apresento a vocês "Balada do Último Reino". Por favor, recebam as nossas queridas garotas!

Por entre as frestas do biombo, Lan observou as garotas rodopiarem no palco em um turbilhão de tecidos diáfanos, com cada figurino representando uma criatura diferente do folclore hin adaptada para o gosto elantiano. Ali estavam os quatro deuses-demônios, a serpente verde cintilando em esmeralda e jade, o qí'lín colorido com sua galhada, o coelho da lua, com seu pelo fofo, e mais. Como sempre, Ying estava vestida como a flor de lótus mágica, em uma bela mistura de cor-de-rosa e fúcsia.

– A contadora de histórias!

Lan ouviu sua deixa e entrou no palco como havia sido treinada a fazer. Ela seguiu até o centro, passando os olhos pelos clientes na plateia. Um borrão de rostos brancos com cabelo variando da cor do trigo ao cobre e à areia, vestidos com o uniforme de inverno dos militares elantianos, também branco, com colarinhos e punhos prateados.

Ela se curvou em uma mesura, com as mãos nos quadris e a cabeça balançando. Enquanto o fazia, notou um cliente sentado sozinho a uma mesa na primeira fileira.

A princípio, foi pega de surpresa, pelo simples motivo de que se tratava de um hin. As mesas da primeira fileira eram as mais caras, porque tinham a melhor visão do palco, e costumavam ficar reservadas aos generais elantianos. Aquele homem estava recostado na cadeira de jacarandá, com o queixo apoiado alegremente em uma mão com luva preta e o ar de alguém acostumado a ser tratado de maneira diferente – alguém com autoridade.

Era o homem mais surpreendentemente lindo em que Lan já havia posto os olhos. Um emaranhado de fios da cor da meia-noite, cortados curtos, ao estilo elantiano, caindo sobre um rosto magro e esculpido, feito tinta na porcelana. Olhos cinza como fumaça, emoldurados por sobrancelhas pretas retas, com uma leve insolência as franzindo – um retrato completo por uma boca curvada de maneira despreocupada, os cantos no momento voltados para baixo em certo tédio. Ele estava vestido como um comerciante elantiano, talvez até como um oficial à paisana: camisa branca lisa, casaco e calça pretos, sem nem um toque de cor no corpo.

Um traidor, Lan pensou, um hin que trabalhava para o governo elantiano. Seu estômago se revirou um pouco. Ele olhava diretamente para ela.

Lan instou seu coração a se controlar enquanto se erguia de sua mesura e se dirigia a seu lugar, a uma ponta do palco. Ela sentia os olhos dele a seguindo a cada passo que dava. No entanto... não de maneira voraz ou suja, como os soldados elantianos que observavam as garotas como se fossem presas. Algo neles fazia parecer que... o homem a avaliava.

A atenção de Lan passou às garotas que já estavam reunidas na ponta do palco: Wen, com sua flauta de bambu nos lábios; Ning, com sua cítara de cinco cordas no colo; e Rui, com sua pipa em forma de pera apoiada no ombro.

Quando a primeira nota da música soou, no entanto, o restante do mundo – o cheiro de chá, as peônias coloridas nas mesas, os biombos cintilantes de bambu e ouro nas paredes, os clientes à espera, remexendo-se em seus lugares – desapareceu.

Lan começou a cantar. A melodia esquentava seus lábios, fluindo suavemente dela, como se em um sonho. Uma imagem a encontrou, vívida e nítida, enquanto tudo à sua volta se distanciava. Naquela noite, ela viu o céu no crepúsculo, o sol cor de tangerina se demorando na beirada do mundo, sua luz banhando uma floresta de lariços dourados para além das paredes brancas como casca de ovo. Uma mulher recostada à arcada redonda de um portal da lua, os dedos dançando pelas cordas de um alaúde, libertando sua música no mundo.

Māma. Sempre que Lan cantava, sentia como se a mãe estivesse viva. Um eco de seu espírito remexia o coração de Lan por dentro, guiando-a.

A "Balada do Último Reino" contava a história dos quatro deuses-demônios que haviam caído do céu para o mundo dos mortais. Ali, tinham governado com seus poderes vastos e terríveis, venerados e temidos pelos hins... Dizia-se que, uma vez a cada dinastia, eles emprestavam seu poder a grandes guerreiros, para que mudassem as marés do destino. Até que, quase cem ciclos antes, eles haviam desaparecido.

A balada em si havia sido escrita milhares de ciclos antes, acreditava-se que por antigos poetas xamãs. Em hin, os versos dispersos, um estilo tradicional, eram lindos; mesmo traduzidos para elantiano Lan ainda os considerava palatáveis.

Muito tempo atrás, o Céu se dividiu
Como lágrimas, seus fragmentos foram ao chão
Um pedaço do sol aflorou na Fênix Escarlate
Uma fatia da lua se transformou no Dragão Prateado
Um caco de estrela deu origem ao Tigre Azul
E uma lasca da noite se tornou a Tartaruga Preta

A balada prosseguia, um triste conto folclórico sobre uma terra derrotada e esquecida por seus deuses. Os elantianos estavam familiarizados com aquela história – a seus olhos, era um belo lembrete de que o destino do Último Reino pertencia a eles.

As garotas giravam no palco, misturando-se em uma bulha de sedas e joias brilhando à luz das lanternas, representando o conto de sua própria terra, o destino de seu próprio povo.

Lan abriu os olhos apenas quando a última nota trêmula da balada havia derretido como neve. À luz vermelha suave das lanternas, a casa de chá ficou em completo silêncio, os clientes imóveis feito estátuas, apesar das dançarinas agachadas em posição de encerramento.

Lan umedeceu os lábios e deixou que o silêncio perdurasse por mais um momento antes de se preparar para uma mesura.

E então algo estranho ao extremo aconteceu.

Do silêncio dos expectadores, surgiu o som inconfundível e dissonante de palmas.

Assim como um cachorro não recebia aplausos do dono ao realizar um truque, os elantianos nunca aplaudiam depois das apresentações na casa de chá. Um murmúrio se espalhou entre os clientes, que procuravam pela fonte do ruído. As garotas se moveram, seus sorrisos doces fraquejando diante da surpresa.

Havia um homem de pé em uma das fileiras da frente, batendo uma mão contra a outra lentamente.

Lan se atentou a ele. Os olhos de ambos se encontraram, e o sangue dela congelou.

Olhos verdes como o verão, rosto de mármore esculpido, um sorriso que se alargou assim que ele notou sua expressão.

Era o soldado elantiano que ela encontrara na loja do Velho Wei.

— Bravo! — ele gritou, porém vindo de sua boca parecia zombaria. — Ficarei com uma delas, madame!

Dois de seus companheiros fizeram com que ele se sentasse. Risadinhas se espalharam entre os clientes elantianos, que já voltavam a se virar para o palco. Um hin poderia ser decapitado por tamanha afronta, no entanto as libertinagens de um soldado elantiano bêbado em uma noite de comemoração só serviam para animar o clima.

O coração de Lan começou a bater mais forte. Ela ouviu o anjo a chamando quando se virou e seguiu as outras garotas para fora do palco. Tinha certeza de que ele não estava brincando. O mundo emudeceu, as conversas das meninas não passavam de um borrão distante em sua mente tomada pelo pânico.

A cozinha estava movimentada, e as garotas pegaram as bandejas de chás e aperitivos que estavam prontas para serem levadas aos clientes. Lan colocou sementes de girassol e jujubas secas em sua bandeja, mal notando o que estava fazendo. A cozinha pareceu se alterar à sua volta, e de repente ela estava na loja do Velho Wei, presa entre as prateleiras e os gabinetes, sentindo a pressão de dedos cruéis em sua pele. Olhos verdes como a grama que passavam por seu corpo como se a possuíssem, hálito quente em suas bochechas quando o soldado aproximou seu rosto esculpido em mármore do dela.

Não se preocupe, florzinha. Não vou deixá-la escapar tão fácil.

Seu estômago se revirou enquanto ela pensava na conversa de antes com Ying, sobre o Salão Flor de Pêssego. Soldados não costumavam ser ricos, e o preço para comprar o contrato de uma garota em geral estava fora de seu alcance.

O máximo que eles conseguiam pagar era por uma única noite. O que significava...

Suas mãos tremeram tão violentamente que ela derrubou a faca de manteiga que estava segurando.

– Lanlan! Você está bem? – Ela se sentiu incapaz de falar enquanto Ying se inclinava para pegar a faca e a colocá-la junto ao prato de biscoitos, manteiga e geleia que Lan havia colocado na bandeja. Assim que viu o rosto de Lan, a expressão de Ying se desfez. – Lanlan?

Lan olhou para o rosto da amiga. Fora mesmo apenas uma badalada atrás que tinham provocado uma à outra em relação a pretendentes e o futuro?

Agora, Lan olhava para o futuro e pensava apenas na pressão dos dedos brancos em seu punho, do brilho de olhos verdes próximos demais de seu rosto.

Ajude-me, ela queria dizer, porém as palavras não saíam. E o que Ying teria a lhe oferecer, caso saíssem? O coração da amiga era tão mole e frágil quanto uma peônia; dizer a verdade a ela – que Lan talvez estivesse a um passo de ser vendida como gado e depois jogada na rua – partiria seu coração.

Māma havia dito que Lan cresceria para proteger quem precisasse dela. Lan se forçou a sorrir.

– Estou bem.

As palavras pareceram porcelana quebrada em sua boca.

Os olhos de Ying se demoraram mais um momento no rosto de Lan, seus lábios entreabertos. Pelos ciclos que se seguiriam, Lan se perguntaria o que ela estivera prestes a dizer. Foi então que Li, o cozinheiro, saiu de trás de um armário.

– O que vocês duas estão fofocando? – ele exigiu saber, colocando bolinhos de semente de lótus em uma bandeja. – É a noite mais movimentada do ano e vocês têm que servir os clientes. Andem! Fora daqui!

Ying pegou sua bandeja, lançou um olhar impotente para Lan e se apressou a obedecê-lo.

A bandeja parecia chumbo nas mãos de Lan. Quando ela passou ao salão da casa de chá, foi inundada pelo barulho das conversas e das risadas, pelo tilintar dos pratos e xícaras. A luz fraca das lanternas parecia carregar o lugar com uma névoa cor de sangue.

Uma constatação cortou seus pensamentos confusos, tal qual uma lâmina. Se depois daquela noite ela ia ser mandada embora, poderia muito bem se arriscar a fugir antes. Por que esperar que um soldado elantiano fizesse o que quisesse com ela? Por que esperar que Madame Meng a castigasse e a atirasse em uma vala, como a raposa de rua que sempre dissera que ela era?

Seu coração batia como os tambores rufando antes da batalha conforme absorvia a realidade de sua escolha. Ela já havia feito aquilo antes, depois de sua casa ter sido tomada e seu mundo ter se despedaçado. Tinha sobrevivido.

Podia fazê-lo outra vez.

A casa de chá pareceu ganhar foco à sua volta outra vez: sua audição, seu olfato e sua visão retornaram com tudo. Viu as outras garotas perambulando por entre as mesas finas de laca. Avistou Ying, aguardando timidamente enquanto um grupo de nobres elantianos rolava de rir, com pedras preciosas brilhando em seus dedos e casacos. Ela pareceu insegura quando um homem enlaçou sua cintura enquanto ela tentava servir-lhe o chá.

Um nó se formou na garganta de Lan. Não era justo – não era justo que aquela pudesse ser a última imagem que teria de Ying, alguém que ela amava, alguém com quem havia passado ciclos de sua vida. Que as duas talvez não voltassem a se ver, que suas últimas palavras uma para a outra tivessem sido... o que exatamente?

– Que os quatro deuses a protejam – Lan sussurrou. Então deu as costas para a única pessoa que lhe restava no mundo que era como que de sua família. Agora, não podia fazer nada além de rezar para que de alguma maneira, em algum lugar, por algum acaso, os deuses existissem e a estivessem mesmo protegendo.

Ela se virou e seguiu na direção das portas, sorrindo para os clientes e desviando das mãos errantes. *Calma*, disse mentalmente para si mesma. Em dez segundos, estaria tudo acabado. Menos até.

As portas da casa de chá já estavam à vista; a noite se derramava como uma tigela de tinta recém-moída. A esperança tamborilava no ritmo de seu coração – esperança, medo e adrenalina por saber que, pela primeira vez em muito tempo, ela estava fazendo uma escolha por si só.

Então Lan notou duas figuras de pé diante das portas ornamentadas.

Madame Meng tinha seu sorriso mais encantador no rosto, que revelava os dentes perolados de sua boca – aqueles que havia comprado com o sangue, o suor e as lágrimas de suas garotas. Ela deu risada, exibindo ainda mais daqueles dentes *deslumbrantes*. Lan sentiu vontade de arrancá-los de sua boca.

Diante dela, com o sorriso largo de um predador, estava o anjo elantiano de olhos verdes. Donnaron. Enquanto eles falavam, seus olhos venenosos de primavera se voltaram para Lan como a língua de uma cobra se movimentando.

Ele se endireitou de leve. Ergueu a mão e apontou. Para ela. O plano de Lan naufragou.

Ela foi tomada pelo pânico. Deu meia-volta na mesma hora, com os ouvidos zumbindo, a vista embaçada, sem perceber o que estava fazendo ou aonde ia, focada apenas em se *afastar* dele.

Só teve tempo de vislumbrar alguém alto, alguém escuro, antes de trombar com ele.

4

*Que sua alma se encha de paz e
você encontre o caminho para casa.*
Ritos funerários hins

—Perdão. – Uma mão coberta por uma luva preta tocou sua cintura para estabilizá-la, enquanto a outra segurava uma ponta da bandeja para que seu conteúdo não fosse ao chão. – Não quis assustar você.

A voz era encantadora e profunda como um veludo da cor da meia-noite e falava em um elantiano quase perfeito.

Lan piscou enquanto firmava os pés e recuperava o controle da bandeja. O homem recuou depressa e com leveza, como uma sombra que se retirava, e então ela viu seu rosto.

Era o hin de antes – aquele que ela havia notado. Que a olhara. Ele se mantinha a dois passos de distância, educadamente, parecendo destoar por completo das molduras de laca e dos biombos vermelhos que decoravam a casa de chá. De perto, Lan percebeu que ele era jovem, todo pele lisa e cabelo preto, talvez um ou dois ciclos mais velho que ela. Um rapaz tão bonito que parecia pertencer a uma pintura.

— Eu... — Ela alterou a postura, olhando para trás, agitada demais para se importar com sutilezas. Madame Meng jogava a cabeça para trás e ria, seus dedos se movimentando no ar de uma maneira que Lan sabia que indicava que ela estava falando de dinheiro. Era uma questão de minutos.

— Desculpe, eu... com licença...

— Um momento. Por favor. – A mão dele pegou o pulso direito dela, leve, solta, traçando o que poderia ser um ponto de interrogação. Muito diferente da pegada do soldado elantiano mais cedo. – Eu gostaria de falar com você.

Em outro momento, Lan teria ficado lisonjeada; nenhum elantiano pensaria em *pedir* a uma garota hin que falasse com ele. Era sempre uma ordem. Uma ordem que eles esperavam que fosse obedecida.

O destino devia tê-lo mandado a ela exatamente na noite em que seu caminho mudaria de curso.

– Desculpe – Lan disse, distraída. – Estou no meio de...

Então o hin enfiou a mão no casaco e tirou dele um pergaminho rasgado e empoeirado, que ela reconheceu na hora.

O resto do mundo perdeu importância quando ela notou os quatro deuses-demônios nos cantos do pergaminho, o topo do caractere curvo que havia estudado poucas badaladas antes. Lan piscou, depois olhou para o homem. Agora ele tinha toda a sua atenção. A expressão dele era cuidadosa, impassível, porém seus olhos pareciam penetrar a mente dela, aos poucos desvendando seus pensamentos. Sob tudo, no entanto, havia um toque de surpresa misturado a confusão, como se ele tivesse encontrado algo inesperado nela.

– O que sabe sobre este pergaminho?

Ela não tinha tempo ou paciência para cortesias e jogos.

– Onde conseguiu isso?

Ele não tirava os olhos perturbadores dela. Em resposta, Lan sentiu um frio na barriga, algo profundo e muito antigo... e de repente um formigamento repentino no pulso esquerdo, onde sua cicatriz se encontrava.

– Quem é você? – o rapaz perguntou. Era uma pergunta tão ampla, tão inesperada, que Lan sentiu uma risada sobressaltada subindo pela garganta. Ela olhou para a porta. Madame Meng continuava conversando, porém olhava diretamente para Lan. Seus lábios vermelhos exibiam um sorriso, no entanto seus olhos permaneceram frios quando ela ergueu a mão e curvou uma unha postiça dourada.

Venha. Lan voltou a se virar para o hin, pensando rápido. Em meio segundo, tinha bolado outro plano.

– Posso lhe contar tudo – ela disse, com um tom de voz doce e sedutor. – Você só precisa dizer à madame que vai comprar meu tempo esta noite.

As bochechas dele coraram na hora. Seus olhos se estreitaram, quase que em desdém.

– Não tenho nenhuma intenção de fazer algo tão vergonhoso.

Lan mal sentiu o golpe daquelas palavras.

– Por favor, senhor.

– Senhor?

Ele ergueu uma sobrancelha.

– Gē'ge. Irmão mais velho. – Ela abriu seu sorriso mais açucarado. – Você tem dinheiro. Pode me comprar. Prometo que vou lhe contar tudo o que sei a respeito do pergaminho.

Não que ela soubesse muito, porém não ia admitir naquele momento.

A expressão do hin se abrandou de leve. Ele abriu a boca, e por um momento Lan achou que fosse concordar. Então o rapaz disse:

— Perdão, mas não tenho os meios para tal. — Ele bateu com o dedo no pergaminho. — Se puder, por favor, me falar sobre seus negócios com Wei...

— Com o Velho Wei? — O nome saiu de seus lábios acusando a surpresa. — Eu... ele é só um conhecido.

Lan voltou a olhar para as portas. O sorriso de Madame Meng tinha se desfeito; sua boca parecia pronta para atacar, e seus gestos delicados foram se tornando mais agressivos. O jovem hin observava Lan.

— Tínhamos marcado de nos encontrar — ele disse afinal, e em meio ao pânico crescente Lan lembrou. *Acho que posso ter algo* excelente *para você da próxima vez,* o Velho Wei lhe havia confidenciado, com um sorriso que revelava os muitos dentes faltando em sua boca. *Uma fonte me apresentou um traidor hin, disposto a negociar...*

Então aquele... era o traidor hin de quem o Velho Wei havia falado? As palavras seguintes do jovem foram como um soco no estômago dela.

— Ele morreu.

Lan soltou todo o ar de uma vez só, como se o golpe tivesse sido físico.

— Ele...

Nem conseguia repetir aquilo.

— A loja foi saqueada e grande parte do que havia dentro foi destruído. Quando cheguei, ele já estava morto. — Os olhos do jovem se mantinham firmes. — Se estiver envolvida, seja sincera. Chegarei ao fundo da questão de qualquer maneira.

Ela mal o ouviu; sua mente continua girando em torno do fato de que o Velho Wei estava... estava...

Seus pensamentos correram para a colher de prata, e simples assim as peças se encaixaram. Os anjos brancos entrando na loja do Velho Wei. A colher era a única coisa que poderia ter chamado a atenção deles. Àquela altura, os hins conheciam bem as consequências de ser pego em posse de qualquer quantidade significativa de metal — principalmente um metal tão valioso quanto prata.

O Velho Wei. Ela fechou os olhos, e sua garganta se apertou a ponto de Lan quase não conseguir respirar. Ele morrera porque... porque ela pensara em lhe dar aquela colher de prata idiota para ajudá-lo com alguns de seus problemas. Para que ele pudesse comprar ginseng o suficiente para curar sua tosse constante.

O traidor hin se inclinou para a frente, olhando fixo para ela.

– Se sabe de alguma coisa, aconselho você a me contar *agora mesmo*.

Do outro lado do salão, Madame Meng saía na direção deles. Ela cortava por entre as mesas como uma tempestade iminente, a ira crescendo no rastro de seu lindo qípáo de seda. Os olhos de Lan e os de Donnaron, que continuava próximo às portas, se encontraram. Ele piscou e, bem lentamente, fez um gesto obsceno.

Lan se virou para o traidor hin. Se aquele homem trabalhava para os elantianos, confessar que havia chegado perto do Velho Wei acabaria fazendo com que ela fosse levada à forca. Talvez descobrissem que fora *ela* quem lhe dera a colher de prata – ou pior, que era *ela* quem tinha interesse no pergaminho.

Ela engoliu em seco e olhou nos olhos do jovem – apesar do pouco que sabia a seu respeito, teve uma estranha sensação, instintiva, de que ele não estava ali para machucá-la. *Ajude-me*, ela queria implorar. Lan abriu a boca.

– Aí está você, minha pequena cantora. – A voz de Madame Meng soou perto do ouvido de Lan, e de repente os ombros da garota estavam sob a pegada firme da mulher. A madame se colocou ao lado de Lan e seus olhos percorreram de alto a baixo o traidor hin, em uma tentativa de determinar se ele era digno de sua atenção, o que evidentemente era. – Céus, Lan, como você está popular hoje! Ela o está entretendo, meu senhor?

Algo que parecia aversão passou pelo rosto do traidor hin. Desapareceu em seguida, e ele inclinou a cabeça para Madame Meng. O pergaminho tinha desaparecido.

– Ela é encantadora, madame.

– *Excelente*. – A mulher virou Lan para si, com os olhos brilhando diante da transação que estava prestes a realizar. – Tenho *ótimas* notícias para você, querida. Venha, venha.

Sem esperar pela resposta de Lan, Madame Meng começou a levá-la embora, cravando as unhas em sua pele.

Lan olhou para trás. O traidor hin não se moveu, embora continuasse a observá-la. Os olhos de ambos se encontraram, e ela sentiu uma tensão se estender entre eles. A testa do jovem se franziu, seus lábios se entreabriram; o espaço entre eles se alargou diante de tudo o que ele poderia ter dito. Então ele lhe deu as costas.

Lan se virou em silêncio. Não podia fazer uma cena, não na frente os elantianos, que talvez decidissem que ela havia estragado a comemoração e a matassem por traição contra o Império. Lan permitiu que Madame Meng a conduzisse escada acima.

O outro andar estava vazio e silencioso. Ela aguardou até que entrassem no corredor para se livrar das mãos de Madame Meng. O conteúdo da bandeja chacoalhou e tilintou, instável. Lan ergueu os olhos para a mulher e respirou fundo.

– Não vou aceitar.

A madame não tinha mais um sorriso no rosto.

– Como?

Sua voz saiu suave como nunca.

– Eu disse que não vou...

CRACK.

O mundo ficou branco por um momento, e um calor abrasador marcou sua bochecha. Lan cambaleou, mal conseguindo se segurar de pé. Seu rosto formigava; ela sentiu uma gota quente escorrendo por seu queixo, o gosto do cobre em sua boca.

Os dedos da madame se fecharam em torno de seu queixo com tanta força que chegou a doer.

– Você acha que tem *escolha*? – ela sibilou, e o cheiro enjoativo de seu perfume de rosas sufocou Lan. – O anjo comprou você por esta noite. Você pertence a ele no momento. Se ele mandar que ajoelhe, você vai ajoelhar. Se mandar que rasteje, você vai rastejar. *Entendeu?*

Lan estava vagamente consciente para perceber a madame abrindo um par de portas de madeira de correr e a empurrando para dentro. Pegando um lenço de seda e enxugando o sangue do queixo dela.

– Pronto – Madame Meng murmurou, endireitando-se e descendo um dedo frio pelo queixo de Lan. – Não posso permitir que pareça uma boneca quebrada. Agora aguarde enquanto vou buscá-lo. E, se tentar alguma coisa... bem. – Ela abriu um sorriso gélido. – Deixarei que o anjo decida o que fazer com você.

A mulher arrancou a bandeja das mãos de Lan, colocou-a a uma mesinha perto da parede e saiu. A porta de madeira se fechou com um baque final, prendendo a garota ali dentro.

Em seus muitos ciclos na casa de chá, ela nunca havia ido ao andar de cima a não ser para limpá-lo. Ela se lembrava de todos os detalhes do piso liso de sândalo, os painéis de laca nas paredes com pinturas de árvores floridas. Pétalas cor-de-rosa caíam como chuva sobre um par de amantes sentados à beira de um lago.

Ela odiara esfregar os painéis, com todos os sulcos da água-forte daquelas malditas pétalas.

Um leve brilho próximo à porta chamou sua atenção. Era a bandeja que Madame Meng tinha deixado na mesinha redonda. O chá já devia estar frio, porém o que chamara a atenção de Lan ali fora outra coisa.

Na beirada da bandeja, perto do prato de biscoitos, estava a faca de vidro com que Lan quase se cortara. Aquela que Ying pegara e devolvera à bandeja. A faca brilhava para ela, sob a luz da lanterna alquímica queimando fraco.

Passos soaram no corredor: lentos e pesados, o *tum-tum-tum* que marcava o couro grosso das botas elantianas.

Lan nem teve tempo de pensar: cruzou o cômodo na mesma hora. Ela sentiu a faca fria e escorregadia em sua mão, feita apenas para cortar manteiga e outras coisas macias, porém não importava. Era melhor que nada.

Ela passou os olhos rapidamente pelo quarto, avaliando cada canto – a namoradeira vermelha, o altar e as janelas de vidro trancadas, que davam para a escuridão da noite.

Por fim, escolheu se posicionar bem no meio do cômodo, com a faca escondida na manga. Ia encarar de frente o que quer que fosse.

Os passos pararam do outro lado da porta de madeira, que se abriu em seguida. Ali estava o soldado, sorrindo para ela. Ele havia trocado a armadura volumosa de metal de mais cedo por um gibão prata com uma costura azul fina na bainha e o emblema com a coroa e as asas na frente e atrás.

Os anjos das igrejas elantianas e de outros espaços de adoração eram todos descritos como puros, bondosos; de acordo com as histórias propagandeadas pelos pregadores elantianos, o propósito dos anjos era salvar os pobres e derrotar o mal. Lan tentou imaginar o distante Império elantiano, do outro lado do Mar do Esplendor Celestial. Se anjos existissem de verdade, ela pensou, ficariam horrorizados que um homem que usava o rosto deles era capaz de distorcê-lo de tal maneira, transformando sua beleza em algo tão cruel e corrupto? Ou a beleza deles havia nascido justamente da crueldade?

– Bem, meu amor – Donnaron disse, sua língua despejando como se fosse óleo as palavras em elantiano. – Prometi que a encontraria, não foi?

O coração de Lan era como um pássaro preso em uma gaiola. O cabo da faca de manteiga estava marcado de suor.

– Donnaron J. Tarley – o soldado prosseguiu, com uma mesura de escárnio. – *General* Donnaron J. Tarley. Devo dizer que me agrada a caçada que me obrigou a fazer. Não gosto de mulheres que facilitam demais as coisas.

– Aposto que você tampouco gosta de mulheres que dizem não.

De alguma maneira, as palavras saíram da boca de Lan com facilidade e firmeza, ainda que com algum sotaque. Um dos momentos que definiriam sua vida tinha chegado, e ela não ia mais implorar ou se esconder.

O anjo riu como quem achara aquilo encantador.

– Ah, isso torna tudo *ainda mais* interessante – ele disse, e foi para cima dela.

Lan se esquivou; estava preparada para o ataque. Ela se virou e deu com o chão, então se virou de novo e estendeu o braço, com a faca brilhando...

Uma das mãozorras do soldado agarrou seu pulso e o torceu. Ela sentiu uma dor cegante subindo para o antebraço; em um espasmo, seus dedos se abriram e a faca caiu, devagar, constante, no ar. Foi ao chão aos pés dela com um estrépito.

As mãos de Donnaron agarraram o pescoço de Lan; ele ergueu seu corpo a ponto de seus dedos dos pés apenas roçarem o chão. Uma mecha do cabelo dourado dele havia caído sobre os olhos. Ela não conseguia respirar. Ele ria.

– Mal posso esperar para contar sobre isso aos outros. Uma *faca de manteiga*! Estou pensando em ficar com você, no fim das contas. Com esse seu espírito...

Ele bateu o corpo de Lan contra a parede, o que a fez ver estrelas. Ela sentiu vagamente a pressão dos quadris do anjo contra os seus, as mãos dele passando do pescoço à clavícula e descendo ainda mais. Uma dor se anunciava no espaço entre a testa e os dentes dela, um estranho tipo de energia que parecia diferente de qualquer outra dor de cabeça que Lan já sentira. Havia um zumbido no ar... de um tipo que ela ouvira apenas uma vez na vida. Então a mão direita de Donnaron esmagou o antebraço esquerdo dela, e a dor explodiu.

Era excruciante: uma queimação branca e lancinante que envolvia todo o seu mundo, expandindo-se feito a luz das estrelas, uma lua jade claro. Dessa brancura surgiu uma sombra grandiosa, serpentina na maneira como se torcia e enrolava. Algo escapou dela e a preencheu ao mesmo tempo, e sua consciência ficou à deriva.

Lan havia sentido uma dor daquelas uma única vez.

No dia em que sua mãe morrera. No dia em que seu mundo acabara.

Era o solstício de inverno do trigésimo segundo ciclo da dinastia Qīng – a Era da Pureza, como chamavam, antes de tudo ruir. O imperador Shuò'lóng, conhecido como o Dragão Luminoso, ocupava o trono, oitenta ciclos depois da Rebelião dos Clãs, quando o imperador Yán'lóng, seu antepassado, derrotara os clãs dissidentes e estabelecera a paz na terra, na transição do Reino do Meio para o Último Reino. Os hins vinham vivendo um período de luxo, com a prosperidade da Trilha de Jade, e acabaram distraídos por suas barrigas gordas das mudanças que o novo imperador fazia em sua história. Uma história que, com o passar do tempo, muitos começariam a esquecer.

Lan tinha 6 ciclos de idade, olhos brilhantes e o futuro todo à frente. A mãe passara duas luas fora, em uma viagem a Tiān'jīng, a Capital Celestial, que ficava ao norte, por conta de uma disputa com comerciantes estrangeiros, relacionada a navios e território. O Último Reino se via confortável entre seus vizinhos, estratégico para os poderes estrangeiros ao longo da Trilha de Jade: o reino de Masíria, que comercializava vidro, o grande império achaemano, espalhado por um extenso deserto, e outros. Mas o contato com uma nação do outro lado do Mar do Esplendor Celestial, que antes era considerado o fim do mundo, era novo. Māma voltara com histórias de pessoas cujo rosto era da cor da neve e cujos fios de cabelo pareciam ser de ouro e cobre. Eles tinham aparecido no horizonte, os navios de metal reluzente que ninguém acreditaria que podiam ser sustentados pelo mar. Yī'lán'shā rén, Māma os chamava. Elantianos. Estavam interessados em todos os recursos naturais que a enorme extensão do Último Reino tinha a oferecer, e na civilização hin, que tinha milhares de ciclos. Em troca de suas estranhas invenções de metal, eles pediram para estabelecer relações comerciais com o Último Reino e aprender sobre a cultura hin com a corte imperial. O Dragão Luminoso, muito confiante na grandeza de seu reino, aceitou a proposta.

Lan se lembrava do exato momento em que tirara os olhos de seus sonetos, lembrava-se da maneira como a janela do gabinete de sua casa com pátio emoldurava o retrato perfeito: os lariços e salgueiros congelados sob a neve branca, o gelo azul da superfície dos lagos, que refletia o céu, as telhas cinzas dos telhados se projetando e curvando para o céu. Uma figura a cavalo cortou a neve que caía como penas de ganso, seu qípáo cintilando em preto e vermelho enquanto cavalgava de maneira veloz e vigorosa. Lan pensou nos heróis de seus livros de histórias: nos imortais e praticantes que cruzavam os lagos e rios do Último Reino e conversavam com os deuses antigos.

A profecia daquele dia, no entanto, não seria boa.

A mãe retornava nas ondas do fim do mundo como o conheciam.

Mais tarde, Lan se veria escondida nas saídas de água quente sob o piso do gabinete, tremendo de medo. A neve lá fora estava manchada de vermelho, os corpos dos criados parecendo papoulas no campo. Soldados estrangeiros de armadura azul-gelo forçavam os portões e avançavam pelo pátio pisoteando a neve com suas botas de couro grosso, uma coroa com asas de ouro branco cintilando no peitoral. Ela os ouviu gritar em uma língua estrangeira. Ouviu as espadas deixando as bainhas.

Na época, não tinha como saber, mas aquele era o começo da Conquista elantiana.

A bile subiu para sua garganta; o medo comprimiu seu peito. Ela olhou por entre as frestas no piso e absorveu a postura da mãe – tão ereta e orgulhosa como aquela de qualquer homem que servia no Palácio Imperial. Naquele momento, Lan esperava que a mãe fizesse algo impossível, assombroso, como sacar uma espada e matar todos aqueles desconhecidos que invadiam sua casa.

O que Lan *não* esperava era que a mãe sacasse um alaúde com toda a tranquilidade e começasse a tocar.

Quando o primeiro toque tremulou no ar, o tempo pareceu congelar. As notas eram uma abertura, estendendo-se como uma promessa: de que aquele era apenas o início da música. Um calafrio percorreu tudo ao redor.

Outras três notas. *Dó-sol-dó*. A última, de maneira hábil, um semitom acima, um toque de tensão. Ao longo de todos aqueles anos que a mãe havia se sentado ao seu lado e tocado para que ela dormisse, Lan nunca ouvira aquela melodia. As notas curtas, tremulando no ar com um som metálico que se esvaía como o fio de uma lâmina. Havia algo de diferente naquela música; ela se encrespava no ar feito uma onda invisível, tocando algo dentro de Lan que até então estava dormente.

Os soldados estrangeiros grunhiram alguma coisa. Viu-se o arco prateado de uma espada. A música da mãe retornou, com um dedilhar repentino. O ar se agitou como águas contra um penhasco, as ondas cortando e dançando em um frenesi sob o céu de tempestade. Lan conseguia *ver* as notas, afiadas como facas, curvas como foices, talhando o ar. Então, algo peculiar ao extremo ocorreu.

O peitoral de metal da armadura de um soldado se abriu. Sangue escorreu do centro da insígnia da coroa, e as asas ficaram vermelhas.

O soldado cambaleou para trás, e as tábuas obscureceram a vista de Lan. Tudo o que ela conseguiu enxergar foi a mãe preparando outro acorde. Então algo foi ao chão com um baque.

Outro soldado gritou e avançou, um borrão prateado nas frestas. A vibração da música retornou. Vermelho se espalhou pelas frestas do piso, como notas musicais.

Lan ficou congelada no tempo, sua realidade fraturada entre o que conseguia e o que não conseguia ver. A mãe ali, tocando o alaúde. E sangue, carmesim feito cinábrio, se espalhando pela parede como notas de uma canção muito vermelha. Então uma sombra caiu. E a maré da batalha se alterou.

Lan sentiu uma força se espalhar pelos soldados. Eles se abriram feito o mar. Um homem passou pelo meio. Ela soube na mesma hora que ele era diferente. Seus olhos eram de um azul invernal, sua pele era tão desprovida de cor quanto o gelo. Ele não estava armado. No entanto, quando ergueu a mão, algo prata brilhou em seu pulso.

– *Entregue a mim.*

A menina não entendeu as palavras na hora – só testemunhou os sons saindo de sua boca, que depois ecoariam de maneira perfeita e imaculada em sua lembrança ao longo das longas noites dos ciclos vindouros. Ela se segurou a eles até que soubesse o bastante da língua elantiana para decifrar as últimas palavras do assassino da mãe.

Já a resposta de Māma, Lan recebeu tomada pelo medo.

– *Nunca.*

A menina nunca esqueceria o sorriso congelado no rosto do soldado elantiano quando ele juntara os dedos.

Tlec.

As cordas do alaúde da mãe arrebentaram. Foi como o som de um osso quebrando.

Tlec.

Simples assim, a mãe caiu para trás. Lan piscou e as mãos do homem estavam vermelhas. Entre seus dedos, como uma joia preciosa tirada de um pesadelo, ele tinha um coração pulsante.

Ciclos depois, ela se arrependeria de ter piscado. No tempo que levara para fechar as pálpebras, o elantiano havia feito o impossível. Se Lan não tivesse piscado, talvez sua mãe ainda estivesse viva. *Um feiticeiro*, a menina pensou, entorpecida. *Um feiticeiro que trouxe o inverno consigo.*

A mãe foi ao chão, bem acima de Lan. A menina sentiu o gosto do sangue dela em seus lábios. Quente, cheirando a cobre, inegavelmente humano. Os heróis das histórias nunca sangravam.

Lan abriu a boca para gritar, porém a mãe fez um movimento repentino – um gesto com uma única mão –, e de repente Lan sentiu a garganta fechar e o choro ficar preso a seu peito. Os olhos da mãe, arregalados, escancarados, procuraram os dela.

Quer tenha sido magia ou apenas a força de uma mulher com uma pendência, a mãe dela demorou para morrer. Quando Lan saiu de seu esconderijo, o Feiticeiro Invernal e os soldados já tinham ido embora, deixando apenas um rastro de gritos e sangue em seu encalço. Um cheiro inconfundível de metal queimado perdurava no ar.

Lan sentiu uma pressão crescente na testa, um latejamento, como se houvesse algo preso lá dentro, esperando para ser libertado. Lágrimas rolaram por suas bochechas curvas e Lan engatinhou pelo piso de madeira até onde a mãe se encontrava, morrendo. A mulher pegou as mãos da filha em seus dedos trêmulos, segurando-se a seu mundo todo com suas últimas forças.

A mãe se virou para ela, com os olhos mais brilhantes que todas as estrelas prateadas da noite. Olhos que *ardiam* em brasa.

Então ela levara um dedo à parte interna do pulso esquerdo de Lan, e o mundo da menina explodira em uma luz branca ofuscante.

Devagar, a luz enfraqueceu. O mundo voltou a entrar em foco, os biombos de laca da casa de chá, a namoradeira vermelha, os ruídos vagos do outro lado da janela. A dor entorpecente em sua cabeça, o zumbido em seus ouvidos, o gosto de bile e algo metálico em sua língua.

Ali, estendido no chão limpo de tábuas de sândalo, entre Lan e a namoradeira, se encontrava o cadáver do general Donnaron J. Tarley.

5

__Mentiras gentis podem derrubar reinos.__
General Yeshin Noro Surgen, do clã
de aço jorshen, *Clássico da guerra*

Um grito lhe subia do peito para a garganta, Lan tinha certeza, no entanto ficou só olhando para o corpo. Observando-o como se pudesse voltar a se mover caso ela se concentrasse o bastante. Assim como a mãe talvez não tivesse morrido se ela não houvesse piscado.

No entanto, enquanto o martelar de seu coração ecoava nos ouvidos e um acesso de riso agudo de Madame Meng chegava do andar de baixo, a realidade da situação se fez presente. Lan olhou para o cadáver, *de verdade*, absorvendo a curvatura antinatural do pescoço, os olhos ainda abertos, a boca ainda curvada em um sorriso. Se ela inclinava a cabeça, podia notar um leve toque de surpresa, uma sombra. A outra pessoa, no entanto, pareceria apenas que uma queda o havia matado – um acidente infeliz, talvez, ocasionado por um companheiro de cama frívolo.

Não seja tola. Um anjo elantiano ser encontrado morto na companhia de uma hin só podia terminar de *uma* maneira. Ela seria enforcada? Executada publicamente? Ou teria uma morte torturante e dolorosa nas mãos de um feiticeiro?

A torrente de pensamentos mórbidos foi interrompida por passos no corredor, suaves como o vento batendo contra as paredes antigas da casa de chá.

Conseguindo deixar o transe do choque de lado, Lan agarrou a faca de manteiga, que continuava a seus pés, onde Donnaron J. Tarley a havia derrubado segundos antes de sua morte. Os passos se aproximavam. Era tarde demais para esconder o corpo. Ela precisava... ela precisava...

Seus olhos pousaram na namoradeira vermelha a alguns passos de distância. Lan mergulhou sobre o corpo e o arrastou como um saco de areia com membros grossos, cabeça e apêndices moles sem nenhum decoro.

Então deu um belo chute em um braço estendido e se endireitou no lugar. Quando a porta de madeira se abriu, Lan estava pronta.

— A menos que pretenda me surpreender com um pãozinho, pode abaixar essa faca de manteiga.

Ela congelou. Reconhecia a voz sombria e suntuosa, como um céu noturno esfumaçado.

O mesmo oficial hin de antes entrou, dando dois passos com as botas de couro envernizado, depois voltou a fechar a porta. Lan notou imediatamente que ele estava sem uma luva. Seria de esperar que sua pele fosse lisa como madeira polida, um sinal claro de uma criação aristocrática. No entanto, ela era marcada por dezenas de linhas claras entrecruzadas, que franziam a carne.

— Bem, não fique parada aí. Onde ele está?

No silêncio do cômodo, ficava claro em sua voz que ele estava no comando. E era uma voz linda, quase imponente.

Lan precisou de mais um momento para se dar conta de que o homem falava com ela em *hin*. O hin padrão da corte imperial, perfeito, que era falando por sua mãe e seus tutores, sem qualquer influência da enorme variedade de dialetos que podiam ser encontrados naquele vasto reino.

Esperava-se que, quando em público, um hin conversasse com outro hin em elantiano; os mais ousados, se ainda se importassem, podiam tentar falar em hin no âmbito privado, atrás de portas fechadas. Tal lei havia sido criada "para promover a unidade no Grande Império Elantiano", porém Lan não era boba. Ela sabia que estavam tentando eliminar a língua hin por completo, para dificultar revoltas e movimentos políticos secretos. Porque o primeiro passo para destruir um povo era cortar suas raízes.

No entanto... por que um oficial do governo elantiano estava falando com ela em hin? Lan umedeceu os lábios. Não importava — nem a língua que o homem usava nem sua voz. A *única* coisa em que ela deveria estar pensando era em como enfiar uma faca de manteiga em suas cordas vocais.

Ele atravessou o cômodo. Lan observou com um desalento crescente o homem contornar a namoradeira e se agachar para examinar o cadáver, jogado como uma boneca, com os braços e as pernas retorcidos, a cabeça torta no chão, os olhos ainda abertos.

O homem se virou para ela, com as sobrancelhas próximas, o que não podia indicar boas notícias.

— O que você fez? — ele perguntou, baixo. — Quem é você?

Os dois ficaram olhando um para o outro, enquanto as palavras pairavam entre eles. O *que* ela havia feito? Lan abriu a boca.

Foi naquele momento infeliz que seu estômago decidiu capitular.

Lan se virou e vomitou bem nos biombos de laca cuidadosamente polida. A primeira coisa que ela pensou ao se endireitar foi: *Madame Meng vai me matar*. E depois: *Quatro deuses. Estou ficando maluca.*

– Beba um pouco de água – ela ouviu o traidor hin dizer, ao que se seguiu o som da porcelana tilintando e do líquido sendo servido. – Para passar o choque. Está tudo bem.

Uma xícara lhe foi oferecida. Sem pensar, ela a aceitou e bebeu tudo, para se livrar do gosto pútrido na boca. Quando a baixou, Lan viu que a borda, onde seus lábios haviam tocado, tinham uma mancha cor de cobre.

Sangue.

O oficial hin tinha recuado um passo e agora a observava com tanta intensidade que chegava a queimar.

– Pode me dizer o que aconteceu? – ele perguntou.

Lan olhou para a xícara em seus dedos e a faca de manteiga na outra mão, finalmente organizando seus pensamentos.

Em primeiro lugar: de alguma maneira, ela havia matado um anjo branco de alto escalão.

Em segundo lugar: estava sendo interrogada por um traidor hin.

Você tem que fugir, Lan disse a si mesma. *Agora.*

Ela avaliou a xícara em suas mãos, o esmalte branco e os desenhos azuis de coelhos saltitantes em meio aos salgueiros. Então ergueu os olhos até a bandeja à mesa, onde o bule se encontrava, cheio de chá frio. Lan recordou de como se surpreendera com seu peso quando chegara à casa de chá, como uma garota magricela que mal havia passado de seu oitavo ciclo. Madame Meng dava uma surra em qualquer menina cujas mãos tremessem ao servir o chá. Para nunca mais apanhar, Lan havia se determinado a suportar seu peso. Ela sabia o que precisava fazer.

Lan olhou para cima. O hin tinha se aproximado da janela e olhava para o outro lado do vidro. À luz fraca da lanterna alquímica, a rua estava em plena vista. Ele voltou a olhar para ela. Com a expressão aberta, à espera.

Ela guardou a faca de manteiga em uma dobra do tecido na cintura que já havia usado para esconder castanhas, jujubas secas e, com menos frequência, doces de gergelim.

Ela se forçou a falar com a voz aguda e sem fôlego enquanto procurava se aproximar da mesa onde a bandeja se encontrava:

– Eu... estou tentando lembrar. – Lan precisava se tornar a imagem da complacência, da submissão, exatamente o que se esperava de uma garota hin. – Ele estava... bem, nós estávamos... perto da parede, acho...

– Uma das mãos dela estava ocupada pela xícara que ele lhe oferecera. Com a outra, pegou o bule, como se fosse se servir de chá. – E ele... ele...

Ela caiu de joelhos e arfou no momento preciso.

O traidor hin se aproximou para ajudá-la. Atravessou o cômodo com uma rapidez notável, uma sombra contra a luz da lanterna vermelha.

– Você está...

Ele não conseguiu concluir a frase. Lan pegou a asa do bule com firmeza e, usando toda a sua força, acertou o rosto do homem com ele.

Na fração de segundo antes do contato, ela sentiu uma mudança no ar.

O bule se estilhaçou em uma explosão ruidosa de porcelana e chá frio. Na mesma hora, ela sentiu a pressão de dedos quentes e firmes em seu pulso. Lan baixou os olhos e viu cacos de bule por toda a parte, líquido escorrendo pelo belo piso de jacarandá de Madame Meng.

Lan voltou a erguer os olhos. O rosto do homem permanecia imaculado, não havia nem um respingo de chá em suas bochechas lisas.

Impossível, ela pensou, pensando nos cacos a seus pés. Nem tinha visto o homem se mover.

O traidor hin não parecia impressionado. Sua boca tinha se transformado em uma linha fina e ele segurava o braço de Lan.

– Você vai ter que fazer muito mais do que isso para conseguir fugir.

– Sei – Lan disse, e acertou o rosto dele com a xícara da outra mão.

A garota não esperou para ver o que havia acontecido; a pressão em seu pulso se aliviou, e já estava abrindo a porta de madeira quando registrou uma dor aguda na palma da mão. O corredor estava vazio; ela passou pelos biombos diáfanos e pelas portas de laca. O traidor hin logo sairia atrás dela. Lan precisava se distanciar o máximo possível da casa de chá...

Sangue pingava no chão, manchando a tela branca que era seu vestido como flores vermelhas na neve. Um fluxo constante descia por seu braço. Lan enfiou a mão machucada dentro da manga enquanto se dirigia à escada. A casa de chá logo se revelou mais abaixo, uma mistura de azul e prata elantiano, mesas cor de ébano e garotas com roupas esvoaçantes. Ela já tinha descido três degraus quando um movimento à porta chamou sua atenção.

Através do biombo ornamentado que ficava entre a porta e o salão principal, Lan viu um elantiano entrando – e todo o seu sangue correu para a cabeça. Ele estava coberto da cabeça aos pés por uma armadura clara; os únicos pontos coloridos que ostentava eram sua capa azul, esvoaçando à brisa da noite, e seus olhos cor de gelo.

Não. Não podia ser. Ela estava sonhando – *tinha que estar*.

Então o homem se moveu e Lan notou o brilho de algo em seus pulsos. A capa se afastou e Lan viu uma série de braceletes de metal em seus antebraços, de tons de cinza, ouro e ferrugem. Diferentes tipos de *metais*.

Tudo dentro dela congelou. Uma única palavra encontrou caminho para sua mente, como prata cortando a paisagem marcada pela neve.

Feiticeiro.

Madame Meng já abria caminho para chegar ao homem, com os lábios contraídos em um sorriso deslumbrante, os olhos carregados da promessa de ouro dos bolsos de um feiticeiro real.

Isso antes que, com um movimento dos dedos, o feiticeiro dividisse o torso dela em dois.

O tempo pareceu desacelerar, e Lan sentiu que estava presa em uma lembrança de doze ciclos antes: ela vendo o sangue escorrer pelas vestes da mãe, tentando conciliar aquilo com a imagem do feiticeiro segurando um coração pulsante na mão, o buraco no peito da mãe.

Era ele. O monstro de seus pesadelos.

O Feiticeiro Invernal, que doze ciclos antes havia matado sua mãe, estava bem ali, na casa de chá. Os olhos dele, com a precisão de uma flecha cruzando um campo de batalha, se fixaram nela, e a realidade readquiriu sua velocidade anterior.

Madame Meng caiu. Alguém gritou. O pandemônio teve início.

Lan se agarrou à balaustrada. Seu cérebro gritou para que ela fizesse uma coisa, enquanto seu coração gritou que fizesse outra. O feiticeiro seguia direto para a escada, para *ela*, no entanto os olhos de Lan varriam o salão, em busca da garota de qípáo cor-de-rosa.

Ying... Onde está você?

Ela localizou a melhor amiga agachada junto a um biombo, com uma bandeja despedaçada ao seu lado. Os olhos de Ying acompanhavam o feiticeiro, que permanecia em sua rota até Lan.

Os olhos das duas se encontraram. Ying precisou de um momento para ligar os pontos. Então ela se levantou e correu na direção do feiticeiro.

A mãe de Lan havia lhe dito uma vez que ela estava destinada à grandeza; que seu dever era para com o reino e que ela protegeria seu povo. Lan ergueu as mãos e gritou:

– Não! Fique aí, Ying!

Ela pagou por isso.

O feiticeiro real levantou os braços e seus braceletes de metal brilharam. Lan gritou. Ela teve a sensação de que alguma coisa penetrava suas veias e a congelava de dentro para fora. A sensação lhe era estranha, violentava-a de maneira agonizante. Lan ardia. E congelava. Estilhaçava-se como um vaso de porcelana. Uma luz branca lancinante emanava das fissuras entre os cacos *dela*.

Então, de maneira dolorosamente abrupta, tudo cessou.

Ela inspirou e expirou. Suas costelas apertando, os pulmões enchendo, madeira de jacarandá sob seus dedos ensanguentados. O calor insuportável do fogo se apagou, deixando suas entranhas vivas e vermelhas.

Uma voz soou, clara como a primavera, cortando sua dor.

– Chega!

Depois, Lan se lembraria de estar deitada no chão, com sangue na boca, o mundo de ponta-cabeça, de modo que as luzes alquímicas e as lanternas penduradas no teto pareciam que iam cair sobre o rosto familiar que apareceu no limiar da escada. Um rosto gentil em sua beleza e feroz em seu amor, brilhando em torno de olhos pretos e redondos.

Lan havia sentido aquele tipo de medo uma única vez na vida.

Ying deu um passo à frente. Ela não tinha nada; tremia no escasso e fino figurino da apresentação, o cabelo despenteado lembrando meadas de seda preta. Sua voz falhou e as palavras elantianas lhe saíram desajeitadas.

– Por favor, senhor... por favor, deixe-a em paz!

O Feiticeiro Invernal olhou para a garota com os olhos vazios. Ele ergueu uma das mãos. E uma sequência de ações se desenrolou devagar, muito devagar.

Lan sentiu um tremor no ar – uma energia invisível, quase como o ruído de um chicote, estendendo-se na direção de Ying.

Um corte vermelho surgiu no corpo de Ying, indo do pescoço à barriga. Então começou a aflorar vermelho, e o sangue escorreu por sua roupa e se acumulou em seus pés. Os lábios dela se entreabriram em surpresa.

Aos poucos, como a última pétala de uma árvore, ela foi ao chão.

O Feiticeiro Invernal se virou para Lan.

Seguiu-se uma rajada repentina de vento, gelada. Uma sombra recaiu sobre ela.

Alguém foi até onde ela estava, com o casaco pingando feito a noite encarnada. Olhos de meia-noite, mais duros que obsidianas.

Ele ergueu a mão. Tirou a luva preta. E luz explodiu das pontas de seus dedos.

Era ele – o traidor hin. Que ela havia atacado com a xícara.

Uma mudança drástica parecia ter ocorrido nele. Se antes seus movimentos tinham sido sutis, tão suaves quanto uma música, agora eram cortantes, ardentes, afiados feito uma espada.

Ele movimentou as mãos no ar, de um jeito que lembrava uma pose de arte marcial. Lan piscou; o tempo pareceu dar um salto enquanto sua mente se esforçava para acompanhar, e no momento seguinte chamas irromperam das mãos do traidor hin, varrendo o patamar e obscurecendo tudo: o feiticeiro real, o pandemônio na casa de chá e Ying, o corpo sem vida de Ying...

O traidor hin se virou para Lan, e ela pôde ver seu rosto de relance: lindo, terrível e furioso como uma noite de tempestade. Um fio de sangue escorria pela lateral de seu rosto. Ele lhe dizia alguma coisa, movendo os lábios com urgência, porém as palavras se arrastavam no cérebro dela. Lan olhava para outra coisa.

Brilhando no ar diante deles, havia um caractere estrangeiro que quase – *quase* – parecia uma palavra hin, embora não fosse. Em volta, como um rastro de fogo, havia um círculo. Uma parede de chamas pareceu surgir do nada, como lava derretida, lambendo o chão.

A visão despertou lembranças da neve caindo como cinzas, um coração vermelho pulsando no ritmo do alaúde quebrado. Algo impossível.

Ele a pegou, enlaçando sua cintura e apoiando seus cotovelos, e de repente Lan estava meio que sendo arrastada meio que avançando aos tropeços pelo corredor, com o traidor hin ao seu lado, o mundo lhe escapando como se ela tivesse tomado licor demais.

Os dois irromperam no Salão Flor de Pêssego. O rapaz desacelerou e virou as palmas para a janela. Daquela vez, Lan não piscou.

O dedo dele traçava linhas fluidas no ar. Era um movimento elegante e estranhamente parecido com a caligrafia da mãe. O ar perto da janela começou a tremular e cintilar; com cada movimento da mão, rastros ardentes de luz apareciam, daquela vez no vidro. Se a memória de Lan não lhe falhava, era um caractere diferente agora.

Ela observou o último movimento: um círculo ininterrupto, envolvendo o caractere desconhecido. Assim que o fim reencontrou o início, uma onda de choque pareceu pulsar no cômodo.

O vidro da janela se estilhaçou, os cacos explodindo no ar e caindo em volta deles como chuva.

O rapaz se virou para Lan. Seus olhos governavam o mundo dela naquele momento.

– Se deseja viver, venha comigo – ele disse, baixo.

Se deseja viver. A escolha lhe pareceu óbvia, até que não pareceu mais. Lan pensou no corpo caído de sua melhor amiga, aberto de dentro para fora. Ouviu os gritos vindos de algum lugar do corredor, das meninas arrastadas para aquela carnificina, flores tragadas por uma tempestade de inverno...

Ela desejava viver? Quantas vidas a dela valia?

– M-minhas amigas...

A voz dela soou fraca, patética. Māma havia lhe dito que quando crescida ela protegeria as pessoas que amava. No entanto, Lan as havia deixado morrer.

Os olhos do rapaz eram duros, inflexíveis, e a força com que a segurava pela cintura não afrouxava.

– Não há mais nada que você possa fazer – ele prosseguiu, com a voz constante. – Elas estão mortas.

Passos se aproximaram no corredor.

O traidor hin olhou para a porta atrás dos dois.

– Não temos mais tempo – ele disse, e com um salto decidido subiu no parapeito. Os dois ficaram ali, instáveis, a rua abaixo feito uma corrente distante de luzes áureas e com movimento nas sombras.

– Segure-se.

Ele a puxou para mais perto. Então escorregou o braço pela cintura dela e a agarrou pelo pulso, tomando o cuidado de evitar os ferimentos causados pelos cacos de porcelana. Lan enrijeceu diante da lembrança dos clientes da casa de chá tentando tocá-la com dedos bobos.

O toque do rapaz era leve, cortês. Seus dedos eram quentes contra a pele dela.

De canto de olho, Lan viu uma figura aparecer à porta do Salão Flor de Pêssego.

Ela virou a cabeça para olhar para trás. A última coisa que viu foi o olhar gelado do feiticeiro real, penetrando-a com uma promessa.

Ele iria encontrá-la. E faria com ela o mesmo que havia feito com todos os que ela amava. O mundo pendeu sob Lan, e de repente ela estava caindo.

6

Praticantes suspeitos de utilizar poderes demoníacos de qualquer tipo, incorrendo em práticas banidas, estarão sujeitos a interrogatório, punição e morte pela corte imperial.

Imperador Jīn, Segundo decreto imperial
sobre a prática, Reino do Meio

Zen não estava preparado para aquilo.

A prática tinha começado como uma delicada comunhão entre o mundo natural, os espíritos e os antigos xamãs dos 99 clãs, em separado. Várias práticas tinham se desenvolvido com a união dos clãs no Primeiro Reino e o período de relativa paz e prosperidade econômica; a educação havia florescido, e as Cem Escolas de Prática tinham sido criadas. A arte da prática era ensinada a qualquer um que nascesse com talento para controlar o qì, o fluxo natural e onipresente de energias, que só podia ser manejado por alguns poucos de maneira efetiva.

Ainda que as Cem Escolas reunissem os ramos bastante diversos de práticas de todo o reino, algo unia os professores e discípulos de todas elas: o praticante devia trabalhar em sintonia com o fluxo de energias mundanas ao seu redor e recorrer a elas em épocas necessárias. Equilíbrio e harmonia eram princípios-chave do Caminho.

A prática não podia ser usada para o mal.

Mesmo com a tentativa do Reino do Meio de subordinar as artes da prática ao poder imperial, mesmo com a erradicação dos 99 clãs no Último Reino e a remoção da prática da história, esse modo de pensar continuou moldando a cultura hin. Talvez isso explicasse por que os praticantes restantes que serviam à corte e ao Exército do Imperador Dragão haviam sofrido uma derrota tão esmagadora nas mãos dos feiticeiros reais elantianos durante a Conquista.

Zen se considerava um discípulo devoto das artes da prática, porém cair de uma altura de três andares não era algo que fizesse com regularidade, portanto exigia improvisação.

Infelizmente, ele era avesso a improvisações, gostava de seguir as regras.

O ar gritava ao passar por seus ouvidos, a garota gritava *nos* seus ouvidos, e o céu e as estrelas eram uma confusão acima de sua cabeça. Zen estendeu a mão e recorreu à arte dos selos gravada em seu cérebro por anos de estudo e prática para traçar um deles. De repente, os corpos de ambos estavam amarrados à sacada de madeira, contendo o rápido avanço à terra que se apressava a ir de encontro a eles.

Ele fechou o selo e a velocidade de queda se retardou. O chão pareceu ir buscá-los; a aterrissagem foi indelicada, mas não mortal.

Zen conseguiu ficar de pé. A garota permaneceu estirada ao seu lado na rua. O figurino parcimonioso da apresentação atraía os olhares dos transeuntes. Ela permanecia imóvel, como se tivesse perdido a vontade de se levantar.

Normalmente, Zen não se arriscaria a ter sua identidade revelada por uma garota que trabalhava em um bordel para as classes altas em um baluarte elantiano.

Só que garotas comuns não matavam soldados elantianos com um piscar de olhos. Zen havia sentido desde o andar baixo: a onda de choque de qì que varrera a casa de chá, detectável apenas por praticantes treinados. Um qì repleto de sombras e escuridão, de energias yīn desequilibradas.

Era o qì que ele vinha seguindo a partir da loja do Velho Wei – e que se tornara vago demais para ser rastreado na casa de chá lotada.

O problema era que Zen não havia sido o único a senti-lo.

Houve um movimento no alto; uma sombra apareceu na janela quebrada, a luz da lanterna manchando a armadura clara de vermelho. A silhueta ergueu a mão e o ar em volta de Zen começou a zunir. O cheiro de metal queimado o sufocava.

Magia. Magia dos metais elantiana.

Enquanto os praticantes hin pegavam as energias do qì emprestadas de todos os elementos do mundo natural, os feiticeiros elantianos recorriam aos poderes dos metais para criar sua magia. Até onde Zen sabia, cada tipo de metal revelava diferentes forças e fraquezas, e cada feiticeiro nascia com uma ligação com um deles, que usava no antebraço.

Muito poucos, Zen supunha, tinham a habilidade de trabalhar com *múltiplos* metais.

O homem que os caçava pertencia a uma classe rara de feiticeiros conhecidos como liga. Quanto mais braceletes um liga usava, mais metais era capaz de controlar, e mais poderoso era.

O antebraço daquele homem era um arco-íris de minérios. Zen não tinha o menor desejo de enfrentá-lo, muito menos carregando um peso morto. Um peso morto que havia quebrado uma caneca contra sua cabeça.

Ele riscou uma série de traços no ar. Um redemoinho de sombras explodiu de seu selo, como chamas pretas, enevoando a área à sua volta e escondendo-os de vista – um truque que havia aprendido de um mestre que servira como assassino imperial.

Zen se virou e ergueu a garota pelas axilas.

Algumas perguntas ainda precisavam ser respondidas. Por exemplo, em relação à lealdade dela. Até onde Zen sabia, os únicos praticantes hins sobreviventes moravam na escola, escondidos com ele. No entanto, poderia interrogá-la mais tarde. No momento, era imperativo mantê-la longe das mãos elantianas, antes que ela se tornasse outra arma que pudessem usar para ter mais acesso à prática hin.

Zen passou um dedão pelas cicatrizes em sua mão – um movimento que havia se naturalizado ao longo dos ciclos. Para a garota, seria melhor morrer que ter que passar por tudo o que passaria na mão dos elantianos.

– Temos que ir embora – ele disse. Em volta, pessoas gritavam conforme a fumaça preta se espalhava; em menos de dois minutos, a ronda se fecharia sobre eles. – Por favor. *Vamos...*

Ele ouviu o assovio de metal atrás de si tarde demais.

Zen se virou e o lampejo de uma lâmina passou por ele. Uma dor lancinante na lateral do corpo se seguiu. Zen soltou o ar com força e seus joelhos se dobraram de surpresa. Quando ele levou a mão na altura do diafragma, a região estava quente e úmida de sangue.

Ele soube na mesma hora que se tratava de uma lâmina envenenada, coberta com um feitiço elantiano que já começava a se espalhar por suas veias. Essência de mercúrio, talvez, ou arsênico, ou antimônio.

Sua mente se nublou.

Mãos pequenas e firmes envolveram sua cintura. Ele sentiu seu próprio braço sobre um ombro ossudo, e cabelos sedosos roçarem seu queixo. Em meio ao cheiro de metal queimando e sangue amargo, Zen identificou um perfume de lírios.

Com alguma dificuldade, ele conseguiu focar a visão. A garota o arrastava adiante, pela Estrada do Rei Alessander. As luzes áureas pareciam embaçadas; suor escorria pelas bochechas dele enquanto o mundo latejava ao ritmo de seus passos. A única coisa que o mantinha ancorado era a sensação dos braços da garota em sua cintura, o aroma de lírios em meio à névoa que ocupava sua mente.

Aos poucos, a multidão se dissipou, as barraquinhas se tornaram mais esparsas, as estradas escureceram conforme a luz das lanternas rareava.

Eles pegaram uma ruazinha estreita, os sapatos se arrastando pela fuligem. O ar estava permeado pelo odor pungente de lixo de cozinha e... misturado com a salmoura forte da água do mar.

A garota finalmente desacelerou. Zen ficou grato quando ela o apoiou contra uma parede. A queimação na lateral de seu corpo parecia ter diminuído com a distância que haviam aberto em relação ao feiticeiro. Quanto mais longe, mais fraco o poder da magia – e mais poderoso o praticante precisava ser. Era algo que a prática hin e a magia elantiana tinham em comum. Chegava a assustar, no entanto, o pouco que o punhado de praticantes hin havia aprendido sobre magia dos metais em doze longos ciclos.

Zen ergueu a mão trêmula para enxugar o suor da testa. Ela voltou manchada de sangue. Ele piscou por um momento, sem entender de onde o sangue vinha, então quase riu ao se recordar. A garota havia quebrado uma xícara contra seu rosto.

– Está tudo bem, senhor?

A voz dela era como música: doce feito sinos de prata, clara como o céu pacífico. Zen ergueu os olhos e se deparou com a garota o encarando, o luar transformando o traje claro dela no leite derramado mais puro. Seu cabelo na altura do queixo estava empapado de suor, porém ainda assim ela era encantadora. Ele a havia notado na casa de chá – não conseguira evitar. Os lábios curvados sobre o queixo pontudo, os cílios escuros emoldurando seus olhos risonhos que no momento o avaliavam tanto quanto ele a avaliava. Zen desviou o olhar.

– Sim – ele disse, um pouco rouco. – Obrigado.

Ela exalou e recuou um passo.

– Então você não é um traidor hin.

Ele piscou para ela algumas vezes, cansado.

– Por acaso pareço trabalhar para o governo elantiano?

A garota ergueu as sobrancelhas e o observou devagar, das pontas de suas botas de couro envernizado até seu casaco ao estilo dos comerciantes elantianos.

Zen sentiu o rosto esquentar. Bem... Estava vestido *exatamente* como um traidor hin.

– Como fez aquilo? – O tom de voz da garota havia se alterado. Ela o observava com atenção, o rosto parcialmente coberto pelas sombras. – Aqueles truques baratos com luzes e fogo, o vidro da janela quebrando...?

— Não são truques baratos — Zen respondeu. Os olhos da garota cintilaram, e ele não disse mais nada a respeito. — Eu também tenho algumas perguntas a fazer a *você* — Zen retrucou. — Por exemplo, como uma garota de uma casa de chá conseguiu matar um anjo elantiano de alto escalão?

E por que há tanto yīn nas energias que usa?

O pensamento o fez voltar a analisá-la. Zen notou sua figura, pequena e encolhida, como um animal preparado para atacar. Não importava o quanto ele procurasse, no entanto, não era mais capaz de encontrar qualquer traço das energias yīn que sentira na loja do Velho Wei e permeando o Salão Flor de Pêssego, envolvendo o cadáver do anjo elantiano.

Não fazia sentido. Se ela era mesmo uma praticante demoníaca, ou uma praticante normal, por que ele não conseguia sentir nenhum resquício de qualquer forma de qì emanando de sua pessoa? A garota ficou na defensiva.

— Não é da sua conta.

— Agora é.

— Não pedi sua ajuda.

Foi a vez de Zen erguer as sobrancelhas.

— Ah, não? Será que entendi errado a oferta que me fez na casa de chá?

Sem piscar, ela encurtou o espaço entre os dois e estendeu a mão com a palma virada para cima.

— Então pague, mestre da magia se passando por traidor hin.

A respiração de Zen acelerou e ele recuou o máximo possível na direção da parede. Aquela ingrata desavergonhada, usando seus modos baratos de cantora de casa de chá contra ele. Ela poderia ser expulsa da escola por uma afronta daquelas.

Zen era melhor que aquilo. Tentou controlar o coração e ignorá-la, olhando em volta e se concentrando no beco estreito, na rua irregular e na escuridão que se revelava mais confortável que as luzes áureas superficiais dos elantianos.

— Onde estamos?

— Nos cortiços. — A garota inclinou a cabeça para olhar na direção da rua principal. Continuava tão perto dele que chegava a ser desconcertante. Seu aroma de lírios destoava fortemente do perfume de rosas que inundava a casa de chá. Como se ouvisse seus pensamentos, os olhos dela retornaram a ele, brilhantes e ousados. — Sei que não é exatamente o que procura, senhor, porém a ronda nunca passa por aqui.

Senhor. Ele ignorou o insulto.

— Talvez agora passe — Zen disse, endireitando-se um pouco. O feitiço elantiano havia abrandado o bastante a ponto da dor da ferida se tornar suportável. Continuava sangrando, porém ele não tinha tempo ou o material necessário para tratá-la naquele momento. – Temos que sair da cidade.

Assim que as palavras saíram de seus lábios, um som distante chegou até eles: a ladainha rítmica ressoando na noite. A garota inspirou fundo.

– Os sinos – ela sussurrou, então seus olhos o procuraram depressa. – Os sinos do amanhecer e do anoitecer.

Zen não sabia muito bem o que pensar daquilo. Não havia crescido em uma cidade hin convencional e mal vivera no Último Reino antes que o arrancassem dele. Com a invasão elantiana, as cidades haviam se tornado armadilhas mortais para pessoas como ele. O que Zen *sabia*, no entanto, era que a distante capital de Tiān'jīng – uma cidade que sua família havia feito questão de evitar – tinha um par de sinos que soava ao amanhecer e ao anoitecer todos os dias, sem falhar. Não sabia ao certo por que a música deles deixava a garota tão ansiosa. Ela continuava o encarando, como se ele fosse louco.

– Quatro deuses! Você cresceu no convento? É o toque de recolher.

Ah. Zen virou a cabeça na direção dos sinos, com os olhos apertados. Mantendo a mão na lateral do corpo, ele se afastou da parede e ficou aliviado ao perceber que suas pernas estavam firmes. O mundo não girava mais.

– Para os portões da cidade – ele disse. – Não temos tempo a perder.

Ela balançou a cabeça.

– É o primeiro lugar onde vão procurar. Os portões devem estar fechados e lotados de anjos.

– Então para a muralha.

– É impossível de escalar. Assim que nos virem, vão nos matar.

Zen hesitou. Precisavam sair de Haak'gong logo, antes que as ruas ficassem repletas de soldados elantianos e, pior ainda, feiticeiros do governo. O baluarte militar elantiano já devia ter sido alertado, e logo Zen e a garota não passariam de formiguinhas encurraladas. Se realmente chegasse àquele ponto...

Em uma fração de segundo, Zen tomou uma decisão.

– Se conseguir nos levar até lá, consigo nos colocar do outro lado.

Os olhos da garota brilharam como seixos escuros quando ela se virou na direção da casa de chá, cerca de uma dúzia de ruas para trás. Emoções passaram por seu rosto como nuvens pelo céu noturno; hesitação, culpa e pura tristeza.

Isso tocou o coração dele. Sua voz se abrandou.

– É a primeira vez que vê um massacre?

– Não.

A resposta dela o surpreendeu, aquela única palavra cortante contendo mil outras. Os olhos da garota poderiam ser as páginas de um livro ainda por ler, com uma história gravadas nelas. Uma história que Zen ficou desconfiado que lhe seria dolorosamente familiar. Seu maxilar endureceu.

– Então você sabe que não podemos fazer nada além de sobreviver.

A garota piscou, e a emoção deixou seu rosto. Ela deu um passo à frente, com firmeza e decisão, como se estivesse em uma apresentação na casa de chá e passasse de um número a outro.

– Tente acompanhar meu ritmo – ela disse, e adentrou as sombras.

Os sinos soavam pela cidade de Haak'gong.

A multidão se encontrava em frenesi e a guarda elantiana ocupava as ruas, encurralando as pessoas como peixes em uma rede. A garota conduziu Zen pelos becos, atendo-se a ruelas sujas e estreitas, com paredes desmoronando e sangrando pobreza. Ela seguia à frente dele como um fantasma, com passos decididos feito os de uma cabra nas montanhas.

Haak'gong era uma cidade portuária, com um lado banhado pelo mar e os outros três cercados por uma muralha alta construída milhares de ciclos antes para protegê-la dos invasores mansorianos e reforçada no domínio do medo instilado pelo infame praticante demoníaco conhecido como Assassino da Noite, perto do fim do Reino do Meio. No momento, os elantianos a usavam para controlar o funcionamento da cidade e manter as pessoas lá dentro. A muralha era alta, quase impossível de escalar e, como Zen via agora, protegida por arqueiros.

Ele e a garota estavam agachados na escuridão emprestada de telhas de barro lascadas, cercados por casas decrépitas. Os dois haviam chegado aos limites dos cortiços, que se amontoavam sob a sombra da muralha ocidental. Chamas de tochas bruxuleavam nas torres de vigia, um toque de luz em meio à noite. Dava para ver os anjos brancos em serviço, as armaduras claras passando entre as ameias, tal qual um jogo macabro de esconde-esconde.

Zen precisaria agir no momento certo. Chegar o mais alto possível, procurar a escuridão entre as torres de vigia, o espaço entre um anjo e outro... então os dois se arriscariam. Ele se virou para a garota.

– Temos que subir no telhado.

– Você vai fazer um de seus truques outra vez?

A garota fez um movimento de mão errático, e ele precisou de um momento para entender que ela estava imitando sua prática.

– Não – Zen respondeu, tentando não se sentir insultado. – Eles... os feiticeiros sentiriam.

A garota continuou olhando para Zen, e ocorreu a ele que ela não entenderia nada se ele falasse nos termos da prática. Afinal, as pessoas comuns achavam que os praticantes não passavam de lenda. A corte imperial havia se certificado daquilo.

A garota movimentou as sobrancelhas para ele, em uma expressão que poderia ser considerada zombeteira – e que *definitivamente* não seria tolerada por alguns mestres da escola –, então lhe deu as costas. Com um salto leve, ela estava no parapeito da janela; com um movimento discreto, ela se içou para os beirais de terracota.

Foi quase humilhante o tempo que ele levou para subir sem recorrer à prática. Quando chegou ao telhado, Zen suava profusamente e sentia pontadas agudas na lateral do corpo que não melhoravam em nada seu humor.

A garota estava agachada, concentrada na muralha. Ela olhou para Zen e levou um dedo aos lábios.

– Feiticeiros – murmurou, apontando.

Zen piscou para que seus olhos recuperassem o foco e os apertou. Depois dos telhados dos cortiços, na direção das vias principais de Haak'gong, ele viu algo que fez seu sangue gelar. Uma unidade inteira de feiticeiros reais elantianos cruzava as ruas, reconhecíveis por conta das capas esvoaçando como cacos de céu. Mesmo dali, Zen via o brilho do metal em seus antebraços. Os dois precisavam sair da cidade *naquele instante*.

Ele levou a mão ao ferimento na lateral do corpo. Continuava sangrando, porém Zen cuidaria disso quando estivessem do outro lado. Estava consciente de sua respiração rasa e dificultosa, de sua visão estreita e desfocada.

Com um esforço tremendo, ele se levantou e estendeu a mão.

– Você vai ter que se segurar firme a mim.

Ali estava, outra vez, a sombra de medo que passava pelo rosto dela à perspectiva do toque. Zen compreendia – e conhecia aquela sensação mais do que a garota imaginava.

Os elantianos haviam deixado sua marca em ambos, de maneiras visíveis e invisíveis. A garota ergueu uma sobrancelha.

– Não deveríamos nos concentrar em fugir em vez de ficar abraçados?

Apesar da urgência cada vez maior que Zen sentia, suas bochechas ficaram coradas.

– Vamos fugir – Zen afirmou, com uma tontura chegando a seu estômago. Logo, ele não teria mais forças para tirar os dois dali. – Vou nos levar para o outro lado.

– Como?

Zen cerrou os dentes.

– Só... *veja*. Não tenho como explicar em alguns poucos segundos o que estou prestes a fazer.

Ela o olhou com ceticismo, então deu de ombros e avançou um passo. Posicionou a palma da mão com delicadeza sobre a dele. Ela pairou ali, a um fio de cabelo de distância, como uma pergunta no ar.

– Por que está me ajudando? – Daquela vez, não havia tom de brincadeira em sua voz. – Seu contato morreu e não tenho nada a lhe oferecer.

Zen entreabriu os lábios para responder, então notou algo de canto de olho. Um padrão claro despontando da manga esquerda dela, como uma lua crescente. Uma lufada de ar naquele exato momento ergueu ainda mais o tecido diáfano da manga dela, e então ele viu: uma cicatriz em sua pele, os traços arranjados à maneira de um caractere hin, envolta por um círculo suave e ininterrupto.

Um selo. Um selo com que Zen nunca havia deparado.

Aquilo o surpreendeu. Quando ele voltou a olhar para a garota, foi como se a cortina de fumaça através da qual a havia visto até então tivesse se dissipado.

As energias yīn que ele sentira na loja do Velho Wei.

O modo como a garota havia matado o soldado elantiano em uma explosão de qì.

O motivo pelo qual os feiticeiros reais estavam atrás dela.

Aquela garota tinha um selo na pele, o que apontava para uma única possibilidade: um praticante o havia deixado nela, protegendo dentro da garota todos os segredos que carregava. Segredos que talvez explicassem a energia yīn que a garota exalava.

Será que ela sabia disso? A garota continuava aguardando.

Qualquer que fosse a resposta falsa que ele estivesse prestes a lhe oferecer sumiu de sua língua. Seu instinto lhe dizia para improvisar. Zen virou o pulso dela e puxou a manga com a outra mão, tomando cuidado para não tocar a pele.

– Por causa disso – ele falou.

– Você consegue ver – ela sussurrou, e o medo em seu rosto deu lugar à admiração.

Zen estava se preparando mentalmente para mais perguntas quando ela arfou. Em um movimento repentino e inesperado, a garota deu fim ao espaço entre os dois e enlaçou a cintura dele. Então encostou a cabeça no ombro dele. Não havia nada de romântico no gesto; ele mais provocou uma estranha dor no peito de Zen, o movimento marcado pelo desespero. Uma garotinha se agarrando à última possibilidade de refúgio em um mundo moribundo.

Com delicadeza, Zen deixou os braços caírem sobre a lombar dela. Seu cabelo roçou em seu queixo e o aroma de lírios o envolveu. Tranquilizando-o. A exaustão era imensa, e de alguma maneira ela também se revelou uma âncora na tempestade, com sua presença firme e sólida. O pior, no entanto, estava por vir.

– Segure-se – Zen disse, e deixou que o qì fluísse por ele.

As Artes Leves eram um ramo da prática que canalizava o qì de maneira precisa através de pontos focais no corpo, com o intuito de realizar um movimento extraordinário – muitas vezes exagerado nos contos e histórias de praticantes voando ou dançando sobre a água que entraram para o folclore. Atravessar aquela muralha exigia habilidades extremamente avançadas... e o momento perfeito.

Zen recorreu ao qì que fluía à sua volta e permitiu que suas correntes o penetrassem, retendo tudo dentro dele. Pessoas comuns também tinham qì dentro de si – ele fluía para toda parte, estava por trás de tudo no mundo. O que dava poder aos praticantes, no entanto, era a habilidade de recorrer a ele e controlá-lo. Praticantes passavam ciclos cultivando o qì e expandindo a quantidade dele que eram capazes de conter. Naquele momento, Zen sabia que se acendia como um farol, o puxão das energias sinalizando sua localização aos feiticeiros elantianos nas redondezas. Em pouco tempo, estariam todos ali.

Ele sentia os braços da garota firmes em sua cintura, como se ela tivesse sentido a movimentação no qì em volta. À distância, ouviu gritos, viu o lampejo dos metais, sentiu o cheiro acre da magia elantiana. Só um pouco mais...

As solas de seus pés formigavam, o fluxo de qì o trespassava e o enchia de uma sensação de vitalidade, uma onda inebriante de poder. As cores à sua volta ficaram mais nítidas, os sons mais claros, como se o mundo se derramasse em fragmentos de cristais coloridos, afiados como lâminas e reluzentes como diamantes. Ao mesmo tempo, algo nele se agitou: uma grande fera inspirando, ganhando vida com um bramido por conta da afluência de energia. Zen a conteve.

Armaduras de prata reluziam por entre as ameias, em um ritmo constante, os soldados alheios ao que acontecia mais abaixo. Zen fez uma contagem regressiva mental, sentindo as energias queimarem aos seus pés.

Então deu um impulso. O mundo se abriu para ele, em uma onda emocionante de luz e escuridão, yīn e yáng: os becos ziguezagueando entre os telhados das casas desmoronando, os varais de roupas instáveis saindo das janelas feito almas pálidas, uma vela bruxuleante aqui e ali, sussurrando amarela através das janelas de papel. Zen sentia tudo, os elementos do mundo constituindo o fluxo de qì: a terra empapada chorando sob as ruas cobertas de resíduos e fuligem, o ar parado sobre as casas curvadas. Poças de água tomadas pelo esgoto, carvão queimando para emprestar um pouco de calor ao frio do outono.

Você poderia fazer alguma coisa, uma voz sussurrou nos recantos da mente dele. *Poderia acabar com o sofrimento dessas pessoas. Todo esse poder estaria sob seu comando. Se você se permitisse.*

A garota soltou um gritinho abafado nos braços dele. Zen enrijeceu. De repente, o ar se tornou asfixiante, o cheiro de metal queimando entalou em sua garganta, a pressão cada vez mais forte em seus ouvidos...

Do nada, um chicote de ferro estalou no ar.

Por instinto, Zen curvou o corpo, protegendo a garota.

Ele sentiu o momento em que o chicote atingiu suas costas, com força o bastante para deixá-lo vendo estrelas. A dor – uma dor excruciante – se espalhou por suas veias, como fogo. Zen não conseguia respirar, não conseguia se mover, não conseguia pensar.

Ele perdeu o foco. O qì que o impulsionava para cima minguou. O céu começou a se distanciar, o chão começou a subir. A escuridão se fechou em torno dele.

7

*Praticantes do Caminho realizam uma troca equivalente,
pois não é possível receber sem dar. O poder emprestado deve
ser devolvido, e o poder em si exige pagamento.*
Dào'zǐ, Livro do Caminho (*Clássico das virtudes*), 1.4

Ele tinha perdido a consciência.
Algo – um chicote de metal, talvez empunhado por um feiticeiro elantiano – o havia atingido do nada, interrompendo a trajetória de ambos e fazendo-os espiralar.

Lan gritou para ele ao caírem, agarrando sua cintura enquanto as lapelas do casaco batiam em seu rosto, tal qual as asas quebradas de um pássaro. O vento gritava em seus ouvidos, roubando sua voz e puxando as mechas pretas do cabelo dele.

O chão parecia se elevar para recebê-los, duro e rápido. Não, não o chão – as ameias da muralha, a luz das tochas parecendo os dentes e a língua de uma fera enorme abrindo a bocarra. Lan via o brilho da prata e do metal do outro lado – dos soldados que os atacariam em questão de segundos.

Ela gritou outra vez, e com extrema dificuldade soltou uma das mãos para dar um tapa no rosto do rapaz.

Os olhos dele se abriram na hora. O sangue de Lan congelou.

Parecia que ela olhava para um rosto que não era humano; sua expressão era tão glacial que poderia pertencer a uma das estátuas de mármore elantianas de deuses e anjos. O rapaz cuidadoso e educado com quem falara antes tinha desaparecido.

E os olhos dele agora estavam totalmente pretos.

Algo rodopiava na escuridão: uma luz, estrelas distantes na noite preta feito tinta. Ela sentiu as mãos dele se movimentarem em suas costas, sentiu uma onda de algo inexplicável – Energia? Poder? Vento? – rodeá-los.

O ar ficou denso como xarope de arroz. Algo roçou nas costas de Lan. Como se uma mão gigante os segurasse, Lan e o rapaz perderam velocidade, ficaram à deriva e aterrissaram nos parapeitos de pedra.

Ele ficou esparramado sobre ela, com as pálpebras tremendo, a cabeça caindo. Com um suspiro suave, voltou a perder a consciência, o peso de seu corpo pressionando o dela.

Botas ribombavam no terreno próximo. Havia pressão nos braços de Lan. O mundo se endireitou quando alguém a fez ficar de joelhos. Mãos enluvadas seguraram seu queixo com força o bastante para deixar marcas, e puxaram seus braços tortos para trás. Lan ergueu os olhos e se viu diante de soldados elantianos.

– O que foi isso? – Ouvir a língua elantiana foi como um balde de água fria. – Vocês viram?

– Acha que pularam de algum lugar? Estava escuro demais para enxergar.

Se Lan não tivesse literalmente *sentido* o rapaz saltar – quase voar – do alto das casas abaixo para a muralha, tampouco acreditaria. Como? Ela pensou em como parecera que chamas saíam de seus dedos. Em como ele traçara aquele estranho caractere no ar e uma janela a uma boa distância se estilhaçara.

A conversa que tivera com o Velho Wei naquela mesma tarde retornou à mente de Lan.

Quem quer que sejam os heróis e praticantes de antigamente em quem acredita, eles estão mortos. Não restaram heróis para nós neste mundo, Velho Wei.

Acredita mesmo *nisso?*

Lan sentiu um dedão áspero na bochecha. Seus pensamentos se esvaíram.

– Essa é bonita – um anjo elantiano comentou. – Seria uma pena simplesmente deixá-la ir.

Ela tentou se desvencilhar, procurando dentro de si, em suas lembranças, qualquer resquício do poder miraculoso que a havia salvado de Donnaron J. Tarley.

Daquela vez, no entanto, nada aconteceu.

Ela reprimiu um grito enquanto os anjos a imprensavam contra a pedra grosseira. Sentiu gosto de sangue, quente e metálico, e o roçar duro e frio de uma armadura em suas costas, enquanto seu qípáo fino da apresentação era rasgado com tanta facilidade quanto se fosse papel de arroz.

Era assim que tudo ia terminar? Nas mãos de alguns poucos anjos, com a liberdade a alguns passos, do outro lado da muralha?

– Parem.

A voz irrompeu na névoa como um trovão em um céu de tempestade. No mesmo instante, a pressão em suas costas desapareceu e ela foi colocada de pé.

Piscando para afastar as lágrimas, Lan encarou os olhos azuis gelados do recém-chegado.

O Feiticeiro Invernal vinha na direção deles. A luz das tochas sangrava escarlate em seu uniforme prata e azul, o cabelo de um branco chocante. Ela se lembrava dele como vermelho, tal qual o sangue do coração da mãe no dia em que o vira pela primeira vez.

Dessa vez o feiticeiro também a via. Ele arrastava um chicote cintilante atrás de si, como uma cobra; aos olhos de Lan, o chicote se enrolou no braço dele, dissolvendo-se em um dos braceletes de metal que o feiticeiro usava.

– Você – ele disse, baixo. – Pensei ter reconhecido a magia de doze ciclos atrás, aquela que eu disse a mim mesmo que jamais esqueceria. – O feiticeiro se ajoelhou e seus dedos cobertos por luvas azuis se fecharam em torno da mandíbula de Lan com tanta força que a garota soltou um arquejo quando o homem puxou o rosto dela em sua direção. Os olhos dele se estreitaram em triunfo. – Se não tivesse matado o general Tarley, teria continuado a dançar sob meu nariz sem que eu me desse conta disso.

Ele a reconhecera. Pior... estivera procurando por ela. Por sua *magia*.

Que magia?, Lan pensou, desesperada, porém a constatação queimou em sua mente em uma série de imagens: o general Tarley morto à sua frente, com um misterioso lampejo branco; a mãe, com o cabelo e o qípáo esvoaçando a uma brisa invisível, os dedos dançando no alaúde, depois fechados sobre o pulso de Lan, deixando uma cicatriz que só a garota podia ver, em uma língua que ninguém compreendia.

Ou que ninguém havia compreendido até aquela noite.

O feiticeiro ergueu a mão e tirou a luva. A visão de seus dedos – compridos, finos e de um branco doentio – fez uma onda de repugnância a varrer por dentro.

– É hora de terminar o que comecei.

Ela havia jurado para si mesma que da próxima vez que se encontrassem não seria mais a menina assustada, que se esconderá trêmula nas saídas de água quente. Que seria alguém poderosa. Alguém capaz de revidar.

No entanto, quando encarou os olhos dele, Lan percebeu que sua voz morria na garganta. O medo tomou conta dela – tão violento que ela se encolheu sob seu toque.

– Desta vez – o feiticeiro real sussurrou –, você vai entregar o que eu quero.

Ela não conseguia desviar o olhar dos olhos gelados dele. Não conseguia afastar as palavras que a assombravam havia doze ciclos.

Entregue a mim, ele havia dito a Māma.

Nunca, fora a resposta dela.

O tempo pareceu desacelerar quando o feiticeiro levou a mão nua ao pulso esquerdo dela. O metal de um de seus braceletes começou a se distorcer. Uma espécie de agulha surgiu e perfurou a pele dela.

A dor irrompeu, disparando do braço para o peito de Lan e consumindo-a por inteiro. Foi como se ele passasse uma faca incandescente por seus ossos, abrisse espaço em sua carne. Nesse momento, quando a lembrança da morte da mãe a reencontrou, havia algo diferente nela, *algo a mais*.

Lan viu uma forma serpentina saindo da sombra da mãe, murchando conforme ela pegava o pulso da menina e queimava uma cicatriz invisível em sua pele.

Lan gritou. O rosto do Feiticeiro Invernal brilhava sob uma luz branca, e fissuras pareceram surgir em suas bochechas. Uma luz branca que ela se deu conta de que vinha de seu próprio pulso.

Sua cicatriz se iluminou, o caractere e o círculo brilhando como ouro branco. O fogo ziguezagueava por suas veias, e rachaduras apareceram em sua pele, como se ela estivesse se fragmentando de dentro para fora. Lan ouviu um grito agudo enquanto o mundo à sua volta ondulava e se transformava.

Com um urro, o Feiticeiro Invernal a soltou. Lan caiu de joelhos, segurando o braço esquerdo. Algo havia se soltado dentro dela, algo que provocava uma pressão em sua cabeça e uivava em seus ouvidos.

Uma sombra cortou o caos. Mãos frias envolveram seus ombros e a puxaram para longe. O céu desabou, as estrelas balançaram e de repente pareceram brilhar mais que cristais, tão próximas que ela quase sentia seu gosto. Então eles desapareceram de súbito.

Vento fresco, cheiro de grama. Bochechas úmidas.

Lan despertou com o leve tamborilar da chuva. Acima dela, folhas de bambu cobriam parcialmente o céu, e a lua não era mais que um sussurro prateado por trás das nuvens de tempestade. Ela não reconheceu os arredores. Parecia estar em meio a uma floresta de bambu. Longe dos elantianos, dos portões da cidade, do medo e da dor. Ali, havia apenas o murmurar baixo da água perdendo a força ao passar pelos caules cheios de musgos e penetrando a terra adormecida.

Lan virou a cabeça, ignorando as pontadas de dor agudas que subiam por seus dentes. Ao lado dela, com meia bochecha na lama e o cabelo preto espalhado como tinta derramada no rosto, estava o jovem de antes.

Ele estava totalmente imóvel, a não ser pelo subir e descer raso de suas costas. Sangue escorria gentilmente de sua têmpora e de seu nariz; a pele estava acinzentada. Seu casaco se acumulava à sua volta como uma poça de água escura.

Estavam vivos. No entanto, havia algo diferente, algo de *mais claro* no mundo, como se a vida toda ela o tivesse visto através de um vidro trincado e a queda houvesse colocado tudo no lugar. Lan sentia *cada* gota de chuva espiralando do céu, a umidade na terra abaixo dela, as correntes frias de vento passando pelas folhas de bambu que agora, de alguma maneira, pareciam impossivelmente *vivas*. Um estranho zumbido das energias da floresta, da água e das nuvens se unia na mais pura harmonia de uma canção.

Era como se o mundo tivesse despertado afinal... ou como se *ela* tivesse dormido esse tempo todo.

Lan fechou os olhos, pressionando a têmpora com os dedos. Devia ter batido a cabeça com força.

Ela se forçou a ficar sentada, e seus ossos protestaram. Com alguma dificuldade, virou o rapaz para que ficasse deitado de costas.

Foi quando pegou uma parte da manga para limpar os ferimentos dele que notou seu próprio braço esquerdo. O mundo lhe escapou, e ela agarrou a própria barriga para se impedir de vomitar.

Parecia que alguém havia injetado prata derretida em suas veias e sua cicatriz: ela se destacava, cinza e brilhante, sob uma camada fina de pele, e sangrava pelo restante do seu braço como as raízes de uma árvore doente e retorcida. Com a chuva deixando seu cabelo liso e escorrendo por seu rosto, Lan ficou olhando para o braço maculado até que uma sombra se moveu a seu lado.

O rapaz tinha despertado e se sentado. Ele limpou a lama e tirou a água da chuva do rosto, depois piscou para enxergar melhor. Seus olhos se aguçaram.

– Quatro deuses – ele sussurrou. – Seu qì...

– O que foi? – ela perguntou.

Ele ficou olhando para Lan por mais um momento, depois para o braço dela.

– Me deixe ver isso.

A voz dele estava rouca de exaustão, porém permanecia cuidadosamente sob controle. Sem entregar nada.

Lan engoliu em seco e estendeu o braço para ele. Tentou não se encolher quando o rapaz passou os dedos por sua pele.

Os olhos dele procuraram os dela. Sem dizer nada, o rapaz recolheu as mãos e deixou que descansassem sobre as pernas. Ele se debruçou sobre o braço de Lan e passou um bom tempo olhando para ele. Quando falou, foi com uma expressão inescrutável.

– Acredito que o feiticeiro elantiano tenha injetado um feitiço nas suas veias em uma tentativa de romper o selo em seu braço. Se você não for tratada, isso vai contaminar seu sangue e acabar matando você.

As palavras caíram com um baque nos ouvidos dela. Lan fechou os olhos por um momento, o que não impediu as imagens de ocuparem sua mente: Ying, com o corpo se abrindo sob a magia do Feiticeiro Invernal; as mãos do anjo branco nela própria, rasgando seu vestido. A mãe, sangrando até a morte sobre as tábuas de madeira da casa delas.

Após doze ciclos fugindo e se escondendo, os elantianos haviam destruído novamente o pequeno refúgio que Lan encontrara na tempestade. E tinham matado as únicas pessoas no mundo com quem ela se importava. Suas roupas haviam sido reduzidas a farrapos, seus ombros e suas costas estavam expostos, seu corpo por muito pouco não fora violado.

Se ela sobrevivesse, aquele seria o tipo de vida que a aguardaria: fragmentos de uma meia existência em uma terra pilhada, à mercê dos conquistadores elantianos como ratos em uma gaiola. A chuva em suas bochechas pareceu mais quente.

– Eu não... – As palavras entalaram em sua garganta. – Não quero esta vida...

Algo pesado caiu sobre os ombros dela. O rapaz se agachou à sua frente, depois de tê-la coberto com seu casaco. Com uma manga, ele começou a secar o rosto de Lan, parando de tempos em tempos para verificar como ela reagia. Lan deixou que o fizesse, deixou que a chuva a lavasse e entorpecesse enquanto ele limpava o sangue de suas bochechas e seu lábio cortado. O rapaz era gentil, cuidadoso e eficiente. Cada movimento do tecido apagava a lembrança das mãos elantianas em seu corpo.

Quando ele terminou, recolheu as mãos e as cruzou.

– Sei qual é a sensação – disse, baixo. – Sei como é ter tudo tirado de você. E sei como é difícil... continuar a viver.

Com os braços envolvendo o próprio corpo, Lan ergueu os olhos para encará-lo. Quando ele a olhou de volta, com a expressão contida, não havia nada daquela escuridão estranha e anciã nos olhos dele. Tampouco havia bondade, só uma empatia dura e cortante.

– Mas você deve se lembrar de que, caso escolha viver, não viverá apenas para si mesma. – Ele levou os dedos ao coração. – Viverá por aqueles que perdeu. Carregará o legado deles dentro de você. Os elantianos destruíram as raízes de nosso reino: nossa cultura, nossa educação, nossas famílias e nossos princípios. Eles querem nos colocar de joelhos, nos subjugar a ponto de nunca mais levantarmos a cabeça. O que eles não sabem é que, enquanto estivermos vivos, carregaremos dentro de nós tudo o que destruíram. E esse é o nosso triunfo, essa é nossa rebelião. – Gotas de chuva grudavam em seus cílios, mas nenhum dos dois desviava os olhos. – Não permita que eles vençam hoje.

Ela fechou os olhos e ele deixou que Lan chorasse em silêncio, com a chuva abafando qualquer som que talvez tivesse feito. Quando seus ombros pararam de sacodir e sua respiração entrecortada se acalmou, Lan voltou a erguer a cabeça. Ela puxou mais o casaco sobre os ombros e olhou para o rapaz, de repente consciente de que ele estava à chuva sem nada além de uma camisa branca fina. O tecido fino estava ensopado, o que o deixava semitransparente e fazia com que delineasse os músculos magros e fibrosos de seu torso, tal qual um desenho a carvão. Um lado estava ferido; sangue escorria dele como uma mancha feia de tinta.

– Você consegue consertar meu braço? – ela perguntou, com a voz mal passando de um sussurro.

Ele voltou a olhar para Lan, e ela percebeu que os pensamentos dele se dissipavam como fumaça diante de seus olhos.

– Não consigo. Mas se confiar em mim posso colocar um selo temporário sobre o metal... e o seu qì.

– O meu... qì?

Ele pareceu não acreditar.

– Você não sabe mesmo?

Lan o encarou. Um princípio de compreensão surgiu dentro dela.

– Então você não é uma praticante – o rapaz concluiu depois de vários minutos de silêncio. Suas sobrancelhas se aproximaram em reflexão, porém ele deixou de lado o que quer que tivesse pensado em dizer. – Você tem uma forte ligação com o qì. Senti resquícios disso na loja do Velho Wei e na casa de chá, e nada mais... até agora. Parece que o feiticeiro elantiano destravou seu poder quando penetrou o selo em seu pulso. Agora, você está *incandescente* de tanto qì.

Selo. Qì.

Palavras que a jovem só havia visto em livros de histórias, ouvido em lendas antigas.

Lan levou um dedo à testa. O tamborilar de energias que havia sentido depois de aterrissarem na floresta... o modo como o mundo ganhara vida na mais pura e incrível harmonia que já havia presenciado. Era possível...?

O rapaz inclinou a cabeça. A chuva escorreu por seu cabelo preto em uma série de riachos minúsculos. Ele a encarou com uma franqueza cansada.

– Sei que se fala dos praticantes como se não passassem de lendas. Mas nós existimos. Sempre existimos. E você... – Ele fez como se fosse tocar seu braço esquerdo, então pensou melhor e em vez disso só apontou para a cicatriz dela. – Se você não é um de nós, no mínimo esteve em contato com um de nós. Não é simples para um praticante imbuir alguém de um selo.

Lan nunca havia sentido o coração bater tão forte. Ela continuava olhando para o rapaz e sentia uma necessidade urgente de segurá-lo, para garantir que não desapareceria na escuridão, como fumaça, como uma sombra. Como Māma.

Diante do silêncio de Lan, ele suspirou.

– Vou mostrar a você – disse. – Me dê seu braço. Prometo que machucará menos do que o que ele fez com você mais cedo.

Apesar de tudo, ela gostava da maneira como ele falava: direta, sincera, apresentando-lhe a verdade não importa quão difícil fosse ouvi-la. Lan estava cansada de mentiras, de coisas não ditas. Ela hesitou.

– O que vai fazer?

Ele parecia cansado.

– Vou colocar um selo de contenção no metal injetado em sua carne e em suas veias, para que a prata não se espalhe tão rápido. Vou precisar aliá-lo a um selo de purificação, para permitir que o sangue circule apesar dos metais, para garantir que seu braço não morra. Então... vou aplicar um bálsamo entorpecente para a dor.

Devagar, ela estendeu o braço. Forçou-se a se manter imóvel enquanto as mãos dele se aproximavam para se fechar sobre sua pele. O rapaz foi gentil e roçou apenas levemente as pontas dos dedos no pulso dela, para tranquilizá-la. Depois, ele pressionou o indicador e o dedo do meio à carne dela.

Lan arquejou. O ar pareceu cintilar – não de maneira visível, porém de uma maneira que ressoou em sua alma, como os acordes que faltavam em uma harmonia. Ela *sentiu* algo fluir das pontas dos dedos dele para seu braço, penetrando sangue e ossos.

Ela falou no silêncio.

– O que você quis dizer com aquela história de que o feiticeiro destravou meu poder quando... quando penetrou meu selo?

O rosto do rapaz foi tomado de surpresa.

– Não sabe nada sobre esse selo que tem no braço e por que os feiticeiros elantianos estão atrás de você? Para ser mais exato, um alto general?

– Alto general? – Lan repetiu, perplexa.

– Aquele homem responde diretamente ao governador elantiano deste reino. Acredito que esteja acima de todos os outros feiticeiros elantianos. Não viu os distintivos dele?

– Eu estava ocupada demais reparando em seus braços assassinos.

O rapaz franziu a testa.

– Você está evitando minha pergunta.

Ela não estava, não. Apenas não sabia como responder. Pensou no Feiticeiro Invernal, em seus olhos que a perfuravam como gelo. *Pensei ter reconhecido a magia de doze ciclos atrás, aquela que eu disse a mim mesmo que jamais esqueceria.* Então ele repetira as mesmas palavras que dirigira à mãe doze ciclos antes, e que agora Lan compreendia.

Desta vez, você vai entregar o que eu quero.

Entregar o quê? Uma nova pergunta se formou na mente dela, e endureceu e se afiou até que parecesse que Lan havia engolido uma pedra. Ele queria algo de Māma, algo que ela jurara que nunca ia lhe dar. Algo que ela *morrera* para proteger.

A última coisa que Māma havia feito fora a cicatriz – o selo – no pulso de Lan.

E agora o Feiticeiro Invernal estava atrás dela. O rapaz continuava a encarando, à espera de uma resposta. Lan nunca havia contado aquilo a ninguém – nem mesmo ao Velho Wei ou a Ying. Não sabia nem o nome daquele rapaz.

– Não sei – Lan mentiu. – O feiticeiro deve estar atrás de mim porque matei o general.

Os olhos do rapaz talvez tenham se estreitado um pouquinho, porém ele não insistiu.

– Você tem uma ligação latente com o qì e o feiticeiro destravou quando infundiu magia dos metais em seu braço. – Ele se inclinou só um pouco para a frente, com a curiosidade evidente no rosto enquanto avaliava o braço dela com o interesse de um estudioso. – Este selo é notavelmente complexo, com suas muitas camadas... no entanto, agora vejo que uma delas tinha o intuito de suprimir sua ligação natural com o qì. Acredito que haja outras camadas de funcionalidades que ainda não foram rompidas... Independentemente disso, você tem a marca de um praticante excepcional em si.

O alívio a inundou, tão forte que Lan pensou que ia chorar. Por doze ciclos, ela havia acreditado que a última lembrança da mãe não passava de uma alucinação nascida do trauma daquele dia.

Mas não. Tudo o que ela sempre considerara impossível era verdade. Sua mãe era uma praticante antiga – ou tinha alguma coisa a ver com eles. Havia morrido para proteger um segredo, para encerrá-lo em Lan... e para suprimir a ligação de Lan com o qì, com o intuito de que os feiticeiros elantianos não a encontrassem.

E os praticantes antigos – aqueles que caminhavam sobre lagos e rios nas lendas do Último Reino – continuavam vivos, apesar de parecer impossível.

Lan se inclinou para a frente.

– Pode me contar mais sobre meu selo? – ela pediu.

– Não consigo lê-lo. – Com delicadeza, o rapaz tirou os dedos do braço dela. A cicatriz em seu pulso continuava de um tom prata sem graça, porém o sangramento tinha parado perto do cotovelo. Ali, entre as protuberâncias metálicas retorcidas de suas veias, havia um novo selo: preto feito tinta, envolto em cinábrio. Ele brilhava vagamente, e quando ela tirou os olhos ele pareceu desaparecer. – O selo que coloquei no seu braço deve durar mais ou menos uma lua. A prata não continuará se espalhando pela corrente sanguínea e a necrose do braço vai desacelerar.

– Necrose? – Lan repetiu.

– Sim. Sem tratamento, seu braço morrerá.

E com ele, Lan pensou, *o selo*. E o que quer que estivesse escondido nele.

O que quer que o Feiticeiro Invernal viesse procurando havia doze ciclos. O que quer que sua mãe tivesse morrido para proteger.

Lan abriu a boca, porém a torrente de perguntas arrefeceu na ponta de sua língua quando ela voltou a olhar para o praticante. Ele estava apoiado com cuidado em um bambu, e só então ela se deu conta de quão fatigado se encontrava. Havia sangue coagulado na lateral de sua cabeça e a mancha vermelha em sua camisa continuava aumentando. Ele fechou os olhos. Respirava com dificuldade.

O rapaz havia salvado a vida de Lan. Era a melhor chance que tinha de descobrir mais sobre tudo aquilo – o selo que a mãe havia deixado, o motivo pelo qual o Feiticeiro Invernal estava atrás dela.

Lan arrancou um pedaço de tecido da manga da própria roupa e o rasgou em tiras compridas e finas. Em seguida, se ajoelhou ao lado do rapaz. Ele ergueu os olhos em uma surpresa embotada.

Quero viver, Lan pensou. E depois: *Preciso de você*.

Ela havia aprendido que tudo na vida tinha um preço. Aquele desconhecido a havia ajudado até então, e provavelmente não continuaria fazendo aquilo sem receber algo em troca.

– Leve-me com você – ela disse. – Posso ser útil. Cozinho, canto e realizo bem minhas tarefas.

O praticante olhou para as tiras de tecido nas mãos dela. A compreensão fez seus traços se alterarem enquanto Lan se inclinava para a frente para tirar a camisa empapada de sangue de dentro da calça preta dele, ainda segurando as faixas improvisadas.

O ferimento na lateral de seu corpo estava aberto e vermelho; apesar da chuva fria de inverno, a pele do rapaz estava quente, como se dentro dele ardesse um fogo que Lan não tinha como ver. Seus músculos se tencionaram quando ela começou a passar as faixas em sua barriga.

A mão do rapaz pegou o pulso dela. Lan congelou.

– Não exijo nada de você – ele respondeu. – Não sou inimigo ou malandro, tampouco um comerciante bem versado nos negócios. Porém – ele expirou, trêmulo, e a soltou –, neste momento, ficaria infinitamente grato por sua ajuda.

Algo se apaziguou no peito dela. Lan endireitou o corpo dele contra o bambu grosso, e os dois ficaram em silêncio enquanto ela cuidava de seu ferimento, depois limpava o corte em sua têmpora. Lan deixou que seus dedos descansassem na pele dele por um momento a mais, com o intuito de esquentar as mãos dormentes, e no cair suave e silencioso da chuva contra as folhas de bambu uma nova relação se estabeleceu entre os dois: de confiança.

Depois de um tempo, o praticante falou.

– Sinto que esqueci os bons modos quando nos conhecemos. – Os olhos dele continuavam nublados pela exaustão, porém sua voz voltou a soar agradável, imperativa e imponente, como quando haviam se falado pela primeira vez na casa de chá. – Meu nome é Zen.

Zen. Um apelido monossilábico, como ordenado pelas novas leis elantianas, porém já era alguma coisa. Um meio-nome, uma meia-verdade... no entanto, teria que bastar naquele momento.

Lan curvou os lábios em um fantasma de sorriso.

– Meu nome é Lan.

8

Meditação é a prática do completo desapego do mundo físico, entrando em comunhão com o fluxo externo e interno do qì e a harmonia constante do yīn e yáng.
O Caminho do Praticante, seção dois: "Sobre a meditação"

Lián'ér. Sòng Lián. *Significa "lótus"*, Māma havia explicado uma vez, com sua voz que lembrava sinos tocando.

Uma flor? Lián'ér mostrara a língua. Tinha visto lótus se abrindo no terreno de casa. Como era fácil colhê-las, cortá-las sem pensar duas vezes, sem deixar nada além de um caminho de pétalas no rastro de sua curta vida.

Māma tinha pegado sua mão. *Sim, uma flor. Eu também tenho o nome de uma flor: méi, a flor da ameixeira. Você sabia que elas são mais fortes do que parecem?*

Lián'ér deixou que a mãe a conduzisse para fora, descendo os degraus e passando pela pontezinha que se arqueava sobre a lagoa. O solstício de primavera fizera a vida florescer, e a tela branca de neve do inverno dera lugar a um verde tímido. Na superfície lisa como jade da lagoa, havia uma única lótus.

Veja como ela floresce a cada ciclo, sem falta, a mãe dissera. *Veja como cresce apenas da lama, com uma resiliência que traz luz e esperança.*

Māma lhe contara que as flores da ameixeira também eram símbolo de coragem e persistência, pois se abriam mesmo na neve dos invernos mais rigorosos.

Ela havia mentido. O inverno havia chegado. E Māma não estava ali.

Lan despertou com um sobressalto. Ficou totalmente imóvel por um momento, tentando se agarrar ao sonho que escapava de seus dedos. À voz de sua mãe, que fazia doze longos ciclos que ela não ouvia; ao nome que ela própria tivera em outra vida.

O sonho se dissipava como a névoa ao sol, no entanto algo permanecia: uma canção que ela ouvira entre o sono e o despertar. A melodia que tinha acenado para ela como um fantasma no escuro. Como se alguém a chamasse.

O vento roçava suas bochechas, a grama fazia cócegas em seus pés, o canto das cigarras e os zumbidos da vida na floresta a cercavam. O ar estava úmido do orvalho da manhã e a terra ainda estava encharcada da chuva.

Acima, as folhas dos bambus emolduravam uma fatia de céu presa nos limites entre a noite e a alvorada, a escuridão e a luz – uma cena que ela teve dificuldade de situar por um longo momento. Lan sempre despertara ao nascer do sol e dera com o teto baixo de ripas da casa de chá, com a respiração suave de Ying ao seu lado, o calor de cerca de vinte corpos em volta.

Como uma corda se rompendo, a harmonia da floresta se foi. As lembranças da noite anterior retornaram com tudo.

O Feiticeiro Invernal, com os olhos tão vívidos quanto ela recordava de doze ciclos antes.

A silhueta de Madame Meng contra o biombo, caindo em meio ao bordado de flores, montanhas e garotas rindo. E Ying...

Lan se sentou abruptamente. Sua garganta produziu um ruído nítido quando ela inspirou. A dor provocada pelos pensamentos fez com que levasse uma das mãos ao peito – e assim ela notou o pulso maculado, sob a manga rasgada do qípáo. Sua cicatriz – *seu selo* –, um talho pálido de carne enrugada contra a prata em suas veias. Acima, o novo selo, preto envolto em escarlate, os traços ondulantes feito fogo. O praticante.

Zen.

A clareira estava vazia. Lan se colocou de pé, com o coração martelando contra o peito enquanto olhava em volta, em busca de sinais de que ele tivesse estado ali. De que ela não havia imaginado a noite anterior. Parecia bom demais para ser verdade.

Lan envolveu o próprio corpo com os braços. O tecido que seus dedos tocaram não lhe era familiar.

Ela baixou os olhos e se deu conta de que continuava com o casaco preto, as mangas compridas caindo de seus ombros. O praticante o havia emprestado porque os anjos tinham rasgado a parte de trás de seu qípáo.

Lan envolveu melhor o corpo com o casaco e sentiu o material refinado nos dedos – jǐn, uma seda vistosa que costumava ser usada pela nobreza hin. O modelo, no entanto, era elantiano, com colarinho alto e passantes na cintura nos quais caberiam um cinto elegante de seda. Lan hesitou antes de baixar a cabeça e levar o nariz junto ao colarinho. Sob o cheiro de grama e bambu, notava-se o odor acre de fumaça e incenso... um cheiro absolutamente masculino.

– Bom dia.

Lan deu um pulo. Zen surgiu entre os bambus. Parecia descansado e impossivelmente *limpo*, com o cabelo úmido e penteado, a pele livre do suor e da terra de antes, tão brilhante quanto uma jade clara. Mesmo sem o casaco, ele parecia régio, com a camisa branca enfiada dentro da calça preta. Havia tirado as botas e seus pés descalços não tinham feito barulho ao se aproximar.

– Café da manhã – ele disse, estendendo dois caquis laranjas ao se aproximar. – É melhor irmos. Meu selo de portal nos trouxe até a Floresta de Jade. Fica longe de Haak'gong, mas não podemos permitir que os elantianos encontrem nosso rastro.

Lan pegou uma fruta.

– Aonde vamos? – ela perguntou. À luz que antecedia a alvorada, o caqui parecia brilhante demais, normal demais, ao lado de seu braço maculado. Como coisas tão belas e comuns podiam continuar existindo quando o mundo inteiro havia sido virado de cabeça para baixo?

Zen não falou nada por um momento, durante o qual olhou para ela como se avaliasse alguma coisa.

– Noroeste – ele respondeu afinal. – Para as Planícies Centrais. Onde o poder elantiano é mais fraco.

As Planícies Centrais. Lan havia ouvido histórias sobre as vastas terras que constituíam a maior parte do Último Reino. Os elantianos haviam conquistado facilmente as regiões litorâneas, mais populosas; a área central do território, no entanto, permanecia um mistério para eles e para a maioria dos hins. As Planícies Centrais, assim como a bacia Shŭ e as Estepes ao Norte eram descritos nas histórias e nos mitos como regiões que os clãs haviam ocupado no passado – incluindo o lendário clã mansoriano.

– A planície é assombrada? – Lan perguntou. O Velho Wei falava com frequência de como, supostamente, depois do Massacre dos Noventa e Nove Clãs, vastas extensões de terra eram assombradas pelos espíritos de seus praticantes, desde desertos vazios que uivavam como viúvas de luto até florestas de abetos onde fantasmas vagavam.

O Velho Wei.

Ela sentiu outra pontada de dor lancinante no peito. Lan apertou os olhos por um momento. *Concentre-se. Concentre-se na tarefa em mãos. Sobreviver.*

– Sim – Zen falou, distraído. Estava amarrando as botas, e Lan notou o brilho de uma lâmina guardada junto à sua canela. – Mas nada com que eu não possa lidar.

Ela ficou olhando para ele.

– Não há outro lugar para onde a gente possa ir? A cura para o meu braço só pode ser encontrada... nas... nas Planícies Centrais?

– Isso mesmo. – Quando Zen ergueu os olhos, ela notou um traço de brincadeira em sua expressão sempre séria. – Você não acredita nas lendas, não é?

– Não acreditava – Lan disse. – Mas você acabou se provando real, não é mesmo? – O praticante olhou para ela. – Ouvi falar em carniçais e demônios nos vilarejos da planície. Deve haver um fundo de verdade, não?

Zen a avaliou por um momento.

– Você deseja saber a verdade sobre este mundo? Deseja conhecer o universo da prática das lendas?

Ela o encarou, e sua mão se aproximou do pulso esquerdo por instinto. A resposta estava na ponta de sua língua. Uma resposta tão grandiosa, tão óbvia, tão certa, que Lan ficou com medo de proferi-la. No entanto, ela lhe fora dada muito tempo antes, uma porta mantida entreaberta pelo último suspiro da mãe.

Uma porta para as perguntas que Māma havia deixado com ela.

Uma centelha surgiu nos olhos de Zen.

– Se deseja saber a verdade... caso opte por seguir por esse caminho, deve compreender que não há retorno.

Nunca houvera, desde que seu futuro e a vida que planejara haviam sido arrancados dela, doze ciclos atrás. Desde então, Lan vinha trilhando um caminho diferente, aberto pela cicatriz em forma de selo em seu pulso.

Por um feiticeiro com os olhos gélidos do inverno.

Pela morte e pela destruição.

Lan pensou em Ying. A noite havia terminado, e o pesadelo que não era pesadelo permanecia com ela, uma mancha de sangue que não tinha como ser lavada pela luz do dia ou pela passagem do tempo. A dor veio tão de repente que Lan prendeu o fôlego e retorceu as mãos atrás das costas, cravando as unhas nas palmas.

De que servem lágrimas?, Ying murmurara para ela uma vez, quando as duas haviam terminado seu décimo segundo ciclo de vida e as feridas das perdas de Lan ainda inflamavam durante a noite. *Os mortos não têm como senti-las, tampouco são invocados por elas. Quem passa pelo luto são os sobreviventes, e acho que em vez de viver sofrendo eu viveria rindo e amando. Plenamente.*

Lan ergueu o rosto para Zen. O rapaz lhe dirigia aquele seu mesmo olhar inescrutável.

– Sim – Lan respondeu. – Quero respostas. Todas possíveis.

– Muito bem – Zen disse, com um leve aceno de cabeça. – Nesse caso, estou decidido a levá-la à Escola dos Pinheiros Brancos, a última das Cem Escolas de Prática, para compreender o selo que um antigo praticante deixou em seu pulso.

As palavras pairaram entre os dois por um momento, enquanto os primeiros raios de sol surgiam no horizonte, espalhando um vermelho brilhante e furioso sobre a terra.

– Reserve-se um tempo para pensar na minha proposta. – Zen se levantou e estendeu a mão para ela. Sem pensar, Lan a aceitou. Ele estava com as luvas pretas outras vez; com a pegada firme, Zen a estabilizou e depois a puxou para mais perto. Seus olhos caíram sobre Lan como um raio preto. – Mas devo avisar que, caso recuse, não terei escolha a não ser matar você.

Aquilo pareceu tão dramático que Lan deu risada. O praticante franziu a testa.

– Não estou brincando – ele avisou.

– Não achei que estivesse – Lan retrucou, e qualquer resquício de alegria se esvaiu quando ela olhou em seus olhos. – Acha que tenho medo da morte? Já morri várias vezes, vendo os elantianos levarem as pessoas que amo uma a uma, sabendo que não tinha o poder de salvar nenhuma delas.

Quando tempo ela não havia passado como um pássaro em uma gaiola na casa de chá, sob o domínio de Madame Meng, forçada a girar, sorri e cantar músicas bonitas? Quantas noites ela não havia passado acordada ao lado de Ying, segurando os dedos macios da melhor amiga e sonhando com um futuro em que não sentissem fome, frio ou medo? Com que frequência ela não havia ido aos limites de Haak'gong, onde as ondas quebravam, onde a terra, o mar e o céu se encontravam, e se perguntado que importância sua vida poderia ter?

Ela não pudera proteger Māma. Ou o Velho Wei. Ou Ying, ou qualquer outra garota da casa de chá. No entanto, o destino havia batido à sua porta e lhe oferecido aquela chance.

Lan ia aceitá-la. Não seria mais a flor. Seria a espada. Ela apertou a mão do praticante.

– Eu atravessaria o próprio Rio da Morte Olvidada para trazê-los de volta – Lan disse. – Tenho apenas um pedido a fazer. Me ensine a arte da prática. Me ensine a ser poderosa para que eu não precise mais ver outra pessoa que amo perder a vida para o regime elantiano.

Ela viu, outra vez, um lampejo escuro nos olhos dele – uma parede de chamas pretas. A luz da alvorada brilhava vérmelho-sangue no rosto de Zen, talhando-o em ângulos agudos e sombras. Ele apertou a mão de Lan brevemente, depois sua pegada se reduziu a um leve toque.

– Coma – Zen falou. – Então partiremos. Se você vai se juntar à Escola dos Pinheiros Brancos, não fará mal começar sua instrução hoje mesmo.

– Por que precisamos viajar a pé? Achei que praticantes voassem.

– Nós não *voamos*. Só direcionamos explosões concentradas de qì para os calcanhares e assim saltamos mais alto e mais longe que o normal. É o que chamamos de Artes Leves.

– Bem, então por que não pode nos teletransportar à escola como nos transportou de Haak'gong para a Floresta de Jade?

Fazia horas que eles estavam caminhando, e Lan estava exausta. Suas sapatilhas de seda haviam sido feitas para o piso de madeira polida da casa de chá, não para a lama instável. Seu qípáo era comprido demais, de modo que ela tropeçava nele de tempos em tempos, e o casaco muito grande do praticante ficava escorregando de seus ombros.

– Aquilo foi um selo de portal. Eu não "teletransportei" a gente – Zen respondeu. Sua respiração não parecia nem um pouco alterada, e ele não demonstrava nenhum sinal de esforço físico além de suas bochechas coradas, que o deixavam ainda mais atraente, como Lan notou irritada enquanto enxugava o suor da testa. – É algo muito difícil de realizar, mesmo com curtas distâncias. Nós, praticantes, temos que ser comedidos em nossa canalização do qì. Excessos podem causar acidentes.

Lan pensou em quando estavam no ar e os olhos dele haviam ficado totalmente pretos – tanto a esclera quanto as pupilas. Ela se perguntou se era daquilo que Zen estava falando. Por algum motivo, parecia algo privado, portanto não tocou no assunto.

– Você disse que alguns são mais talentosos no uso do qì que outros. Um praticante mais forte conseguiria fazer isso?

Cutucá-lo era a única coisa que a impedia de pegar no sono. Além do mais, era divertido ver seu rosto ficar tenso e sua mandíbula se cerrar.

Ele olhou de soslaio para ela, decidindo ignorar o cutucão.

– Todos nascem com qì dentro de si e à sua volta. Tudo neste mundo é qì. O fluxo da água, o soprar do vento, o rugir do fogo e a estabilidade da terra. O dia e a noite. O sol e a lua, a vida e a morte. Algumas pessoas têm facilidade de canalizar o qì e transformar diferentes fios dele em selos. Com treinamento, elas podem desenvolver essa habilidade e se tornar praticantes. É parecido com como a maioria das pessoas ouve música, porém só algumas poucas se tornam musicistas talentosas.

Lan sorriu.

– Sou uma *excelente* musicista. Como foi que você disse? Que o qì me deixava *incandescente*?

Zen fechou os olhos, como se pedisse paciência.

– Alguns indivíduos conseguem conter mais qì dentro de si. Isso os torna mais poderosos. No entanto, essa habilidade, que chamamos de *essência* do praticante, deve ser desenvolvida com tempo, através de treinamento. Sem esse cultivo, até mesmo os mais abençoados só conseguem fazer truques, tal qual um macaco. Por isso, a menos que deseje terminar assim, é melhor retornar à sua meditação.

Lan franziu a testa. Imaginara que Zen ia começar a lhe ensinar os gestos de mão que envolviam a criação dos selos. Ou, no mínimo, que seu treinamento em artes marciais fosse ter início, para que ela aprendesse a canalizar o qì, como nos livros de histórias.

No entanto, ele só a instruíra a fechar os olhos e *respirar*.

– A circunstâncias não são ideais – Zen havia dito. – A meditação é mais bem-sucedida quando se está sentado e concentrado o bastante para se desprender do mundo físico à volta. No entanto, parece que levaremos um tempo para poder nos dar a esse luxo.

Era extremamente difícil *se desprender do mundo físico* enquanto se fugia de uma legião de soldados. O chão da floresta era um labirinto de raízes e terreno irregular que vivia ameaçando derrubá-la. A princípio, Lan havia se esforçado, de verdade – porém, conforme o sol subia no céu e a temperatura esquentava, o suor começou a escorrer por suas têmporas e por baixo das roupas, incomodando-a, e a exaustão e a fome começaram a drenar suas forças. A gota d'água foi quando Lan aterrissou de cara na terra.

– Chega disso – ela disse, limpando o rosto com as mangas sujas. – Que tipo de instrutor peido-de-rato pede à discípula que feche os olhos enquanto está *correndo por uma floresta*?

– Instrutor peido-de-rato? – o suposto instrutor peido-de-rato repetiu, erguendo as sobrancelhas.

Indignada, Lan se colocou de pé.

– O que foi? Nunca ouviu uma garota dos vilarejos falar?

O sol tinha iniciado seu mergulho no céu; menos de um dia havia se passado e ela já estava cansada de ter que se segurar por conta de Zen. Ele era refinado e ela era grosseira; ele era um estudioso e ela era uma garota de casa de chá; ele falava em enigmas que confundiam a mente destreinada dela.

– Acredito que não – Zen respondeu, com uma sinceridade que tornou impossível para ela permanecer brava. – Seus tropeços e quedas indicam que você não está conectada com o fluxo de qì. Você tem que *sentir* os sulcos da terra, as raízes dos pinheiros e o movimento de uma poça de água.

– Ah, e eu sinto – Lan resmungou. – Na minha cara, quando eu caio.

Ele a ignorou.

– Cuidado. Não importa quão abundante é seu talento latente: você não chegará a lugar nenhum sem treinamento e disciplina. Até conseguir se mover sentindo o qì à sua volta, não poderá passar ao patamar seguinte.

O patamar seguinte. *Selos*, Lan pensou, buscando avidamente com os olhos as mãos enluvadas dele. Na casa de chá, ela não se animava muito com a perspectiva de trabalhar duro ou estudar, e a ideia de suportar dias dando de cara com raízes de bambu parecia insuportável no momento.

Lan soltou um suspiro exagerado e levou as mãos à barriga.

– Já dei tudo o que podia dar no dia de hoje, estimado praticante.

As sobrancelhas de Zen se ergueram.

– Agora sou "estimado praticante"?

– Estimado *senhor* praticante.

– Devemos ter mais ou menos a mesma idade. Não sou "senhor" para você.

– Mas certamente age como um – ela retrucou. Zen lhe dirigiu um olhar irritado, e ela fez beicinho. – Não estou me sentindo bem. Estou na lua de sangue. Não podemos... comer e encontrar um lugar para meditar e aprender alguns selos?

Duas manchas cor-de-rosa apareceram nas bochechas de Zen; elas se espalharam, descendo por seu pescoço e colorindo todo o seu rosto mortificado.

– Eu... você... lua de... – ele balbuciou, recuando um passo. – Sim. Descanse... aqui... eu vou... comida...

Zen se virou e praticamente fugiu para as árvores.

Com uma risada, Lan se recostou contra um bambu. Então aquilo bastava? Deveria ter pensado naquilo antes. Ela ouvira histórias de como discípulos devotados – de monastérios, outras religiões ou praticantes – faziam um voto de castidade e abriam mão de todos os seus desejos e posses terrenas. Seria uma pena para alguém com um rosto tão bonito quanto o de Zen, ela supôs, fechando os olhos e encontrando uma posição confortável.

Quando despertou de sua soneca, o crepúsculo dava lugar à escuridão completa da noite. Algo mais havia mudado, Lan sentiu, endireitando o corpo e fechando mais o casaco preto em volta do corpo. Não o cheiro no ar, ou a temperatura (mais baixa, devido ao horário)... Não, algo distinto a rodeava, que ela não conseguia identificar. Algo frio que se espalhava por suas veias, provocando um eco em algum lugar em seu coração.

Ela ouviu o estalo de gravetos quebrando e folhas farfalhando e se assustou com uma figura saindo das árvores, banhada pelas estrelas. Alta e dura, movendo-se com a precisão de uma espada.

– Peço desculpas por ter me afastado por tanto tempo – Zen disse, parando a diversos passos de distância. – Trouxe mantimentos.

Zen carregava dois peixes e algumas bagas no cinto, e lhe passou uma cabaça cheia de água fresca. Lan bebeu um pouco enquanto ele se sentava à sua frente e pegava uma tira de papel cor de milho com símbolos vermelhos. Com um toque de seu dedo, o papel foi tomado pelas chamas.

– O que foi isso? – Lan perguntou, enquanto o fogo se espalhava pelo chão em um anel perfeito demais para ser natural.

Zen olhou para ela enquanto colocava os dois peixes em gravetos.

– Fú. Um selo escrito – ele respondeu. Segurando os dois peixes em uma das mãos, Zen procurou por algo em sua cintura. Uma algibeira de seda preta, um pouco velha e desbotada pelo tempo, com uma costura na forma de chamas carmesim. Lan havia visto artigos refinados o suficiente na casa de chá para conseguir reconhecer uma seda cara e uma técnica de costura sofisticada.

De dentro da algibeira, Zen tirou outro pedaço de papel amarelo.

– Os praticantes têm muitas maneiras de canalizar o qì. A mais básica delas é através de selos escritos – ele explicou, estendendo o papel a Lan. Ela passou o dedão nele, notando a textura e percebendo que havia sido feito com bambu. Zen prosseguiu: – Os praticantes escrevem selos com funções determinadas em papel fú, que pode ser ativado com um único toque durante a batalha. De forma rápida e conveniente.

– Mas durante a batalha – Lan começou a dizer, relembrando o que ele havia desenhado no ar – você...

Ela fez alguns movimentos circulares no ar, tentando imitá-lo.

Os lábios de Zen se retorceram, em uma expressão que devia estar entre a indignação e o divertimento.

– Eu *tracei* selos na hora – ele falou por ela. – Porque não tinha aquilo de que precisava nos selos previamente escritos.

– E por que não escrever todos?

– Há milhares de selos, se não dezenas de milhares, contando apenas os que foram criados pelos mestres dessa arte. Um simples traço em uma direção ligeiramente diferente pode resultar em outro selo por completo. Escrever todos seria impossível. – Ele virou o peixe assando no fogo. – Praticantes costumam usar fú para os selos mais básicos, como o que usei para acender esta fogueira. Tem a vantagem da velocidade e da acessibilidade, e a desvantagem da limitação de funções. Traçar selos na hora consome mais tempo, porém as possibilidades são quase infinitas.

O antes aparentemente inofensivo fú na mão dela de repente pareceu mais perigoso.

– O que este aqui faz? – Lan perguntou, cautelosa.

– Se está preocupada com a possibilidade de ativá-lo sem querer, não há necessidade – Zen falou, e se aproximou um pouco dela. – Sempre escrevo fú com meu próprio sangue, o que significa que carrega meu qì interno e só pode ser ativado por mim.

– Que mórbido.

Zen a ignorou e tirou uma luva preta. Lan voltou a se sobressaltar diante do aspecto da pele marcada por dezenas de pequenas cicatrizes estranhamente uniformes, que brilhavam, brancas, ao luar. Havia notado isso ainda em Haak'gong, por um breve momento. Ela procurou se concentrar no fú.

– Este traço – Zen disse, apontando – invoca madeira, depois se retorce em todos esses caracteres para metal e terra, em uma estrutura de grade sólida. Aqui, os traços para defesa se arqueiam sobre a estrutura... Este é um selo de escudo protetor. Um de muitos.

– Pode escrever alguns para mim? – ela pediu.

Zen lhe lançou um olhar sagaz.

– Talvez, depois que você tiver desenvolvido sua habilidade de se concentrar no fluxo de qì, conforme trabalhamos nos exercícios desta tarde. – Ele pegou o fú de volta e o trocou por um graveto com um peixe. – Vamos, coma.

Enquanto Lan devorava o peixe assado, Zen se sentou ao seu lado, com todos os fú de sua algibeira de seda preta dispostos no chão. Com uma paciência infinita, ele explicou o emaranhado de traços e caracteres dos selos e resumiu sua função. Pela primeira vez na vida, Lan mal notava a comida. A fogueira quente afugentava o frio que ela sentira no corpo e na alma; a luz banhava as feições de Zen, pintando seu rosto e seu cabelo de vermelho como com as carícias de um pincel fino de rabo de cavalo. A vida toda, Lan tivera que trocar, negociar e às vezes até implorar por migalhas de informação com os vendedores de jornal e estalajadeiros de Haak'gong e até mesmo com o Velho Wei. Ficar sentada ao lado de um rapaz cujo status e cuja educação eram para Lan como o Céu para a terra, enquanto ele lhe ensinava sem uma gota de intolerância ou julgamento, era algo novo para ela. Algo bom.

– Me passe a cabaça – Zen pediu, quando os dois já haviam terminado de comer. De um bolso na calça, ele tirou um punhado de frutinhas vermelhas e as jogou lá dentro. Então, sem dizer nada, desenhou traços rápidos no ar e os circulou para formar um selo. Quando Zen devolveu a cabaça a Lan, estava quente.

Um aroma familiar subia dela.

– Jujubas! – Lan exclamou. – A gente sempre roubava... quer dizer, mantinha um estoque na cozinha. São caras, e a madame era mesquinha.

A expressão de Zen se abrandou um pouco.

– Beba – ele disse. – O mestre de Medicina receita jujubas fervidas para... para as garotas... em períodos... específicos.

À luz da fogueira, suas bochechas coraram. Ele desviou o rosto, de repente parecendo muito ocupado em recolher os fú e devolvê-los à algibeira de seda.

Lan reprimiu um sorriso. Não conhecera rapazes o suficiente para compreender seu constrangimento quando se tratava do corpo feminino, porém achava a reação de Zen hilária, até mesmo encantadora.

– Obrigada – ela agradeceu, com doçura, levando a cabaça aos lábios. A bebida quente a aqueceu por dentro, dos dedos dos pés ao nariz.

– Agora vamos retornar à meditação – o praticante disse. – Da maneira *apropriada*.

Qualquer gratidão que Lan sentisse em relação a ele se dissipou. Ela estava satisfeita, quentinha e começando a ficar sonolenta. A última coisa que queria fazer era se concentrar no nada.

– Não sei se consigo – Lan se apressou em dizer. – Estou na lua de sangue...

– Você se encontrava absolutamente alerta momentos atrás, quando lhe expliquei sobre os fú – Zen retrucou na mesma hora. – Quer que eu lhe escreva alguns ou não?

E assim, Lan se endireitou e espanou a terra das mangas, depois rearranjou sua expressão no que esperava que fosse a de uma estudante dedicada.

A fogueira havia se apagado, deixando os dois no tênue pó de luz da lua crescente. Zen se sentou de pernas cruzadas diante dela e ficou imóvel. Lan fez o seu melhor para espelhar sua postura.

– Lembre-se de que o qì é o fluxo de energia à nossa volta e dentro de nós – Zen falou. – Ele compreende todos os elementos naturais deste mundo, em fios de energia que formam a base da prática e da vida. Essas diferentes formas de energia se bifurcam nas duas metades que compõem tudo: yīn e yáng. Ambas estão sempre mudando, e uma não existe sem a outra. Tome a água como exemplo: a crista de uma onda é feita de energia yáng, o vale de energia yīn. Uma cachoeira é yáng, enquanto uma lagoa parada é yīn. – A voz dele era agradável, aveludada como a escuridão que os rodeava, mesclando-se ao sussurro gentil do vento e ao coro de cigarras que começava a se erguer em meio à noite na floresta. – Feche os olhos e se conecte com a harmonia do qì ao seu redor e dentro de você.

Lan fez como pedido, concentrando-se nos elementos à sua volta: a umidade da grama, os estalos da madeira e os outros ruídos da floresta, os resquícios de calor da fogueira soprando em sua direção. Era agradável, e estava escuro, e ela exausta... os murmúrios das folhas de bambu e o ruído dos insetos começaram a se assemelhar a uma melodia distante... Seria a melodia que ela tentava perseguir em seus sonhos? Lan pensou no alaúde da mãe, nos dedos dela dedilhando. A melodia se retorcia à sua frente, um toque de prata que ela perseguia, tentando apreendê-la...

– Lan?

Ela deu um pulo. Seus olhos se abriram na mesma hora. Não sabia ao certo quanto tempo havia se passado. O ar à sua volta tinha esfriado. As nuvens haviam varrido as estrelas. A floresta de bambu parecia ter se silenciado. A música... onde estava?

– Sim? – ela disse, e ficou horrorizada ao ouvir as palavras arrastadas pelo sono.

– Você estava dormindo – Zen afirmou, sem conseguir acreditar.

– Eu... – Lan engoliu em seco e decidiu que era melhor aceitar. – Desculpe.

– Compreende que regras e costumes são algumas das primeiras coisas que vai aprender na escola? – O praticante parecia indignado. – Tem um livro inteiro sobre isso, o *Clássico da sociedade*, ou *Analectos kontencianos*. Cada escola tem seus próprios princípios gravados em pedra, e é obrigatório segui-los. Toda insolência é punida com a férula.

Lan não fazia ideia do que era a férula, porém se imaginou levando uma surra de uma versão de Madame Meng de aparência severa.

– Ainda não estamos na escola – ela resmungou.

Isso só pareceu inflamar ainda mais o praticante.

– De uma maneira ou de outra, não há desculpas ou atalhos no Caminho. Se minhas instruções a fazem dormir, então vamos...

– Não! – Lan respondeu com rapidez.

Ela nunca fora a mais estudiosa ou a mais trabalhadora na casa de chá; era conhecida por simplificar suas tarefas e aprender músicas e coreografias na última hora. Ying só suspirava. *Você se livra de tudo com seu raciocínio rápido e sua língua de prata*, ela dizia. *Nós, que nascemos com o raciocínio mais lento, temos que dar duro para sobreviver.*

A lembrança se desfez em cinzas em sua mente, retorcendo seu coração de culpa. Ali estava ela, viva, ao contrário das outras, com a chance enviada pelos deuses de aprender *a prática*, e já pensava em atalhos e maneiras de facilitar sua situação.

Egoísta. Covarde.

– Por favor, Zen – ela falou, mais baixo. – Me deixe tentar outra vez.

O praticante estreitou os olhos para ela. Depois suspirou.

– Se possível, busque a sensação... que experimentou no Salão Flor de Pêssego – ele disse. – Foi a primeira vez que sua conexão com o qì se manifestou em sua plenitude?

Não.

– Sim.

Ela se encolheu diante do olhar dele, que se intensificara em curiosidade.

– Interessante – Zen comentou. – Veja se consegue encontrá-la.

Lan assentiu. Quando fechou os olhos, também soltou o ar... e em vez de se voltar para fora, voltou-se para dentro.

Para a lembrança de Ying, com seus olhos brilhantes e suas bochechas vermelhas, entrando na casa de chá com uma porção de lichias recém-colhidas, vindas do filho do vendedor da barraca de frutas que ficava na Estrada do Rei Alessander. Ying, com os lábios pintados de carmim se curvando em um sorriso enquanto girava em seu vestido de camélias.

Ying, com vermelho se espalhando como pétalas do corte em seu corpo. *Por favor... por favor, deixa-a em paz!*

A ardência nos olhos de Lan passou à sua testa, serpenteou para suas têmporas e desceu até seu coração. Ele palpitava enquanto as emoções que ela trancara voltavam a ganhar vida. O mundo se distanciou; a grama, o vento, o chão desapareceram nas marés do luto.

A lembrança se alterou, e de repente Lan se encontrava em um mundo branco-acinzentado. Flocos de neve caíam. À frente, havia uma figura em um qípáo comprido, da qual fluíam rios de lágrimas... e uma canção que chegava a Lan, vaga como a noção da primavera no auge do inverno, tocando as cordas de sua alma.

A figura se virou, e era e não era a mãe de Lan ao mesmo tempo: uma versão de Māma envolta em gelo e sombras. Seus olhos tinham uma tristeza infinita, e os dedos que dedilhavam o alaúde tocavam uma canção familiar e esquecida.

Você finalmente despertou, a ilusão de sua mãe disse baixo, *Sòng Lián.*

Māma, Lan sussurrou.

Nosso reino caiu. Nossas últimas linhas de defesa foram derrubadas. Deposito minhas últimas esperanças em você. Escondido atrás de um selo de divisa, na Montanha Protegida, há algo que só você pode encontrar. A ilusão ergueu a mão, e dali, de entre as dobras da manga comprida, caiu um caractere que Lan tinha gravado na memória: o selo em seu braço.

Montanha Protegida? Não entendo, Lan questionou. *Como faço para encontrá-la?*

Siga minha canção até a Montanha Protegida. A voz se tornou mais tênue, assim como a neve e o céu. O sonho começava a se desfazer, a escuridão se insinuando pelas beiradas. *Siga minha canção e você há de me encontrar...*

A visão se estilhaçou com um raio ofuscante de luz branca. Quando voltou a abrir os olhos, Lan não estava mais a sós com Zen.

9

O espírito de raposa yāo se esgueirou pelo vilarejo à noite, em sua forma humana, seduzindo o coração dos homens e atraindo-os para sua caverna, onde consumiria a alma deles.
"O espírito de raposa", *Contos do folclore hin: uma coletânea*

A garota havia invocado um espírito.
Zen sentira a súbita alteração nas energias em volta conforme Lan mergulhava mais profundamente na meditação, e depois a vibração grandiosa do qì dentro dela. Ele abriu os olhos ao sentir uma vibração em resposta, nas profundezas das flores.

Uma vibração que fedia a energia demoníaca.

– O que é isso? – Lan perguntou atrás dele, com a voz assustada.

Zen também estava vendo: uma sombra mais escura que a escuridão, movendo-se de maneira fluida pelas coníferas depois da clareira. As energias em volta começaram a estremecer quando um vento repentino ganhou força, sacudindo as folhas de bambu e arrastando ramos mortos pelo chão da floresta.

A criatura ficou sob um facho de luar. Sua pele tinha cor de carne morta, os pelos pretos se arrastavam no chão como cobras. Ela se aproximou com os movimentos desajeitados e cambaleantes de um recém-nascido, os braços soltos ao lado do corpo, a cabeça pendendo. O mais perturbador de tudo eram seus olhos: íris e esclera de um preto sem luz.

– Não tenha medo – Zen disse. – É um yāo.

– *Um yāo?* – Lan repetiu. Tinha se aproximado de Zen, com o rosto pálido contraído enquanto examinava a criatura. – Um espírito maligno? Do tipo que assombra vilarejos e devora a alma das pessoas?

Zen reprimiu um suspiro. Os quatro tipos de criaturas sobrenaturais eram sempre confundidos pelas pessoas comuns. Nos tempos antigos, praticantes costumavam ser contratados para investigar assombrações, assassinatos e outros casos infames que pudessem ter relação com o sobrenatural em vilarejos remotos. Agora aquele tipo de coisa não passava de alimento para contos populares, algo que aldeões comentavam aos sussurros e com certa descrença.

— Imagino que esta seja uma boa oportunidade de começar sua primeira aula sobre espíritos sobrenaturais — Zen falou, um pouco desorientado.

— *Aula?* — A voz da garota saiu anormalmente alta. O yāo havia parado no meio da clareira, com a expressão relaxada, os olhos pretos observavam os dois sem piscar. — O que eu preciso aprender, além do fato de que isso vai me comer?

Os lábios de Zen se curvaram contra sua vontade — de novo, veio-lhe aquela sensação no estômago que quase esquecera.

— O espírito não vai *comer* você. — O praticante esclareceu em seguida: — Bem, na verdade isso depende do tipo que você encontra. Espíritos sobrenaturais são formados exclusivamente de energias yīn. Eles contêm um núcleo de qì que teve uma espécie de despertar. Seu objetivo, no nível mais básico, é continuar consumindo energias yīn para prolongar sua força e sua existência, mas é aí que as semelhanças terminam. Provavelmente nos livros que você leu yāo, mó, guǐ e guài eram agrupados na categoria *monstros*. Nas escolas de prática, nós os dividimos em quatro grupos, que divergem de maneira notória.

— O que isso importa? Qualquer um deles que eu veja vai me fazer sair correndo.

Zen fechou os olhos para controlar a vontade de rir.

— Importa porque a classificação a que o espírito pertence indica como derrotá-lo. Neste momento temos à nossa frente um yāo, que está no primeiro dos quatro grupos. Trata-se de um espírito...

— Se mexeu — Lan exclamou, puxando Zen para trás. — De novo. Acho que está vindo na nossa direção...

— ... tipicamente associado com guài, que é outro grupo. Ambos surgem de animais e plantas que tiveram um despertar espiritual absorvendo qì. A diferença é que os yāos assumem forma humana, enquanto os guàis assumem a forma de monstros. Yāos e guàis são as criaturas sobrenaturais que encontraremos com mais frequência em nosso caminho. — Ele observou o espírito, que tinha uma expressão neutra, seu rosto humano perfeitamente inumano os observando sem um resquício de medo. — Este deve ser um espírito de bambu. Relativamente benigno, a menos que ele sinta que tem algo dentro de você que deseje consumir para fortalecer sua existência.

Conforme o vento em volta se acalmou, outro som se tornou aparente: o eco oco de uma música. Ela atravessava a clareira, contornando os suspiros das folhas e dos galhos, formando uma melodia delicada e assombrada.

Atrás de Zen, Lan congelou. Sua pegada no braço dele relaxou. Ela deu um passo à frente.

– Essa canção. – A voz de Lan soava maravilhada quando ela se virou para ele. Zen nunca esqueceria a expressão dela: aberta em curiosidade, com os olhos brilhando como a noite estrelada. – Eu a conheço. É... a canção da minha mãe. Eu estava pensando nela agora mesmo.

Zen a observou com cuidado. Desde aquela última vez em Haak'gong, ele não havia sentido mais energias yīn vindo da garota. Mesmo depois que o feiticeiro elantiano havia destravado seu selo, o yīn e o yáng de seu qì se mantivera equilibrado. Zen a tinha analisado atentamente o dia todo, enquanto cambaleava pela floresta de bambu, meditando.

Seria possível que ele tivesse se enganado? Que as energias yīn que sentira... fossem de outra pessoa, de outra coisa? Parecia bastante improvável que uma garota que achava que praticantes não passavam de folclore fosse capaz de ofuscar a composição de seu qì.

– Você acordou o yāo – Zen disse, devagar. – Enviou uma vibração de qì mais cedo, e essa criatura respondeu.

– Isso é... comum?

– Costumava ser. – O yāo oscilava diante deles, e Zen absorveu os relances de sua verdadeira forma: caule e folhas, enterrados sob a pele humana recém-adquirida. – A maior parte dos yāo e dos guài buscam qì para manter a forma humana em nosso mundo. Ele lhes serve de sustento. Antes da invasão elantiana, o Último Reino estava repleto de fossas de qì que se acumularam em plantas e animais em locais remotos no decorrer de longos períodos. Às vezes, eles despertavam. – Zen parou por um momento antes de acrescentar: – Assim como nossa coexistência com as plantas e os animais em nosso mundo, sua existência era... natural. Parte da vida.

Lan voltou a olhar para o yāo.

– Não acho que tenha intenção de nos machucar – ela falou. – Sinto isso na canção. Ele só quer... viver. – Lan inclinou a cabeça para Zen. – Todas as histórias que li sempre descreviam os espíritos como criaturas malignas. Por quê?

Ele sabia a resposta – a resposta completa, a resposta de verdade. Sabia bem demais, porque estava escrita em seus ossos e corria em seu sangue.

Não. A verdade machucava, e muito, por isso ele havia decidido virar o rosto doze ciclos antes. Ele lhe daria a resposta dos registros imperiais – a resposta que seria considerada correta, que seria aceita.

– No Reino do Meio, quando a civilização hin alcançou a prosperidade, espíritos sobrenaturais devastaram nossas terras. O Primeiro Imperador

Jīn classificou todas as formas de energia espiritual como "demoníacas" e ordenou que os praticantes as destruíssem imediatamente. Depois, ele começou a estabelecer limites na prática em todo o reino.

Zen ergueu ambas as mãos para o yāo. A criatura não se moveu – continuou observando os dois, enquanto uma música melancólica irradiava de seu ser.

– Yīn e yáng, mal e bem, preto e branco. Nosso mundo é assim. – As mãos dele começaram a se mover, o qì fluindo pelas veias de seus braços enquanto seus dedos traçavam o ar. – O que está morto deve permanecer morto e o que não pertence à prática deve ser aniquilado. Esse é o Caminho.

O selo explodiu, aparecendo no ar como uma grinalda de traços coloridos e cintilantes que tremeluzia como fogo. Qì disparou do meio do selo, envolvendo o yāo em um círculo de chamas pretas. O grito da criatura ecoou, um lamento longo e arrastado irradiando energias yīn.

O rosto de Lan estava tenso, seus olhos eram poças escuras enquanto ela observava tudo.

– Parece estar com dor – ela disse, baixo.

Zen firmou sua expressão.

– Mas não conhece dor. Não deixe que sua forma humana ou seus gritos deploráveis a enganem, Lan. É algo demoníaco, no fim das contas, e estou lhe dando o que merece.

Como para provar seu ponto, Zen canalizou mais qì para o selo, e as energias extravasaram do recanto mais furioso e escuro dele. O ar foi cortado, e sombras surgiram no chão. Zen ouviu a garota falando como se à distância:

– ... já se foi.

Uma tempestade irrompeu. O qì dele esfriou. O selo se dissipou. Quando Zen piscou, ele e Lan estavam sozinhos na clareira. Ele respirou fundo para se estabilizar.

– Você está bem? – viu-se perguntando a ela.

– Estou.

O tom de voz de Lan, no entanto, parecia indeciso enquanto olhava para as árvores diante das quais o yāo se revelara.

Zen foi até lá. Seu anel de chamas pretas não havia deixado marcas. No ponto em que o espírito estivera havia um único bambu. Ele podia sentir o qì demoníaco se dissipando em volta.

– Um espírito de bambu – Lan disse em um sussurro, indo se ajoelhar ao lado dele.

Zen assentiu.

— Meu selo interrompeu sua existência e libertou o núcleo de qì que lhe dava vida. Agora ele retorna à sua forma verdadeira, de bambu.

Lan olhou demoradamente para o bambu.

— Nos livros... há histórias de praticantes que se ligaram a espíritos demoníacos.

— É mesmo?

A pergunta pareceu tola em sua língua.

Ela confirmou com a cabeça. Sua voz saiu baixa.

— Há vários contos populares, mas acho que o principal é o do general mansoriano que o Imperador Dragão derrotou ao fim do Reino do Meio. Sei que é a história de quando o Último Reino teve início, mas... bom, lendas urbanas dão conta de que o general mansoriano perdeu o controle do demônio perto do fim e por isso saiu matando todo mundo depois de ser derrotado. — Zen sentiu quando ela olhou em sua direção. — Não pode ser... não pode ser verdade, pode?

Ele conhecia a lenda. Sabia que as pessoas comuns costumavam falar de "demônios" e "magia das trevas" aos sussurros, horrorizadas, como se fosse uma doença capaz de penetrar os ossos.

— É verdade — ele confirmou, com a voz rouca. — A história do Assassino da Noite, o que quer que tenha ouvido, tem um pouco de verdade. Depois de perder a batalha final contra o imperador Yán'lóng, o general mansoriano e praticante Xan Tolürigin também perdeu o controle e matou milhares de civis hins canalizando o poder da Tartaruga Preta.

Ele a ouviu arquejando.

— Tartaruga Preta? — Lan repetiu baixo, com admiração e espanto. — O deus-demônio? Achei que fosse apenas... lenda.

Zen manteve os olhos fixos à frente.

— Muito tempo atrás, os clãs praticavam xamanismo espiritual, manipulando energias espirituais em harmonia com o qì natural. Um ramo do xamanismo espiritual se tornou notório pelo risco que oferecia: a prática demoníaca. Quando um praticante oferece o núcleo de seu qì, de seu poder, a um demônio, há o perigo de que perca o controle. De que sucumba à vontade do demônio. Os exemplos mais infames que podem ter aparecido em suas histórias são os dos lendários deuses-demônios. Um demônio é uma criatura que ganha consciência e desejos a partir de uma poça putrefata de yīn. Os quatro deuses-demônios são seres formados nos primórdios do tempo, cultivando poder e consciência ao longo de milhares de ciclos e centenas de dinastias, nublando os limites entre os demônios e os deuses. Muitas guerras foram travadas pelo controle dos quatro. Houve inúmeras mortes e um derramamento de sangue inigualável enquanto seu poder era disputado. Os imperadores hins reconheciam a ameaça dos deuses-demônios à paz e à unidade do reino, e por isso procuraram proibir a prática demoníaca no Reino do Meio. O propósito de uma espada pode ser determinado por quem a empunha, mas caso se tire a arma da equação nem os misericordiosos nem os cruéis poderão tirar sangue.

Os olhos de Lan se arregalaram, refletindo a cúpula de estrelas no céu.

Zen se endireitou de repente. Tinha esfriado, e um vento solitário atravessou o tecido de sua roupa e penetrou sua pele.

– É por isso que a prática demoníaca é um tabu no Caminho – ele concluiu.

– O que eu fiz... invocar o espírito de bambu... isso foi... – Lan engoliu em seco. – Isso foi prática demoníaca?

Zen hesitou. O qì demoníaco era composto apenas de yīn, no entanto nem toda energia yīn era demoníaca. Era absurdo pensar que uma garota que acreditava que a prática não passava de uma lenda pudesse se envolver com prática demoníaca.

A abundância de yīn em suas energias devia estar relacionada com o selo que seu pulso escondia.

– Não – Zen respondeu, e Lan soltou o ar, com um alívio visível. – A prática demoníaca só é possível quando a pessoa faz um acordo com um demônio, para utilizar o poder dele. Quando se canaliza o poder de um demônio, as energias utilizadas, o tipo de selos conjurados... tudo isso se restringe ao yīn, fica arraigado ao poder do demônio.

– Bom, não fiz acordo nenhum – Lan disse. – Infelizmente, faltam demônios na casa de chá.

Ele não sorriu.

– É melhor se manter longe desses assuntos quando chegarmos à escola. E não tente canalizar mais qì sem meu auxílio. A prática tem apenas um Caminho, e tudo o que se desvia dela é tabu. Os mestres não gostariam de ver o que você acabou fazer. Tampouco a maioria das pessoas.

– Por quê?

Zen se virou e começou a se afastar.

– Não tem um "por quê". Não questione por que as coisas são como são, Lan. Isso só vai lhe trazer sofrimento.

– Espere – ela gritou. Zen ficou tenso enquanto se preparava para outra pergunta sobre prática demoníaca. No entanto, tudo o que a garota disse foi: – Você conhece um lugar chamado Montanha Protegida?

Zen se virou para ela.

– Montanha Protegida – ele repetiu. Fazia muitos ciclos que não ouvia ou falava aquele nome. – Conheço.

Os olhos dela se iluminaram.

– Sei que vai parecer estranho, mas... durante a meditação, sonhei que encontraria respostas lá. Sobre... isso.

Ela ergueu a mão esquerda, mostrando o selo pálido e os veios metálicos horrendos da magia elantiana injetada em sua pele.

Zen franziu a testa.

– Você sonhou?

– Mais ou menos. Acho que foi uma visão. Minha mãe apareceu, e me disse... – Lan respirou fundo e olhou para ele com um pouco de medo, como se fosse dizer algo que não deveria. – Acho que posso descobrir o que essa cicatriz contém. Esse selo.

Ele ficou em silêncio por um longo momento, só olhando para ela: o qípáo rasgado, o cabelo bagunçado, as mãos cheias de calos e inchadas de uma vida de trabalho na casa de chá, a fala cheia de marcas da classe trabalhadora. Lan não lhe contara nada sobre seu passado, de onde vinha e quem era.

Uma pergunta voltou à tona – uma pergunta que não saía da cabeça de Zen desde que ele identificara o rastro de qì na loja destruída do Velho Wei. O que uma garota com o selo de um praticante e uma conexão latente e poderosa com o qì fazia como uma modesta cantora de casa de chá? Zen endireitou o corpo ligeiramente e inclinou a cabeça.

– Conheço a Montanha Protegida. Já foi lar da prestigiosa Escola dos Punhos Protegidos. – *E um dos últimos redutos dos 99 clãs*, ele pensou, porém não disse. – Felizmente, fica a cerca de dois dias de viagem do nosso destino. Posso levar você lá.

Ele tentou ignorar o olhar de gratidão dela. Lan tinha ouvido uma canção misteriosa na noite, sido perseguida por uma Liga Elantiana e tido uma visão apontando para uma das escolas que costumavam ser administradas por membros dos antigos clãs... Se levá-la até lá ia deixá-lo um pouco mais próximo de compreender tudo aquilo, Zen o faria.

O inverno no sul era diferente do norte, de onde ele vinha, no entanto, conforme os dois seguiam para noroeste, a fachada de verão assumia uma aparência de outono, com os bambus cedendo espaço ao aroma fresco dos lariços dourados e dos pinheiros congelados. Uma manhã, Zen acordou envolto em névoa, os sinais de geada derretendo conforme a luz do sol era filtrada pela copa das árvores.

Eles haviam tomado o cuidado de evitar pegar estradas, porém ali, onde as árvores eram densas e as sombras eram compridas, não havia assentamentos humanos consideráveis. Se Haak'gong, no extremo sul do Último Reino, era uma extensão de colinas e praias, as regiões centrais e ao norte eram pouco desenvolvidas e povoadas em comparação à costa leste, em parte devido à paisagem montanhosa, que deixava pouca terra para o cultivo. Além da Trilha de Jade, havia poucas estradas na região. A paisagem era rústica, e as árvores cresciam próximas demais umas das outras, tornando o progresso difícil. Os elantianos também haviam sido impedidos pelo terreno indomável. A região central do Último Reino – conhecida pelos hins como Planícies Centrais – era uma das poucas áreas que eles não haviam conseguido conquistar. As fortalezas e estradas pavimentadas que marcavam as rotas de comércio elantianas por todo o território estavam notavelmente ausentes ali.

Zen amava aquele lugar. Havia uma beleza grandiosa e selvagem ali que nenhum poema ou épico poderia fazer justiça. Montanhas despontavam no céu prateado, névoa as envolvendo como dragões adormecidos. Rios se alargavam e enchiam, desembocando em lagos que poderiam ser mares. Uma manhã, Zen acordou com um bando de garças brancas alçando voo, e seu bater de asas majestoso continuou ecoando até que não passassem de pontos no céu de seda azul. Tratava-se de uma região que não fora maculada pelo poder elantiano. Uma região pela qual ele ainda podia lutar.

A garota agora se mostrava dócil, seguindo seus passos sem reclamar, realizando devidamente os exercícios de meditação que Zen lhe passava. Por mais que procurasse, ele não encontrou mais sinais de energias yīn vindo dela. Lan era agradável; o riso lhe vinha com facilidade, iluminando seu rosto como o vento agitando sinos. Se qualquer conversa parecia árdua a ele, a ela parecia encantar – um talento que Zen atribuía aos ciclos trabalhando na casa de chá. Uma ou duas vezes, ele pensou ter vislumbrado um sinal da garota teimosa que havia quebrado uma xícara de chá contra sua cabeça sem hesitação, porém de resto ela parecia determinada a se dar bem com ele, ou ao mesmo tentar.

Lan tomava o cuidado de não mencionar o incidente com o yāo ou qualquer coisa relacionada à prática demoníaca. Ela ouvia com atenção enquanto ele lhe explicava os princípios do Caminho. Toda noite, sentava-se ao lado de Zen e estendia o braço para que ele o examinasse, testando o selo para garantir que permanecia forte o bastante para controlar o metal. A prata do feiticeiro se aprofundava cada vez mais na carne e nos ossos.

Quando mais tempo ficasse ali, mais difícil seria extraí-la sem prejudicar a habilidade da garota de canalizar o qì. O mais preocupante era que partes de seu braço impactadas pelo feitiço estavam começando a ficar roxas.

– Tem certeza de que deseja visitar a Montanha Protegida? – Zen perguntou quando já fazia uma semana que estavam viajando. Os dois haviam encontrado um riacho onde se lavar e acampar à noite. Ele havia feito uma fogueira para mantê-los aquecidos enquanto se secavam. O braço esquerdo de Lan descansava sobre os joelhos de Zen enquanto os dedos dele estimulavam pontos de acupuntura com rajadas controladas de qì. Zen sabia que não devia, porém o fato de que ela parara de se encolher ou ficar tensa quando ele tocava seu braço o agradava de maneira inexplicável.

Lan ergueu a cabeça, com o queixo apoiado na mão e os olhos embaçados de sono.

– Você disse que ficava no caminho, não?

– Disse. – Ele pressionou outro nervo. – Mas, se estiver mesmo guardada por um selo de divisa, como você mencionou, talvez demoremos a encontrar.

Ela abriu um sorriso preguiçoso.

– Tenho certeza de que você consegue.

Zen se concentrou no braço dela. Era daqueles momentos em que ela o olhava com plena confiança que ele tinha mais dificuldade de se precaver.

– Você se utiliza tão pouco da prática. – Ela fechara os olhos, e agora sua voz chegava fraca aos ouvidos dele. – Se eu fosse assim poderosa, utilizaria o tempo todo.

Ele pressionou os lábios.

– "O poder deve ser usado com moderação, a critério do detentor. Nunca se deve abusar dele." *Clássico das virtudes*, primeiro capítulo, quinto versículo.

Lan abriu um olho.

– Você decorou o livro inteiro?

– Sim.

Ela se ajeitou no lugar. As palavras seguintes lhe saíram murmuradas.

– Minha mãe dizia que é dever dos poderosos proteger quem não tem poder.

Zen não fazia ideia do que responder. Aquilo não estava em nenhum dos clássicos que ele decorara, ou em qualquer texto complementar com que tivesse deparado.

Então ele apertou outro nervo.

– Isso dói?

Ela fez que não com a cabeça.

– Hum...

Zen franziu a testa.

– Deveria doer? – Ela se endireitou um pouco quando percebeu o tom dele, e seus olhos se abriram. – Algum problema?

– Receio que quanto mais nós deixarmos seu braço assim, piores serão as consequências.

Lan se sentou direito, agora totalmente alerta.

– Você não disse que seu selo ajudaria por um tempo?

– Disse, mas... – Zen considerou por um momento a melhor maneira de explicar aquilo. – Por quanto tempo só posso supor. E as condições continuarão piorando em um ritmo imprevisível a depender da força da magia do feiticeiro. E do poder do meu próprio selo.

Lan sorriu de uma maneira que fez Zen desviar os olhos na mesma hora.

– Bem, poderoso mestre Zen, cabe a você me manter em segurança.

Sem saber como responder, ele soltou a manga dela e calçou as luvas pretas de volta.

– Chegaremos ao Vilarejo das Nuvens Caídas amanhã, ao pôr do sol. Fica no sopé da Montanha Protegida, de modo que teremos tempo para uma refeição quente e algum descanso antes de dar continuidade à nossa busca.

Lan se colocou de pé em um salto e começou a se alongar.

– Uma refeição *quente* – ela gemeu. – Vamos dormir em uma cama de verdade?

Os cantos dos lábios dele se curvaram.

– Acredito que estalagens ofereçam isso.

– E quantos pãezinhos com recheio de porco quisermos? São meus preferidos! Madame Meng sempre racionava, porque carne de porco é cara.

– Todos os pãezinhos de porco do mundo.

Ela comemorou e voltou a se sentar. Aquele brilho travesso retornou a seus olhos quando Lan se inclinou para ele.

– Qual é sua canção preferida? – ela perguntou. – Estou de tão bom humor que vou cantar para você.

Zen hesitou.

– Você não conhece.

– Conheço, sim – ela insistiu.

Ele olhou para a fogueira.

– Onde eu morava, nevava muito. Acordávamos para um tipo diferente de silêncio, sabendo que o mundo fora renovado e o inverno havia chegado. Minha canção preferida vem daí. Chama-se "O som da neve caindo".

— Tem razão – Lan concordou. – Não conheço. – Seu rosto se iluminou em um sorriso torto e ela chegou mais perto dele, apoiando os cotovelos nas pernas e o queixo nas mãos. – Você vai ter que me ensinar.

— Não. Sou um péssimo cantor.

— Posso compensar isso tranquilamente.

— Você está zombando de mim – Zen disse, porém ela não desistiu.

— Está bem. Certo. Uma única vez.

Ele cantarolou, fechando os olhos enquanto as lembranças tomavam sua mente. Gramados se estendendo de um lado a outro. O céu tão azul e vasto que passava a impressão de que era possível estender a mão e tocá-lo. E neve, flocos gordos feito penas de ganso, cobrindo a ampla terra como um cobertor sereno. Quando ele terminou, seus olhos se abriram e deram com Lan o observando, a luz da fogueira refletida em seu rosto.

— É linda – ela disse, e se levantou. Seu qípáo se desenrolou em uma cachoeira branca. Embora tivesse que tomar o cuidado de segurar o casaco dele para cobrir a parte rasgada da própria roupa, Lan começou a dançar de maneira graciosa.

A canção que saiu de seus lábios foi a mais bonita que Zen já tinha ouvido, uma versão suave e magistral da que ele havia acabado de cantar. O luar fraco banhava a silhueta dela, iluminando seu sorriso. Zen se permitiu absorver a visão, como havia feito na casa de chá. A noite em volta desaparecia enquanto ele caía no feitiço de neve e prata e num lar que agora ele só tinha na memória.

10

Não importa quão luxuosa seja a vida de um pássaro na gaiola, ele permanece à mercê de seu mestre.
Coleção de textos apócrifos e banidos, de origem desconhecida

Ela estava em um cômodo limitado por painéis para impedir a passagem de espíritos e iluminado pelo brilho fraco de lanternas alquímicas. Do outro lado dos muros, Lan notava movimento. Vozes musicais chegavam a ela: garotas rindo e se provocando, as palavras indiscerníveis. Uma sombra se agitou atrás de um painel, de uma menina de cabelo comprido com traços delicados, que logo começou a cantar.

Ying. Era Ying.

Lan se lançou à frente, sentindo-se inundar de alívio – sem saber ao certo o motivo.

Senti saudade, ela tentou dizer. Seus lábios se moveram, porém nenhum som saiu. Lan tinha algo a dizer a Ying, algo importante, algo que poderia mudar o rumo de suas vidas... só que não conseguia se lembrar do que era.

Lan estendeu o braço para tirar o biombo da frente, mas ele pareceu se afastar dela. O cômodo, o calor, o brilho – tudo perdia força, e de repente ela olhava para a melhor amiga através de um muro de gelo. As garotas da casa de chá deram risadinhas, reunidas sob uma ameixeira exuberante.

Um vento frio penetrou os ossos de Lan e sacudiu a árvore, cujas pétalas começaram a cair. Quando chegaram ao chão, transformaram-se em sangue.

Atrás do muro de gelo, as garotas começaram a gritar. Lan tentou alcançá-las, correndo o mais rápido possível, no entanto o ar de repente parecia tão denso quanto um ensopado, e ela se sentiu como se estivesse debaixo d'água, com a corrente empurrando-a para trás...

À distância, uma figura se aproximava, uma silhueta clara através do gelo. Foi só quando ele estava a dez passos de distância que Lan se deu conta de que ele não se encontrava do outro lado do muro. Encontrava-se *dentro* dele.

O Feiticeiro Invernal deixou o muro de gelo, com sua armadura prateada e sua capa azul esvoaçante intactas. Ele sorria, e sua expressão não se alterou quando as garotas mais atrás se dissiparam na névoa, seus gritos ecoando.

Olá, pequena cantora, o Feiticeiro Invernal disse em sua língua. *Estou vendo você. Agora me dê o que eu quero.*

O pavor a manteve congelada no lugar quando ele estendeu a mão, seus dedos magros e compridos buscando a garganta dela.

Encontrei você, ele disse, e o gelo em volta se estilhaçou.

Lan despertou com a sensação de que uma faca quente cortava seu braço. Ela abriu a boca para gritar – então sentiu gosto quente de cobre. A alvorada ainda era um sussurro no céu cinza, visível em meio à copa das árvores, e o chão estava coberto de partículas de gelo. Lan viu a cabeça de Zen apoiada sobre tufos de grama; ele costumava dormir sempre a seis passos dela, no entanto, conforme avançavam para o norte e as noites ficavam mais frias, Lan vinha encurtando a distância discretamente, depois que a respiração dele se tornava regular, encolhendo-se logo atrás de seu corpo para se esquentar.

Ela tentou chamá-lo outra vez – entretanto, teve que se dobrar em um acesso de tosse. Sangue escorreu por seu queixo.

Zen se moveu. Virou-se para ela e, quando seus olhos a encontraram, a névoa do sono os deixou.

– Lan? Lan.

Em um instante, ele estava de joelhos, sem luvas, com as mãos no pulso dela. Seus dedos eram como gelo na pele de Lan, que se encolheu.

– O feiticeiro – ela conseguiu dizer. As palavras saíram truncadas. – O Feiticeiro Invernal... ele disse que me encontrou...

– Acalme-se. – Ele a segurou com mais firmeza enquanto ela se debatia. – Você teve um pesadelo.

Um pesadelo. Não passava de um pesadelo. Então por que parecia tão real?

Zen virou o braço esquerdo dela. Lan viu algo horrível: sua carne estava verde; o metal correndo em suas veias assumira um tom cinza-escuro doentio.

– Infeccionou – ela ouviu Zen dizer. Seu tom transmitia confusão, suas sobrancelhas se mantinham próximas enquanto ele examinava o próprio selo. – Não consigo entender. Faz uma semana que coloquei um selo de contenção em seu braço. O feitiço elantiano parece ter ficado mais forte...

Lan reprimiu um grito diante da dor lancinante que sentiu no braço, como se uma faca tivesse sido cravada até o osso. Gotículas de suor se formavam em sua testa; ela as sentiu rolar pelas têmporas.

– Você pode... consertar... né?

Sua respiração saía entrecortada.

– Eu... – Pela primeira vez, uma sombra de pânico passou pelo rosto de Zen. – Não posso, não por muito tempo. Precisamos ir para a escola. Os praticantes de Medicina de lá podem ajudar...

Mesmo através da névoa da dor, uma imagem surgiu na mente dela, um propósito envolvendo seu coração e se recusando a soltar. Neve, uma mulher usando vestes brancas, a música do alaúde.

– A Montanha Protegida – Lan soltou. – Tenho que ir para lá...

– Não há tempo...

– Por favor! – O grito transpassou a aparência de calma dele; Zen pareceu surpreso. Ela sentiu que lágrimas escorriam por suas bochechas, frias contra a pele; sentiu de novo as garras da impotência se fechando sobre si, para arrastá-la para longe daquilo que Lan vinha procurando a vida toda, justo agora que estava perto. – É tudo o que minha mãe me deixou. É minha última chance de compreender por que ela morreu. Tenho que encontrá-la. *Preciso* encontrá-la.

Sua visão embaçava; se por conta das lágrimas ou da perda de consciência que estava por vir ela não sabia. Lan piscou e se forçou a focar, dando com o rosto do praticante bem próximo ao dela. De alguma maneira, ela havia agarrado sua camisa e o puxava para baixo. Ele tinha algumas mechas de cabelo coladas à testa, e seus olhos se mantinham fixos nos dela. Procurando. Havia uma tempestade neles, um redemoinho de fogo e fumaça, uma guerra sendo travada em seu interior.

Então a expressão de Zen se pacificou. Sua mão se fechou com delicadeza sobre a dela.

– Vou levar você até a Montanha Protegida – ele disse. – Só que, antes, preciso levá-la à escola para que a magia putrefata no seu braço seja neutralizada.

Ela continuou segurando a camisa dele e olhando em seus olhos.

– Promete?

– Juro.

Só então ela o soltou, exausta. Lan sentiu o praticante se inclinar para a frente e o roçar de suas mangas quando ele ergueu o pulso esquerdo dela.

Os dedos dele bateram no selo, fazendo faíscas entorpecidas descerem pelo braço de Lan. Ela sentiu a consciência fraquejar.

Quando voltou a abrir os olhos, o céu estava claro. Seu braço ainda doía, porém agora era uma dor surda em comparação com a agonia e a ardência de pouco antes. Quando virou a cabeça, Lan deparou com um novo selo em seu pulso. Daquela vez, ela reconheceu as ondulações pretas que lembravam chamas.

Lan olhou para cima e deu com o praticante dormindo recostado a um tronco. Mesmo nas sombras seu rosto estava branco e abatido.

Ela se sentou.

– Zen?

As pálpebras dele estremeceram. Zen a olhou por entre os cílios.

– Você está bem?

Lan fez que sim com a cabeça.

– E você?

Ele voltou a fechar os olhos.

– Combater a magia elantiana... exige energia. Permita-me um momento para reestabelecer meu qì.

Lan não gostava de vê-lo daquele jeito, com os lábios ressecados e rachados, suor empapando o rosto e a roupa. Procurou a cabaça entre os pertences de ambos. Estava vazia.

– Vou pegar água – ela disse.

Zen não respondeu. Uma aparência pacífica dominava seus traços, o que ela agora sabia que significava que estava mergulhado na meditação. Ele tinha tirado as luvas e as botas e plantado ambos os pés na terra. Agora ela conhecia aquele método de restauração do qì, relacionando o máximo possível do corpo aos elementos.

Lan se levantou e foi até um riacho próximo. Seu corpo continuava quente, embora não chegasse nem perto do estado febril de antes, e sua mente estava começando a clarear. Havia uma névoa matinal no ar, estendendo-se entre os lariços dourados, deixando suas folhas cinzas. Lan ouviu o borbulhar da água antes de encontrar o riacho entre as margens cobertas de musgos.

Ela se agachou e mergulhou a cabaça, deixando que a corrente esfriasse sua mão. A floresta estava incomumente silenciosa àquela hora da manhã, desprovida dos assovios dos tordos e do farfalhar produzido pela correria dos tetrazes e outros animais pequenos em meio aos arbustos. Na verdade, Lan pensou, levando a cabaça à boca, havia uma tensão no silêncio, como o ar que antecedia uma tempestade. Como se a floresta estivesse prendendo o fôlego. Ela tomou um gole de água – e congelou.

Primeiro, Lan notou a marca densa e opressiva do metal no qì. Só então ela viu.

Do outro lado do riacho, entre as silhuetas fantasmagóricas dos lariços dourados, havia movimento. Não sombras, mas *luz* – o cinza do céu refletido na prata. Lampejos azuis, surgindo e desaparecendo. A insígnia da coroa com asas.

Suas veias gelaram. Elantianos. Impossível.

Como podiam estar *ali*? Zen havia dito que a região central do Último Reino era segura, que os elantianos ainda não haviam conquistado o território vasto e selvagem. Ali, onde os pinheiros cresciam retorcidos e livres, espalhando-se, e onde não havia estradas planas de concreto sobre a terra. Ali, onde as montanhas reinavam sob a extensão do céu, não havia fortalezas elantianas, construídas com metal e mármore.

Aquela terra era *deles*, dos hins, e era tudo o que lhes restava.

Só que agora os elantianos a haviam encontrado.

De repente, as lembranças da semana, viajando sob a proteção das florestas de bambu e pinheiros, aprendendo sobre as artes ancestrais de seu reino, pareceram um sonho distante. Seus membros ficaram dormentes; a cabaça escorregou de sua mão. Lan a pegou pelo bocal e se agachou atrás de um arbusto. Ela viu um soldado se destacar da formação para esquadrinhar a margem do riacho onde estava escondida. Quando teve certeza de que ele não estava olhando, começou a recuar devagar.

Tinha quase alcançado a segurança das árvores quando aconteceu.

Um coelho saiu em disparada da vegetação rasteira e topou com o calcanhar dela. Lan reprimiu um grito, mas não adiantou: ela caiu para a frente, apoiando-se nas mãos e quebrando a cabaça.

Do outro lado do riacho, os soldados elantianos se viraram em sua direção. Seus olhos a transpassaram como um alfinete prendendo uma borboleta à cortiça.

Seguiram-se gritos, e Lan deixou para trás toda a cautela. Apenas se virou e correu.

Ela sentia a pulsação nos ouvidos, e o ar gelado cortava seus pulmões feito cacos de vidro. Elantianos – havia elantianos ali, na segurança da floresta profunda, nas Planícies Centrais. Mais uma vez, eles a haviam encontrado; mais uma vez, haviam invadido a terra de seus ancestrais, um espaço privado no reino que poucos momentos antes pertencia apenas a ela, Zen e seu povo.

Algo passou assoviando por Lan. Uma flecha atingiu o tronco da árvore à sua frente e estremeceu até parar. Era toda de metal, brilhante, lisa e nada natural, muito diferente das flechas de madeira de pinheiro e pena de ganso do exército hin. O metal cintilou quando ela passou por ele, a ponta enterrada na carne do lariço.

E pensar que o perigo já estava se tornando uma lembrança distante. Ela deveria ter sido mais esperta. Deveria saber que, enquanto existissem elantianos, o perigo seria a sombra que lançavam por todo o mundo.

Suas mãos se mantinham cerradas em punho enquanto ela corria; as lágrimas de medo se transformavam em lágrimas de fúria, sufocando-a e transbordando.

Quando Lan seria completamente livre, quando estaria completamente a salvo?

Ela sabia a resposta.

Quando eu for poderosa.

Lan irrompeu na clareira em que havia deixado Zen. Ele ergueu a cabeça, sobressaltado. Ela se ajoelhou e sentiu a dor explodindo outra vez, no braço e nas laterais do corpo, os pulmões ardendo com a respiração. Só conseguiu dizer uma palavra:

– Elantianos.

11

*Yīn e yáng, mal e bem, preto e branco, demônios e humanos.
É assim que o mundo é dividido. O que não pertence ao
Caminho da prática deve ser aniquilado.*

Imperador Jīn, Primeiro decreto
imperial sobre a prática, Reino do Meio

— Impossível.

Zen se levantou na mesma hora, agarrando-se ao tronco da árvore logo atrás dele para se equilibrar. Combater a magia elantiana sempre exigia um esforço tremendo. Havia algo nela que não parecia natural à maneira como os praticantes manejavam o qì, como se os elantianos tivessem pegado um elemento natural e o distorcido de alguma maneira, transformando-o em algo que consumia tudo, onipotente... e absolutamente monstruoso.

Lan estava de quatro, com os olhos bem fechados.

— Eu vi. Eles nos encontraram.

Em todos os anos pós-Conquista, Zen nunca havia encontrado forças elantianas além dos postos avançados e das maiores cidades hins.

Quais eram as chances de uma legião ter se aventurado tão profundamente nas Planícies Centrais e topado com uma garota procurada – uma jovem com estranhas energias yīn e um selo misterioso, alvo de uma Liga Elantiana de alto escalão?

No entanto... ao ampliar sua consciência pelas correntes de qì serpenteando por toda a volta, Zen por fim sentiu: a presença pesada e dominadora do metal.

Eles tinham alguns minutos, talvez nem isso, antes de serem encontrados. Zen olhou para a garota, para o metal repugnante no braço esquerdo dela, para o selo que ele havia acabado de fazer com o intuito de conter o veneno e renovar o qì dela. Apesar daquilo, Lan tremia.

Os dois não chegariam longe; de jeito nenhum deixariam os elantianos para trás na corrida. Caso continuassem avançado no ritmo atual, estariam se arriscando a conduzi-los até a escola. A Escola dos Pinheiros Brancos havia permanecido escondida ao longo de séculos sob um selo de divisa poderoso; enquanto outras escolas tinham acabado, ela havia sobrevivido a dinastias, à ascensão e à queda de diferentes imperadores, e até mesmo à invasão elantiana. Zen preferiria morrer a entregar sua localização.

Restava uma única opção: um selo de portal.

Um praticante precisava ter em mente apenas dois princípios para fazer um selo de portal. Primeiro, que era necessário levar a uma localização que ele sabia que existia, uma localização que conseguia visualizar com facilidade a partir da memória. Segundo, que o volume de qì necessário estava diretamente relacionado à distância que precisaria ser percorrida.

Zen nunca havia usado um selo de portal para uma distância maior que cem lǐ, cerca de um dia de viagem. Segundo seus cálculos, os dois ainda estavam a cinco dias de viagem da escola.

No estado em que ele se encontrava, seria quase fatal tentar percorrer aquela distância.

Não precisa ser assim. Uma voz até então dormente sussurrou em sua mente, como poeira espalhada pelo vento. *Você sabe que não.*

Lan se moveu. Ficou de joelhos e levou a mão direita à cintura. Em um bolso interno, apalpou alguma coisa. Zen precisou de um minuto para reconhecer o que era.

A faca de manteiga da casa de chá, aquela que a garota tinha na mão quando ele a encontrara no Salão Flor de Pêssego, com um anjo morto no chão. Lan a erguera com a expressão totalmente convicta, como se sua vida toda dependesse daquela pequena peça de vidro.

Foi com aquela mesma expressão que ela se virou para a direção por onde os elantianos chegavam, porém agora Zen a via pelo que realmente era: não a coragem de uma guerreira que cairia lutando, e sim o desespero de uma garota que não tinha para onde correr, que não tinha onde se esconder.

Ele se lembrou da manhã seguinte ao dia em que haviam se conhecido, na luz da alvorada pintando o rosto de Lan com pinceladas vermelhas e douradas. *Me ensine a ser poderosa para que eu não precise mais ver outra pessoa que amo perder a vida para o regime elantiano*, ela dissera.

Em três passadas, Zen chegou a ela. Ele a pegou pelo pulso esquerdo e a virou de frente para si.

A perplexidade tomou conta da expressão de Lan.

– O que...

– Vou usar um selo de portal para nos tirar daqui – ele disse.

Ela piscou, seus olhos sagazes procurando os dele. Dava para vê-la considerando tudo o que Zen havia lhe ensinado naquela semana e chegando a uma conclusão.

– Você não pode fazer isso – Lan soltou. – Ainda não está totalmente recuperado...

– Ainda me restam forças o bastante – ele respondeu com delicadeza. – Para que serve o poder senão para proteger quem não o tem?

A expressão de Lan se alterou quando ela reconheceu as palavras da mãe parafraseadas. Nas noites anteriores, Zen havia ficado acordado, olhando para as estrelas, contemplando o significado daquele simples dizer.

– O lugar que estamos prestes a adentrar é chamado de Para Onde os Rios Fluem e o Céu Termina – Zen prosseguiu. – A Escola dos Pinheiros Brancos fica ali, escondida com um selo de divisa poderoso. Meu selo de portal não é capaz de romper o selo de divisa, mas nos levará para bem perto. Se eu perder a consciência...

– Zen!

– ... você deve me deixar e subir a montanha para pedir ajuda. Independentemente do que veja ou ouça, não pare, não dê atenção. – Sua pegada no pulso dela se apertou. – Entendeu?

Os olhos de Lan vasculharam o rosto dele, ardentes, seu peito subindo e descendo com a respiração acelerada.

– Eu estava certa – ela sussurrou. – Você é *mesmo* maluco.

– Em algum momento, você vai se deparar com o selo de divisa. Não vai conseguir passar por ele, porém os discípulos da escola serão invocados. Diga que está comigo e eles ajudarão.

Ela assentiu. As energias em torno dos dois se agitavam, cada vez mais pesadas com o odor do metal conforme o tempo passava. Zen ouviu gravetos quebrando por perto, o pisar uniforme de botas que anunciava a aproximação do exército elantiano.

Ele engoliu em seco.

– Segure-se firme em mim.

Os pequenos braços dela envolveram a cintura dele com força. Zen sentiu a bochecha de Lan em seu peito, a orelha pousar sobre seu coração.

Ele inspirou fundo, ergueu a outra mão e começou a traçar. Tratava-se de um selo que tinha decorado, cada linha e sua função brilhavam forte em sua mente enquanto o qì fluía da ponta do dedo indicador. Os traços para terra e terra se encaravam das extremidades do círculo, separados por linhas de distância. Um volteio aqui, um ponto ali, determinando a partida e o destino.

Passos tamborilavam o chão da floresta, o som do metal das espadas retinia além da clareira. De olhos fechados, Zen fez um movimento circular com o braço. O fim encontrou o início, yīn encontrou yáng, e o selo se abriu para ele em chamas pretas. Zen se concentrou no lugar. Ele se destacou de sua memória, as montanhas acidentadas até onde a vista alcançava, envoltas em nuvens e névoas, contornadas por rios brancos, verdejantes de vida e beleza. Zen viu mais de perto: os templos com paredes bem brancas e telhados cinzentos curvando-se para o céu. A grande pedra redonda no topo dos degraus, imaculada, anunciando o nome do lugar nos traços fluidos da caligrafia.

Para Onde os Rios Fluem e o Céu Termina

Um traço reto, ligando partida e destino. Depois um círculo encerrando tudo.

A energia fluiu dele para o selo – o princípio da troca equivalente das leis da prática. O selo bebeu e bebeu, ganhando vida a partir do qì de Zen, enquanto ele só dava e dava, sentindo os membros entorpecerem e os pulmões murcharem. Zen afundava na água, afogando-se, a luz acima enfraquecendo. Ainda assim, o selo continuava sugando.

Manchas surgiram diante de seus olhos; seu corpo se recostou no de Lan e Zen sentiu que ela respondia, suas mãos mais firmes na cintura dele. *É demais. Sempre foi demais, desde o começo.*

Seu coração desacelerou. Sua consciência espiralou. Caiu, caiu, até os limites da escuridão, o abismo se abrindo para engoli-lo por inteiro.

E então, lá de dentro, uma voz se ergueu para cercá-lo: *Estou aqui.*

Chamas pretas irromperam em sua visão, envolvendo seus braços e pernas, projetando-o adiante. Em algum lugar escondido de sua mente, algo ganhou vida: um eco profundo e retumbante, que foi seguido por uma onda de poder. O qì o inundou como uma lufada de ar fresco. O selo de portal de repente pareceu pequeno, insignificante, e Zen não conseguia nem se lembrar de um momento em que fazê-lo parecera difícil.

É apenas um gostinho. Zen e a voz disseram, seus pensamentos se misturando. *Liberte-me e poderá ter todo o poder do mundo.*

Não, *não*, ele não podia fazer aquilo, não *ia* fazer aquilo. Aquela coisa dentro de Zen era uma abominação, uma monstruosidade, uma influência perniciosa no Caminho que seu mestre por algum motivo tolerara todos aqueles ciclos. O que não pertencia à prática devia ser aniquilado.

Reunindo todas as forças que lhe restavam, Zen se afastou do abismo preto. Quando sua visão clareou, as chamas de seu selo o rodeavam. Uma ilusão cintilou à sua frente: montanhas verdes, névoa branca e uma fileira de garças cruzando o céu feito uma pincelada em um quadro. Uma visão familiar, um lugar seguro.

Seu lar.

Zen fechou os olhos e se segurou firme a Lan. Ela estremeceu junto a ele, pressionando o corpo contra seu peito com um gemido.

Juntos, eles tombaram para a frente.

Zen aterrissou na grama macia e na lama úmida. Precisou de um momento para se reorientar. O ar parecia mais ralo; o frio penetrou seus ossos com um calafrio úmido. Por toda a volta, pássaros cantavam, insetos cricrilavam e o vento chacoalhava as folhas.

À frente, uma montanha se erguia, sem um caminho discernível e sem qualquer coisa que a distinguisse além de um pinheiro velho e retorcido que se inclinava na direção dele com os galhos irregulares se estendendo feito braços abertos que o recebiam de volta.

Zen soltou o ar devagar. Aquele era o Pinheiro Hospitaleiro, um ponto de referência que o primeiro grão-mestre da escola havia colocado ali. Apenas quem conhecia a verdadeira localização da escola sabia que caminhar sob ele ativava o selo de divisa, um selo antigo e comum que delimitava as fronteiras de determinado território. Os critérios para passar variavam. Naquele caso, o selo fora projetado para permitir a entrada de quem não tivesse a intenção de causar mal. Era um objeto astuto: os que chegavam ali por acidente viam apenas a névoa e uma trilha pela montanha que desaparecia mais para a frente. Aqueles que chegavam com a intenção de causar dano à Escola dos Pinheiros Brancos e seus ocupantes eram recebidos pela fúria de praticantes mortos havia muito tempo e que foram enterrados ali, seus espíritos para sempre destinados a proteger a pureza espiritual da escola.

E passar com sucesso pelo selo de divisa ainda significava ter que subir quase mil degraus de pedra para chegar aos portões. A maior parte dos discípulos se utilizava das Artes Leves para acelerar o processo, subindo assim dez ou vinte degraus por vez, porém a Zen mal restavam forças para se manter de pé.

No estado em que se encontrava, ele precisaria de ajuda.

— Lan — Zen murmurou. Foi então que sentiu algo quente e pegajoso em sua mão e se deu conta de que ela estava incomumente imóvel em seus braços. Os dois estavam amontoados ao sopé da montanha, o qípáo dela caindo sobre a calça dele, os braços dela ainda envolvendo sua cintura.

Sangue empapava a grama sob ambos, uma poça vermelha destoando da paisagem tecida com tons suaves de verde e cinza.

O pânico dissipou a neblina da exaustão quando Zen encontrou a fonte: uma flecha de metal na lateral do corpo dela. Ele recordou a maneira como Lan se retorcera em seus braços imediatamente antes que o selo de portal os engolisse, e o ruído que ela havia soltado. Não de medo, e sim de dor.

Lan tossiu, e o som saiu úmido e cortante. Sangue escorreu de seus lábios, abrindo um caminho vermelho até o queixo. Zen notou as curvas de suas bochechas, os arcos escuros que eram seus cílios, a boca larga, capaz de falar muito rápido e sempre pronta para sorrir, apesar da dor. Sem ajuda, Lan morreria.

Minha mãe me disse que é dever dos poderosos proteger quem não tem poder.

Ele mal era capaz de reunir energias para se mover, quanto mais para traçar um selo. No entanto, sabia que, se recorresse ao abismo dentro de si, encontraria um poder que condensava como uma tempestade. Zen fechou os olhos. Procurou.

O mundo escureceu enquanto o qì fluía para ele com o rugido do mar revolto. Zen ao mesmo tempo se afogava e ganhava vida.

Quando voltou a abrir os olhos, havia alguém – ou alguma coisa – com ele, vendo com seus olhos, respirando com sua boca e movendo seus braços e pernas.

Debruçou-se e pegou a garota à sua frente, para carregá-la junto ao peito. Ela pareceu estranhamente leve, e sua cabeça se encaixou contra o pescoço dele como a de uma boneca de pano. Ele notou o sangue saindo do ferimento com um desapego clínico.

Ele piscou. Suor escorreu por sua testa. *Sou Zen,* pensou. *Estou no controle. Você responde a mim.*

A presença em sua mente recuou. Sua visão ficou mais clara. O selo de divisa se encontrava à sua frente, o pinheiro de aparência inofensiva parecia observar sua aproximação. Zen prendeu o fôlego e passou.

Ele sentiu a resistência do qì por um momento, girando acima dele, como a névoa densa. Uma névoa que encerrava os sussurros de almas perdidas no tempo, o hálito de fantasmas esquecidos soprando em seu pescoço, garras invisíveis que se estendiam das profundezas de seu coração para testá-lo. Por um momento, Zen teve medo do que o selo poderia encontrar ali – do monstro que era quando o grão-mestre subira a montanha com ele cerca de onze ciclos antes. Ou a matéria de que seus pesadelos eram feitos: facas de metais que queimavam e conquistadores que as empunhavam contra pessoas como ele. Ou, antes ainda, gritos distantes, cheiro de grama queimando e sangue escorrendo por seus sapatos. O ondular de uma flâmula doura sob o céu azul ininterrupto.

Ele sentiu a respiração de Lan em sua pele, e dessa forma voltou ao presente. A bochecha dela descansou em seu peito, o pescoço ficou exposto. Zen podia ver uma veia escura subindo por sua garganta, pulsando em sintonia com o coração.

Leve-me com você. Posso ser útil, ela dissera na noite em que haviam se conhecido. Os cílios escurecidos pela chuva, os olhos como seixos sob a água, os lábios trêmulos.

Sob tudo, havia fogo. Ele sentira. Uma pessoa comum talvez tivesse desistido, porém a garota... olhara bem nos olhos dele e propusera uma troca.

Zen a puxou para mais perto, ancorando-se em meio ao turbilhão em sua mente.

A névoa, os sussurros, as garras se recolheram com um suspiro coletivo. A tempestade se dissipou. Conforme o selo de divisa se rendia e o deixava passar, um caminho se abriu entre os pinheiros, as nuvens abrindo espaço para o derramar límpido de luz do sol típico do inverno cristalino. Zen começou a subir.

A presença – o poder – nele perdia força, retornando ao abismo onde residia. Cada passo exigia mais de Zen. Em seus braços, Lan ficava mais e mais pesada.

Novecentos e noventa e nove degraus até o topo. A primeira lição da prática, ensinada na entrada da própria escola: não há atalhos no Caminho.

Por pura força de vontade, ou por desespero, Zen conseguiu. O ar foi ficando cada vez mais nublado e frio conforme subia, os degraus úmidos da condensação, as folhas e os galhos farfalhando em harmonia com o som da água correndo ali perto. Por fim, os degraus de pedra foram substituídos por uma extensão plana de terra; os bambus e as árvores se abriram para revelar os templos ziguezagueando na montanha, um pái'fāng feito de dois pilares de pedra, uma pedra redonda e polida bem grande que parecia ter brotado do chão.

À frente disso tudo, encontrava-se um homem com vestes que caíam como neve.

Quando Zen se colocou de joelhos, o grão-mestre da Escola dos Pinheiros Brancos falou, com a voz tão clara quanto uma gota de tinta se dissolvendo na água:

— Ah, você chegou bem a tempo. As camélias acabaram de desabrochar.

12

Uma pessoa nobre é bondosa com seus iguais e com os que lhe são inferiores, de maneira indiscriminada.
Analectos kontencianos (*Clássico da sociedade*), 6.4

Ela voltou a si devagar, desenredando-se do sono. A cena diante de seus olhos se desdobrava como em um sonho. O sol se derramava em sua pele, suave e quente. Uma brisa fresca beijava sua bochecha, trazendo consigo o cheiro da chuva e dos pinheiros. Bem acima, o teto era de ripas de madeira de sequoia, as cornijas adornadas com entalhes de criaturas míticas e deuses do panteão hin. Ao seu lado, havia um biombo com figuras de estudiosos hins debruçados sobre pergaminhos em meio a montanhas irregulares e rios sinuosos. Ela podia estar no gabinete de sua antiga casa. No estado em que se encontrava, entre o despertar e o sono, Lan quase esperava que uma criada entrasse pelas portas de madeira com uma tigela de ensopado fumegante, castanhas e jujubas.

Lan virou a cabeça e se arrependeu na mesma hora. Seu braço esquerdo estava à mostra, e havia cerca de uma dúzia de agulhas compridas e mais finas que fios de cabelo espetadas na pele. Ela reprimiu um grito e se sentou, então pegou um punhado de agulhas e puxou.

O ferimento na lateral do corpo pulsou de dor. Lan cerrou os dentes, jogou as agulhas no chão e arrancou mais um punhado.

Ela identificou um movimento do outro lado do biombo enquanto se livrava da última leva de agulhas.

— Senhorita? — uma voz estranha a chamou. Um tenor leve, suave e nada impositivo. — Está acordada?

Um jovem apareceu, usando um qípáo branco e simples com uma faixa azul amarrada na cintura. Sua pele era tão clara quanto a água de uma nascente. O rosto magro e delicado era emoldurado pelo cabelo comprido que cascateava por um pescoço também claro e magro. Havia uma fissura no meio de seu lábio superior — Lan se deu conta de que ele tinha lábio leporino, ou lábios de coelho, como maldosamente o povo costumava chamar.

Tais lábios se abriram em surpresa enquanto ele absorvia a cena à sua frente: Lan sentada, ofegante e instável, com os curativos na lateral do corpo soltando e as agulhas espalhadas pelo chão.

– Ah, não – o jovem disse.

– O que... é isso? – Lan perguntou, arfando. – Quem é você?

O jovem de repente pareceu envergonhado.

– Perdão. Receio que tenha deixado a cabeça e os modos na sala de estudos, como meu shī'fù diria. Meu nome é Shàn'jūn, sou discípulo de Medicina. Eu... estava tentando curar seu braço com acupuntura.

Shī'fù, mestre. *Discípulo de Medicina*. Lan voltou a olhar em volta. Havia estantes de madeira alinhadas à parede oposta, do outro lado do biombo. Em vez de livros, estavam repletas de caixas, gavetas e engradados.

– Esta é a Câmara das Cem Curas – o rapaz, Shàn'jūn, prosseguiu. – Não sei se tem conhecimento disso, mas... você está na Escola dos Pinheiros Brancos.

Tudo ficou mais claro. Lan voltou a avaliar o entorno, com mais atenção agora. A câmara era escura, iluminada apenas pelo brilho das lanternas de papel. A luz do sol entrava suave pela porta aberta. Lan teve a sensação distinta de que passara várias horas inconsciente.

Ela levou a mão à lateral do corpo. Alguém havia tirado seu qípáo rasgado da casa de chá e vestido roupas limpas nela, grandes demais para seu corpo, porém confortáveis. Havia um curativo na metade do corpo.

A flecha. Os elantianos...

– Zen – Lan soltou. – Onde está Zen?

– Com o grão-mestre – foi tudo o que o discípulo disse, inclinando-se para recolher as agulhas do chão. – Desculpe se assustei você. As agulhas servem para equilibrar o qì dentro do seu corpo. Você está com excesso de yīn por conta do braço esquerdo. Mergulhei as agulhas em yáng para extraí-lo. – O rapaz mostrou uma agulha. O metal parecia ter escurecido um pouco. – A medicina tradicional hin pode não ser plenamente eficaz contra a magia elantiana, porém deve ajudar um pouco.

Lan voltou a examinar o braço esquerdo. As veias continuavam cinza-escuras, a carne em volta manchada de roxo e verde, como se o metal lá dentro começasse a enferrujar. A infecção parecia ter chegado até o cotovelo; acima dele, o selo de Zen começava a perder força. A cicatriz de Lan, no entanto, brilhava pálida, um círculo protegido da magia do Feiticeiro Invernal. Cicatriz. Selo. Montanha Protegida.

Lan precisava chegar à Montanha Protegida.

Com um olhar, ela avaliou o discípulo de Medicina.

– Você consegue curar meu braço? – ela perguntou.

– A medicina tradicional hin é um processo lento, e seu braço requer atenção imediata. Por sorte, temos alguém que conhece bem a língua dos metais aqui na Escola dos Pinheiros Brancos e é provável que possa ajudar. Com a combinação de nossos esforços logo você vai voltar ao normal. – Ele abriu um sorriso encorajador. – Deve estar morrendo de fome. Já passa da hora do carneiro. Vou lhe trazer algo para comer.

Hora do carneiro. Lan não ouvia aquela expressão hin desde pequena. A maior parte de Haak'gong havia incorporado aos relógios elantianos, que tocavam de hora em hora. Um sino hin equivalia grosseiramente a duas horas elantianas, cada um deles correspondendo a um animal dos doze signos do zodíaco, com base em um raciocínio ridículo que Lan tivera dificuldade de decorar quando pequena. A hora do carneiro começava com o primeiro sino depois do meio-dia.

Aquele lugar – com sua infraestrutura, suas roupas e seus costumes tradicionais hins – parecia ter sido conservado em uma garrafa. Algo que havia sobrevivido à passagem do tempo e às mãos elantianas de maneira impossível e milagrosa.

Lan passou ao outro lado do biombo para seguir o discípulo de Medicina, porém ele já havia saído por uma porta aos fundos. De lá de dentro, chegavam os ruídos de objetos batendo e o cheiro de algo pungente.

Passos soaram do outro lado da câmara: decididos, altos, quase militares. A luz entrando pela porta aberta diminuiu com a entrada de uma figura alta.

A recém-chegada usava um qípáo com peças de uma armadura de batalha nos ombros, no peito e nas coxas. Seu cabelo preto e grosso estava dividido no meio e preso em dois coques firmes atrás da cabeça. Seu rosto, comprido e anguloso, era marcado por uma boca bem vermelha que não passava de um traço. Usava um tapa-olho preto, e seu outro olho era do cinza das espadas e tempestades. Ela o estreitou ao passá-lo pela câmera e pousar em Lan.

– Então é você quem está causando toda a comoção – a garota disse. Apesar da altura, parecia ter mais ou menos a idade de Lan e falava de um modo condescendente.

Lan resistiu à vontade de revirar os olhos.

– Parece estar tudo bem tranquilo por aqui – ela falou.

A garota cerrou os dentes e apontou.

– Vim examinar a magia elantiana.

Lan inclinou a cabeça.

– Está falando do meu braço?

– Da magia elantiana *no* seu braço.

– Normalmente eu deixaria, mas essa sua atitude cretina me fez mudar de ideia – Lan disse. – Volte quando a tiver abandonado.

Por um momento, a garota ficou em um silêncio perplexo. Não demorou a se recuperar, no entanto, e seus traços se contraíram em uma raiva justificada.

– Quem foi que criou você, seu filhote sem educação? – a garota esbravejou. – A magia em seu braço deve ser destruída. Sinto o cheiro corrosivo daqui, mesmo com o selo que Zen colocou para tentar escondê-lo.

– Onde está Zen? – Lan perguntou.

Os lábios da garota se curvaram.

– Você tem a audácia de dizer o nome dele? Você, que quase o obrigou a se tornar um desgarrado...

Ela mesma se cortou, no meio da frase.

Desgarrado. Era a primeira vez que Lan ouvia a palavra; no entanto pensou em Haak'gong, quando os olhos de Zen ficaram pretos por completo e seu rosto gelou como se algo tivesse assumido o controle de seu corpo, pouco antes de usar o selo de portal para levá-los à Floresta de Jade.

Zen havia usado o mesmo selo para levá-los à escola, que ficava a uma distância muito maior.

– Dilaya shī'jiě? – Shàn'jūn tinha voltado da cozinha e usava um tom agradável para se referir à garota pelo título honorífico que indicava que ela era uma discípula avançada. Ele tinha uma tigela de porcelana fumegante nas mãos, que estivera mexendo e soprando para esfriar. Seus olhos se alternaram entre as duas, então se enrugaram. – Já foram apresentadas? Se não, então me deixem ter a honra. Srta. Lan, esta é Yeshin Noro Dilaya, discípula de Espadas. Dilaya shī'jiě, esta é...

– Não preciso ser apresentada a uma prostituta elantiana cujo nome não passa de um caractere – Dilaya interrompeu.

– Nem eu – Lan disse. – Mas, no caso, a uma prostituta com três nomes.

Ver Shàn'jūn não derrubar a tigela que segurava por um triz quase valeu os problemas causados.

As bochechas de Dilaya ficaram vermelhas.

– Saia do meu caminho – ela praticamente cuspiu para Shàn'jūn. – Não ouviu os rumores o dia todo? Os elantianos a querem, e o cretino do Zen os trouxe até nossos portões.

– Dilaya shī'jiě costuma falar com algum exagero – Shàn'jūn disse, virando-se para Lan. – Tenho certeza de que é só um mal-entendido. Bem, não sou nenhum cozinheiro, mas gostaria de uma tigela de...

– Como assim, "Zen os trouxe até nossos portões"? – Lan perguntou a Dilaya. – Usamos o selo de portal justamente para não poderem nos seguir.

– Eles estão mais próximos do que estiveram nos últimos doze ciclos, quando destruíram todas as escolas da vizinhança – Dilaya retrucou. – Não pode ser coincidência que uma garota com sua marca no braço apareça justo agora. Esse metal elantiano nojento nunca deveria ter conseguido passar pelo selo de divisa. Mas estou aqui para destruí-lo, não importa o custo.

– Dilaya shī'jiě, por favor – Shàn'jūn pediu depressa. – Preciso que o mestre de Medicina examine o braço dela e avalie se haverá impacto de longo prazo com a remoção do metal. Na minha opinião, o feitiço se aprofundou bastante. Removê-lo sem as informações necessárias pode ser perigoso.

Lan agarrou o braço esquerdo. A magia elantiana havia atravessado seu selo e Zen dissera que aquilo havia destravado seu qì. Será que remover a magia danificaria o selo da mãe? Ou coisa pior?

Ela não podia se arriscar. Não antes de descobrir o que o selo significava. Não antes de compreender por que o feiticeiro elantiano havia passado doze ciclos procurando pela marca que a mãe havia deixado nela, e por que ele havia matado Māma.

Não antes que ela visitasse a Montanha Protegida.

– Não toque em mim ou no meu braço – Lan disse a Dilaya.

Dilaya arreganhou os dentes. O metal assoviou quando ela desembainhou uma lâmina comprida e curva, empunhando a dāo como se fosse uma extensão dela. Naquele momento, Lan se deu conta de que, sob a armadura, a garota só tinha um braço. A manga de seu braço esquerdo pendia solta.

– Isso nós vamos ver – Dilaya retrucou, e foi para cima dela.

Lan se voltou para dentro de si, recorrendo às lembranças, assim como havia feito na noite em que despertara o yāo. Ela se lembrou da voz de Zen, ensinando a abrir seus sentidos para o fluxo interno e externo de qì; o movimento de um chamado ancestral dentro dela sempre que ele traçava um selo; e os ecos suaves de uma canção que escapava pelas frestas de sua mente, sangrando em prata. Assombrando-a. Uma canção que ela conhecia por instinto, tirada de seu sangue, de seus ossos e de sua alma, preenchendo-a como a água do mar subindo.

A música extravasou, e seu pulso esquerdo latejou em resposta. A cicatriz – o selo – em sua pele começou a brilhar, chegando a ponto de ofuscar a própria Lan.

Um raio de luz branca disparou na direção do céu, deixando a câmara monocromática. Lan arfou e tapou os olhos com as mãos; então ouviu porcelana se estilhaçar, alguém sibilar e passos apressados se aproximando.

Chamas pretas se ergueram para controlar a luz prateada.

13

*A lâmina em si não é nada além de um pedaço de aço frio;
é quem a empunha que tira sangue.*

General Yeshin Noro Surgen,
do clã de aço jorshen, *Clássico da guerra*

Onze ciclos depois, a Escola dos Pinheiros Brancos permanecia exatamente igual à primeira vez em que Zen colocara os pés nela, sem se curvar à maré do tempo. Localizada nas montanhas verdes e exuberantes e velada pelas plumas grossas da névoa que subia dos rios, a escola poderia fazer parte de um mundo diferente – um mundo que não era afetado pela vida e pela morte de imperadores, pela ascensão e pela queda de dinastias, regido apenas pelo movimento eterno do sol e das estrelas no céu.

Zen havia acordado em uma cama kàng elevada, no que reconheceu como o quarto dos fundos da Câmara da Cascata dos Pensamentos, o salão principal da escola e espaço de meditação preferido do grão-mestre. A madeira sob os beirais era ornamentada; a câmara ficava totalmente aberta aos elementos, a não ser pelas persianas de bambu que esvoaçavam suavemente ao vento, entre os pilares de jacarandá. De fora, vinham os sons da água correndo e dos pássaros. Era tarde, e o sol caía em gotas douradas no horizonte.

Alguém havia estabilizado o qì dele; sua mente estava clara, e a experiência assustadora com a energia yīn, a voz ecoando em sua cabeça, pareciam um sonho distante. Ele continuava fraco – sua recuperação levaria no mínimo o restante do dia e exigiria muita meditação –, mas já estava em um estado funcional. Zen havia tomado banho e vestido o qípáo esvoaçante e as botas limpas deixadas ao lado de sua cama, depois ido em busca do grão-mestre.

Ele o encontrou caminhando pela escola, com as vestes brancas balançando no ritmo de seus passos, o rosto inclinado para a serenidade dos arredores. Dé'zǐ também parecia ter se esquivado ao poder corrosivo do tempo naqueles onze ciclos. Zen não sabia a idade dele, porém tinha a impressão de que o homem devia estar na faixa dos 40, o suficiente para ser uma figura paternal. O cabelo antes preto feito tinta estava um pouco grisalho. Seu rosto era agradável e calmante, de tal maneira que poderia ser descrito como bonito.

Se Zen pensasse em si mesmo como fogo, então Dé'zǐ era água: fluindo suave e gentilmente, porém capaz de dar origem a tempestades, claras na superfície, mas com profundidades desconhecidas. Mesmo após onze ciclos, Zen ainda não havia visto tudo de que seu mestre era capaz.

Agora, Dé'zǐ cortava o ar com a fluidez de uma lâmina, sustentando o meio sorriso inescrutável de sempre no rosto. A faixa em sua cintura ostentava o símbolo da escola – um pinheiro branco hin contra um círculo preto – e afirmava sua posição de grão-mestre.

– Ah – ele disse. – Zen.

Zen pressionou o punho cerrado contra a palma da outra mão e inclinou a cabeça em cumprimento.

– Shī'fù.

Havia tanto que ele precisava relatar: a garota, Haak'gong, o feiticeiro e os elantianos nas Planícies Centrais. No entanto, Zen permaneceu em silêncio, à espera, como era o costume, de que seu mestre falasse. Não tinha como saber para onde Dé'zǐ conduziria a conversa.

O grão-mestre ficou em silêncio por um momento, olhando para um arbusto de camélias. Zen procurou controlar a impaciência. Tinha a impressão de que o mundo poderia estar terminando e ainda assim encontraria o mestre passeando pela natureza com uma xícara de chá pǔ'ěr fermentado.

– Você parece um amante de luto.

Zen se sobressaltou.

– Sh-shī'fù?

Dé'zǐ o encarou com astúcia.

– A garota vai ficar bem – ele comentou. – Shàn'jūn é um excelente médico.

O rosto de Zen esquentou. Lan estava no cerne de suas preocupações, é claro, considerando que os elantianos pareciam estar em seu encalço, porém, ele não dera nenhum indício daquilo ao mestre. E certamente não era um "amante de luto".

– O senhor me entendeu mal, shī'fù – Zen falou, impassível. – Não estou preocupado com a garota. Temos muito a discutir, incluindo descobertas preocupantes no que se refere aos elantianos.

Dé'zǐ olhou bem no rosto do pupilo.

— É mesmo? Você não se importa se a garota viver ou morrer? Arriscou-se bastante trazendo-a aqui.

Às vezes, o mestre parecia testá-lo.

— Perdão, shī'fù — Zen disse, rígido. — É claro que desejo o bem dela. Só quis dizer que a garota não é a prioridade, considerando todo o restante.

— Hum... Podemos acabar todos surpreendidos — Dé'zĭ declarou, então se virou para encarar Zen devidamente. — Você fala em "perdão". Esse já é outro assunto.

Algo dentro de Zen se tencionou. O que ele havia arriscado ao usar o selo de portal para transportar ambos até ali... o fato de que havia perdido o controle duas vezes naquela semana... se os outros mestres da escola ficassem sabendo, haveria um rebuliço. Era apenas pela graça de Dé'zĭ que Zen permanecia ali. Um monstro. Uma abominação. Um lembrete do que acontecia quando alguém se desviava do Caminho. Zen curvou a cabeça.

— Eu errei, shī'fù. Quebrei uma regra fundamental do Caminho. Aceito a férula.

As sobrancelhas do mestre se franziram à menção da grande palmatória usada nas punições — uma tradição hin que havia sido utilizada em escolas e na corte.

— Zen — o mestre disse —, ambos sabemos que não concordei quando os outros mestres votaram a favor de manter esse método de punição ultrapassado. A férula só é eficaz se você guardar suas lições bem aqui. — Ele bateu com um dedo no peito. — Não são apenas o corpo e a carne que devem complementar o Caminho, a mente também. O selo que coloquei em seu coração é tão forte quanto sua força de vontade.

— Não tive escolha, shī'fù. — As palavras finalmente saíram por entre seus dentes. — Os elantianos teriam nos capturado. Poderíamos ter morrido.

— Ambos sabemos que coisas piores que a morte nos esperam neste mundo — Dé'zĭ respondeu, baixo.

Zen estremeceu. Sabia que os dois compartilhavam uma lembrança: dele antes de sua chegada ali, de como o grão-mestre o encontrara, pouco mais que a casca de um ser humano, surrado e ensanguentado, destruído por dentro e por fora.

— Os primeiros praticantes, que estabeleceram as Cem Escolas e escreveram os clássicos, antes de serem usados pela corte imperial, tinham a intenção de que a prática fosse o caminho do equilíbrio — Dé'zĭ prosseguiu. — Todo qì guarda o potencial para um poder enorme e um perigo imenso. Depende de quem o empunha. Humanos são gananciosos.

Fazemos promessas que não conseguimos cumprir, estabelecemos limites e depois os desrespeitamos. Os clássicos aconselham contra isso: não como praticamos, mas *por quê*.

Zen baixou os olhos.

— Isso é uma blasfêmia, shī'fù.

Dé'zǐ riu.

— E quem virá me repreender? A alma dos imperadores mortos que fracassaram com este reino e com o anterior?

Às vezes, Zen achava que o grã-mestre da Escola dos Pinheiros Brancos caminhava na linha tênue entre o brilhantismo e a loucura.

— Ser chamado de qì natural, qì demoníaco, ou o nome que a corte imperial nos forçou a acreditar, não muda em nada a natureza dele — o grão-mestre continuou. — Todo o qì não passa de uma ferramenta para ser usada como quisermos. Infelizmente, muitos antes de nós foram seduzidos pelo poder e se perderam. — Dé'zǐ olhou para Zen com as pálpebras semicerradas. — Já lhe disse isso algumas vezes. O desgarramento, na minha concepção, não se refere ao tipo de qì utilizado, e sim a controlar o próprio poder ou permitir que ele o controle. Ser capaz ou não de manter o equilíbrio. Você tem um grande poder dentro de si, Zen. Deve se lembrar de nunca deixar que ele o controle.

Zen teve que se esforçar para se manter imóvel sob o forte escrutínio do mestre. Pensou na voz reprimida dentro de si, na fonte de qì que transbordava dele à menor invocação. Então inclinou a cabeça de novo.

— Sim, shī'fù.

— Agora. — Dé'zǐ abaixou o rosto outra vez para sentir a fragrância das camélias. — Vamos admirar mais um pouco estas belas flores de inverno e depois nos dirigir à Câmara das Cem Curas para visitar nossa nova amiga. No meio-tempo, por que não me atualiza quanto a suas aventuras ao longo das últimas luas?

Zen começou a contar ao mestre de sua busca pelo registro de metais, como seu rastro esfriara com a morte de Velho Wei em Haak'gong e como ele deparara com a garota. Também contou sobre a liga que os havia perseguido e as forças elantianas embrenhadas nas profundezas da floresta no coração do reino.

No entanto, Zen não contou ao mestre sobre a visão de Lan e o fato de que havia prometido levá-la à Montanha Protegida. Ou sobre o estranho qì que tinha — ou pensava ter — sentido nela. Depois da conversa que haviam acabado de ter sobre qì demoníaco, ele achava melhor não mencionar outro tabu.

— Esses eventos foram uma oportunidade de observar a liga de perto, no combate corpo a corpo — Zen disse. — Os feiticeiros elantianos continuam tirando poderes dos metais e manejando suas propriedades, conduzindo raios, criando fogo e forjando espadas do nada.

Dé'zĭ fez "hum" e assentiu. Os dois avançavam pelo caminho de pedra aninhado na montanha, passando pelas construções parcialmente escondidas pelas árvores exuberantes. Beirais cinzas se curvavam para o céu, adornados com motivos da flora, da fauna, ou por deuses. De tempos em tempos, o tilintar de um sino de vento soava na brisa do fim da tarde. Quando os sinos tocavam durante o dia, os discípulos passavam à aula seguinte. A Câmara das Cem Curas, onde o mestre de Medicina ensinava seu ofício, ficava em um trecho plano de terra fértil em que todo tipo de ervas era cultivado pelos discípulos. Ao lado, havia uma lagoa tranquila cortada por uma ponte de pedra em forma de arco, com uma variedade de plantas aquáticas crescendo nela.

— É uma pena que mestre Nóng esteja fora — o grão-mestre comentou. — Seria bom poder contar com sua ajuda para tratar os ferimentos da jovem. Talvez tenhamos que esperar. Por outro lado, mestra Ulara acabou de voltar. Com o conhecimento que seu clã tem de metais, sua opinião sobre a magia elantiana no braço da garota será valiosa. Requisitei sua presença de imediato. Creio que haja muito a discutir.

Um pulso repentino de energia cortou a conversa deles — um pulso bastante familiar. Consistindo apenas em yīn.

Dé'zĭ e Zen se viraram quando um feixe de qì branco brilhou sobre a Câmara das Cem Curas, feito um raio. Então Zen sentiu seu qì sendo atraído pela ativação do selo que ele havia colocado no braço de Lan.

Ele já estava correndo, suas botas batendo contra a pedra, o qípáo possibilitando movimentos mais amplos que a roupa de comerciante elantiano que ele usava ao viajar. A horta medicinal ficou mais próxima; ele passou às pressas pela ponte de pedra, pelo lago de carpas, pela variedade de plantas medicinais, e subiu os degraus rapidamente.

Estava escuro lá dentro: a câmara era mais fechada que a maior parte das construções ali, para manter as ervas secas. No meio, as chamas pretas do selo de Zen envolviam um pilar de luz branca em uma tentativa de controlá-lo.

Durou apenas um momento. Um terceiro pulso de qì se bifurcou e abafou ambos como se fossem fogo. Zen reconheceu a luz dourada, terrosa e constante que emitia.

Dé'zĭ havia interferido.

A cena diante deles clareou. Um discípulo de Medicina, Shàn'jūn, se mantinha ereto em meio a cacos de porcelana. Um ensopado banhava as tábuas de madeira do piso, entre as duas outras figuras presentes.

A primeira era alguém que Zen não desejava de modo algum ofender: Yeshin Noro Dilaya. Discípula da espada, seu temperamento era uma lâmina que ela não tinha medo de usar. Sua mãe vinha de uma linhagem nobre, sendo a última matriarca do clã de aço jorshen, e sua posição de mestra na escola garantia todo tipo de privilégio a Dilaya.

Quanto à outra figura... Algo se retesou dentro de Zen quando ele olhou para ela. Lan estava usando as vestes dos discípulos, grandes demais para seu tamanho. Ela mantinha as duas mãos estendidas, para se defender. Havia um curativo na lateral de seu corpo, e a garota fez uma careta ao baixar os braços, então levou a mão ao ponto que a flecha elantiana havia atingido. Seu rosto estava pálido e abatido, porém uma faísca se formou quando Lan se dirigiu a Dilaya.

– Não me toque, seu espírito com cara de cavalo – ela rosnou.

Zen teve que conter uma vontade ridícula de rir.

Yeshin Noro Dilaya, que se encontrava agachada, se levantou. Seu rosto estava contorcido em fúria e ela segurava a espada.

– Praticante desgarrada. – As palavras suaves pingavam veneno. – Gente da sua laia não deveria ter permissão para passar pela porta da Escola dos Pinheiros Brancos.

Zen se colocou entre as duas.

– Saia da frente – Dilaya ordenou a ele. A lâmina de sua espada parecia laranja à luz do sol se pondo.

– Dilaya. – Zen inclinou a cabeça e procurou manter o controle da voz. Como sempre, não conseguia encará-la, olhar no olho cinza dela e no tapa-olhos preto, a marca de um erro que ainda o assombrava. – A garota está sob meus cuidados. Qualquer crime que tenha cometido, qualquer tabu que desperte, cabe a mim resolver. Embora eu a aconselhe a pensar antes de fazer acusações tão clamorosas a quem quer que seja.

Zen sentiu quando os olhos de Lan se fixaram nele.

– Minha acusação mexeu com você? – Dilaya retrucou. – Despertou lembranças do que se passou nesta mesma câmara, menos de dez ciclos atrás? Talvez você deva resolver seus próprios problemas antes de se encarregar dos problemas dos outros, *Zen*.

Ele sentiu o corpo todo congelar. Ali estava, a mancha em seu nome que nunca seria apagada. A prova de que os estudiosos e imperadores do Reino do Meio estavam certos em temer o poder demoníaco.

– Ela ainda não consegue controlar o qì para se ater ao Caminho – Zen disse afinal. – Tenha paciência, Dilaya.

Os lábios dela se curvaram.

– Com certeza você também sente as energias yīn que ela emite. Seria de imaginar que soubesse exatamente o que significam. Ou esse é o motivo pelo qual a está protegendo? – Diante do silêncio de Zen, ela voltou a falar. – A garota quase nos expôs ao exército elantiano. Dá para sentir a maldade no metal em seu braço, que deve ser destruído. Agora, pela última vez, *saia da minha frente, ou vou ter que obrigá-lo a fazê-lo.*

– Creio que brigas, duelos e toda forma de interação física seja contra o Código de Conduta dentro dos limites da escola – uma voz tranquila comentou.

O rosto de Dilaya perdeu a cor no mesmo instante.

Dé'zĭ entrou, tomando cuidado ao passar pela soleira de madeira elevada da porta. Suas palavras haviam sido brandas, porém o efeito fora pior do que se tivesse gritado.

Yeshin Noro Dilaya podia ser cabeça quente, no entanto, antes e acima de tudo, era discípula de uma das Cem Escolas de Prática e herdeira de um clã que fora importante. Foi quase cômico o modo como sua postura se alterou na mesma hora. A ira em seu rosto desapareceu e ela se ajoelhou diante de Dé'zĭ.

– Perdão, shī'zŭ. Grão-mestre.

– Deve se lembrar – ele disse – de que enviei você aqui para examinar o metal e dar sua avaliação, e não para assumir a tarefa de destruí-lo. Uma decisão dessas não deveria ser tomada sem discussão prévia.

– Perdão, shī'zŭ – Dilaya repetiu. – É que senti o perigo da magia elantiana. Não me parece que poderia ter passado pelo selo de divisa...

– Minha nossa, quanta balbúrdia para uma tarde tão agradável – alguém comentou.

Zen ficou tenso quando uma sexta pessoa adentrou a Câmara das Cem Curas.

A passagem do tempo havia deixado a matriarca do clã de aço jorshen como um metal refinado, ainda mais afiada, cruel e bonita que a filha. O cabelo da mestra Yeshin Noro Ulara também estava preso no penteado clássico de dois coques de seu clã, porém em vez de preto como o de Dilaya, a experiência havia deixado o dela grisalho.

– Ah – Ulara soltou quando seus olhos encontraram Zen. – É claro. – A mulher jogou a cabeça para trás e sua boca se curvou em desdém. Por um momento, os dois ficaram olhando um para o outro, e Zen sentiu o sangue ferver, ecoando uma inimizade antiga. Os membros da escola, ainda que unidos pela oposição aos elantianos, continuavam envoltos em rixas históricas e disputas de poder, muitas vezes passadas de geração a geração de suas linhagens.

Por obrigação familiar, Yeshin Noro Ulara desprezava Zen.

O jovem engoliu em seco e se forçou a parecer cortês, depois inclinou a cabeça.

– Ulara.

Era o máximo de desrespeito que ele podia dirigir a ela sem ferir os costumes sociais. Zen havia muito ocupava uma posição privilegiada na Escola dos Pinheiros Brancos. Fora escolhido a dedo por Dé'zǐ e agora era o único discípulo do grão-mestre. Aquilo significava que Ulara não era sua mestra e que Zen não tinha a obrigação de se referir a ela como tal, caso não quisesse.

E, pela maneira como ela o vinha tratando desde sua chegada à escola, Zen não se sentia tentado a fazê-lo.

– Dilaya – a mestra de Espadas disse. – Venha aqui.

Qualquer traço de rebeldia havia deixado os olhos da garota. Ela foi se colocar ao lado da mãe como um cão repreendido.

– É'niáng – disse, de maneira respeitosa. – Mãe.

Yeshin Noro Ulara ergueu a mão e acertou em cheio o rosto da filha.

O barulho reverberou pela câmara. Zen olhou para Dé'zǐ. O rosto do grão-mestre não se alterou. O *Clássico dos costumes* estabelecia cinco tipos diferentes de relacionamento na sociedade hin: entre governante e súdito, mestre e discípulo, marido e esposa, mais velho e mais novo, e pais e filhos. Não se devia interferir neles.

No silêncio que se seguiu, Yeshin Noro Ulara limpou a palma da mão.

– Talvez isso a lembre de seu lugar – ela disse. – Não cabe a você questionar as regras da escola ou desobedecer às instruções do grão-mestre.

Dilaya levou a mão à bochecha e manteve o rosto virado. Não disse nada.

– Mestra Ulara – Dé'zǐ começou a dizer, com toda a tranquilidade –, garanto que nenhum mal foi feito. Dilaya agiu apenas por lealdade à escola. Agora vamos todos nos sentar e discutir a situação de maneira civilizada. Alguém gostaria de chá? Shàn'jūn, posso lhe pedir para trazer um bule do seu melhor pǔ'ěr?

O discípulo de Medicina se curvou e Dé'zǐ se sentou no chão. Zen o imitou, muito consciente de Lan se ajoelhando ao seu lado.

– Primeiro, quanto às forças elantianas se aproximando de nossa localização – Dé'zǐ começou –, o selo de divisa protege toda a prática e as atividades relacionadas ao qì, e assim manteve esta escola escondida por milhares de ciclos. Cuidado é necessário, porém em excesso provoca paranoia e nos afasta de nosso rumo.

– Grão-mestre – Ulara o interrompeu. – Sugiro um ataque preventivo. É melhor nos livrarmos dos imbecis antes que tenham a chance de se aproximar da escola.

– Combater fogo com fogo só vai causar danos, Ulara. Sabe disso. Não deixe que a raiva afete seu julgamento. Em vez disso, devemos combater fogo com água, nos adaptando à situação e nos preparando para quando a oportunidade vier. No momento, eles nos superam tanto em número quanto em estratégia. Paciência é a chave. Não se vence uma batalha sem conhecer a si mesmo e ao oponente.

– Meu povo... ou o que restava dele... *morreu* nas mãos dos elantianos – Ulara disse, e foi a primeira vez que Zen ouviu um tremor de emoção na voz da mulher. – Perdoe-me se não tenho muita *paciência*.

Zen desviou o rosto. No passado, ele já havia usado o mesmo argumento com o grão-mestre.

Dé'zǐ pareceu não se incomodar com a explosão de Ulara.

– Foi seu clã quem escreveu o *Clássico da guerra*: "Aquele que corre despreparado para a batalha já está aceitando sua perda". Pretendo seguir o conselho de seus ancestrais, mestra Ulara.

Ela apertou os lábios. Zen ficou admirado com o tato do grão-mestre. Invocando as palavras dos ancestrais de Ulara, Dé'zǐ demonstrava respeito pelo nome dela ao mesmo tempo que a lembrava de que sua escolha estava enraizada na sabedoria do clã de aço jorshen e de seus anciões.

Shàn'jūn retornou à câmara com a bandeja de chá, rompendo o silêncio. Dé'zǐ pegou a primeira xícara; todos pegaram uma em seguida, com exceção de Ulara. Ela apontou de repente na direção de Zen e perguntou:

– E quanto a *ela*?

Ao lado de Zen, Lan fez um leve movimento, como se fosse agarrar a manga que cobria seu pulso esquerdo.

Um sorriso enrugado se abriu no rosto de Dé'zǐ.

– Ah, nossa nova amiga. Lan, não é?

Zen fez uma prece a seus ancestrais para que as palavras seguintes da garota não quebrassem nenhum tabu da escola e a fizessem ser expulsa antes mesmo de ser aceita. Tudo o que ela disse, no entanto, com a voz alta e clara como um sino, foi:

– Sim.

Dé'zǐ estendeu a mão.

– Posso ver o tal braço que acredito que seja a fonte de toda essa comoção?

– Sim – Lan repetiu, inclinando-se para a frente e estendendo o pulso esquerdo para o grão-mestre com todo o cuidado.

Dé'zǐ tocou a parte interna do antebraço dela com um dedo delicado e fechou os olhos. Ele fez "hum" e assentiu várias vezes, com as sobrancelhas franzidas. Zen sempre achara ao mesmo tempo encantador e constrangedor que o mais poderoso praticante do Último Reino tivesse muitos dos hábitos de um senhorzinho.

Finalmente, Dé'zǐ recuou.

– Seria muito incômodo – ele disse a Lan – se mestra Ulara desse uma olhada?

Algo no tom dele provocou uma faísca de cautela dentro de Zen. Lan murmurou seu consentimento e Yeshin Noro Ulara chegou até ela em dois passos rápidos. Ela agarrou o braço de Lan de maneira brusca e levou dois dedos a ele. Algum tempo se passou; Zen ficou observando as emoções passando pelo rosto da mestra de Espadas, como nuvens pelo céu.

Ulara estreitou os olhos e soltou a mão da garota, recuando para olhar para o grã-mestre. Algo foi trocado naquele olhar, e os dois chegaram a uma espécie de acordo.

– O que foi? – Lan perguntou.

– Há um feitiço de rastreamento no metal em seu braço – Dé'zǐ disse, sem perder a gentileza. – Mas não tema, o efeito foi temporariamente bloqueado pelo selo de divisa. Caso saia da escola, no entanto, quem quer que o tenha posto provavelmente conseguirá localizá-la.

Tudo pareceu se encaixar. Os elantianos embrenhados no bosque de pinheiros – aquilo explicava como eles tinham conseguido encontrá-la.

– Devemos nos livrar do metal neste exato momento – Ulara declarou, cruzando os braços e falando apenas com Dé'zǐ. – Considerando o quanto a magia progrediu, extraí-la talvez custe a vida da garota.

As palavras atingiram Zen como um soco no estômago, fazendo-o perder o ar. *A vida de Lan.* Ele pensou nela, molhada de chuva, com o qípáo rasgado, ajoelhada à sua frente, chorando. Zen havia acabado de tirá-la das garras dos elantianos só para que ela ficasse cara a cara com a morte outra vez.

Fiz tudo o que pude.

Fez mesmo?, a voz sussurrante dentro dele sibilou. *Você poderia ter usado o selo de portal para ir direto de Haak'gong para a Escola dos Pinheiros Brancos. Tudo o que precisava ter feito era me libertar.*

Não. Zen sabia muito bem que aquela era uma opinião que não devia ser levada em conta. Ele conhecia os riscos, e as consequências do que havia feito dez ciclos antes estavam bem à sua frente naquela câmara.

— Mestre Nóng retornará de viagem na próxima quinzena — Dé'zĭ comentou. — Precisaremos da supervisão do mestre de Medicina durante uma operação tão complicada.

— Posso esperar — Lan falou abruptamente. Zen virou a cabeça na direção dela no mesmo instante. — Enquanto isso... por favor, me deixem ficar aqui. Quero aprender a prática.

Ulara soltou um ruído furioso, porém Dé'zĭ só pareceu intrigado. Ele se inclinou para a frente, com a xícara de chá esquecida ainda nas mãos.

— Deseja se juntar à Escola dos Pinheiros Brancos e estudar a prática e os princípios do Caminho?

— Sim.

A determinação na expressão dela levou Zen de volta à manhã seguinte, à noite em que haviam se conhecido, quando o sol batera forte no rosto de Lan. Ele sabia de sua jovialidade, de seu raciocínio rápido e de suas palavras afiadas, porém não identificara nenhum sinal de brincadeira em seu rosto naquele momento. *Me ensine a ser poderosa para que eu não precise mais ver outra pessoa que amo perder a vida para o regime elantiano.*

— Shī'fù. — A voz de Zen saiu rouca; ele não teve como impedir. — Eu me responsabilizo por ela. Permita-me treiná-la aqui, como discípula.

Em um movimento repentino, Lan levou os braços e a testa ao chão, em uma reverência.

— Por favor, grão-mestre.

Dé'zĭ olhou para um e para o outro. Finalmente, tomou um gole de chá e suspirou.

— Mestra Ulara, por favor, faça um novo selo para restringir o feitiço de rastreamento e retardar a difusão do metal. Lan, peço que descanse esta noite e recupere suas forças aos cuidados mais do que adequados do discípulo Shàn'jūn.

O discípulo de Medicina corou. Ulara fez uma carranca. Zen prendeu o fôlego. Atrás dos três, os olhos de Dilaya prometiam sangue.

— Suas aulas começarão amanhã. — Dé'zĭ ergueu a xícara de chá. — Seja bem-vinda a Para Onde os Rios Fluem e o Céu Termina.

14

O fungo da lagarta (também conhecido como yartsa gunbu, ou "grama de verão, verme de inverno") é parte animal, parte vegetal, e contém um excelente equilíbrio de yīn e yáng, com uma miríade de efeitos curativos.

Mestre de Medicina Zur'mkhar Rdo'rje,
Instruções sobre dez mil ervas curativas

Lan pouco se lembrava do restante daquela tarde. Shàn'jūn lhe dera uma xícara de uma bebida entorpecente e a fizera se deitar no kàng. O líquido quente enchera seu estômago; os lençóis aconchegantes e macios em sua pele. O sol já estava baixo no horizonte, da cor de uma tangerina madura, quando Yeshin Noro Ulara por fim estava pronta para fazer o selo.

– Vai doer – a mestra de Espadas dissera, e sem mais delongas levara os dedos ao antebraço de Lan.

A garota sentira uma dor surda e latejante antes de se entregar aos efeitos da bebida entorpecente. Seu cérebro se nublara e seus sentidos tinham se embaçado até que o tempo parecesse saltar e deslizar. A luz do sol passara por ela como um riacho fluindo rápido, as vozes em volta soando como se Lan estivesse submersa. Ela vira fantasmas naquele borrão de consciência, vira a silhueta de Ying se transformar na de sua mãe doze ciclos antes, quando a escuridão ainda não havia engolido tudo. E, com a escuridão, viera uma sombra, cinza e distorcida, erguendo a cabeça para observá-la.

Encontre-me, Sòng Lián.

A sombra se transformou em uma luz pálida, forte e dura, que se espalhou por seu mundo todo.

Quando ela voltou a si, raios dourados de sol batiam no parapeito da janela. Lan sentiu a brisa do fim da tarde nas bochechas, trazendo consigo o badalar distante dos sinos e o som de risadas. Por um momento, ela achou que estivesse na casa de chá, despertando de uma soneca e ouvindo as conversas das garotas enquanto realizavam suas tarefas no outro andar.

— Ah, você acordou — uma voz que claramente não era de nenhuma das garotas disse, ainda que fosse gentil e pouco imponente.

Lan se virou e deparou com Shàn'jūn sentado em um banquinho nos fundos, com um livro aberto sobre as pernas. Ele o fechou com cuidado, deixou-o de lado, levantou-se e saiu pela porta. Quando reapareceu algum tempo depois, carregava uma tigela fumegante. A colher de porcelana que usava para mexer o conteúdo tilintava ao tocar a borda.

— Meu braço — Lan falou, olhando para baixo.

O braço esquerdo era um mapa feio, cheio de manchas verdes e roxas onde hematomas haviam se formado e de manchas vermelhas e inchadas onde a magia do Feiticeiro Invernal havia se espalhado por suas veias. Agora, no meio de seu antebraço, havia uma pequena concentração de metal, tão escura que chegava quase a ser preta. Por cima, Lan sentia os traços de um selo, contendo uma magia que parecia gotejar do metal.

E o mais importante: a cicatriz em seu pulso se destacava, clara e cintilante em meio à carnificina.

— Eles conseguiram conter o metal que estava se espalhando pelo sangue — Shàn'jūn explicou. — Agora está todo concentrado onde o feitiço continua ativo, mas com as restrições do selo de mestra Ulara. Você se importa se eu...?

Ele apontou para a beirada do kàng.

— Vá em frente — Lan disse, sentando-se e tentando não ficar encarando a estranha visão que seu braço havia se tornado.

Shàn'jūn se sentou. Pegou uma colherada do que quer que houvesse na tigela e soprou para esfriar.

— Reconheço que não sou nenhum cozinheiro, mas prometo que você vai se sentir melhor depois que tomar isso.

Ele levou a colher e a tigela na direção dela, erguendo uma sobrancelha e curvando os cantos da boca, como se para incentivá-la.

Lan aceitou, porém se arrependeu na mesma hora. Era a pior sopa que já havia tomado, como se alguém tivesse colocado o remédio mais amargo que existia e depois tentado mascarar com sal e açúcar, além de pedaços moles de... aquilo era *alho*?

A sopa voltou por sua garganta, e ela derramou a mistura abominável sobre os lençóis limpos.

— Ah — Shàn'jūn soltou, consternado. — Era tudo o que tínhamos de fungo de lagarta.

— Você colocou *lagarta* na sopa? — Lan retrucou.

— Fungo de lagarta — Shàn'jūn a corrigiu, com certo orgulho. — É um dos itens mais raros da medicina hin. As lagartas se enterram no solo em climas específicos e desenvolvem um fungo no inverno. É muito difícil de obter. Um jovem discípulo jura que quase teve um dedo congelado tentando desenterrá-las.

Lan quase vomitou.

– Achei que fosse para eu me sentir melhor!

– E é! Mas não disse que o gosto era bom.

O rapaz parecia tão triste que Lan teve pena dele. Ela pegou a colher, preparou-se e engoliu uma colherada.

– Então... – ela começou, com a intenção de falar de algo que não fossem feitiços mortais elantianos e ensopados nojentos com fungo de lagarta. – Shàn'jūn. Aquele que é nobre e bondoso?

Ele sorriu e baixou os olhos de um jeito que o deixava injustamente bonito, com o cabelo preto e macio emoldurando o rosto magro, os cílios escuros e longos batendo. Os olhos dela hesitaram mais uma vez na fenda em seu lábio superior. Ela se lembrava de ter ouvido as garotas da casa de chá falando dos bebês com lábio leporino nos vilarejos; que eram amaldiçoados e representavam má sorte para os pais. Que eram uma consequência de acordos com demônios.

Agora que Lan havia aprendido as quatro classes de espíritos sobrenaturais, sabia que era tudo um monte de besteira.

– Quem me deu esse nome foi o grão-mestre Dé'zĭ, depois de, certa noite, me encontrar chorando em uma floresta próxima a um vilarejo. – Shàn'jūn pareceu pensativo por um momento. – Acho que ele pensou que isso mudaria meu destino. Que as circunstâncias como vim a este mundo não determinariam mais quem eu me tornaria.

Lan estremeceu.

– Os elantianos invadiram seu vilarejo?

– Não. – Ele tocou o lábio. – Meus pais me abandonaram.

Parecia uma traição ainda mais profunda, descobrir que hins tinham escolhido deixá-lo para morrer. Com a Conquista, tornara-se quase um instinto pensar nos elantianos como os perpetuadores de toda a crueldade.

– Bem, agora eles devem estar arrependidos de ter feito isso – a jovem comentou.

Shàn'jūn sorriu.

– Não sei se posso dizer que estou à altura do nome que o grão-mestre me deu... mas me esforço para isso. Não tenho uma saúde muito boa, por isso costumo me dedicar aos estudos. Meus amigos brincam que já li a biblioteca toda.

– Biblioteca? – Lan repetiu. – Tem uma biblioteca aqui?

Não sabia por que havia ficado tão surpresa. Afinal, estava em uma *escola*, uma escola de verdade, com estudantes e mestres hins, vida e risos.

– Claro. – Shàn'jūn soltou uma risada tão clara quanto a água de um rio. – É meu lugar preferido no mundo. Quando iniciar suas aulas, eu levo você até lá.

Lan se viu sorrindo. Era muito fácil se deixar levar pelo calor e pela descontração da escola, pela segurança que oferecia. No entanto, como sombras se infiltrando, as lembranças de Haak'gong retornavam, dos anjos cobertos de metal que haviam irrompido pelas portas de madeira da casa de chá, dos gritos ecoando pelos cômodos antes repletos de música e risos.

De Ying, com o kohl na mão, os lábios e as sobrancelhas franzidos enquanto delineava com perfeição os olhos de Lan.

Ela puxou os joelhos para junto do peito e afastou as lembranças antes que o nó em sua garganta pudesse se transformar em algo mais. Precisava fazer algo – não sabia o quê, mas *algo* –, e a única coisa que lhe vinha à mente era encontrar Zen, encontrar a Montanha Protegida e descobrir o que a mãe havia selado nela.

– ... evitar notar o selo em seu pulso.

A voz de Shàn'jūn a tirou do turbilhão de seus pensamentos e a trouxe de volta ao presente.

Por instinto, Lan foi cobri-la, porém as palavras seguintes do discípulo a fizeram parar no ato.

– Não parece com nada que eu já tenha visto. Mestra Ulara pareceu bastante impressionada também. Ela pediu que mestre Gyasho, o mestre de Selos, desse uma olhada enquanto você dormia. – Shàn'jūn balançou a cabeça. – Mas nem ele soube o que dizer. Não acho que já tivesse deparado com um selo que não conseguisse decifrar.

– Todos conseguem vê-lo? – Lan perguntou. Fazia sentido: Zen conseguia, o que provavelmente significava que o selo só era visível a praticantes. Ao mesmo tempo, parecia invasivo, como se os mestres tivessem uma janela para uma parte íntima dela. Agora que Shàn'jūn havia tocado no assunto, Lan se lembrava de um par de olhos da cor da tempestade, de uma boca vermelho-sangue se entreabrindo em consternação.

O que é isso?, a voz de Ulara havia chegado a ela como em um sonho. *O que nos Dez Infernos é isso?*

– Mestra Ulara ficou bem exaltada – Shàn'jūn comentou. Depois acrescentou: – Mas ela sempre se exalta. Quase perdeu alguém para a prática demoníaca, de modo que sua paranoia não chega a ser injustificada. – Ele aproximou a tigela do rosto de Lan outra vez. – Mais sopa?

– Já estou bem – Lan se apressou em dizer, empurrando a tigela de volta. – Tem *certeza* de que isso é bom para a saúde?

– Você está em boas mãos – alguém respondeu.

Zen estava à porta, seu qípáo de praticante caindo de maneira elegante. O sol se pondo o contornava em ouro enquanto ele entrava, as botas pretas batendo no piso de madeira. O rapaz inclinou a cabeça.

– Desculpem a interrupção.

Shàn'jūn se levantou. De repente, sua postura se tornou rígida e tensa, e o sorriso fácil que fazia seu rosto cintilar como a luz do sol refletida na superfície da água diminuiu. Ele se curvou e disse:

– Você não está interrompendo. É sempre bem-vindo na Câmara das Cem Curas.

Havia uma suavidade em sua voz diferente do tom que ele usava com Lan.

– Obrigado – Zen disse, então seus olhos procuraram a garota. – Vim para ver como Lan está.

Ela se colocou de pé na mesma hora.

– Me sinto ótima – falou, animada. – Na verdade, acho que estou pronta para deixar este lugar.

Zen a avaliou com os olhos, e a esperança dela fraquejou. Por que achara que um praticante todo certinho ia ajudá-la?

Confirmando as suspeitas dela, Zen declarou:

– Terá que passar esta noite na Câmara das Cem Curas. Precisa de cuidados experientes, na condição em que se encontra.

Lan lançou um olhar furtivo a Shàn'jūn. Teria que dar um jeito de evitar aquela maldita sopa outra vez.

– Está bem.

– Shàn'jūn – Zen prosseguiu –, pode acompanhar Lan à aula amanhã? Ela pode ir à meditação matinal com você, depois ao mestre de Textos.

Shàn'jūn fez um aceno de cabeça.

– Claro.

Zen se virou para Lan.

– Venha dar uma volta comigo, por favor.

A cautela no modo como Zen se portava com ela, fazendo-a sentir que era um barril de pólvora que poderia explodir a qualquer momento, era nova. Ele a conduzira até um pátio natural, emoldurado por afloramentos rochosos. O sangue do pôr do sol perdera força, tendo sido seguido por um cinza aquoso e o preto da noite. O canto dos pássaros fora substituído pelo ruído constante das cigarras nos arbustos. Aquele lugar era tão bonito que para Lan parecia um sonho. Um milagre. Uma impossibilidade.

Lan estava consciente de como Zen a observava com atenção. Quando se virou para ele, Zen rapidamente baixou os olhos para o braço dela.

– Como está se sentindo? – ele perguntou. – Instável? Diferente?

Ela levou um dedo da mão boa ao queixo.

– Bem, agora que você mencionou...

A expressão de Zen foi tomada pelo alarme.

– O quê?

– Sinto algo dentro de mim. Uma voz, sussurrando... com fome...

Zen se inclinou para mais perto dela.

– Fome de quê?

– Pãezinhos com recheio de porco – Lan arrematou.

O praticante recuou e olhou sério para ela.

– Está zombando de mim.

– Eu não me atreveria a fazer isso.

– Há alguns assuntos com os quais não se deve brincar.

– Espera que eu seja tão divertida quanto você?

Lan mostrou a língua para ele.

Zen franziu a testa.

– E aproveito para perguntar: no que estava pensando quando canalizou qì na frente de *Yeshin Noro Dilaya*, entre todas as pessoas no mundo? Depois de eu ter dito especificamente para não fazer isso sem meu acompanhamento?

– Aquele espírito com cara de cavalo ia cortar meu braço fora! Não fiz nada de errado. Foi como na noite em que invoquei o yāo por acidente.

– Não se trata de não fazer nada de errado – Zen falou. – O que importa é como veem você. Uma órfã que trabalhava em uma casa de chá, com um selo que ninguém consegue decifrar, aparece aqui, perseguida pela liga e o Exército elantiano... Quando virem como usa seu qì, vão começar a fazer perguntas.

– Qual é o problema com meu qì?

– Ele é... desequilibrado – Zen disse afinal, sem conseguir olhar nos olhos dela. – Acho que algo no selo em seu pulso impacta a composição do seu qì. Às vezes... bem, três vezes, para ser mais preciso, senti um volume esmagador de yīn nele.

Yīn, a energia que as pessoas costumavam associar com demônios, escuridão e morte. Magia das trevas.

– E o que isso significa? – Lan perguntou. Zen não respondeu, e ela continuou: – Bem, bastou para mim quando precisei me defender daquele porco elantiano que achava que meu corpo era para seu divertimento. – A expressão de Zen se abrandou, e Lan prosseguiu: – Eu faria de novo. Você nunca precisou fazer. Não sabe como é sofrer nas mãos dos elantianos.

– E se eu souber?

Os olhos de Zen pareciam uma lâmina escura de tão cortantes.

Os dois estavam próximos, tão próximos que ela sentia a tensão como a corda de um arco. Havia algo de muito íntimo nas palavras dele, de muito privado na maneira como Zen a olhava, seus olhos ardendo em uma mistura de raiva e vulnerabilidade.

Lan se manteve firme.

– Então você saberia que os desesperados não têm *escolha* quanto ao tipo de poder que utilizam. O que importa se meu qì está equilibrado ou desequilibrado, se o resultado é o mesmo?

A raiva abandonou o rosto de Zen, deixando apenas uma tristeza tão profunda que, por um momento, seus olhos pareceram se afogar nela, um lago sob uma noite sem estrelas. Ele se virou para Lan e inclinou a cabeça para o céu cada vez mais escuro. Uma mecha de cabelo caiu em sua testa. Ela sentiu um impulso repentino e estranho de afastá-lo.

– Lan – Zen disse, e de alguma maneira o nome dela saindo da boca dele desconcertou a garota a ponto de mantê-la em silêncio. – Quando cheguei aqui, os mestres fizeram tudo o que podiam para se livrar de mim. Acredite quando digo que você não quer se afastar dos ensinamentos do Caminho. A prática foi controlada e regulamentada pela corte imperial no início do Reino do Meio, e o escrutínio se intensificou após a derrota dos 99 clãs e o estabelecimento do Último Reino. O medo da utilização do qì de maneiras que se desviam do Caminho como definido pelos imperadores foi há muito instilado nos praticantes, ou pelo menos nos que sobreviveram até hoje. Aqueles que desafiaram isso... foram mortos.

Ela nunca havia ouvido falar naquela parte da história do reino. Os últimos raios de sol já tinham deixado o mundo. Como em uma balança, a lua subira do outro lado do céu e sua fluorescência deixou o jovem diante de Lan em branco e preto, com partes reveladas e partes escondidas. Lan pensou em como os olhos de Zen tinham ficado pretos, nas tempestades neles, nas cicatrizes em suas mãos, e de repente teve vergonha de como vinha tratando o assunto levianamente.

– Está bem – ela concordou, baixando os olhos. – Não vou mais fazer isso.

Ele continuou olhando para Lan por um momento.

– Mas...?

Lan voltou a erguer a cabeça.

– Mas você tem que me levar à Montanha Protegida.

– Ah – Zen disse, devagar. Lan conhecia aquela expressão. Era a que antecedia o "não".

– Você prometeu – ela insistiu. – Achei que fosse um homem de palavra.

O praticante olhou para ela com uma resignação fatigada.

– O feitiço de rastreamento que Ulara descobriu em seu braço dificulta as coisas. No momento em que sair do selo de divisa, ficaremos todos vulneráveis.

– Tenho que ir antes que tentem extrair a magia de mim – Lan disse. – Não posso morrer sem saber o que minha mãe deixou no selo.

– Sua mãe.

Ela hesitou. Se ia pedir a ajuda dele, precisaria lhe contar o bastante de sua história para convencê-lo.

Lan inspirou fundo e assentiu.

– Acho que o que quer que haja no selo... o que quer que esteja na Montanha Protegida... tem relação com o motivo de o feiticeiro elantiano estar me perseguindo. Por que me procura há tantos ciclos. Naquela noite em Haak'gong, ele me pediu para lhe dar algo. Foi a mesma coisa que disse à minha mãe antes de matá-la.

Os olhos de Zen faiscaram.

– Foi sua mãe quem lhe deu esse selo – ele concluiu, sem emoção na voz.

Lan sentiu um aperto no peito.

– Sim.

– Aquele feiticeiro elantiano a matou numa tentativa de pegar algo dela.

A garota confirmou com a cabeça.

– E você acha – os olhos de Zen encontraram o pulso esquerdo dela – que pode haver uma pista do que ele quer... do que ele passou ciclos procurando... no seu selo.

– Isso. E na Montanha Protegida – Lan disse, baixo. – O que quer que encontremos ali, talvez também explique por que você sentiu tanto yīn no meu qì.

Zen ficou em silêncio por um bom tempo.

– Vamos precisar ser rápidos – ele afirmou. – Teremos que voltar antes que os elantianos consigam nos localizar através do feitiço de rastreamento. Embora o selo de Ulara seja forte, a magia continua em seu braço. Sair do selo de divisa removerá outra camada de proteção.

O coração dela pulou de alegria. Lan teve vontade de abraçá-lo.

– Quando podemos ir?

– Tem que ser antes que o mestre de Medicina retorne para operar seu braço, em quinze dias.

Lan sentia o sangue rugindo em seus ouvidos. *Quinze dias*. Doze ciclos de procura, e a resposta estava a dias de distância.

– Antes de ir, no entanto, você precisa se concentrar em seu treinamento – Zen falou. – Chega de experiências de quase morte até que consiga se defender de mim e saiba o bastante para não ser um peso morto.

A alegria intensa dela se dissipou, sendo substituída por uma forte determinação.

Lan recuou e cruzou os braços.

– Está bem. Nesse caso, é melhor dormir com um olho aberto e uma faca nas mãos, sr. Praticante.

– Pare de me chamar de "senhor". Não sou muito mais velho que você.

– Então pare de agir como se fosse.

– Tenho uma ideia melhor. – Zen se inclinou para a frente e lhe lançou um olhar tão ardente que ela teve a impressão de que até então ele estivera fingindo o bom comportamento. – E se eu ensinar você pessoalmente?

Lan o encarou e pela primeira vez em um bom tempo sentiu que o sorriso dele vinha de dentro para fora, o que a reconfortou. Ela baixou os olhos.

– Sei que passei a impressão errada quando nos conhecemos, com a faca de manteiga...

– E o bule – ele complementou. – *E* a xícara de chá.

– Foi *você* quem disse para eu me esforçar mais. Tive que pensar rápido. – Ela sorriu. – Sei que serei uma excelente aluna sob sua...

O que quer que Lan estivesse prestes a dizer lhe escapou, porque, naquele momento, Zen sorriu. Foi um sorriso lento e controlado, um leve curvar da boca que enrugava seus olhos e abria covinhas em suas bochechas, quebrando a fachada de rigidez e severidade e oferecendo um vislumbre do rapaz que ele poderia ter sido. Como uma noite com nuvens escuras se abrindo para revelar o brilho do luar.

– Se eu treinar você e a levar até a Montanha Protegida, promete que vai estudar com afinco em vez de canalizar o qì de maneira irresponsável? – ele perguntou.

Lan pressionou a palma de uma das mãos com o punho cerrado em cumprimento.

– Prometo por todos os pãezinhos com recheio de porco do Último Reino.

– Muito bem. – Os olhos de Zen tinham um leve toque de divertimento. – Essa é uma promessa muito, muito séria.

15

*Em uma jornada com três discípulos,
sempre encontrarei um mestre.*
Analectos kontencianos (Clássico da sociedade), 2.3

Como lhe era típico, Lan acordou atrasada para seu primeiro dia de aula. As batidas dos sinos da manhã já estavam pela metade enquanto ela se lavava com a água limpa da nascente que havia no balde que os discípulos enchiam toda noite. Lan vestiu rapidamente o qípáo novo de praticante e seguiu o fluxo de discípulos vestidos de branco pela trilha que levava aos corredores da escola.

Os discípulos começavam o dia realizando algumas tarefas. Eles se revezavam todos os dias para que as mais agradáveis (como organizar os volumes da biblioteca) e as menos agradáveis (limpar as latrinas) fossem igualmente distribuídas entre todos. Depois, com o soar dos sinos, todos corriam para o refeitório para tomar o café da manhã, que consistia em *congee*, ensopados de vegetais e pratos com tofu. Lan conversou um pouco com a cozinheira, uma mulher alegre de rosto redondo chamada Taub, cujo filho, Chue, era um discípulo. Os dois haviam fugido de seu vilarejo no sudoeste quando os elantianos haviam chegado, e seu caminho se cruzara com o do mestre de Punhos de Aço, que acabara levando os dois em segurança até a escola. Tudo isso Taub contou a Lan entre algumas conchas extras de sopa de feijão-vermelho com tofu.

A Lan, as aulas pareceram tão fascinantes quanto os mestres que as davam. Nur era o mestre das Artes Leves, um homem bondoso e esguio que se movia como as águas de um rio. Na primeira aula, ele a fez praticar canalizar o qì em partes específicas do corpo, enquanto ela observava os outros discípulos saltarem de lugares impossivelmente altos ou escalarem paredes. Cáo, o mestre de Arco e Flecha, entregou a Lan uma cesta de jujubas e pediu que ela lançasse uma no ar. Em um piscar de olhos, ele havia acertado uma flecha bem no meio da fruta. E o havia feito de olhos fechados.

Ip'fong, o mestre de Punhos de Aço, era um homem de rosto vermelho com o corpo mais duro que uma pedra. Lan descobriu que Punhos de Aço era um estilo específico de artes marciais. Ele havia lecionado na Escola da Eterna Primavera, que se especializava em artes marciais de todos os tipos, e era o único que havia sobrevivido, contando todos os mestres e discípulos. Na primeira aula de Lan, Ip'fong lhe passou uma série de exercícios de força. Suando profusamente enquanto tentava fazer flexão equilibrada em apenas dois dedos, Lan viu os outros discípulos praticando pugilismo e arrancando a cabeça de bonecos de madeira com voadoras.

Yeshin Noro Ulara, a mestra de Espadas, foi inflexível. Lan desconfiava que estava louca para puni-la por suas transgressões naquele primeiro dia na Câmara das Cem Curas. Na primeira aula de Lan, a mestra a fez lutar contra Dilaya usando gravetos de madeira, sem lhe passar qualquer instrução antes. Dilaya não se deu ao trabalho de esconder seu prazer vingativo a cada golpe que acertava na outra garota.

Lan não conseguiu nem tocar nela.

— Que falta de sorte — Shàn'jūn disse, com um sorriso empático quando ela se sentou ao lado dele no refeitório, coberta de hematomas. O discípulo levou a mão à bolsa de cânhamo que sempre carregava consigo. Lan ouviu algo tilintar lá dentro. Ainda bem que estou sempre preparado. Não se mova.

— Todo mundo sabe que Yeshin Noro Dilaya é capaz de qualquer coisa para agradar a mãe — Chue comentou, com uma tigela cheia de ensopado de tofu à sua frente. — Ela quer ficar com a espada de Ulara.

— Por quê? — Lan perguntou, estendendo o braço enquanto Shàn'jūn começava a aplicar cremes de cheiro acre nos machucados.

— Porque é a Garra de Falcão — Chue respondeu de maneira sonhadora. — Todo discípulo de Espadas a conhece: é a dāo lendária do clã de aço jorshen. O cabo é feito de marfim e ela tem um anel de polegar que os membros do clã usavam para caçar. Diz a lenda que, a cada geração, quem liderasse o clã escolhia alguém de uma das oito casas nobres para herdá-la.

Aquilo despertou o interesse de Lan.

— *Clã?* — ela repetiu, deixando de lado sua tigela de *congee*. — Como os 99 clãs?

— Sim. Por quê?

Como a maior parte dos hins, Lan havia crescido acreditando que os clãs estavam entre a História antiga e o mito — não eram reais, formados por pessoas vivas, de carne e osso, que andavam e conversavam e sofriam de rabugice.

– Tem outros membros de clãs aqui?

– Eu descendo de um clã – Chue afirmou, animado. – Do clã muong.

– Os clãs começaram a ficar menos presentes no fim do Reino do Meio – Shàn'jūn explicou, afastando-se para examinar seu trabalho no braço de Lan. – Em uma tentativa de aplacar o desconforto crescente da corte imperial com a existência deles, muitos clãs menores tentaram assimilar a cultura hin dominante. A maior parte dos hins descende de clãs, embora com a ascensão do Último Reino as famílias tenham passado a esconder isso.

– Os hins são como um grande clã, na verdade – Chue completou. – Só que se expandiram tão depressa que se tornaram sinônimo do povo e da cultura de todo o reino. A maior parte das dinastias, com exceção de um punhado delas, foi fundada por imperadores hins.

– E os outros clãs se rebelaram contra a corte imperial hin? – Lan arriscou.

Parecia que ela havia dito a coisa errada. A expressão de Shàn'jūn congelou, como uma lagoa sem qualquer movimento na superfície, e a de Chue simplesmente se transformou.

– Nem todos – ele respondeu, parecendo magoado. – Tudo o que o povo muong queria era manter sua cultura e seus costumes.

– Muitos clãs desenvolveram um ramo próprio da prática. – Shàn'jūn baixou a manga de Lan e começou a guardar seus frascos e bálsamos na bolsa de cânhamo, porém ela teve a distinta a impressão de que ele evitava olhar nos olhos dela. – Essas artes foram passadas de geração a geração. Alguns se tornaram excepcionalmente poderosos, a ponto de fazer a corte imperial temer. Por isso, tanto a prática quanto a presença dos clãs passaram a ser limitados. De qualquer maneira, os 99 clãs continuaram existindo... até o fim do Reino do Meio.

Shàn'jūn disse tudo isso olhando para baixo. A cabeça de Chue também estava baixa, e ele parecia se concentrar totalmente em comer o *congee*.

Pela primeira vez na vida, Lan não tinha nada a dizer. Havia aprendido em pinceladas gerais a história do reino com tutores quando pequena, e depois ouvira trechos de histórias de anciãos, aldeões, lavadoras de pratos...

Agora parecia que estava aprendendo uma parte da história que de alguma maneira havia desaparecido dos livros, sido apagada da memória coletiva dos hins.

Lan passou o resto da refeição em silêncio.

Ela se saía excepcionalmente bem em Selos, aula que era ministrada pelo monge Gyasho na Câmara da Cascata dos Pensamentos. O mestre usava uma venda de seda sobre os olhos, os quais Lan havia ouvido outros discípulos comentarem que eram brancos como a neve, uma característica do clã de que ele descendia. Diziam que os membros do tal clã costumavam treinar vendados desde pequenos, para elevar a consciência do mundo do qì.

Enquanto os outros discípulos praticavam selos no pavilhão externo, Gyasho mantinha Lan na câmara, que na verdade era mais um corredor aberto. Véus translúcidos esvoaçavam entre pilares de pedra conforme a brisa fresca soprava, agitando o cabelo de Lan e as vestes douradas do mestre. As lanternas em forma de lótus espalhadas pelo piso de pedra bruxuleavam gentilmente; de trás delas, ao fim do corredor, chegavam os murmúrios de uma cascata. Gyasho fazia com que Lan treinasse distinguir diferentes feixes de qì. Ela aprendia rápido, porque havia aprendido alguns conceitos com Zen durante a viagem. Havia qì em absolutamente tudo: água, ar, luz, pedra, solo, grama, pele, sangue... E até mesmo, Gyasho havia dito, no metafísico: emoções, pensamentos e a própria alma.

Quando o incenso usado para marcar a uma hora de aula havia se extinguido, Lan estava tentando invocar os diferentes tipos de qì.

— Muito bem – o mestre lhe disse, em incentivo, quando ela foi se despedir. – Lembre-se de pensar em cada combinação do qì como uma nota musical. Não se pode fazer música sem conhecer todas as notas tanto quanto seus próprios dedos. – Ele abriu um sorriso enigmático. – Estou ansioso por nossa próxima aula.

Quando ela encontrou Chue na saída da câmara logo em seguida e contou o que mestre Gyasho havia dito, o discípulo pareceu entusiasmado.

— Talvez ele aceite você como discípula de sua arte – Chue arriscou.

— Discípula de sua arte? – Lan repetiu.

— Cada discípulo escolhe uma arte da prática na qual se especializar. A minha é Arco e Flecha. Quando você chega ao nível esperado, é iniciado como xiá, ou praticante. Zen e Dilaya estão nesse estágio. Só praticantes têm a chance de aprender a arte final e se tornar mestres da escola.

— E o que é a arte final?

— A técnica secreta da prática que diferencia uma escola das outras. – Os olhos de Chue pareceram sonhadores. – Ouvi dizer que, aqui, o grão-mestre seleciona o discípulo e o leva à Câmara das Práticas Esquecidas.

— Onde fica isso? – Lan perguntou. – E qual é a arte final desta escola?

— Ninguém sabe! Se soubéssemos, estaríamos aprendendo e viraríamos mestres. Nem mesmo Zen e Dilaya chegaram a esse ponto ainda. – Chue deu uma piscadela. – Acho que você tem uma boa chance com os Selos. Mestre Gyasho é bondoso, mas não costuma fazer elogios.

Lan pensou no que Zen havia dito sobre seu qì – que a deixava *incandescente* –, porém ficou em silêncio. Seu bom humor, no entanto, se alterou na última aula do dia: Textos. O mestre, um velho difícil chamado Nán, ficou horrorizado ao descobrir que Lan não havia decorado as 88 regras do código de conduta da escola. Ele ordenou que ela subisse e descesse correndo os degraus da montanha, com uma pedra sobre a cabeça, enquanto lia o código, e que só voltasse quando o tivesse aprendido.

O fato de Lan haver crescido em uma casa de chá, no entanto, tinha suas vantagens. Nenhuma outra garota recebia tantas punições por parte de Madame Meng quanto ela, e Lan passava as muitas horas solitárias recitando poemas e outros textos que havia aprendido quando criança, por puro tédio. Quando ela voltou para a Câmara da Cascata dos Pensamentos, no fim da tarde, declamou as 88 regras sem parar ou hesitar, o que só pareceu aprofundar o desagrado do mestre.

– Agora recite o primeiro capítulo do *Livro do Caminho* – o mestre de Textos exigiu, rabugento.

Lan teve que reprimir uma fileira de insultos pitorescos. Com uma voz doce, ela disse:

– Shī'fù, sou nova aqui, ainda não tive tempo...

– Insolente! – o mestre ladrou. – "Não cabe ao discípulo questionar o mestre!" Como pode se considerar discípula desta escola se não conhece nem ao menos o primeiro analecto kontenciano, sobre o relacionamento entre discípulo e mestre? – Ele apontou para uma pilha de volumes perto de onde se encontrava. – Você vai pegar os quatro clássicos e copiá-los tantas vezes forem necessárias para que entrem nessa sua cabeça duvidosa. Não deixará este lugar até ter copiado tudo palavra por palavra.

Lan olhou para a pilha de clássicos.

– Devem ser milhares de páginas!

– E ainda assim você desperdiça fôlego apontando o óbvio – mestre Nán disse, com sordidez.

Com o estômago roncando e suas vestes novas de praticante já manchadas pelo suor e pela poeira da primeira punição, Lan se sentou nos fundos da Câmara da Cascata dos Pensamentos e começou a copiar. Cada clássico era mais grosso que seu pulso fechado, e as páginas eram de papel xuān, um papel de arroz especialmente fino e muito eficiente na absorção da tinta. Ia demorar uma eternidade.

Esfregando os olhos, Lan fitou o pote que continha um bastão de tinta pela metade e um pincel fino de pelos de cauda de cavalo. Um nó se formou em sua garganta.

A última vez que ela segurara um pincel fora no gabinete de Māma.
Lan balançou a cabeça e o agarrou com firmeza, afastando as lembranças. Tinha quatro mil páginas para copiar.

O sol continuou mergulhando no céu; quando estava pouco acima da linha do horizonte, os sinos do jantar soaram por toda a escola. Lan movimentou os ombros doloridos e levou a mão sobre a barriga, que acabara de roncar alto de fome outra vez. Além dos pinheiros, ela conseguia distinguir o branco das vestes dos outros discípulos, que se dirigiam ao refeitório. Se Lan escapulisse agora... só para comer alguma coisa... mestre Nán nem ficaria sabendo...

Por outro lado, isso poderia aumentar a punição. O que tinha certeza de que aconteceria. Massageando os punhos doloridos, Lan franziu a testa e se inclinou para trás, espreguiçando-se. O suor em sua pele havia secado, encrostando suas vestes e deixando-as desconfortáveis e incômodas. Ela também sentia muita, muita sede.

Um novo som chamou sua atenção: o som da água correndo.

Lan se levantou e foi até o terraço aos fundos. A câmara ficava diante de uma inclinação acentuada na montanha. Um pouco mais para cima havia uma cascata, de onde a água descia até ser engolida por um lago. Névoa se acumulava sobre a água cristalina, que cintilava ao sol do fim da tarde.

Ela olhou para a montanha vazia em volta. Se não podia se arriscar a ir ao refeitório, pelo menos podia beber água e tomar um banho rápido.

As tábuas de madeira cederam espaço à pedra escorregadia conforme ela se aproximava do lago. Lan descalçou as sandálias, tirou as vestes por cima da cabeça e mergulhou com a graciosidade de uma pedra afundando.

A água estava tão fria que ela quase soltou um xingamento (o que feriria a regra 57 do código de conduta). Ela emergiu atabalhoada e sem fôlego, tirando os cabelos dos olhos e piscando por conta da água nos cílios. Com os dentes batendo, Lan começou a esfregar rapidamente os braços, e enquanto o fazia improvisou uma cantiga:

Peido de rato, alma de cachorro, cérebro de porco
É assim que eu descreveria Nán shī fù.
Bunda de cavalo, ovo de tartaruga, cocô de vaca,
O mestre de Textos pode ir tomar no...

— Mas o quê...?

Lan se virou ao ouvir a voz, suas mãos correndo para cobrir os seios. Ali, no terraço aos fundos da Câmara da Cascata dos Pensamentos, congelado tanto em descrença quanto ultraje, estava ninguém menos que Zen. O som da água caindo havia mascarado seus passos.

Seus olhos arregalados, a boca esticada e as pontas de suas orelhas pegando fogo – se de fúria ou vergonha Lan não sabia dizer – eram quase cômicos. Zen apontou um dedo trêmulo para ela e tapou os olhos com a outra mão.

– Você... isso... é... sagrado... *Saia!* – ele gaguejou.

Lan se atrapalhou toda, seus pés escorregando nas pedras molhadas enquanto voltava a se vestir. Ela retornou ao piso de madeira, pingando. Manchas úmidas já floresciam em sua veste branca.

Zen se virou para ela, porém manteve a mão sobre os olhos. Entre as frestas dos dedos, ele espiou Lan. Notando que ela estava coberta, Zen endireitou o corpo. Engoliu em seco e fechou os olhos por um momento, como se pedisse paciência a seus ancestrais.

– Essa – ele começou a dizer – é a Fonte do Cristal Frio.

Isso explica a temperatura da água, Lan pensou, porém só abaixou a cabeça e disse:

– Desculpe.

– É uma fonte sagrada. Acredita-se que flua das lágrimas da lua, e representa o coração das energias yīn nesta montanha. Por milhares de ciclos, mestres e adoradores oraram diante de suas águas, esperando assim compensar o desequilíbrio de suas energias... e agora você *tomou banho* nelas.

Lan ficou chocada com a própria vontade de dar risada, e chegou à conclusão de que o melhor a fazer era se manter em silêncio.

Zen esfregou o rosto com uma das mãos e suspirou. Seu rubor já passava. Por fim, ele pigarreou e se virou para encará-la.

– Mestre Nán me informou de seu atraso e de sua insolência.

– Que mentira! – Lan disse, então parou por um momento. – Bem, posso estar atrasada, mas não fui insolente.

Zen olhou para ela com ceticismo.

– "Não cabe ao discípulo questionar o mestre" – ele disse. – *Clássico da sociedade*, também conhecido como *Analectos kontencianos*. Capítulo dois, primeiro princípio.

– Mas e se o tal do mestre estiver errado? – ela perguntou.

Ele suspirou e passou a mão pela boca, enquanto olhava para Lan com uma expressão tão fatigada que quase dava para ouvi-lo pensando "O que é que vou fazer com você?".

Então Zen voltou a endireitar o corpo e pigarrear.

– Tenho uma ideia. Por que não aprende os clássicos antes de questioná-los? – Ele ergueu a cesta de bambu que trazia. – Vamos, vim ajudar. E trouxe pãezinhos feitos no vapor.

Os pãezinhos estavam deliciosos. Lan desejou que tudo no mundo pudesse lhe trazer uma alegria tão simples quanto a de comê-los. Tudo bem que eram pãezinhos de vegetais, e não de porco ("'Nenhuma vida será tirada dentro do selo de divisa de Para Onde os Rios Fluem e o Céu Termina', regra número 17 do código de conduta", Zen a lembrou), porém, para seu estômago vazio, qualquer coisa seria um alívio.

– Os quatro clássicos – Zen disse, e sua voz ecoou pela sala vazia. As cortinas finas esvoaçavam suavemente à brisa da noite; o luar as transpassava e deixava o piso prateado. Zen havia acendido as lamparinas em forma de lótus balançando nos beirais, e os dois se viram envoltos por um brilho quente. – Mestre Nán ao menos viu o básico de cada um com você?

Lan negou com a cabeça. Ela não estava se dando ao trabalho de assimilar o conteúdo – apenas abrira um volume e começara a copiar os caracteres o mais rápido possível.

– Bem. – Zen se ajoelhou em uma postura perfeita e estendeu a mão para os livros. Ele os pegou um a um, com todo o cuidado. Haviam sido todos encadernados, o fio de seda da costura aparente no papel simples e grosso, com caracteres tão complexos que Lan nem conseguia decifrá-los. – O primeiro é o *Clássico das virtudes*, também conhecido como *Livro do Caminho*. O segundo é o *Clássico da sociedade*, também conhecido como *Analectos kontencianos*. O terceiro é o *Clássico da guerra*. E o quarto é o *Clássico da morte*. Cada um deles é um pilar fundamental a partir do qual as Cem Escolas de Prática foram construídas; cada um contém registros históricos e interpretações que foram seguidas por milhares de ciclos.

Zen pegou uma folha de Lan, e imediatamente ela sentiu vergonha de seus garranchos rebeldes, dos pontos em que havia ficado frustrada ou sido preguiçosa, os caracteres pouco legíveis. Ele deixou a folha de lado.

– É fisicamente impossível copiar os quatro volumes em uma noite – Zen disse. – Falarei com mestre Nán. No momento, faremos o nosso melhor. Vejo que começou pelo *Clássico da sociedade*. Ele não vai fazer sentido sem o primeiro clássico, o *Livro do Caminho*. – Zen pegou um pincel, mergulhou na tinta e posicionou sobre o pergaminho em branco. – Vamos. Escreverei também.

A caligrafia dele era perfeita, sem parecer exigir qualquer esforço, cada movimento do pincel preciso como um bisturi e gracioso como uma arte. Lan sentiu as bochechas esquentarem enquanto fazia tudo o que podia. Sua educação, no entanto, havia sido encerrada aos seis, e até aquela tarde fazia doze ciclos que ela não pegava um pincel.

– Você está segurando com força demais – Zen comentou. Lan sentiu que ele avaliava sua página, na qual os caracteres se destacavam como um emaranhado de ervas daninhas que haviam fugido ao controle.

O calor se espalhou por seu pescoço, e sua mente ficou ainda mais confusa. Ela sempre se orgulhara de seu raciocínio rápido, de suas palavras ferinas, da facilidade com que se livrava dos problemas. Naquele momento, no entanto, com Zen a observando, teria dado qualquer coisa para ser uma moça nobre, que havia tido uma boa educação e apresentava um comportamento adequado.

– Tente relaxar a pegada e deixe o pincel fluir como uma extensão da sua mão – Zen sugeriu. – Vai demorar um pouco, mas... assim.

Seus dedos frios se fecharam em volta dos dela, e de repente o calor que Lan sentia não era de vergonha.

A jovem sentiu a respiração dele em seu pescoço quando Zen se inclinou sobre ela para reposicionar seus dedos corretamente. O coração dela martelava no peito; ele falou baixo sobre os métodos de segurar o pincel, porém Lan só conseguia se concentrar na sensação daquele toque.

Zen não estavam usando as luvas que o haviam acompanhado na maior parte da viagem. A luz das lanternas destacava os contornos das cicatrizes em suas mãos, uniformes demais para serem resultado de um acidente.

– Suas cicatrizes – Lan se viu dizendo no silêncio prolongado. – O que aconteceu?

Zen parou por um instante, com a cabeça inclinada para ela. Uma mecha de cabelo preto caiu em seu rosto. Assim, de perto, Lan conseguia ver cada cílio em volta dos olhos do rapaz, e seu próprio rosto refletido na íris cor de meia-noite dele.

Zen baixou os olhos, e a jovem sentiu certa emoção por ele não ter se afastado.

– Foi um acidente – ele respondeu, e então, para surpresa de Lan, Zen ergueu um pouco a manga. Ali, no antebraço, havia marcas brancas que pareciam cortes grosseiros de uma lâmina. – Já isto foi ocasionado pelos elantianos.

A faísca de emoção se transformou em horror.

– Fui capturado durante a Conquista. Passei um ciclo inteiro preso.

Ele falava sem qualquer emoção na voz, com os olhos fixos. Lan reconhecia aquela expressão. Era a expressão de alguém se esforçando ao máximo para conter as lembranças.

Lan havia ouvido histórias – rumores que se espalhavam entre aldeões temerosos – de hins capturados pelos elantianos após a Conquista que tinham se tornado alvo de experimentos. A maior parte morria e os corpos eram jogados no rio Dragão Sinuoso. Os cadáveres encontrados por pescadores apresentavam mutilações terríveis: olhos e unhas arrancados, a carne aberta e incrustada por todo tipo de objeto metálico.

– Você foi alvo de experimentos – Lan sussurrou.

Ele fechou os olhos.

– Sim.

Se fosse uma garota da casa de chá revelando aquilo a Lan, ela a abraçaria e ficaria ao seu lado até o nascer do sol. No entanto, quem estava ali era Zen, o elegante, belo e distante Zen, e Lan não conseguia pensar em nada mais para fazer além de ficar ali, com os nós dos dedos brancos em volta do pincel, a mão dele mole sobre a dela, como se o rapaz tivesse esquecido o que estava fazendo.

Então um pensamento lhe ocorreu: *Quero ser poderosa.*

Lan não conseguira proteger a mãe.

Não conseguira proteger Ying. As outras garotas. A casa de chá. Até Madame Meng. Os nomes de todas a acompanhavam como um peso – suas risadas e suas lágrimas, o fim que haviam sofrido.

– Zen – ela disse, baixo.

O rapaz piscou devagar, e seus olhos voltaram a focar nela depois da torrente de lembranças.

– Hum?

– Obrigada – Lan agradeceu. – Por tudo. Vou me esforçar.

A expressão apática e distante dele foi substituída por outra muito mais firme. Como se por instinto, Zen passou o polegar pelas costas da mão dela, deixando-a arrepiada.

– Que bom – ele disse, e se levantou. – Chegou a hora de começarmos a segunda parte do treinamento da noite.

Zen a conduziu por uma trilha de pedras até um trecho plano da montanha que terminava em um penhasco. O Último Reino se abria diante dela, sob a lua minguante. O céu parecia uma tigela de tinta preta pontilhada de pó de prata, com as montanhas delimitando suas beiradas. A brisa ali era fresca, e carregava um toque de inverno raramente sentido no sul.

O rapaz se virou para Lan.

– Tenho um presente para você. – Zen pegou uma bainha de couro macio e puxou o cabo que despontava dela. A lâmina de uma adaga brilhou, prateada. Ele segurou a lâmina entre os dedos, pegou a mão dela e colocou o cabo em sua palma. Era frio ao toque. O punhal era adornado por gravuras de estrelas dançando em meio a chamas, e alguns caracteres elegantes que Lan não reconheceu. – É melhor já começar a treinar com a arma que vai usar em combate. Cada arma tem um peso e um comprimento diferentes, e pode ser difícil de empunhar.

– É tão pequena. – Lan olhou para a jiàn presa à cintura de Zen, que se estendia até sua panturrilha. – Não posso ter uma que nem a sua?

– Nunca julgue uma lâmina por seu comprimento – ele falou. – Veja a adaga mais de perto.

Lan o fez, virando-a na mão. A lâmina refletiu o luar, e então ela notou um fluxo constante de qì cintilando no metal, em um formato parecido com um caractere hin.

– Ela tem um selo – Lan disse afinal, erguendo a cabeça.

Os cantos dos lábios de Zen se ergueram ligeiramente.

– Ela tem qì – ele a corrigiu. – Segundo algumas histórias, espadas de praticantes são imbuídas de alma. Não é bem verdade. Mas é verdade que banhamos com nosso qì as armas que escolhemos, para que elas nos protejam melhor. O nome dessa adaga é Aquela que Corta as Estrelas. A lâmina corta não apenas carne humana, mas também sobrenatural. Seu propósito é penetrar o qì demoníaco e impedir um ataque. Ela não destrói o demônio, porém é capaz de fazer algo que espadas comuns não são: ferir um, ainda que apenas temporariamente.

Um arrepio desceu pela espinha de Lan ao ouvir a palavra "sobrenatural". A pequena adaga em sua mão podia protegê-la contra demônios.

– Como é possível cortar a carne de um demônio?

– Assim. – Zen puxou a mão dela em sua direção até que a ponta Daquela que Corta as Estrelas estivesse em seu peito. Ele tinha um sorriso vago no rosto. Seus dedos quentes permaneciam firmes nos dela. – Da mesma maneira que com um humano. Mire no núcleo do qì do demônio, que equivale ao nosso coração. – Seus olhos brilharam, voltando-se para o rosto dela. – E ataque.

Por algum motivo, os batimentos cardíacos e a respiração de Lan ficaram mais rápidos.

– Vou me lembrar disso – ela falou.

— Tente não errar. É difícil que um demônio ofereça uma segunda chance.

A lâmina dela pressionou o tecido do qípáo preto dele.

— Não vou errar.

O polegar dele bateu involuntariamente na pele dela.

— Imagino que essa adaga seja uma opção melhor, considerando a arma que você escolheu antes... xícaras de chá — Zen disse.

Parecia uma brincadeira despretensiosa, porém fez Lan se perguntar se ele se lembrava do que ela mais desejava: uma maneira de proteger a si mesma e as pessoas que amava. Embora pequena, a adaga com que Zen a presenteara tinha todo o peso do mundo.

Lan recuou um passo.

— Obrigada.

O som de metal cortou o ar, e de repente Zen a encarava com sua jiàn: uma espada longa e reta com lâmina de aço escuro. O cabo era preto e tinha o que pareciam ser chamas vermelhas gravadas — Lan se deu conta de que era o mesmo símbolo que ela havia visto na algibeira de seda que ele carregava.

— Esta é a Fogo da Noite — Zen disse, segurando a espada reta à sua frente. — Sua tarefa será passar por suas defesas até o fim da lua.

Pelo restante da noite, Zen treinou com Lan. Ele fez com que ela praticasse uma série de movimentos enquanto a observava, interrompendo para corrigir sua postura sempre que necessário.

— Pense na adaga como uma extensão do seu corpo — ele disse. — Canalize qì na ponta quando for perfurar. Nos fios quando for cortar. No punho quando for puxá-la de volta. É por isso que as pessoas acreditam que a espada contém uma parte da alma do praticante: porque lutamos não apenas com técnica, mas com nosso qì.

Lan parou por um momento, com suor empapando o qípáo apesar da brisa fresca da noite.

— Zen, quando exatamente vamos à Montanha Protegida? Uma quinzena é tempo demais.

— Em não menos que uma semana — foi a resposta dele. — No momento, toda a escola está alvoroçada pela sua chegada. Dê aos mestres tempo de concentrar a atenção em outra coisa. E ainda mais Ulara e Dilaya. — Zen suspirou. — Eles não serão a favor de nossa partida, de modo que não desejo chamar atenção para nossa excursão.

Em uma semana. A ideia tanto a entusiasmava quanto aterrorizava.

– Acha que já estarei à altura de lutar ao seu lado?
Zen abriu um meio sorriso.
– Em uma semana? Praticantes levam ciclos só para conseguir controlar o próprio qì. – Com delicadeza, ele pousou a mão no cabo da lâmina dela, e Lan sentiu o frescor de seus dedos. – Você só será minha igual na prática quando for capaz de transpassar meu coração com essa adaga.

16

Na morte, uma alma pode deixar uma marca neste mundo, seja em um objeto ou em um ser vivo. Essa alma passará para o próximo mundo incompleta e nunca encontrará descanso.

Chó Yún, invocador de espíritos imperial, *Clássico da morte*

Em seu sexto dia em Céu Termina, Lan recebeu uma convocação do grão-mestre.

Ela havia chegada à última aula do dia, na Câmara da Cascata dos Pensamentos, e ouvira do carrancudo mestre Nán que o grão-mestre da escola desejava vê-la. Lan deveria encontrá-lo no Pico da Discussão Celestial.

– Por quê? – Lan tentara perguntar ao mestre de Textos, que olhara feio para ela.

– Lembre-me outra vez do primeiro princípio do capítulo dois de *Analectos kontencianos* – ele retrucara.

Uma névoa serpenteava aos seus pés enquanto Lan subia os degraus desgastados que conduziam ao ponto mais alto da escola, onde ficava o Pico da Discussão Celestial. Conforme ela subia, o caminho de pedra ia se estreitando e a névoa ficava mais e mais densa, até Lan não conseguir mais enxergar cinco passos à frente. A lateral desprotegida dos degraus dava para o que parecia ser uma queda arriscada, naquele momento, oculta pela neblina, uma massa cinza tão imóvel e silenciosa que era como olhar para um mar morto.

Então, no último degrau, as nuvens desapareceram rapidamente; como se Lan tivesse emergido do mar.

Ela se encontrava no ponto mais alto de Céu Termina. Penhascos emergiam por toda a volta da névoa abaixo, mas ali em cima o clima estava aberto. Um céu cinza-claro se estendia ao infinito, interrompido apenas pelas sombras acidentadas das montanhas Yuèlù. Conforme o sol se movimentava, luz e cor se espalhavam feito tinta, e borrões inflamados, vermelhos e dourados, marcavam as nuvens e pontuavam a paisagem esmeralda por conta dos famosos pinheiros do Último Reino.

– Lindo, não é?

Lan se sobressaltou. Dé'zǐ surgira no topo dos degraus, silencioso como um fantasma. Ele foi até o lado de Lan e ficou ali, com as vestes e o cabelo esvoaçando à brisa, o rosto em uma máscara de pura serenidade. Os grão-mestres das histórias que ela ouvia quando pequena eram sempre velhos e encarquilhados, talvez um pouco parecidos com mestre Nán, que tinha barba branca e o rosto enrugado. O cabelo de Dé'zǐ, no entanto, ainda era preto como tinta, com alguns fios brancos, e ele continuava ágil e forte. Devia ter mais a idade de um pai que de um avô.

Ele segurava uma xícara de chá fumegante nas mãos.

– Sim – Lan conseguiu dizer. Preferiu se conter, com o nervosismo a devorando por dentro diante da ideia de ficar a sós com o grão-mestre. Porém havia algo de tranquilizante, quase *familiar*, na presença de Dé'zǐ, que fazia com que ela confiasse nele. – Grão-mestre – Lan acrescentou, querendo passar uma boa impressão.

– Foi neste pico que o primeiro mestre de Pinheiros Brancos atingiu a iluminação em uma conversa com os deuses e fundou a escola. Por isso o nome de Pico da Discussão Celestial. – Dé'zǐ abriu um sorriso enigmático. – Vejo que já está bem adaptada. Mestre Ip'fong gosta de você, mestre Ulara acha que tem pouco talento e mestre Nán diz que tem tofu no lugar do cérebro.

Se fosse qualquer outro mestre, Lan poderia ficar incomodada, mas, por algum motivo, Dé'zǐ evocava nela um desejo de impressionar.

– Sou apenas uma garota de casa de chá com pouca educação e pouco talento, grão-mestre. Se me der um pouco mais de tempo...

– Mestre Gyasho a considera uma pupila bastante promissora – o grão-mestre a interrompeu, e Lan corou. – E, cá entre nós, eu não poderia ligar menos para a opinião que mestre Nán tem de sua caligrafia. Agora, gostaria que você me mostrasse a coisa mais importante que aprendeu nos últimos dias.

Aquilo era fácil. Ela pensou na Câmara da Cascata dos Pensamentos, no sorriso bondoso de mestre Gyasho, no rosto dele inclinado para cima, em seus lábios entreabertos enquanto sentia as partes do selo dela se unindo em uma coisa só.

Lan fechou os olhos e abriu os sentidos para o fluxo de qì à volta deles. Fez traços generosos: um arco grosso de terra estruturado por reparos de madeira, a urdidura fortificante da pedra e, como estavam no topo de uma montanha, a rajada poderosa do vento. Escolher os feixes de qì, Lan pensou, era parecido com encontrar notas nas cordas de uma cítara ou de um alaúde, criar um selo era equivalente a compor uma música.

Ela fechou o círculo, e um selo de defesa surgiu no chão: um escudo sólido, feito dos elementos do entorno, posicionado entre Lan e Dé'zĭ.

– Nada mal – o grão-mestre comentou, porém ela teve a impressão de que, de alguma forma, havia fracassado no teste. – Diga-me por que esta é a coisa mais importante que você aprendeu.

Lan cortou o selo, e o muro de proteção ruiu em uma nuvem de poeira e pedra.

– Porque é meu desejo usar meu poder para proteger as pessoas que amo – ela respondeu baixinho.

O grão-mestre ficou em silêncio por um tempo, avaliando o rosto dela. Lan ficou inquieta sob seu escrutínio.

– Você mencionou exatamente o que eu gostaria de discutir hoje – ele disse afinal. – *Poder*. Não é esse o motivo pelo qual a maioria das pessoas com aptidão buscaria as artes da prática?

Ela pensou nas garotas da casa de chá, no voto silencioso que havia feito, e assentiu.

– Tudo o que você aprender aqui, Lan, será para treinar seu poder. Para tornar você mais forte, melhor, mais invencível. Arco e Flecha, Espada, Punhos de Aço, Artes Leves, Selos e todas as formas de conhecimento. No entanto, nada disso importa se você não souber *para que fim* usa esse poder.

– Eu sei. Eu o usaria para que ninguém em posição vulnerável precisasse sofrer outra vez.

– E o que você daria em troca desse poder?

A resposta veio a ela na manhã em que seu mundo havia acabado, em que vira a vida de sua mãe se esvair dela.

– Tudo – Lan sussurrou.

– E esse – Dé'zĭ disse – é o primeiro desejo que coloca uma pessoa em risco de se tornar uma desgarrada.

As palavras a atingiram feito um soco no estômago. Lan entendia que o desgarramento era algo ruim, algo associado ao yīn, a praticantes demoníacos e aos males no mundo. Não era algo inocente como a busca de poder para proteção.

– Eu não... eu não faria... – ela gaguejou.

– O desgarramento – o grão-mestre continuou – tem menos a ver com o tipo de qì que se maneja... e mais com o como e o porquê.

Lan hesitou enquanto os ensinamentos furiosos de mestre Nán do *Clássico da sociedade* se digladiavam com seu desejo de se expressar.

– Mas, grã-mestre – ela disse –, eu tinha a impressão de que o desgarramento estava relacionado a... bem, a um qì demoníaco.

Ele fez "hm", pensativo. Então, em vez de responder, falou:
— Diga-me o que aprendeu do Caminho.

Lan ficou imensamente grata pelas horas que Zen havia passado ao seu lado, copiando os clássicos.

— Ainda estou estudando os clássicos, grão-mestre — ela respondeu depressa, com medo de tê-lo ofendido. — Se quiser, posso recitar...

Dé'zĭ dispensou aquilo com um aceno.

— Meus ancestrais se revirariam em seus túmulos, mas nunca tive muita paciência para os métodos hins de memorização e seus costumes estritos. Creio que não passem de bobagens superficiais estipuladas por uns velhotes de centenas de ciclos atrás que continuam sendo transmitidas por pessoas tediosas até hoje em nossa escola.

— *Grão-mestre* — a jovem exclamou, sem conseguir conter uma risada surpresa.

Dé'zĭ lhe dirigiu um sorriso conspiratório, depois levou o dedo ao próprio peito.

— Quero saber o que você *acha* do Caminho, bem aqui.

Lan pensou em todos os princípios que havia estudado nos dias que se passaram.

— Acho que o Caminho fala de equilíbrio — ela disse, com cuidado e controle. — É um toma lá, dá cá. Uma troca equivalente. Ainda mais como praticantes, quanto mais poder manipulamos, de mais contenção nós precisamos.

O grão-mestre pareceu satisfeito.

— Exatamente — ele concordou, e Lan sentiu um calorzinho na barriga. — O Caminho não é nada além de equilíbrio. Está escrito em tudo o que estudamos, no sangue e nos ossos deste mundo.

Dé'zĭ virou a xícara e o chá escorreu em um fluxo fino, escurecendo a superfície da pedra.

Ele desenhou um círculo com o líquido e o usou para preencher metade dele, com exceção de um ponto. O outro lado permaneceu intocado, a não ser por um ponto diagonalmente oposto ao ponto do outro lado.

Lan conhecia aquele símbolo; era um motivo decorativo comum.

— Yīn — o grão-mestre disse, apontando para a metade úmida e escura. — E yáng. — Ele apontou para o lado mais claro e seco. — O princípio fundamental que governa não apenas o qì, mas nosso mundo. Nosso Caminho.

Lan fez uma pergunta que ocupara sua mente aqueles dias todos.

— Yīn não é algo ruim? Ouvi... bom, ouvi dizer que é o tipo de energia de que os demônios se alimentam.

— Ah — Dé'zĭ suspirou, com um sorriso torto. — Então você tem ouvido Zen e o que as pessoas dizem por aí. Sim, todo tipo de qì sobrenatural é classificado como yīn e composto exclusivamente de yīn, porque tais criaturas pertencem à morte, e não à vida. Isso inclui o qì demoníaco, claro. Mas isso torna o yīn algo ruim? — Ele inclinou a cabeça e ergueu ligeiramente as sobrancelhas. — O yīn é tão ruim quanto as sombras. Ou a escuridão, ou o frio, ou a morte. Tais conceitos costumam ser temidos ou recebem conotações negativas em comparação com a luz, o calor e a vida... e, no entanto, você consegue pensar em um mundo sem essas coisas?

Lan não conseguia.

— O conceito fundamental do Caminho é o equilíbrio. Está vendo os dois pontos, no meio de cada metade? Um não existe sem o outro. O mundo está em constante mudança, yīn passando a yáng, yáng passando a yīn, em um ciclo perpétuo de *equilíbrio*. A vida resulta na morte, e a morte cede espaço à vida; o dia vira noite, e a noite sempre vai se transformar em dia. Sol e Lua, verão e inverno, todos eternamente presentes no mundo.

"O desgarramento aponta para o oposto: quando o equilíbrio se perde, quando o controle se perde. Um exemplo disso é a criação de um demônio, quando uma fossa de yīn permanece desequilibrada por tempo demais. De maneira similar, o perigo da prática demoníaca não reside na natureza de sua arte, porém na perda de controle."

— Perdão, grão-mestre — Lan disse —, mas não compreendo por que a busca de poder é um desgarramento.

— Ah. Também há um equilíbrio no poder. Quem tem poder demais é corrompido. Quem tem poder de menos é subjugado. Estar disposto a dar tudo em troca de poder... bem, isso é perigoso. Imagino que você esteja familiarizada com o conto trágico do último alto general mansoriano, mais conhecido como o Assassino da Noite. Um homem com boas intenções, que se afogou em seu poder. No fim, ele não conseguia mais controlar o deus-demônio que invocara; era o deus-demônio quem o controlava.

Lan assentiu, solenemente. A expressão do grão-mestre pareceu distante, enquanto a luz do sol se pondo formava uma auréola em volta dele, vermelha e dourada.

— Então para seguir o Caminho basta se manter longe de demônios. — Lan sorriu. — Não parece muito difícil.

— Ah, você ficaria surpresa — o grão-mestre retrucou, piscando como se tivesse acabado de despertar de um longo sonho. Ele apertou os olhos para o pôr do sol. — Agora agradeço por ter se reservado um momento de seu dia para me entreter, mas não posso negar a mestre Nán a oportunidade de voltar a criticar sua caligrafia. Nos encontraremos de novo, Lan.

No fim daquela tarde, Lan foi até a Câmara das Cem Curas, como vinha fazendo a semana toda. O único alívio que encontrava em sua programação era quando se juntava a Shàn'jūn no lago de carpas ali perto. O discípulo de Medicina ouvia com um sorriso vago no rosto enquanto ela contava os acontecimentos do dia, às vezes enquanto ela o ajudava a cuidar de suas ervas. Depois, com Aquela que Corta as Estrelas na cintura, Lan ia encontrar Zen no campo de treinamento.

Naquela noite, no entanto, Lan encontrou a Câmara das Cem Curas deserta a não ser por outro jovem discípulo de Medicina de olho nos tonéis de caldo fervendo. Aparentemente, Shàn'jūn estava na biblioteca.

Era uma noite clara, e o luar fazia a trilha de pedra parecer feita de prata quando Lan saiu para procurá-lo. Ela subiu os degraus, seguindo as instruções do jovem discípulo, e chegou a um trecho de Céu Termina quase do outro lado da montanha, um pouco acima dos outros prédios da escola. Por fim, ao virar em um aglomerado de coníferas, Lan encontrou uma leve subida com orquídeas floridas, esvoaçando com a brisa.

Ali se encontrava uma das mais elegantes construções que Lan já havia visto, com a névoa espiralando gentilmente em volta dela de modo que parecia flutuar entre as nuvens. Terraços abertos davam para cachoeiras de ambos os lados e janelas em formato de lua cheia eram cobertas por cortinas de bambu. Tratava-se de uma construção de dois andares, e o telhado cinza se curvava para o alto. Diferente das salas de aula, os beirais ali eram simples, sem esculturas de deuses ou da fauna e da flora.

BIBLIOTECA DA ESCOLA DOS PINHEIROS BRANCOS, indicava uma placa de madeira acima da porta veneziana de madeira de cerejeira, que se encontrava fechada. Havia um sino pendurado a um beiral, silencioso ao fim das aulas do dia.

Lan entrou pela porta de correr.

Enquanto a casa de chá era ostensiva, aquele lugar estava imbuído de um refinamento modesto. As paredes eram cor de casca de ovo, com pilares e beirais grossos de jacarandá. Estantes repletas de livros, com a lombada em seda branca cintilando, ficavam separadas por divisórias que deixavam a luz passar. Havia janelas espalhadas pelas paredes, e o luar penetrava o tecido fino e a ornamentação delicada das molduras para inundar o espaço com um brilho perolado.

Lan se perguntou se o jovem discípulo de Medicina havia cometido um erro ao mandá-la para lá. A biblioteca estava deserta, já que todos os estudantes haviam retornado a seus aposentos para descansar e acordar com o sol. Seus sapatos de palha se arrastavam silenciosos pelos corredores. Um ar de reverência permeava todo o lugar, tomado pelos odores bolorentos de pergaminho e tinta. As salas de ambos os lados do corredor contavam com muros para impedir a passagem de espíritos, feitos com o mesmo tecido diáfano e a mesma moldura de jacarandá que permitiam que a luz entrasse e o ar circulasse com o mínimo de prejuízo aos livros.

Os tecidos balançando e a luz cinza-claro enchiam o lugar de formas, e Lan sentia quase como se caminhasse entre fantasmas. Tinha a estranha sensação de que, ao virar em um corredor, depararia com um gabinete familiar, com uma janela circular que dava para um pátio coberto pela neve, enquanto a música de um alaúde se espalhava no ar.

Um gabinete que agora só existia em sua memória.

Vozes chegaram a ela, vindas do outro lado de outra porta de correr. Ali, uma varanda aberta dava para uma fileira de salgueiros mergulhados em um rio que fluía suavemente. Havia uma figura sentada no terraço; pela fresta da porta, Lan achou ter reconhecido o corpo esguio de Shàn'jūn. Ela abriu a boca para chamá-lo, porém foi detida pelas palavras dele.

– ... nenhum traço?

Havia alguém mais ali, e por algum motivo o modo como Shàn'jūn falava passava a impressão de que se tratava de uma conversa particular. Íntima.

Lan mordeu o lábio, dividida entre o desejo de dar privacidade a Shàn'jūn e o desejo de descobrir mais para poder provocá-lo no dia seguinte. Cortejar alguém não era algo visto com bons olhos na Escola dos Pinheiros Brancos, porque distraía do aprendizado. Shàn'jūn parecera a ela alguém certinho e obediente; descobrir o contrário a agradava profundamente.

O suposto amante respondeu, com uma voz profunda e masculina.

– Não. Não.

Ele falava devagar, como se precisasse de tempo para reunir os pensamentos e transformá-los em palavras.

– O Assassino da Noite. Ele está morto. Sua alma há muito se foi. Seu deus-demônio... a Tartaruga Preta... desapareceu.

Lan congelou. As palavras ecoaram em sua cabeça. Assassino da Noite. Tartaruga Preta.

– Com frequência me perguntei por que o grã-mestre faz questão de mandar você nessas missões. Isso faz com que se distancie daqui por tempo demais. – Havia um anseio gentil na voz de Shàn'jūn. – Ele acredita que você pode se lembrar de seus dias na corte imperial, doze ciclos atrás.

As palavras se fecharam em torno do peito de Lan. Uma imagem a encontrou: Māma, vestida com o hàn'fú da corte, todo de seda bordada a ouro e samito, em vez do qípáo comprido e esvoaçante que costumava usar.

Lan se inclinou para a frente, com o coração palpitando.

– Ele quer acreditar – o outro escarneceu. – Mas não me lembro de nada. Eu era só uma criança na época da queda. E estou em Céu Termina desde então.

– Mas você deve saber mais que nós, plebeus. – Havia uma leveza, um toque de brincadeira no tom de Shàn'jūn. – Vamos, Tài'gē, se me disser que não aprendeu nada na corte imperial, receio que...

– Eu aprendi. *Aprendi* – o outro falou, mordaz. – Os descendentes dos clãs aprenderam disciplina na corte imperial. A ser totalmente obedientes ao imperador. A usar as artes da prática apenas a serviço dele. A esquecer as atrocidades cometidas contra nossos ancestrais, nossos anciãos... e a conhecer a história dos clãs como *eles* a teriam escrito.

Lá fora, na varanda, uma sombra se alterou e Shàn'jūn recostou a cabeça no ombro do outro rapaz.

– E enquanto estava na corte você percebeu algum sinal de quem na família imperial poderia ter feito um acordo com a Fênix Escarlate?

– O príncipe. Acho.

Lan ficou boquiaberta. A Fênix Escarlate era um dos quatro deuses-demônios, e diziam que estava perdida havia pelo menos cem ciclos. Shàn'jūn e o outro rapaz falavam dela como se ainda existisse. Como se pudessem *saber* onde ela estava.

Houve uma pausa na conversa, e ela ouviu sedas farfalhando. Quando Shàn'jūn voltou a falar, foi com uma voz séria.

– Não acredito que o grão-mestre pense que os clãs voltarão a se erguer. Será então que ele está tentando compreender melhor a história? Será que há algo que nem mesmo você sabe?

– Muito. *Muito* – o outro rapaz falou, com veemência. – A história deste reino foi reescrita. A corte imperial definiu uma narrativa. Os elantianos a destruíram. O grão-mestre deseja que eu a recupere. Interrogando um fantasma por vez.

– Você acha que ele está atrás de alguma coisa? Há muito venho me perguntando sobre os objetivos do grão-mestre e seu desvio das crenças hins predominantes. Ele me abrigou, um órfão com lábio leporino. Recebeu você e muitos outros membros de clãs. E criou Zen...

Shàn'jūn parou de falar de repente. Lan notou um movimento repentino, então a porta de correr se abriu.

Ela recuou tarde demais.

Ali, delineado pelo luar, encontrava-se um dos homens mais atraentes que Lan já havia visto. Se Zen era detentor de uma beleza majestosa e imponente, aquele rapaz, que era todo ângulos retos e músculos rígidos, tinha um charme selvagem. O cabelo era curto, como o de Zen, porém os cachos rebeldes voavam ao vento. O mais impressionante de tudo eram seus olhos: a íris cinza com toques ouro-claro, à sombra de sobrancelhas pretas e grossas.

O rosto estava contraído, o que de alguma forma o deixava ainda mais bonito do que se estampasse um sorriso.

– Você – o rapaz disse. – Nunca a vi aqui. Quanto... quanto ouviu?

– Quanto ouvi? Acabei de chegar – Lan respondeu, depressa, o que não o impediu de dar um passo ameaçador na direção dela.

– Você está mentindo – ele grunhiu, e então seus olhos a inspecionaram, à procura de alguma coisa, até parar no braço esquerdo dela. – Eu ouvi. Ouvi sua alma.

Ou aquele era um modo de falar dos praticantes que Lan ainda não havia aprendido, ou ele estava ficando maluco.

– Bem, então você tem ouvidos abençoados – Lan falou.

– Lan'mèi.

Shàn'jūn cruzou a porta aberta.

O ar de insolência confiante de Lan se dissipou na mesma hora.

– Enfim encontrei você, Shàn'jūn – ela disse, em um tom leve. – Fui procurar na Câmara das Cem Curas, e o discípulo que estava lá me disse que o encontraria aqui.

Lan baixou os olhos, abrindo-se para a censura dele ou mesmo raiva por ter bisbilhotado. Os lábios de Shàn'jūn se curvaram em um sorriso.

– E aqui estou eu. Ah, mas onde estão meus modos? – Ele recuou um passo, coçando a cabeça. – Tài'gē, esta é Lan'mèi, uma nova discípula. – O outro rapaz voltou a estreitar os olhos por causa do uso de "mèi", que significava "irmã mais nova" e era um modo de tratamento carinhoso, depois do nome de Lan. De maneira análoga, Shàn'jūn havia usado "gē", que significava "irmão mais velho", junto ao nome do rapaz. – Lan'mèi, este é Chó Tài...

– Para você, apenas Tài – o rapaz interrompeu. O nome encurtado elantiano era um claro insulto a Lan.

– ... discípulo de Textos – Shàn'jūn concluiu. – Estávamos discutindo a missão de Tài'gē, que acabou de retornar. Diga-me, o que foi que ouviu?

Lan deveria perguntar sobre os deuses-demônios – quem em sã consciência não perguntaria? –, porém olhou para o outro rapaz e descobriu que tinha uma nova questão na ponta da língua.

– Você fez parte da corte imperial?

Tai pareceu furioso, porém Shàn'jūn se colocou entre ele e Lan.

– Lan'mèi é uma boa amiga – o discípulo de Medicina disse. – Podemos confiar nela.

O outro rapaz, no entanto, deu a impressão de que Lan era a última pessoa em quem ele confiaria.

– Quando você trabalhou na corte? – Lan insistiu.

– Na dinastia não-é-da-sua-conta – Tai retrucou.

Talvez ela devesse ter se esforçado mais para conquistá-lo. Como agora era tarde demais, Lan revirou os olhos. Ele manteve a testa franzida, com os olhos fixos em seu braço esquerdo.

– Você – Tai disse de repente, em um tom bastante diferente. – Você carrega um assunto pendente dos mortos.

O modo como ele falou aquilo fez um arrepio descer pela espinha de Lan. Ela se recuperou e cruzou os braços.

– Do que está falando?

– Aí. – Ele estendeu a mãozorra e apontou para o pulso esquerdo dela. – Tem algo aí. Sinto uma pendência ancorada aí.

– Tài'gē é um invocador de espíritos, Lan'mèi – Shàn'jūn explicou. – Ele sente o qì espiritual... o qì dos mortos, um tipo de energia yīn.

– E o que nos dez infernos isso significa? – Lan perguntou, sem tirar os olhos do outro rapaz.

– A especialidade do meu clã – Tai afirmou, olhando feio para ela – é encontrar e invocar fantasmas.

– Nós, praticantes comuns, às vezes sentimos qì dos espíritos, considerando que se trata de subconjuntos de energias yīn – Shàn'jūn disse, com toda a paciência, e de repente Lan pensou no yāo, a aparição que presenciara na floresta de bambu. – O clã de Tài'gē, no entanto, tem uma afinidade com as marcas que os fantasmas e espíritos dos mortos deixaram neste mundo. É como um dos ramos da prática ensinados nesta escola... só que no caso está no sangue.

– E você sente um fantasma... no meu braço? – Lan perguntou a Tai.

– Não um fantasma. *Uma marca* – o invocador de espíritos enfatizou. – Almas deixam marcas inconscientes de muitas formas diferentes. Uma lembrança. Um pensamento. Uma emoção. Uma espécie de pegada indicando que caminharam por este mundo, que existiram nele. É assim que nós, invocadores de espíritos, rastreamos o caminho dos fantasmas. Marcas não são intencionais. São um emaranhado de emoções ou um fluxo de consciência deixados em momentos de emoção acentuada. Algumas são vagas. Outras são fáceis de identificar. Outras ainda falam alto. A sua... – Ele fez uma pausa. – A sua grita.

Lan se deu conta de que cravava as unhas no pulso. Ela procurou não se arrepiar quando um vento frio agitou as cortinas finas, permitindo que o luar fraco entrasse e fizesse as sombras dançarem.

– E o que ela diz?

Tai estendeu a mão.

– Preciso ouvir melhor.

Lan sentia o coração batendo nos ouvidos. Devagar, ela estendeu o pulso esquerdo.

De uma algibeira de seda cinza que tinha na cintura – parecida com a de Zen, só que com um símbolo diferente –, Tai tirou três incensos. Com um movimento dos dedos longos, ele os acendeu. As pontas brilharam em um tom de vermelho que destoava do prateado da lua, das montanhas e da água em volta.

Com a outra mão, o rapaz tirou um sino branco de dentro da manga. Com cuidado, segurou-o sobre o braço de Lan e o sacudiu.

O sino tocou uma vez – uma nota aguda e pura que pareceu agitar tudo em volta deles... e *dentro* deles também. O tilintar ecoou em um espaço que não parecia existir, um entre-lugar. O clima esfriou e a luz, a varanda e a água perderam força, como se desaparecessem lentamente do mundo.

O selo no pulso de Lan foi a única coisa que se avivou. Uma marca clara de mão surgiu em cima dele. A garota se lembrou dos dedos ensanguentados se fechando sobre sua pele enquanto a mãe morria. Na escuridão do entre-lugar, uma voz ecoou:

– *Que os deuses vigiem minha família, se ainda resta alguma misericórdia neste mundo.*

Era Māma, a voz dela. Todos as terminações nervosas no corpo de Lan ficaram em alerta. Sua garganta se fechou, seu peito doeu e sua visão embaçou.

– *Gostaria de ter tempo de contar tudo a você.* – A voz de Sòng Méi soava fraca. Ela parecia quase perdida em pensamentos, falando consigo mesma. E era de fato aquilo, Lan se deu conta. Aquelas eram as palavras que a mãe quisera falar e não pudera, acidentalmente deixadas em uma marca, um fluxo de consciência. – *Sobre a rebelião que eu e seu pai lideramos, sobre a verdadeira história deste reino. Que ela me perdoe um dia, por eu ter deixado as chaves do destino de nosso povo com ela, um fardo que deve carregar sozinha.*

As palavras soavam cada vez mais tênues e começavam a se arrastar. A marca sobre o pulso de Lan já desaparecia. A garota sabia o que estava por vir – sabia quando a marca havia sido deixada. Nos últimos momentos da mãe.

– Não, Māma – Lan soltou. – Não, por favor...

– *Que os deuses a façam ouvir a música da ocarina* – a mãe murmurou, parecendo ainda mais perdida em seus pensamentos. – *E usar seu poder para proteger aqueles que precisam. Para salvar nosso reino.*

A voz foi levada com o vento, a marca se dissipou, as sombras e a escuridão se desenredaram. De repente, Lan estava sozinha outra vez, ajoelhada no piso de madeira do terraço, com as bochechas quentes e o corpo trêmulo. Estava consciente de uma voz gentil ao pé do ouvido, de um braço firme seus ombros, enquanto Shàn'jūn a consolava.

– Isso... – Até mesmo Tai parecia abalado. – Foi um fluxo de pensamentos não intencional. Sua mãe... ela deve ter lhe confiado algo importante, para essa marca de sua consciência ter permanecido com você.

– E logo nós vamos descobrir do que se trata – uma voz familiar e cortante disse.

Lan ergueu os olhos. Através das lágrimas, ela viu uma figura alta se aproximando. Uma dāo curva cintilava ao seu lado.

– Achei que fosse ser mais difícil encontrar você – Yeshin Noro Dilaya falou, franzindo os lábios vermelho-vivo. Ela apontou a espada para o pescoço de Lan. – Devo tirar sua vida agora para poupá-la ou prefere se explicar diante do conselho de mestres?

A dor na boca do estômago de Lan endureceu.

– Desgraçada – ela sussurrou. – Quanto ouviu?

Dilaya sorriu.

– O bastante. Sei que você está atrás de algum instrumento de poder, algo que sua mãe lhe deixou. Eu sabia que tinha algo de errado com você.

A raiva fez os braços de Lan tremerem – raiva por Dilaya ter ouvido a voz de sua falecida mãe e por ser cruel o bastante a ponto de usar aquilo contra ela. Dilaya parecia ter ouvido apenas o fim do fluxo de pensamentos, porém a mãe de Lan havia deixado aquilo para a filha, e *só* para ela. Lan não queria que Dilaya tivesse ouvido *nada*.

Uma energia estranha ardeu dentro dela. As aulas de mestre Gyasho ao longo dos últimos dias a haviam deixado mais consciente do qì, incluindo o que tinha dentro de si. E Lan nunca tinha querido ferir tanto alguém quanto naquele momento.

Satisfação e curiosidade iluminaram os olhos de Dilaya, e Lan se deu conta de que a garota *queria* que ela invocasse seu qì – um qì desequilibrado, um qì que os mestres questionariam. O qì que Zen a havia alertado para não usar.

Suas emoções turbulentas se acalmaram. O qì ardente dentro dela sossegou.

Lan se concentrou em Yeshin Noro Dilaya, com uma clareza afiada.

– Não tenho ideia do que está falando – ela disse, tomando o cuidado de pronunciar bem cada palavra –, sua desgraçada com cara de cavalo.

Dilaya não se incomodou com o insulto.

– Ah, é? Então me explique o que foi aquela voz.

– Tenho certeza de que Tai pode responder à sua pergunta – Lan falou com uma animação forçada. – Não sei o que fez, mas ele acabou de voltar de uma missão para o qual foi enviado pelo grão-mestre. – Ela levou um dedo ao lábio e fingiu ter uma ideia. – A menos que você prefira perguntar ao grão-mestre em pessoa o que ele queria de Tai.

Os lábios de Dilaya se franziram.

– Seu espírito de raposa intrigueira – ela xingou, apertando a espada na mão. – Vou...

– Você vai pedir desculpas – completou uma voz fria – por ter quebrado as regras de número sete e doze do código de conduta em questão de meio minuto: "Não se envolverá em violência" e "Tratará seus irmãos e irmãs praticantes com respeito".

Zen saiu da escuridão do corredor da biblioteca. Estava de mãos vazias, com sua espada embainhada, no entanto, ele e Dilaya se encararam como se o rapaz a tivesse sacado. Os dois tinham quase a mesma altura, porém enquanto a fúria de Yeshin Noro Dilaya era selvagem e irrestrita como fogo-fátuo, a de Zen era uma lâmina forjada no coração azul de uma chama.

– E então? – Zen insistiu, em um tom de voz cortante. – Vai pedir perdão a Lan ou vai esperar que eu recite as outras regras que infringiu esta noite, Yeshin Noro Dilaya? Talvez eu deva levar a questão ao grão-mestre. Ele ficaria intrigado com os motivos que a levam a questionar suas decisões...

– Não finja levar o código de conduta a sério, seu desgarrado – Dilaya esbravejou.

O clima se alterou no mesmo instante. Shàn'jūn, que observara a tudo em silêncio, se encolheu; ao seu lado, o queixo de Tai caiu.

Zen ficou lívido. A fúria em seus olhos se transformou em algo que Lan não conseguia ler. Algo parecido com culpa.

A boca de Dilaya se curvou em triunfo.

– É isso mesmo, *Zen*. Pense com cuidado antes de vir me ensinar sobre transgressões no Caminho. – Ela recuou um passo e embainhou a espada, o movimento fazendo sua manga solta esvoaçar. – Um dia, o grão-mestre não estará mais aqui para proteger você. E será tarde demais para ele se arrepender do que deveria ter feito: deixado que você morresse naquele laboratório elantiano.

Sem olhar para trás, ela passou por todos e desapareceu nos corredores da biblioteca.

17

As davídias florescem nos solstícios de primavera e verão. Elas também são conhecidas como árvores-fantasma, por suas flores brancas que, dizem, representam almas penadas.

"Árvores-fantasmas", *Contos do folclore hin: uma coletânea*

—Lan. – Ela se encolheu com o tom de voz de Zen. Ele ainda estava na mesma posição. – Vamos.

Era como se seu rosto fosse uma lousa recém-apagada. Ainda que lindo, era uma visão assustadora, como uma noite sem estrelas. A expressão a lembrou de quando os olhos dele haviam ficado pretos por inteiro, na muralha de Haak'gong. Zen se virou para ir embora, porém parou por um momento e olhou para o discípulo de Medicina.

Shàn'jūn baixou o rosto. Atrás dele, Tai ficou tenso. Seus olhos acompanharam Zen enquanto ele retornava pelos corredores da livraria.

Sem dizer nada, Lan o seguiu.

O céu agora estava forrado de nuvens; as orquídeas na escuridão lá fora se moviam furiosamente ao vento forte. Zen caminhava depressa, sem esperar por Lan.

Ela se apressou para alcançá-lo. Forçando-se a parecer animada, disse:

– Dilaya parece muito popular por aqui. Ei, tenho uma ideia: por que não damos o nome dela a um daqueles bonecos de madeira para o treino de hoje e...

– Não vamos treinar hoje – Zen falou, abruptamente. – Vamos à Montanha Protegida.

Lan parou de andar. Só então ela se deu conta de que estavam em um caminho diferente do que levava ao campo de treinamento. Zen seguia na direção das salas de aula e da entrada de Céu Termina.

Ela correu para alcançá-lo.

– Isso significa que já evoluí o bastante para lutar ao seu lado?

– Não. Vamos esta noite porque mestre Nóng volta amanhã e vai querer tratar seu braço. Prometi que iríamos antes disso, e pretendo manter minha promessa. – Ele ficou em silêncio por um momento. – E agora que Yeshin Noro Dilaya tem suas desconfianças quanto ao que sua mãe deixou com você, as coisas podem se complicar. É melhor irmos antes que ela fale com a própria mãe ou com shī'fù.

Shī'fù. Mestre. Zen era o único que se referia ao grão-mestre daquela maneira. Lan pensou nas palavras de Dilaya.

– Zen – ela disse. – Se me levar à Montanha Protegida oferece algum risco à sua posição ou reputação aqui...

O rapaz parou e se virou de maneira tão repentina que Lan trombou com ele. Ele segurou seu ombro para falar.

– Nada que eu faça pode afetar minha reputação nesta escola agora ou mudar a opinião dos mestres a meu respeito. – Os olhos de Zen ardiam. – Se tiver alguma pergunta em relação a qualquer coisa que ouviu nos últimos dias, por favor, faça.

Lan sentiu um nó se formar em sua garganta enquanto olhava no rosto dele. Pensou nas cicatrizes que cobriam suas mãos e nas cicatrizes em seus braços, escondidas do mundo. *Um dia, o grão-mestre não estará mais aqui para proteger você. E será tarde demais para ele se arrepender do que deveria ter feito: deixado que você morresse naquele laboratório elantiano.*

Lan não tirou os olhos dos dele para balançar a cabeça.

– Não tenho nenhuma pergunta – ela respondeu, calma. – Obrigada por me levar à Montanha Protegida. Obrigada por me encontrar e me salvar em Haak'gong. E obrigada por me treinar. Obrigada, Zen.

O fogo nos olhos dele esfriou.

Zen recuou um passo.

– Me siga – foi tudo o que ele disse.

Lan estivera inconsciente quando Zen subira com ela, porém agora conseguia sentir como a montanha era viva, parecendo imbuída de uma vitalidade transcendental. Várias vezes ela pensou sentir uma alteração nas energias, ver uma sombra de canto de olho, ter alguém respirando em seu pescoço. Zen a havia alertado para os 999 degraus na montanha ("Não há atalhos no caminho"), e ela confessara seu medo. Agora, procurava se manter em silêncio, seguindo o praticante e contando os degraus.

Depois do que pareceram ser horas, a escada de pedra chegou ao fim, abrindo caminho para um trecho de grama molhada e bosque de pinheiros.

– Chegamos ao limite do selo de divisa. – A voz de Zen soou monótona; sua figura se encontrava na meia sombra do luar em movimento. – Quem o marca é esta árvore, o Pinheiro Hospitaleiro. Você sentirá certa resistência ao atravessar o selo.

Quando Zen passou, sua silhueta ondulou e depois se reacomodou como se ele atravessasse uma parede de água.

Lan não conseguiu evitar olhar para trás. Na noite profunda, a montanha era pura sombra, cheirando a terra úmida e árvores, tomada pelo ruído sonolento das criaturas na vegetação. Uma parte dela queria ficar: extrair a magia de seu braço, destruir o feitiço de rastreamento e ficar em Céu Termina, que, na última lua, havia começado a parecer uma espécie de lar.

No entanto, Lan já havia passado tempo demais de sua vida se escondendo. Doze longos ciclos, a maior parte ignorando a verdade sobre seu reino, baixando os olhos e se curvando para os elantianos, enquanto amigos, entes queridos e outras pessoas à sua volta morriam. Era hora de parar de correr. Era hora de encarar a verdade do que quer que sua mãe a tivesse deixado. Com o coração na garganta, Lan seguiu Zen.

Passar pelo selo de divisa era como passar um ponto em que o ar era mais denso. O qì se tornou um redemoinho em tons de branco, protegendo seu mundo por um momento. Ao longe, bem à frente no vento agitado, ela viu a forma de uma mulher em meio à neve, pouco mais que um fantasma. Na calada da noite, ouviu os ecos assombrados de uma canção. Figuras se moviam em torno de Lan, mas desapareciam quando a garota tentava olhar diretamente para elas. Pessoas conversavam no limite do alcance de seus ouvidos, vozes familiares e desconhecidas, girando em torno da música... se Lan pudesse avançar na neve... talvez conseguisse chegar até elas...

Algo a agarrou pelo pulso, e Lan se viu sendo puxada para a frente. De uma vez só, a neve, as vozes e a canção desapareceram.

Ela saiu do outro lado da barreira. A mão de Zen permanecia em seu pulso à mostra, o toque da pele dele ao mesmo tempo a firmando e perturbando.

— Acho... — Lan engoliu em seco. — Acho que vi minha mãe.

Os lábios de Zen ficaram tensos, e ele não a soltou. Lan não queria que soltasse.

— O selo de divisa acessa as profundezas do seu coração para compreender suas intenções em relação à escola — Zen explicou. — Ele é mantido pelo espírito dos mestres e grão-mestres que serviram aqui em vida e agora, na morte eterna, a protegem. Desde que a pessoa não tenha más intenções quanto ao lugar, o selo permite que entre.

Lan olhou para trás. Os degraus de pedra haviam sumido, substituídos por um afloramento de rocha coberto de musgos. Não havia mais sinal da escola.

— Agora venha — Zen insistiu. — Temos pouco tempo.

Um selo de portal os levaria até um lugar onde Zen já havia estado, perto da Montanha Protegida. Ele garantiu a Lan que, como ficava a cerca de um dia de distância de Céu Termina, não exigiria muito qì.

Pareceu quase natural enlaçar a cintura dele com os braços e pressionar com delicadeza a bochecha contra seu peito. Lan sentiu os dedos de Zen tocarem suavemente as costas dela. Então ele levantou a outra mão. As energias em volta se movimentaram ao chamado do rapaz.

– Zen – Lan disse, inclinado a cabeça para olhar para ele. – O que você vê quando passa pelo selo de divisa?

O selo de portal brilhou na noite, com chamas pretas envoltas em prata. Zen segurou a cintura de Lan com mais firmeza enquanto ele terminava de traçar.

– Pãezinhos com recheio de porco – Zen respondeu, e os dois caíram para a frente. Tudo em volta perdeu o foco, as árvores se ergueram, o chão se deslocou e o céu se agitou no tempo que alguém levaria para inspirar.

Quando tudo voltou a se ajeitar e o clarão de energias baixou, os dois se viram em uma trilha de terra em meio a uma floresta verdejante.

Zen olhou para Lan.

– Aqui estamos – ele anunciou, observando o entorno. – Passei por este lugar uma vez, ciclos atrás. Você sabe aonde ir ou o que está procurando aqui?

Devagar, Lan fez que não. Não tinha ideia de por onde começar.

Zen inclinou a cabeça e começou a falar:

– Nunca subi a Montanha Protegida, mas sei que tem um vilarejo ao pé dela. Pode ser um bom ponto de partida. Acho que é por aqui.

As árvores ficaram esparsas e uma estrada de terra surgiu sob seus pés. Através das copas das árvores, eles conseguiam ver a silhueta irregular de montanhas um tom mais escuro que a noite.

O pái'fāng apareceu de repente, no meio da floresta, os pilares de pedra do portão brancos como osso ao luar. No passado, talvez tivessem caracteres, porém as superfícies haviam sido desgastadas pela ação implacável do clima, suas mensagens roubadas pelo tempo. Uma placa continuava legível acima da estrada: *Vilarejo das Nuvens Caídas*.

Um vento frio soprou, espalhando cascas de árvores enquanto os dois passavam pelo pái'fāng e pegavam uma rua de casas com paredes de barro e telhados de duas águas, os beirais se curvando para baixo para que a água escorresse na época de chuvas. Quanto mais longe iam, mais evidente ficava que o vilarejo havia sido abandonado. Havia janelas escancaradas, às vezes com o papel rasgado; algumas portas abertas faziam os destroços lá dentro parecerem costelas expostas.

Lan estremeceu. Algo putrefazia ali – algo permeava o ar e as energias. Sentindo seu desconforto, Zen se virou para ela.

– A energia yīn é forte aqui.

Lan abraçou o próprio corpo.

– O que isso indica? Mais espíritos?

– Não necessariamente. Você se lembra de quando falamos da composição do qì? – Zen uniu as duas mãos, curvando uma sobre a outra. – À nossa volta, os elementos naturais estão em constante movimento, sendo criados e consumidos em um ciclo infinito. A água permite que a madeira cresça, a madeira alimenta o fogo, o fogo dá origem a terra e assim por diante. O mesmo ocorre no espectro yīn e yáng: ambos estão em constante mudança, passando de um a outro. Os problemas surgem onde uma das energias é excessiva. Houve muita morte aqui. Morte não natural, marcada por dor, medo e agonia. Isso resultou em um acúmulo de yīn. Consegue sentir?

As nuvens se deslocaram no céu, permitindo que uma luz branca e fria banhasse a cena. Mais para o lado, algo cintilou.

– Consigo. E acho que sei por que – Lan disse, e apontou.

O bracelete de prata estava parcialmente enterrado no chão. Zen o limpou, revelando a gravação de uma coroa com asas. Uma brisa agitou seu cabelo e fez seu qípáo esvoaçar enquanto o avaliava.

– Elantianos – ele concluiu em voz baixa.

No entanto, a atenção de Lan já estava concentrada em algo diferente. Algo tão vago que a princípio ela achara que era o vento. Mas era uma música.

Que os deuses a façam ouvir a música da ocarina, a mãe havia pedido.

Lan se virou na mesma hora, sentindo o gelo se espalhar por suas veias. Era o sinal que estava procurando.

– Tem alguém tocando música. – Ela não reconheceu a melodia, porém sentia que já a havia ouvido, como um sonho quase esquecido. – Está ouvindo?

Zen endireitou o corpo e franziu a testa. O bracelete de prata permanecia em sua mão.

– Não – ele respondeu.

– Ouça! – Lan agarrou a manga dele e inclinou a cabeça na direção da música. – É uma ocarina. Nunca ouviu uma? Parece... parece uma flauta. Mais ou menos.

Ela fechou os olhos e começou a tamborilar o ritmo no braço de Zen.

Lan sentiu o toque de Zen em seus dedos e abriu os olhos para encará-lo. Ele a observava com as sobrancelhas ligeiramente franzidas.

– Acho que não consigo ouvir – ele disse, devagar.

Lan estremeceu. Uma canção que só ela podia ouvir... As palavras da visão que havia tido na Floresta de Jade retornaram a ela. *Escondido atrás de um selo de divisa, na Montanha Protegida, há algo que só você pode encontrar.*

– Sei aonde ir – Lan afirmou.

Ela começou a andar, seguindo a música através das ruas desertas, as casas de ambos os lados, antes repletas de luzes e risadas, silenciosas e abandonadas. Um vilarejo inteiro havia sido exterminado, como muitos outros, por todo o Último Reino. Zen se manteve próximo a Lan, com a mão no cabo da Fogo da Noite.

A música incorpórea ficou mais alta, e Lan teve a sensação de que de alguma forma tinha encontrado o caminho de casa. As notas dedilhavam as cordas correspondentes em seu coração.

– Veja.

Ela se sobressaltou quando a voz de Zen rompeu o transe. À frente deles havia uma fileira de silhuetas: altas e claras, com os braços abertos balançando ao vento.

O coração dela pulou para a garganta.

– São davídias – Zen disse, e Lan se deu conta de que o medo repentino a havia feito agarrar a manga dele. Conforme se aproximavam, a ilusão dos fantasmas altos e brancos deu lugar a árvores floridas, os membros pálidos e cabelos se transformando em galhos cobertos de flores brancas em forma de sinos.

Zen parou diante de uma árvore e levou um dedo a uma pétala.

– São conhecidas como árvores-fantasma – ele murmurou. – Florescem no verão. Ver flores tão tarde assim neste ciclo é... incomum.

Além das davídias havia um muro de pedra com a tinta carmim desbotada e arranhada, descascando em alguns pontos. A música que chamava Lan chegava por cima dele.

– Ali – a garota falou.

Um portão se encontrava em um buraco na fileira de árvores que mais pareciam sentinelas. Aquilo devia ter sido uma casa influente, na qual todos os detalhes da sorte e do fēng'shuǐ haviam sido cuidadosamente observados e transformados em arquitetura. Havia portas vermelhas pesadas sob um arco de pedra decorado com desenhos dos quatro deuses-demônios – tigre, dragão, fênix e tartaruga –, em torno de uma placa que dizia: *Yòu Quán Pài*.

Zen respirou fundo.

– A Escola dos Punhos Protegidos – ele sussurrou. – Era para cá que você queria vir?

A garota olhou para Zen. Ele parecia pálido ao luar, uma figura quase monocromática, de olhos tomados por chamas pretas e arregalados em reverência.

Lan sabia que a Escola dos Pinheiros Brancos era a única das Cem Escolas que havia sobrevivido à Conquista. No entanto, era diferente ver com os próprios olhos as ruínas do que no passado fora um lugar de prestígio e poder.

Olhando para a casa antiga, ela teve a impressão de que o tempo começou a andar para trás, como se a história da grandeza em ruínas fosse contada de trás para a frente, com os arranhões na porta sumindo, as marcas na parede se preenchendo, os escombros nos portões desaparecendo.

Lan deu um passo à frente e os doze ciclos entre ela e as palavras da mãe pareceram sumir. Era como se tivesse 6 ciclos de novo e fosse cheia de coragem e esperança no futuro. Em seu destino.

Ela estendeu a mão para as maçanetas, um par de cabeças de leão de bronze. Os portões não cederam.

– Trancada.

Zen ergueu a mão.

– Afaste-se.

Ele traçou um selo no ar, seus dedos se movendo de maneira certeira e rápida. Lan identificou os caracteres para madeira divididos ao meio por metal. As energias em volta se agitaram. Então veio o ruído de algo estalando do outro lado do muro. Em seguida, como se puxadas por fantasmas, as portas vermelhas se abriram.

E a música parou.

18

Na morte, tanto o corpo quanto a alma retornam ao curso natural do qì neste mundo e no próximo. É de uma tristeza indescritível quando uma alma permanece presa neste mundo como um eco, devido a um assunto pendente que não tem como resolver.

Lím Sù'jí, invocador de espíritos imperial, *Clássico da morte*

O pátio era uma fossa de energias espirituais. Zen as sentiu, perdurando nas sombras e apodrecendo em cantos escondidos, assim que atravessou as portas. Era por aquele motivo que o yīn provocava medo nas pessoas comuns – o que era muito compreensível. A energia demoníaca e outras energias espirituais eram constituídas apenas de yīn, o que significava que com o tempo ele havia se tornado sinônimo do lado oculto e sombrio da magia.

Em algum lugar mais à frente, houve um vago movimento no qì – tão sutil quanto o toque de um dedo em uma corda, porém já era o bastante para Zen sentir. Ele estreitou os olhos, tentando enxergar além das fileiras de salgueiros se curvando e lamentando à brisa da noite. O pátio estava vazio, porém havia algo nele.

– Ali dentro – Lan disse, apontando para a casa do outro lado do jardim.

Mais acima, a lua e as estrelas tinham sido cobertas pelas nuvens. Zen percebeu Lan contendo um calafrio atrás dele. Teve vontade de estender a mão para ela.

Entretanto, em vez disso, Zen ergueu a mão e disse, muito baixo:

– Fique atrás de mim.

Ele começou a andar na direção da casa.

Um vento frio fazia as folhas caídas do outono alçarem voo no jardim, seus ossos secos fazendo barulho ao raspar o piso. Estranhamente, o lugar parecia imaculado, como se o tempo e a Conquista o tivessem mantido tal qual era. Zen mexeu a cabeça. Tinha a sensação incômoda de que havia algo que estava deixando escapar, que não estava vendo. Algo parecia estranho, deslocado…

Segundos depois, ele descobriu do que se tratava: havia uma única cadeira de bambu diante das portas da casa, sob uma fileira de davídias. Estava vazia, no entanto as sombras que caíam sobre ela pareciam mais escuras que o restante, como se houvesse algo invisível sentado ali. Observando. A escuridão era tanta que ele quase – *quase* – não viu o fú. Zen estendeu um braço.

– Pare – ele avisou, tarde demais. Lan vinha andando perto dele; ela tropeçou e se segurou, porém não antes de um dedão tocar a linha desbotada de sangue em que o selo fora escrito.

Zen pegou um ombro dela e a puxou para trás, mas o estrago estava feito. Onde o pé dela havia entrado em contato com o fú, um brilho carmesim começou a ganhar vida nos traços no chão, como se pegasse fogo.

O clima no pátio se alterou na mesma hora. O peitoril das janelas congelou, assim como as botas de ambos. Um vendaval repentino se formou, uivando e avançando feito uma matilha de lobos invisíveis. Zen ouviu Lan gritar; ele a puxou e a colocou atrás de si. Com a outra mão, pegou seu próprio fú da algibeira de seda preta. O selo escrito foi ativado com uma faísca do qì dele, o papel consumido em um clarão de chamas pretas. O vento que vinha na direção deles foi cortado e morreu com um grito inumano.

Quando as chamas se dissiparam, a cadeira do outro lado do pátio já não estava vazia.

Uma silhueta se formava devagar sobre ela: sombras se reuniam dos recantos do jardim para delinear uma cabeça, um dorso, braços e pernas. Em um momento, uma forma humanoide se erguia da cadeira e se virava para encará-los. Tinha aparência esquelética, a pele seca e azulada caindo sobre os ossos. As órbitas dos olhos afundavam na escuridão, e os globos oculares amarelados se voltavam para a frente, sem movimento ou expressão. Mechas de cabelo preto caíam sobre o rosto magro, e as mangas compridas e a saia do hàn'fú se acumulavam em volta. Daquela vez, não havia dúvida.

Mó. Demônio. A mais assustadora e rara classe de criaturas sobrenaturais. Os praticantes antigos as tinham perseguido, mas o treinamento de Zen se dera após a Conquista, quando a prioridade dos sobreviventes era outra. Zen olhou para o fú em que tinham sido pegos, para a escola de prática em que se encontravam, e sentiu suas entranhas se revirarem.

Um mó de uma pessoa comum já era excepcionalmente difícil de enfrentar, porém aquele... aquele podia ser um mó nascido da alma de um praticante. De alguém com grande controle sobre o qì, que havia passado a vida cultivando seu poder.

Era a segunda vez na vida que Zen via um demônio – e a primeira vez em que teria que lutar com ele.

Zen puxou a espada e estendeu a mão direita à frente do corpo, sentindo o qì se acumular na ponta de seus dedos.

– Fique aí – ele ordenou a Lan por cima do ombro.

O demônio atacou, e Zen se posicionou para enfrentá-lo.

Para derrotar um mó, era preciso compreender os princípios por trás de sua composição: um excesso de energias yīn, envolvendo ira, ruína e um assunto pendente em vida. Aliadas a um ser poderoso e já bem versado no manejo do qì – um praticante –, tais energias transformariam seu núcleo em algo especialmente perigoso e demoníaco.

Destruir um mó envolvia desfazê-lo, equiparando suas energias yīn a energias yáng com uma injeção de qì exclusivamente yáng.

Zen pegou um selo de dissipação enquanto corria e invocava o qì à sua volta. As energias yáng dos elementos se entrelaçaram de maneira harmônica – e se afiaram em lâminas para golpear e perfurar. Ele havia estudado aquilo na arte dos selos, assim como os princípios das criaturas sobrenaturais; na teoria, sabia o passo a passo para dissipar um mó.

O selo que Zen havia criado ardia nas pontas dos seus dedos; em vez de soltá-lo, Zen o pressionou contra a espada. Diferente do yāo da floresta, um mó era um ser senciente, inteligente. Eles sabiam lutar.

Se usado de maneira incorreta, o selo seria rebatido.

A espada de Zen cintilou, aço preto com caracteres antigos gravados ganhando vida com as energias do selo. A Fogo da Noite, uma das poucas relíquias de família que Zen ainda possuía, fora forjada pelo maior ferreiro do norte do Último Reino, e imbuída da essência do fogo e do calor.

O demônio girou no ar, golpeando com suas garras verdes de podridão, seu cabelo escuro parecendo pedaços de corda saindo do couro cabeludo irregular. Quando ele abriu a boca cheia de dentes pretos, soltou um lamento longo e arrastado. Espirais violentas de energia yīn emanaram dele, invisíveis aos olhos, no entanto, atingiram Zen com um turbilhão de medo, raiva, ódio, desespero e trevas.

A dois passos do ser, Zen enviou uma rajada de qì para os calcanhares. Ele deu um pulo, e com a técnica das Artes Leves foi mais alto, mais longe e mais rápido. Seu qípáo se abriu e ele arqueou as costas, usando o impulso para passar por cima do demônio, com o braço da espada estendido.

A Fogo da Noite tirou sangue preto-esverdeado, manchando o piso. Um cheiro amargo se espalhou no ar. Zen aterrissou e se virou. À sua frente havia um demônio que ainda não fora vencido.

A espada deixara um corte claro no peito da criatura. No entanto, diante dos olhos de Zen, torrentes de energia yīn preencheram a ferida como sombras, sufocando a luz do selo de dissipação até que ela se extinguisse.

O mó baixou a mão e Zen sentiu o golpe forte das energias yīn bem no peito.

Ele cambaleou e tossiu um líquido quente e cheirando a cobre, que escorreu pelo queixo enquanto seu qì se agitava em um turbilhão em seu interior, confuso com o ataque demoníaco. Sua mente girava; ele balançou a cabeça para clarear os pensamentos.

Havia usado o selo certo. Injetara-o na espada e golpeara o mó – desde que o selo de dissipação entrasse em contato com o demônio, uma única incisão deveria bastar.

Então o que ele havia feito de errado? Um rugido cortou o ar. Zen levantou a cabeça bem quando o demônio se agachava para saltar de novo. Dessa vez, quando Zen ergueu a Fogo da Noite, estava totalmente despreparado.

Houve um lampejo de seda clara e cabelo escuro. Uma figura diminuta e rápida se colocou entre ele e o mó.

Lan ergueu o braço. O tempo pareceu desacelerar enquanto ela desenhava no ar: um traço que remetia a madeira, passando pelos caracteres para metal e terra, em uma estrutura quadriculada, então os arcos de defesa em cima. Ela preparava o selo de escudo de proteção que Zen havia lhe ensinado durante a viagem, apenas duas semanas antes.

E fazia aquilo com movimentos absolutamente fluidos, como se o usasse havia ciclos. Recorria a diferentes elementos nas energias, como uma tocadora de alaúde experiente, como se tivesse um pincel nas mãos.

Zen ficou observando admirado enquanto Lan concluía o selo em um piscar de olhos, o fim do círculo encontrando o início para encerrá-lo.

Ele ganhou vida, cintilando em prata mesmo na noite sem luz. Ouviu-se o som de algo quebrando quando a terra, as árvores, o metal nas estruturas em volta saltaram em defesa deles, respondendo ao chamado do selo e formando uma barreira.

O mó gritou e parou no lugar.

Zen teve que controlar o choque enquanto sua mente se esforçava para compreender por que seu próprio selo de dissipação não havia funcionado. Ele passou rapidamente por ciclos de aulas e teorias.

Mó: uma alma presa em uma morte imortal, fermentando em energias yīn negativas de fúria e má vontade. O yīn tinha que ser equiparado pelo yáng: com âncoras no mundo físico em volta, que ele havia escrito em seu selo, fundamentado nos elementos... e os *sentimentos* de yáng para balancear a cólera do demônio. A *vontade*, mestre Gyasho sempre dizia, *é o ponto principal do selo. Um selo sem vontade é como um corpo sem alma.*

A vontade de vencer o mó envolvia paz. Alegria. Amor. Tudo o que tornava o mundo digno de ser habitado, a vida digna de ser vivida. Tudo o que separava os vivos dos mortos.

O mó atacou com seu próprio qì. Detritos explodiram por todos os lugares ao atingir a barreira. Lan gritou, e Aquela que Corta as Estrelas cintilou quando foi arremessada no ar.

Zen se moveu antes mesmo de pensar, projetando o qì para as solas dos pés. Em um segundo, estava ao lado de Lan. Ele a pegou antes de cair e manteve-a junto de si enquanto os resquícios do escudo caíam em volta de ambos. Zen sentiu um nó inexplicável na garganta. A expressão nos olhos de Lan enquanto traçava o selo – ele já a havia visto, na casa de chá, enquanto o mundo ruía em volta dela; e de novo na clareira, quando ela havia se virado para encarar o exército elantiano, uma garota pequena em um vestido rasgado, armada apenas com uma faca de manteiga.

É a primeira vez que vê um massacre?
Não.

Era a expressão de alguém que havia perdido tudo, porém continuava lutando. Uma expressão que Zen conhecia de maneira tão íntima quanto se visse um reflexo de seu próprio passado.

Os bons modos, o decoro, os costumes e os códigos que se danassem – uma chama se acendeu no coração de Zen, e ele deixou que se espalhasse. Seu braço a segurou com mais força, envolvendo a cintura da garota. A respiração dele falhou quando Lan respondeu enterrando o rosto em seu pescoço e descansando as mãos em suas costas.

Ele olhou para o mó, e sua mente se afiou como a lâmina de sua espada. Zen compreendeu o que havia faltado ao selo de dissipação. Embora não acreditasse que fosse reencontrar a paz, a alegria ou o amor, naquele momento, ele encontrou um sentimento feroz que chegava perto disso.

É dever dos poderosos proteger quem não tem poder.

Zen inclinou o rosto, com a bochecha roçando na têmpora de Lan e nos fios de cabelo macios. Sentiu as batidas do coração dela pulsando junto às batidas do seu próprio, o subir e descer rápido do peito de Lan ao respirar. Lan estava lhe confiando sua própria vida.

A constatação daquilo foi como um raio; se espalhou pelas veias do rapaz e o incendiou.

Zen pegou o selo, e daquela vez o qì fluiu da ponta de seus dedos para a Fogo da Noite feito um rio grandioso e imutável. A jiàn cintilou com uma bifurcação na crista central: metade na escuridão, metade na luz.

O mó pulou na direção deles e Zen ergueu a Fogo da Noite.

Ele sentiu o impacto quando a ponta atingiu o peito do demônio. O selo de dissipação se infiltrou no corpo da criatura e começou a queimar.

O efeito foi instantâneo. Zen teve a impressão de que via uma pintura desbotada sendo restaurada. A pele caída e verde-azulada recuperou a maciez e a vida, adquirindo uma cor agradável; as vestes sujas e ensanguentadas se reverteram a um tecido liso como seda; a expressão ríspida do demônio se esvaiu até estarem ambos olhando para um homem bonito, de rosto sereno. Ele usava as vestes claras de um estudioso, com nuvens amarelas e laranjas bordadas perto da barra. O cabelo era comprido e preto, liso feito tinta escorrendo.

Zen soltou o ar ao notar a faixa na cintura da aparição, que lhe conferia seu status.

Grão-mestre. O núcleo daquele mó havia sido o grão-mestre da Escola dos Punhos Protegidos.

Zen se afastou de Lan e embainhou a espada. Um nó se formou em sua garganta enquanto ele se ajoelhava e apoiava as palmas à sua frente no chão.

– Shī'zǔ – Zen disse. – Grão-mestre.

O homem – o eco de sua alma – inclinou a cabeça e, sem dizer nada, começou a desaparecer, seu brilho pálido se reduzindo até que as faíscas foram levadas por um vento repentino, e então não havia mais nada além do silêncio de um tempo havia muito passado.

Zen permaneceu onde estava, prostrado aos pés de uma alma libertada dos grilhões daquele mundo. O ardor das lágrimas havia congelado muitas vezes em seu peito. Por baixo da crosta, havia o abismo da raiva. Os elantianos haviam feito aquilo.

Sentiu um toque suave em seu ombro, e uma voz feito sinos de prata soou.

– Zen?

Ele se endireitou. Lan o observava, com a expressão cautelosa.

– Ele... ele era um praticante demoníaco? – Lan perguntou afinal.

– Sim – Zen confirmou, com a voz rouca.

– Shàn'jūn me disse que, para pegar o poder de um demônio emprestado, é preciso dar algo em troca – ela falou, baixo. – Em geral, uma parte do corpo físico. Mas como... como esse grã-mestre *se tornou* o demônio?

Falar o deixava enjoado, porém Zen o fez mesmo assim:

– Demônios menores costumam aceitar partes físicas como pagamento. Os mais poderosos, no entanto, querem algo mais valioso. Algo que contribuirá com seu núcleo de energias e fará seu poder crescer, ancorando-os neste mundo. – Ele fechou os olhos. – Talvez este grão-mestre tenha entregado sua alma ao demônio, fincando ambos a este lugar. Por isso os dois se tornaram um só.

– Temos que seguir em frente – Lan sussurrou. Quando os olhos de Zen voltaram a se abrir, ele percebeu que a jovem o observava, os olhos brilhando como seixos pretos. – Aquele mó... ele era o grão-mestre desta escola. E ancorou a própria alma neste lugar, misturando-a com algo tão... tão deturpado... – Lan estremeceu e desviou o rosto. – Só pode ter sido para guardar algo precioso. Algo que ele não queria que caísse na mão dos elantianos. – Ela fez uma pausa, depois prosseguiu, falando ainda mais baixo: – Talvez a mesma coisa que minha mãe morreu protegendo.

Zen olhou para a cadeira vazia. Pensou no selo escrito a sangue no chão e no vilarejo arruinado. No bracelete de prata em sua algibeira, com o símbolo dos feiticeiros elantianos.

Ele teve a sensação de que havia mais naquela história do que imaginavam. O ar no pátio estava denso e repleto de correntes de qì entrelaçadas em selos, alguns tão antigos que haviam penetrado a construção e as raízes no solo; alguns mais recentes, pulsando de maneira mais suave. Zen levou a mão à algibeira de seda e pegou três incensos. Com um selo rápido, ele os acendeu; a luz e a fumaça doce causaram uma mudança bem-vinda na escuridão em volta.

Os dois avançaram na direção oposta à fumaça, até uma casa lateral, a oeste. A velha porta de madeira, cuja tinta descascava, estava trancada.

Lan se colocou na frente de Zen e levou um dedo à madeira.

– Tem um selo aqui, feito basicamente de madeira – ela murmurou, e olhou para ele como uma discípula à espera da aprovação do mestre. – Madeira e metal. Entremeados em um padrão complicado. Com yīn e yáng equilibrados.

Zen tentou não demonstrar admiração. Em geral, um discípulo precisava de luas de meditação e treinamento para começar a discernir os elementos no qì à sua volta, e um ou dois ciclos antes de produzir os selos mais básicos. Para alguém que havia ficado sabendo da existência da prática fazia apenas algumas semanas, identificar os traços nos selos – sem mencionar sua composição e seus *padrões* – era simplesmente um milagre.

– Correto. Agora observe enquanto eu o abro. – Zen levou os dedos à palma dela. Lan ficou imóvel, prestando atenção. Ele perguntou: – Que combinação de elementos você acha que comporia o contrasselo?

– De acordo com o ciclo de destruição dos elementos – ela disse na mesma hora –, o fogo derrete o metal e o metal corta a madeira. Se eu traçasse o selo oposto usando fogo e metal, para romper o metal e a madeira, funcionaria?

– Seria uma maneira de fazer, mas há outras. Os selos podem parecer uma ciência no nível mais básico, porém, quanto mais se aprende a respeito, mais se tornam uma forma de arte. – Ele moveu a mão na dela, tentando não se distrair com o toque da pele de Lan na sua. – Canalize seu qì. Vou guiar os traços.

Era incrível sentir as energias que Lan invocava com precisão, cada uma delas como puxar um único fio de uma tapeçaria. Juntos, eles desenharam o selo, traço a traço, depois o círculo do começo ao fim.

O selo piscou prateado por um momento antes de se dissolver na porta. Por baixo das janelas com proteção contra espíritos, uma faixa de ornamentos se iluminou, as nuvens e os motivos da flora e da fauna brilhando metálicos. Com um clique, a porta se abriu.

Lá dentro, estava escuro e úmido. Um frio sobrenatural permeava o espaço. Assim que Zen passou pela soleira, a fumaça dos incensos serpenteou.

Ele olhou adiante no corredor tomado por sombras que de canto de olho pareciam se mover.

Zen conduziu Lan pelo local, passando pelas portas venezianas com ornamentos intrincados. Era estranho, ele pensou, que não houvesse ali sinais de pilhagem. Armários laqueados de jacarandá cobriam as paredes, com vasos de porcelana e caixas de joia de sândalo em cima. Um altar permanecia imperturbado, e as estátuas dos imortais cintilaram à luz fraca dos incensos quando eles passaram. A voz de Lan saiu quase em um sussurro:

– Por que o yīn é tão forte aqui?

– Porque esta casa está repleta de fantasmas – Zen respondeu. – Sem invocá-los, não conseguimos vê-los, porém os incensos conseguem. A fumaça foge do yīn. – Ele se virou para Lan. As pontas vermelhas dos incensos refletiam nos olhos dela, destacando a curvatura de seus cílios. – Como encontraremos o objeto mais bem protegido nesta casa de mortos, protegido por fantasmas e demônios?

– Encontrando a maior concentração de yīn.

– Precisamente.

Os dois haviam chegado ao fim do corredor. Uma porta vermelha desbotada assomava na escuridão, coberta de pó e teias de aranha, com aldravas em forma de redemoinhos de nuvens.

Zen ergueu os incensos. A fumaça se afastou da porta em uma linha reta.

– Aí dentro – Lan disse, com a voz contendo uma nota de ansiedade misturada com medo.

– Aí dentro – Zen confirmou.

Ela avaliou a porta.

– Outro selo de trancamento?

– Não. – Zen passou a mão pela madeira. – Acho que podemos só...

Ele pegou uma das aldravas de cobre e a soltou.

A batida soou como uma pedra quebrando, e ecoou no ar em volta deles.

Então, devagar, por vontade própria, a porta se abriu.

A câmara que os dois tinham diante de si era grande como uma sala de aula. Parecia estar vazia, a não ser por uma mesa elegante de jacarandá bem no meio.

Havia uma única cadeira ali, de frente para eles.

Zen pensou na cadeira solitária com que haviam deparado no pátio. Daquela vez, no entanto, não havia nenhum selo, nada que ligasse a alma dos mortos àquele lugar além do vago eco de suas pendências.

Ele tinha experiência em encontrar as marcas dos mortos no mundo. Afinal de contas, era o que havia salvado e destruído sua vida treze ciclos antes. Zen se virou para Lan.

– Parece que chegou o momento de outra aula não planejada sobre a classificação das criaturas sobrenaturais. Observe atentamente, pois estou prestes a invocar o fantasma dos mortos para compreender o destino que recaiu sobre a Escola dos Punhos Protegidos.

19

O reino antes da vida, a honra na morte.
Grão-mestre da Escola dos Punhos Protegidos, Era Elantiana, ciclo 2

Zen passou a Lan os três incensos. As pontas queimando eram a única fonte de luz ali, e lançavam um tom de vermelho sinistro sobre a câmara. Um arrepio desceu pela espinha de Lan. Tinha certeza de que estava prestes a erguer um véu que havia sido jogado sobre sua vida desde a invasão elantiana. A morte da mãe, a busca do Feiticeiro Invernal, a canção quase esquecida, o eco da marca dela... Tudo a levara até ali.

Lan observou Zen juntar os dedos.

– Achei que invocar espíritos fosse coisa de um clã determinado.

– Você está falando do clã chó – Zen disse. – Sua especialidade é invocar espíritos, e essa arte da prática passa de geração a geração. No entanto, seus membros ensinaram o mesmo a discípulos que não faziam parte do clã na Escola da Luz Pacífica, ao longo do Primeiro Reino e do Reino do Meio.

– O que aconteceu depois? – Lan perguntou. Ela já tinha uma ideia da resposta.

– Logo no começo do Último Reino, a corte imperial decretou sua ilegalidade. Os imperadores mantiveram alguns poucos invocadores de espíritos do clã na corte e massacraram todos os outros. Tai é o último chó, até onde sabemos. – O tom de Zen apresentava certa dureza. – A regulação teve um motivo: os bem versados na arte da invocação podem encontrar espíritos poderosos e vincular seus poderes aos deles. – O praticante estreitou os olhos. – Acredito que há um fantasma ancorado a esta câmara, mantendo um selo poderoso no lugar. Ele quer alguma coisa. Por isso, vou tentar invocá-lo.

Lan olhou em volta da câmara vazia, escura demais, imóvel demais. De novo, sentiu algo esperando nas sombras. Observando.

— Existe uma maneira de invocar uma alma… do outro mundo?

Os olhos de Zen se abrandaram em compreensão.

— Não – ele disse. – As almas que fizeram a passagem já se foram e nunca poderão ser chamadas de volta. As pessoas acreditam que as almas atravessam o Rio da Morte Esquecida para deixar as lembranças para trás; a verdade é que o qì que formava seu núcleo simplesmente se dissipa, unindo-se ao vento, à chuva, às nuvens e ao mundo à nossa volta. O que Tai fez mais cedo foi ler a marca que o qì da sua mãe deixou quando ela estava neste mundo. Aquilo não passou de um eco, ou de um rastro, do que foi antes. A menos que uma alma esteja presa a este mundo como guĭ ou mó, tudo o que vemos delas são reflexos de quando ainda eram vivas.

Lan desviou o rosto.

— Lan – Zen chamou, com delicadeza, e quando olhou em seus olhos ela teve a sensação de que ele era capaz de ver o que havia dentro de seu coração. – Você deveria ficar feliz que a alma daqueles que amava passou pelo Rio da Morte Esquecida. Uma alma permanecer presa a este mundo depois da morte… é pior que uma eternidade de sofrimento.

Então ele começou a desenhar. Os caracteres daquele selo eram muito mais complicados que quaisquer outros que Lan já o tivesse visto fazer. A maior diferença, ela sentia, estava no qì utilizado. Os elementos naturais estavam presentes, porém, pela primeira vez, as energias yīn os superavam. Elas passavam depressa por Lan, como correntes de água preta e fria, e se juntavam ao selo. A garota conseguia identificar os traços principais – os princípios fundadores. Um lado yáng, representando o mundo deles, o mundo dos vivos e da luz; o outro lado yīn, representando o mundo dos mortos, das almas e carniçais. No meio, havia uma barreira os separando.

Zen cortou a barreira com um traço e fechou o selo. Lan viu que os caracteres tinham a forma de um único olho gigantesco, envolto em fogo. Que pulsava.

A câmara respondeu. Conforme as chamas pretas do selo de Zen varriam o chão, um vendaval se formou, frio, cheirando a ossos e destruição. A ponta dos incensos – ou do que restava deles – se apagou. No entanto… havia luz. Uma luz suave e branca, afugentando a escuridão como se uma camada do mundo tivesse sido arrancada e dado lugar àquilo. Um eco, uma marca. Figuras começaram a se mover por toda a volta, ao mesmo tempo compartilhando e não compartilhando o espaço com eles. Vozes ganhavam e perdiam volume, com o ímpeto de uma corrente invisível de dias, luas, ciclos e dinastias passadas.

Finalmente, a luz sem luz se ajustou, e todo o resto desapareceu, a não ser por uma figura empoleirada na cadeira vazia. Era uma mulher, com o cabelo penteado para trás, trançado e preso em um coque, o qípáo se derramando feito água ao luar por todo o comprimento de suas pernas. Ela parecia estar dormindo, com um braço apoiado no armário de jacarandá, a bochecha apoiada no pulso.

Ela se mexeu, bem quando se ouviu uma porta se abrindo atrás de Lan. A garota se virou para olhar, porém a porta da câmara permanecia como a haviam deixado.

— Ah — Zen soltou, baixo. — É uma lembrança. — Quando olhou em sua direção, Lan ficou impressionada com quão sólido e cheio de vida ele parecia em comparação com a mulher. Zen prosseguiu: — Este guĭ escolheu se comunicar conosco através de uma lembrança.

— *Mestra Shēn Ài.*

Uma voz masculina suave cortou o espaço e o tempo, reverberando de leve, como se vinda de um sonho distante. A mulher — a mestra — se levantou. Devia ter mais ou menos a idade que a mãe de Lan tinha quando morrera.

— *Ela está aqui?*

Sua voz era encantadora, ainda que desbotada feito uma rosa cor de ferrugem.

— Não. — A palavra caiu com o peso de um machado. Depois de uma pausa, ele disse: — *Não acho que ela virá, Ài'ér.*

Os lábios de mestra Shēn tremularam.

— *E meu irmão...?*

— *O governo imperial caiu. Estamos sozinhos.*

Mestra Shēn levou a mão à boca. Ela fechou os olhos como se para se controlar.

— *E a filha deles?*

Lan teve uma premonição repentina e arrepiante, que lhe roubou o ar.

— *Os invasores chegaram a Sòng dà'yuàn já faz dias. Todos os relatórios que recebemos por pombo-correio dão conta de que sobreviventes não foram encontrados.*

Lan não conseguia respirar. O cômodo parecia se distorcer diante de seus olhos, as sombras se curvando e balançando. Neve branca. Armadura azul. Sangue vermelho. As cordas de um alaúde de madeira, quebradas com tanta facilidade quanto os ossos da mãe...

— *Isto chegou para a senhora, do palácio imperial de Tiān'jīng* — o homem prosseguiu.

Quando Shēn Ài voltou a abrir os olhos, eles estavam claros. Seu rosto estava sob controle. Ela se endireitou e atravessou os aposentos.

A câmara se iluminava para acompanhá-la, o entorno se alterando como se ela segurasse a vela fraca que oferecia uma visão para outro mundo, outra época. Estantes de livros surgiam, lotadas de pergaminhos e livros. As paredes se enchiam de pinturas retratando rios e montanhas, pagodes e pavilhões, florescendo na caligrafia de poemas agora perdidos. Esteiras de bambu se desenrolavam no chão, com frascos de tinta e rolos de papel de arroz ao lado. Aquilo já fora uma sala de aula que resplandecia conhecimento, história e cultura. No entanto, quando a luz sem luz de Shēn Ài desaparecia, tudo ia junto, restando apenas as paredes e o chão vazios.

Ela parou à porta, que também se modificou, com a tinta descascando de repente voltando a ser brilhante e vívida. E no batente...

Lan inspirou fundo. Sentiu a mão de Zen roçar sua manga: tanto para reconfortá-la como para questioná-la. O coração e a mente dela estavam em queda livre quando Lan estendeu a mão por instinto na direção dele. Os dedos de Zen, queimando em comparação com os dedos gelados dela, se fecharam nos seus.

O homem na lembrança era o grão-mestre da escola. Ele estava à porta, usando as mesmas vestes de seda que tinham visto em seu espírito no pátio, alto, vivo e totalmente humano. Nas mãos, tinha uma caixa de madeira laqueada incrustrada de madrepérola.

Lan e Zen se aproximaram e observaram com cautela Shēn Ài a pegando dele e abrindo a tampa.

– Um xūn? – ela perguntou, olhando para o grão-mestre enquanto tirava um lenço de seda vermelha de cima para revelar o que parecia ser um ovo preto e grande feito de cerâmica esmaltada. O ovo tinha várias colunas de buraquinhos, e na superfície, incrustrado de madrepérola, o desenho de uma flor de lótus branca.

Lan sentiu que o mundo todo entrava em foco. *Que os deuses a façam ouvir a música da ocarina*, sua mãe havia dito, e a garota soube imediatamente que tudo aquilo – o selo, a canção, a marca da mãe – a havia levado ao objeto que o fantasma protegia.

A mestra Shēn levou a ocarina aos lábios e soprou. Nada.

O grão-mestre da Escola dos Punhos Protegidos inclinou a cabeça, perplexo.

– *Uma ocarina que não toca* – ele comentou.

Shēn Ài voltou a embrulhá-la com cuidado com o lenço de seda vermelho e guardá-la na caixa. Lá de dentro, ela tirou um bilhete escrito em papel de arroz e leu.

Os mapas nela estão contidos.
Quando for o momento certo,
Esta ocarina cantará pela Ruína dos Deuses.

Fez-se silêncio absoluto de ambos os lados do véu até muito após o eco das palavras de Shēn Ài perderem força.

– O bilhete é de Méi'ér – a mulher falou. – *Ela deve ter escondido os mapas aqui dentro e mandado para que guardássemos, como último recurso.*

O sangue rugia nos ouvidos de Lan. Méi: a flor da ameixeira. A flor que se abria contra todas as probabilidades no frio do inverno. A flor cujo nome a mãe recebera.

– Nesse caso – o grão-mestre disse, em voz baixa –, *devemos esconder a caixa e atender ao último desejo de Méi'ér, impedindo que ela seja encontrada até cantar. Devemos dar nossa vida para protegê-la, se necessário. É o legado da Ordem. Quem for escolhido pela ocarina terá nas mãos a chave do Último Reino... e deste mundo.*

A expressão de Shēn Ài se encheu de determinação.

– Sim, *shī fù*.

Passos soaram, ocos; uma terceira figura irrompeu no cômodo, notavelmente mais jovem, com o rosto tomado pelo pânico.

– *Shī zǔ* – ela disse, ofegante –, *os invasores atravessaram os portões do vilarejo! Nossos discípulos foram derrotados.*

Sombras cobriram o rosto do grão-mestre, que se manteve sério enquanto ele passava a mão pelo punho da espada.

– *Reúna os discípulos restantes e inicie o encantamento do selo de divisa. Seguirei logo atrás. Vá.* – Quando a discípula desapareceu, ele se virou para Shēn Ài. – *Posso lhe conseguir uma batida de sino no máximo. Conseguirá cumprir esta última tarefa?*

Diante da morte, a expressão dele continuava sendo de serenidade.

– *Shī zǔ.* Grão-mestre. – Shēn Ài caiu de joelhos. Em algum lugar além do círculo de sua luz, as explosões se tornavam mais fortes. Gritos distantes chegavam. Uma única lágrima rolou pela bochecha dela, no entanto sua voz se mantinha constante quando Shēn Ài disse: – *Darei minha vida por isto.*

– *O reino antes da vida, a honra na morte.* – O grão-mestre sacou a espada. – *Que a paz esteja em sua alma, e que você encontre o caminho para casa.*

Shēn Ài se ergueu e levou a caixa junto ao peito. O silêncio era pesado enquanto ela cruzava a câmara até os fundos, cada passo e cada respiração agitando as almas inquietas que descansavam ali.

A mestra ergueu a mão, levou um dedo à parede como alguém levaria um pincel ao papel e começou a traçar. Bastaram alguns poucos caracteres do selo para que Lan ficasse perdida. Ao lado dela, Zen observava com intensa concentração, seus olhos acompanhando cada traço como se os gravasse na mente.

Por fim, quando a mão de Shēn Ài fez um círculo lento e suave, Zen produziu um som do fundo da garganta.

— A arte final — ele murmurou.

Então algo muito estranho aconteceu. A parede se transformou diante dos olhos de Lan, com nervuras aparecendo onde antes era pedra lisa, aldravas surgindo. Dentro de instantes, uma segunda porta apareceu. Acima, uma placa dizia: *Câmara dos Sonhos Proibidos*.

Zen deu um passo à frente. As chamas da curiosidade ardiam em seus olhos.

— É tradição que toda escola tenha uma câmara que guarda sua mais sagrada arte da prática. É considerada a mais alta honra quando os grão-mestres e mestres escolhem um discípulo para entrar nela.

— A Câmara das Práticas Esquecidas da nossa escola — Lan disse, pensando na breve conversa que tivera com Chue no primeiro dia de aula.

Na lembrança se desdobrando, a porta se abriu. Dentro da câmara, havia uma mesa com um único pergaminho. Mestra Shēn deu um passo à frente e deixou a caixa com a ocarina de lado. Depois de uma longa última olhada para a caixa e o bilhete — o bilhete da mãe de Lan —, ela a fechou. Um clique ecoou.

Então a mestra recuou e acenou, o que fez a parede começar a se fechar.

— Não! — Lan avançou na mesma hora, porém Zen a segurou pelo braço e a puxou de volta. — A câmara vai se fechar...

— É apenas uma lembrança — Zen falou. — E sinto que está chegando perto do fim. Não vamos perturbar a mensagem que a mestra Shēn nos deixou.

A cena diante dos dois bruxuleou como uma vela ao vento. Lan piscou e ela já tinha se alterado; uma luz cinza varreu o cômodo com uma maré tumultuosa.

A porta estava aberta, com a luz laranja do fogo tomando conta dos aposentos. Discípulos jaziam mortos na entrada. Do outro lado vinham gritos de puro terror, lamentos e gritos de dor que se cravavam no coração de Lan.

A mestra Shēn se encontrava no meio da câmara. Parecia ter acabado de traçar um selo; ele tremulou no ar, brilhando em azul-claro por um momento antes de se desintegrar. O cômodo todo havia se transformado.

As esteiras de bambu, os frascos de tinta, os pincéis e os papéis de arroz tinham sumido. Assim como as estantes, os séculos de volumes que continham em silêncio as palavras, os poemas e as histórias de todo um povo. A câmara fora despojada de tudo a não ser uma mesa de jacarandá e uma cadeira, que se encontravam no centro.

De perto, chegava o som de pés se adiantando pelo corredor, metal atingindo a madeira do piso da casa lateral antiga. Gritos preenchiam o ar – em palavras estrangeiras familiares demais para Lan.

A mestra Shēn deu um passo adiante. Ao brilho do fogo, era uma figura graciosa e serena, já moldada no ouro do tempo. A adaga em sua mão refletiu a luz quando ela se sentou na cadeira.

– Está feito – a mulher sussurrou no espaço preenchido pela morte, repleto do choro e do grito dos discípulos a quem ela havia ensinado e dos mestres que haviam ensinado a ela. – *O reino antes da vida, a honra na morte. Não falhe conosco, Ruína dos Deuses.* – Lágrimas cintilavam em seus olhos; elas se reuniram em seus cílios quando a mestra os fechou. – *Que a paz esteja em nossa alma, e que encontremos o caminho para casa.*

A lâmina curva de sua adaga abriu um corte vivo em sua garganta.

A luz sem cor se esvaiu, e o fantasma de Shēn Ài desapareceu, deixando a câmara escura e imóvel, como os dois a haviam descoberto. No meio, a mesa de jacarandá e a cadeira permaneciam vazias, sob uma camada de paz, como se Shēn Ài tivesse despertado ali minutos antes.

– Tem alguma espécie de selo. – As botas de Zen começaram a raspar o chão depois que ele deixou seu lugar ao lado de Lan para revistar a câmara, tateando as paredes. – Eu o senti assim que entramos, mas não consigo acessá-lo. – Ele ficou em silêncio por um momento. – Acredito que esteja sendo mantido pelas pendências dos fantasmas que continuam presos aqui. Ligado, talvez, à alma dos discípulos que serviram e morreram neste lugar.

Lan abriu a boca. Quaisquer que fossem as palavras que pretendesse falar, no entanto, lhe escaparam quando outro som preencheu o espaço.

Dó-dó-sol.

Três notas curtas, e um mundo inteiro subvertido. Ela conhecia aquela música. Era a canção que a mãe estava tocando quando os elantianos haviam chegado. De repente, Lan soube o que precisava fazer. Ela respirou fundo e cantarolou. *Dó-dó-sol.* Em resposta. Em confirmação. *Dó-dó-sol*, veio o trinado seguinte.

Lan respondeu de novo, as notas tiradas de seus lábios por uma força desconhecida.

Por *magia. Quando for o momento certo, esta ocarina cantará...*

E ela tocou. As respostas pareciam ter funcionado como uma chave invisível para destravá-la. Música fluiu, e uma melodia solitária ocupou a câmara. Invadiu Lan, inundando sua mente, suas veias e sua alma. Algo dentro dela despertou: algo antigo, um chamado que lembrava seu lar.

Lan rumou para a fonte. A música a levou até a parede – no exato ponto onde, doze ciclos antes, Shēn Ài havia se colocado diante da própria morte e aberto a porta da Câmara dos Sonhos Proibidos. Havia um selo ali. Quando Lan levou a palma da mão à pedra lisa, o frio queimou seus dedos.

Ainda cantarolando baixo, Lan invocou seu qì, e o contrasselo perfeito surgiu em sua mente, completo, íntegro, brilhando prateado. Ela o traçou, com as mãos guiadas pela música. A porta se revelou a ela como havia acontecido com mestra Shēn. Lan a abriu e entrou.

Lá, havia uma mesa com o pergaminho e a caixa laqueada. Lan espanou a camada grossa de poeira de cima e o padrão em madrepérola na tampa cintilou. A música ganhou força.

Lan abriu a caixa e ali estava: a ocarina. A superfície esmaltada resistira ilesa à ação do tempo e à queda de dinastias. A caixa a havia protegido do pó, de modo que o desenho da lótus brilhava como se refletisse o luar.

Um nó se formou na garganta de Lan; ela estendeu a mão e pegou a ocarina.

– "Uma ocarina que não toca" – Zen murmurou, repetindo as palavras que o grão-mestre havia proferido tantos ciclos antes naquela mesma câmara. – O que acha que sua mãe queria que você fizesse com ela?

Lan sabia. A ocarina se encaixou perfeitamente em sua mão, como se tivesse sido moldada no formato de sua palma. Por instinto, ela a levou aos lábios.

Quando for o momento certo, esta ocarina cantará pela Ruína dos Deuses.

Lan soprou. A mais pura nota soou, um floco de neve cristalino no ar viciado da câmara. Ouviu-se um som que parecia o suspiro de um fantasma ao lado de Lan. Então, como uma corda arrebentando, o selo que restava no cômodo se rompeu. Ela ouviu Zen gritar com o estremecimento no qì em volta; sentiu a implosão da rede de energias que Shēn Ài havia manipulado por toda a volta – o selo que Zen estava procurando.

Ele se aproximou de Lan bem quando ela caía de joelhos, debruçada sobre a ocarina. Zen a segurou firme contra a maré de energias yīn que rugia em volta deles, carregando os gritos de uma centena de almas mortas, a dor e a tristeza de um modo de vida perdido. A câmara chacoalhou, a ilusão caindo e se estilhaçando por toda parte e a verdadeira natureza do lugar se revelando. As esteiras de bambu reviradas e destruídas, os frascos de tinta quebrados, os pincéis espalhados como ossos quebrados pelo chão. As pinturas tortas nas paredes, os pergaminhos queimados e reduzidos a cinzas. Cadeiras e mesas viradas, e no chão os cadáveres dos discípulos da Escola dos Punhos Protegidos, agora esqueletos vazios.

Quando a câmara voltou a se ajustar, Lan encontrou a verdade sobre a Escola dos Punhos Guardados diante de si: outro marco hin arruinado pela desolação da Conquista.

– Lan... Lan, olhe para mim.

Ela encontrou os olhos de Zen. A expressão dele estava gélida, similar à que Lan havia visto na noite em que Zen a tirara de Haak'gong. Não havia pena em seu rosto, apenas uma dura empatia.

Não permita que eles vençam hoje.

Lan pensou na mestra Shēn, em sua alma vinculada àquela câmara por doze ciclos para proteger a ocarina. No grão-mestre, reduzido aos grunhidos e à casca inconsciente de um demônio. Nos discípulos cujo espírito havia ficado para trás, na eternidade sem morte de um guǐ.

Em Māma, cujo último ato fora se sacrificar para que Lan vivesse.

E pelo quê?

Quando for o momento certo, esta ocarina cantará pela Ruína dos Deuses.

Ruína dos Deuses. Ela não fazia ideia do que aquilo significava.

Tudo o que Lan sabia era que a ocarina havia escolhido cantar para ela. Que os doze ciclos de busca infrutífera pelo selo que a mãe havia deixado em seu pulso a tinham conduzido até ali. Que uma escola inteira – mestres, grão-mestre e discípulos – dera a vida por aquele momento.

Ela segurou mais firme a superfície lisa da ocarina. Não fora capaz de salvá-los. Nem doze ciclos antes nem agora. Porém não deixaria que aquilo acontecesse outra vez.

Lan cerrou os dentes e enxugou a umidade das bochechas. Então se endireitou e se soltou de Zen.

– Obrigada por ter me trazido aqui – ela disse.

Zen assentiu de leve, batendo os cílios pretos como tinta enquanto a observava.

– Tem alguma ideia do que essa ocarina contém? – ele perguntou.

Lan não tinha – mas não precisou responder.

Houve uma alteração nas energias, com uma presença esmagadora de metal. Então veio o som vago de conversas, palavras longas e ondulantes. O pisar entrecortado de botas contra o piso do pátio lá fora.

Elantianos.

20

**A arte final é o ofício exclusivo de
cada escola de prática, revelado a mais alta honra concedida
por um grão-mestre a seus discípulos.**
O Caminho do praticante, "Adendo: As Cem Escolas"

Zen pegou o braço de Lan.
– Aqui – ele disse, e a puxou para dentro da porta ainda aberta da Câmara dos Sonhos Proibidos, a única área que parecia ter escapado à destruição da Conquista.

Lan resistiu.

– Vamos ficar presos – ela sussurrou.

– Não seremos encontrados – Zen a corrigiu. Quando o selo de ilusão de Shēn Ài fora rompido, revelara a verdadeira forma da sala, incluindo a Câmara dos Sonhos Proibidos e a rede restante de selos nela. – Os selos que escondem a câmara da arte final estão nos próprios tijolos e pedras das paredes. Os elantianos não conseguiram encontrá-la durante a invasão.

Lan pareceu tentar acompanhar o raciocínio antes de ceder. O lugar era apertado, pouco maior que uma latrina, feito apenas para acomodar a mesa com a ocarina – no entanto, Zen nunca havia visto outra câmara da arte final, de modo que não tinha com o que compará-la.

Ele fechou a porta e viu os selos se ativarem, com os traços de seus caracteres brilhando suavemente. Os traços eram de um nível de complexidade avançado demais para Zen. Com a mão na madeira, ele sentiu um selo passando a ilusão de pedra do outro lado, mascarando a presença da porta; alguns outros tinham o intuito de proteger e ocultar. Então, para sua surpresa, Zen encontrou algo que parecia um selo de portal. Ele o estudou por mais um momento e soltou o ar devagar.

– É genial – murmurou. – Eles criaram um selo de portal avançado para transportar esta câmara para outro espaço. Quando a porta se abre, o selo se reverte, e a transporta de volta para ser acessada. No entanto, é quase impossível saber da existência da porta. E ainda mais localizá-la e fazer o contrasselo para abri-la.

Ele não tinha ideia de como Lan havia conseguido não apenas encontrar, mas destrancar aquela câmara da arte final, porém uma coisa estava clara: a resposta para tudo – o yīn em seu qì, a velocidade com que aprendia, as canções que apenas ela ouvia – residia na ocarina.

A escuridão na câmara se abrandou gradualmente, com o fraco tremular do brilho dos selos ativados. As tramas de qì ali eram tão antigas que se encontravam nas fundações da estrutura em si, fazendo os tijolos parecerem cintilar. Diante de Zen, Lan se mantinha com os olhos arregalados, as pupilas dilatadas, a magia dos selos roçando suas bochechas como reflexos na água. Ela estava perto o bastante para que ele sentisse o tecido de seu qípáo o tocando; a mão de Lan continuava agarrando com delicadeza a manga dele.

— Achei que selos desapareciam quando a alma do praticante partia – ela comentou em voz baixa.

— Sim. No entanto, em muitos casos, a trama de qì se aprofunda tanto que um objeto é capaz de reter o selo. Como as fossas de qì que formavam o yāo de bambu com que deparamos. Neste caso, os muros e as raízes desta escola retiveram os selos como partes suas, tornando-se... quase sencientes. É parecido com memória muscular.

Lan levou um dedo à parede cintilante, com certo assombro no rosto. Logo passou.

— Consigo ouvi-los – ela sussurrou, conforme os passos e as vozes ficaram mais altos. — Consigo *senti-lo*. – Lan levou a ocarina ao peito. Zen notou que, com o dedão, ela acariciava o pulso esquerdo. — Acho que... acho que me encontraram por conta do feitiço de rastreamento.

Uma culpa fria desceu pela espinha de Zen. Deixar a proteção do selo de divisa havia sido um erro. A teoria de Ulara era de que o feitiço no braço de Lan permaneceria ativo enquanto fosse preservado. O selo que os mestres haviam colocado apenas enfraquecia seu poder, o que funcionava em conjunto com o selo de divisa. Ao deixar Céu Termina, eles tinham perdido uma das camadas de proteção.

Zen estendeu a mão e a colocou no pulso de Lan com hesitação.

— Os selos nesta câmara abrem uma janela para o lado de fora, mas não para o lado de dentro. Podemos ouvi-los, porém, caso derrubem esta parede, não encontrarão nada além de grama e árvores onde agora estamos.

— Por causa do selo de portal – ela respondeu.

Ele assentiu e levou um dedo aos lábios. Os elantianos haviam entrado na câmara do outro lado.

– ... magia vem daqui – uma voz feminina falou, com uma eficiência militar. Zen apurou os ouvidos. *Magia*. Era como eles chamavam o qì. A mulher era uma feiticeira.

O som da língua elantiana nunca falhava em trazer à tona a velha sensação de náusea e medo em Zen. Preso em um espaço tão apertado, sem ter como sair, sem ter como se defender, e com a maior parte de suas forças exauridas pelo selo de invocação, aquela sensação parecia se amplificar. Zen fechou os olhos e controlou a respiração, procurando se concentrar no vazio, como Dé'zǐ havia lhe ensinado quando as velhas lembranças ameaçavam dar lugar ao pânico.

– Está vazio – outro elantiano comentou. Detritos foram chutados. Então a mesma voz prosseguiu: – Bem, não é difícil ver que nosso Exército passou por aqui há um tempo.

O elantiano deu risada, e o sangue de Zen gelou. O modo como falara, sua entonação leve e superficial, não deixava dúvida: ele estava zombando do massacre de toda a Escola dos Punhos Protegidos.

A bile subiu à garganta, pungente, amarga e queimando. Não precisava ser daquele jeito. Se Zen se permitisse... se permitisse que a parte mais sombria de si mesmo viesse à tona, poderia derrubar pelo menos alguns feiticeiros elantianos.

– Não se deve brincar com esse tipo de coisa – a elantiana disse, séria. – Os cães amarelos praticam magia com a alma de seus mortos. Não queremos invocar por acidente a ira de seus fantasmas.

– Você acredita na baboseira espiritual hin? – o homem zombou. Zen franziu a testa, seu cérebro processando a língua estrangeira com cuidado. Aquele elantiano não devia ser um feiticeiro.

– *Silêncio*.

A palavra cortou a conversa feito um trovão. Lan ficou tensa ao lado de Zen, e ele compreendeu por que a terceira voz lhe soava tão familiar.

Era ele: a liga de Haak'gong. Zen conseguia visualizar o brilho branco de sua armadura, as chamas azuis em seus olhos e seu rosto desprovido de cor. O *Feiticeiro Invernal*, como Lan o chamava.

– Foi até aqui que você a rastreou, Erascius? – A mulher se dirigia a ele com deferência. O outro homem ficou em silêncio. O barulho das botas se arrastando tomava conta da sala enquanto eles procuravam.

Lan soltou um pequeno ruído.

– Achei que sim. – O tom de Feiticeiro Invernal, ou Erascius, era frio e direto, uma extensão de gelo ininterrupto que parecia preencher o cômodo. – A passagem do tempo deixa meu feitiço mais fraco... porém eu acreditava que estava... *perto*.

Enquanto ele falava, sua voz se aproximava cada vez mais do ponto onde os selos escondiam a Câmara dos Sonhos Proibidos – e, nela, Zen e Lan.

– Acha que podem ter prejudicado seu feitiço? – a mulher sugeriu. – Você mesmo disse que sentiu uma desconexão antes que o rastro retornasse. E se for uma armadilha?

Um silêncio amargo se seguiu.

– Tem feitiços aqui? Eles poderiam estar escondidos?

Lan abraçava o próprio corpo, fechando-se sobre si mesma. Seus olhos, no entanto, se mantinham arregalados.

A imagem atingiu fundo o coração de Zen. Ele conhecia a sensação de estar impotente diante da violência. Afinal, encontrara-se no lugar de Lan treze ciclos antes, diante de um grupo diferente de soldados, com flâmulas do dragão e armaduras douradas.

– Você disse que a garota tem algo que deseja? – o outro elantiano perguntou.

– Seria de esperar que sua majestade mandasse um capitão mais capacitado para trabalhar conosco – a mulher desdenhou.

– Lishabeth – Erascius disse –, o capitão Timosson e sua companhia estão nos acompanhando em uma parceria recente. Aconselho ter paciência, uma vez que nem todos estão familiarizados com as informações e o funcionamento interno dos feiticeiros reais.

– Sim, Erascius.

– Capitão Timosson. – Havia uma graça gelada na maneira como Erascius falou. – Para manter um império do tamanho de Elantia no poder, é preciso ordem em todos os níveis. Lishabeth e eu fomos designados pelo governador, sob ordens diretas de sua majestade, o rei Alessander, que os anjos sustentem seu nome, para estabelecer um posto avançado nas Planícies Centrais. Esta região do Último Reino permaneceu ilesa por tempo demais. No passado, acreditávamos que não continham nada além de florestas e tundras... no entanto, o confronto recente com dois praticantes em Haak'gong nos levou a acreditar que não era o caso. Especialmente considerando que eles desapareceram nesta região. – Ele ficou em silêncio por um momento. – Acredito que ainda exista um... ninho organizado de praticantes hin que escapou à nossa atenção. E acredito que estejam se escondendo nas Planícies Centrais, em algum lugar aqui perto... bem debaixo do nosso nariz.

Zen parou de respirar. A liga estava falando *deles*, do ocorrido em Haak'gong. Ao salvar Lan, Zen havia confirmado a existência da Escola dos Pinheiros Brancos.

Após um momento, uma segunda voz – a do capitão Timosson – falou:

– Isso eu entendi – ele disse, um tanto rude. – Agora que nosso poder foi estabilizado no litoral leste, estamos expandindo para o oeste. Com mais recursos, teremos mais controle.

– Mas você não entendeu por que esta missão é vital – Erascius afirmou, com frieza. – Se ainda existe uma ordem de praticantes hins, o governo elantiano poderia muito bem se ver ameaçado no futuro. Você não conhece os poderes deles; não sabe da magia de que são detentores, uma magia que parecem tirar da terra, de uma maneira que nós, os feiticeiros reais, não somos capazes. Uma magia a respeito da qual podemos aprender com o intuito de contribuir com a civilização elantiana e continuar promovendo nossa expansão pelos oceanos. Uma magia tão antiga quanto o tempo, o que os torna tão poderosos quanto *deuses*. E, embora eu não espere que compreenda inteiramente por que esta missão é crucial no controle do rei Alessander sobre esta terra, espero *obediência*.

A última palavra soou feito um chicote estalando no ar.

– Sim, senhor – Timosson respondeu, sem ar e sem qualquer sinal de descontentamento. – E acha que os encontraremos aqui?

Erascius estava tão próximo da câmara escondida que parecia falar no ouvido de Zen.

– Gostaria de matar dois coelhos com uma cajadada só: encontrar o santuário secreto dos feiticeiros hins... e destruí-los com o poder de seus quatro deuses-demônios.

O corpo todo de Zen congelou.

– Não é possível que você acredite que eles existem – Timosson disse, porém havia uma nota de incerteza em sua voz.

– Eu *sei* que eles existem. Testemunhei o poder deles em primeira mão, no palácio imperial. Eles me escaparam por entre os dedos, e os procuro desde então. Meu centro de pesquisa confirmou minha desconfiança de que os hins se vinculam a demônios para ampliar seu poder. Já vi o poder de um demônio comum. Imagine o que seria possível fazer com o poder de um *deus-demônio*.

Centro de pesquisa.

Zen fez tudo o que podia para manter a cabeça no presente. Ele agarrou os próprios braços – marcados pelas cicatrizes da magia elantiana realizada no centro de pesquisa de que Erascius falava – em uma tentativa de parar de tremer.

– Acredito que chegamos perto de descobrir os segredos deles doze ciclos atrás, com uma praticante imperial hin, porém ela foi bastante resistente. Não tive escolha a não ser matá-la – Erascius falou. – Pensei que se tratava de um beco sem saída, que seus segredos haviam morrido com ela. Foi só quando encontrei algo semelhante à sua magia em Haak'gong algumas semanas atrás que me dei conta de que ela teve uma filha que passou esse tempo todo vivendo bem debaixo do nosso nariz. Agora precisamos encontrá-la.

Uma praticante imperial hin. Lan havia dito a Zen que aquele feiticeiro – Erascius – havia matado sua mãe para tirar algo dela.

Seria possível que a mãe de Lan tivesse morrido para proteger *aquilo*? Segredos relacionados à prática demoníaca... relacionados aos deuses-demônios?

Não, Zen pensou, e seus olhos encontraram a garota ao seu lado. Lan também se mantinha absolutamente imóvel. Ele conseguia vê-la à luz fraca dos selos, com os lábios entreabertos, a caixa com a ocarina junto ao peito, tal qual uma criança abraçaria uma boneca para se reconfortar.

Quanto mais Zen a observava, mais as perguntas ardiam como fogo dentro dele. Quem era sua mãe? Como ela podia ter deparado com aquele conhecimento? Os rastros dos quatro deuses-demônios haviam se perdido no tempo, mantidos em segredo por conta de praticantes poderosos em todo o Último Reino que lutavam para possuí-los, e depois pela busca de controle por parte da corte imperial. O último dos quatro, a Tartaruga Preta, desaparecera com a morte do Assassino da Noite.

– Não há nada aqui, Erascius – Lishabeth disse afinal, sua voz soando abafada como se viesse do outro canto do cômodo. – Talvez um carniçal tenha ativado um antigo selo.

O barulho das botas sobre os escombros soou mais próximo.

– É raro que eu me equivoque. – Erascius devia estar a uns dois passos da câmara escondida. Ele parecia não sair daquele ponto. – Mas talvez deva admitir o erro desta vez.

– Claro – Lishabeth concordou, rapidamente. – Eu também senti. Tem algo de estranho aqui. Algo mágico.

– Eles escaparam por entre meus dedos de novo. Não terão a mesma sorte da próxima vez. – As palavras de Erascius eram uma promessa cheia de veneno. – Não devemos perder mais tempo nestas ruínas. Doze ciclos e o fedor dos hins ainda não passou.

Os passos deles desapareceram. Zen permaneceu onde estava, recostado à parede, com o choque dos minutos anteriores ainda ocupando sua mente, circulando com seu sangue. Seu coração batia acelerado como havia muito não acontecia.

– Zen?

Ele piscou e sua atenção retornou ao presente. Lan estava à sua frente. Sob o brilho fraco dos selos em volta, o rosto dela estava branco feito um fantasma. Zen a encarou, aquela garota que havia encontrado em uma casa de chá qualquer de Haak'gong, e pela primeira vez sentiu o puxão dos fios do destino, levando-o em uma direção que não poderia ter previsto.

Os sinais estiveram todos ali. Os vestígios de yīn que ele sentira na velha casa de penhores em Haak'gong. A explosão de energias, o modo como Lan havia matado um soldado elantiano sem qualquer esforço. A cicatriz em seu pulso, sua facilidade em criar selos avançados depois de semanas de prática.

E a ocarina... a misteriosa ocarina que havia cantado para ela. A mãe de Lan devia ter lhe dado pistas para a localização dos deuses-demônios desaparecidos.

– Zen? – Lan repetiu.

Ele ficou olhando para ela, para a caixa da ocarina junto ao seu peito. Aquela que talvez contivesse a chave de um poder imensurável. Aquela que talvez mudasse o curso da história. Zen sabia, sem sombra de dúvida, a posição de Dé'zǐ e Yeshin Noro Ulara em relação aos deuses-demônios, em relação a buscar seu poder para derrotar os elantianos.

Eles são deuses, Zen, Dé'zǐ havia dito uma vez, muitos ciclos antes, quando o discípulo lhe propusera a ideia. *Você estudou a história de nossa terra, dos clãs combatentes, da ascensão do Primeiro Reino, do punho de ferro do Reino do Meio, do caminho pavimentado em sangue do Último Reino. Você sabe o preço que os homens pagaram por sua busca de poder. O poder dos deuses deve permanecer com os deuses; nós, humanos, não fomos feitos para ser como eles.*

No entanto, Zen pensou no grão-mestre com quem haviam deparado no pátio, reduzido a um mó selvagem em uma tentativa desesperada de proteger a escola; em Shēn Ài e nos discípulos da Escola dos Punhos Protegidos, forçados a vincular sua alma ao espaço entre a vida e a morte; no antigo símbolo da civilização deixado em ruínas pelos conquistadores elantianos, nos corpos por enterrar de seus defensores, alvo de zombaria por parte de seus assassinos.

Um círculo vicioso que Zen havia visto em todo o Último Reino, em todo o povo.

Aquelas eram as consequências de recusar poder. *Aquela* era a punição por rejeitar a ideia de se tornarem deuses: eles passaram a ser governados pelos novos deuses, mais cruéis e impiedosos.

Os hins haviam visto aquilo ao longo do Primeiro Reino, do Reino do Meio, do Último Reino: a ascensão e a queda dos clãs, dos imperadores e das dinastias. Os elementos em fluxo constante, uns sucedendo aos outros em um ciclo de destruição e renascimento.

Talvez aquele fosse o verdadeiro Caminho. Talvez aquilo estivesse destinado a acontecer. E, nas trevas, um novo pensamento surgiu, como uma chama.

É dever dos poderosos proteger quem não tem poder.

Se os hins tivessem o poder dos deuses-demônios... se pudessem utilizar aquele poder contra os elantianos...

Não. A vida toda, Zen havia ficado sob a sombra do erro do Assassino da Noite, que havia rendido aos 99 clãs sua reputação e destruído suas chances de retornar. Que havia tornado a prática demoníaca uma mancha na história hin. Ele sabia dos perigos.

Zen estendeu a mão.

— Eu guardo a ocarina em segurança para você — ele disse.

Os olhos de Lan o procuraram; ela hesitou por apenas uma fração de segundo, e ele notou.

Zen tocou a algibeira de seda preta com o emblema do fogo vermelho em sua cintura.

— Esta é uma algibeira de praticante. Pode se expandir tanto quanto necessário. — Ele forçou um sorriso. — Prometo cuidar da ocarina por você. Já quebrei alguma promessa que fiz?

Por um momento, Zen achou que ela não fosse aceitar. Então Lan se inclinou para a frente e apertou os olhos para ele.

— Por que está sorrindo? Fico nervosa quando fala assim doce.

Ele franziu a testa.

— Então prefere que eu me mantenha carrancudo?

Ela sorriu.

— Exatamente — respondeu, e simples assim lhe entregou a caixa que continha a ocarina. Não era mais pesada que uma pedra, no entanto, parecia carregar o peso de mundos quando Zen a segurou. O peso da confiança de Lan.

Com cuidado, ele a guardou na algibeira.

— Agora vamos retornar — Zen falou, e pressionou os dedos contra a porta de pedra. O qì dos selos girou ao seu toque, e ele puxou os fios que formariam o contrassélo.

A porta se abriu e os dois saíram.

Então Lan gritou.

A vista de Zen se aguçou; ele mal sentira a alteração no qì em volta quando o fogo se espalhou por suas veias, rasgando-o por dentro.

Zen foi ao chão com um baque surdo. Estava paralisado, o qì em sua carne e em seu sangue desequilibrado com a intrusão do metal duro e frio em seus ossos. Sua boca se encheu de calor e do gosto pungente de sangue misturado com a presença de metal por toda a volta.

– Olá, minha pequena cantora. – A voz chegou a Zen de algum lugar próximo, mais fria que o gelo no inverno, enquanto sua consciência abria espaço para a escuridão. – Achou mesmo que eu deixaria que escapasse outra vez?

21

*Força sem controle e poder sem equilíbrio
são como caminhar rumo às trevas sem luz.*

Dào'zĭ, Livro do Caminho (Clássico das virtudes), 1.7

Presa em uma carroça de metal e escuridão, Lan sentia que havia retornado à casa de chá; a Haak'gong, sob os olhares vigilantes dos conquistadores, com cada movimento sendo vigiado e cada escolha sendo feita por ela. A liberdade de Céu Termina, os dias passados aprendendo a lutar com as artes da prática, agora pareciam uma ilusão. Como se nunca tivessem acontecido.

Seu braço esquerdo latejava. O metal em sua carne pulsava como se respondesse à presença esmagadora de magia elantiana à sua volta. Metal prendia seus pulsos às paredes, e a carroça bloqueava o fluxo de qì dos outros elementos. Zen estava acorrentado à parede diante dela, com o cabelo caindo no rosto. O Feiticeiro Invernal o havia eletrocutado até que ele perdesse a consciência.

Lan não saberia dizer quanto tempo a viagem havia levado; poderiam ter sido horas, ou um dia inteiro. Por fim, eles pararam, as portas se abriram e um par de anjos elantianos a puxou para fora.

Ainda era noite, e as sombras das montanhas irregulares coroavam os cumes dos pinheiros da floresta mais atrás. Muros se erguiam entre as árvores, repentinos e rígidos, intrusões em metal e pedra apagando as estrelas, parecendo absolutamente incongruente em meio ao fluxo do vento e da água. Lan ouviu o tilintar de correntes e um baque quando os guardas arrastaram Zen.

Uma sensação de impotência tomou conta dela com o posto avançado elantiano nas Planícies Centrais assomando sobre ambos. Lan estava acordada, e o qì fluía à sua volta, no entanto era incapaz de criar um único selo que fosse para salvar suas vidas.

Sob seus pés, o caminho se alargava em uma estrada aplainada por argamassa com cal, que cortava a floresta em linha reta na direção da fortaleza.

Lan nunca havia visto aqueles muros. Deviam ter no mínimo a mesma altura que os três andares da casa de chá. Eram estranhos e rígidos, com seus portões retangulares e sua torre de vigia cilíndrica, em oposição à arquitetura hin, elegantemente curva. Lan sentia a pressão esmagadora do metal na fundação, protegendo o lugar como uma armadura elantiana. Ameias, ao que parecia, eram algo que a arquitetura hin e a elantiana tinham em comum, e mesmo à distância ela distinguia o fogo das tochas refletindo nas armaduras brancas.

Portas pesadas de ferro se abriram, revelando um extenso jardim, com flores dispostas de maneira artificialmente regular ao longo do caminho reto que dava para a entrada principal do castelo. Em Haak'gong, os elantianos haviam construído seu posto avançado exercendo alguma influência sobre a arquitetura hin; era a primeira vez que Lan via uma construção puramente elantiana. A primeira impressão que teve foi de que era grosseira em comparação com os detalhes refinados das construções hins. O posto avançado era pouco mais que uma estrutura cinza grandiosa com pedras de forma irregular, algumas delas inclusive se destacando. As janelas eram estreitas e fechadas por vidro, as tochas eram alimentadas por luz áurea, e duas torres culminavam em pináculos de metal.

Os guardas posicionados em volta do pátio não fizeram nenhum movimento enquanto Lan era levada até a entrada. O caminho era ladeado por flores expostas atrás de cercas de ferro forjado. Quando Lan virou a cabeça para olhar para elas, percebeu que reconhecia todas. Crisântemos. Azaleias. Peônias, orquídeas e camélias – todas flores nativas de sua terra. Todas mantidas com cuidado atrás das grades de sua prisão.

Era o que os elantianos queriam dos hins.

As portas do castelo a engoliram. Eles passaram por corredores de pedra iluminados por velas a óleo em recipientes de vidro e metal brilhante adornando as paredes.

Os soldados pararam diante de um par de portas pesadas de metal, diferente das outras portas, de nogueira refinada com maçanetas de prata.

Quando Erascius pôs as mãos brancas nas maçanetas de metal, Lan teve uma premonição repentina e repugnante. O que quer que os esperasse do outro lado, ela preferiria não ver.

Erascius abriu as portas. O odor de energias yīn inundou Lan como as águas de um rio. Ela levou a mão ao coração – a força do ressentimento, do medo e do ódio era tamanha que poderia se afogar neles. Atrás de si, ela ouviu um ruído estrangulado proferido por Zen.

Um dos soldados ergueu uma lamparina para iluminar os degraus que levavam até um túnel. Ali, o yīn permeava o ar de tal maneira que Lan teve dificuldade de respirar. Morte – muitas pessoas tinham morrido ali, ela pensou. Lan ainda levaria um momento para entender por quê.

Havia movimento de ambos os lados. Conforme o corredor era iluminado pela lamparina e eles passavam, Lan compreendeu os sons que lhe chegavam.

As paredes do corredor, na verdade, não eram paredes, e sim celas. Encolhidos dentro delas, presos feito animais, com os olhos vazios voltados para a luz, havia uma série de hins. Homens, mulheres e crianças encolhidos, os braços e as pernas parecendo gravetos. Pessoas que corriam para o fundo das celas à medida que os passos dos soldados se aproximavam, escondendo-se nos cantos mais distantes.

O estômago de Lan se revirou. Um branco ardente tomou conta de sua mente, da mesma cor que ela havia visto antes da morte da mãe, antes que matasse o anjo elantiano. Algo dentro dela se alterou.

Um borrão azul e prata surgiu em sua visão; uma mão disparou, envolvendo sua garganta e batendo sua cabeça contra a parede. O branco ardente se transformou em um preto frio, e Lan viu estrelas antes de encontrar os olhos invernais de Erascius, a centímetros do seu rosto.

– Tem algo errado, pequena cantora? – ele sussurrou. – Não quer cantar para mim?

Lan não conseguia respirar; sua cabeça girava, seus braços e pernas começavam a formigar. Ela reuniu toda a energia que tinha e deu um chute bem no meio das pernas dele. A carne encontrou o metal quando sua canela atingiu a armadura. A boca de Erascius se franziu; Lan sentiu um aperto correspondente dos dedos dele em seu pescoço.

– Sua mãe não lhe ensinou boas maneiras? – ele perguntou. – Ah, esqueci. Ela morreu.

Lan cuspiu na cara dele.

Devagar, o Feiticeiro Invernal recuou, pegou um lenço e o usou para limpar o rosto. Quando voltou a olhar para ela, seus olhos ardiam como o coração de uma chama.

– Vai se arrepender disso – ele falou. Então apontou para os soldados e ordenou: – Levem-na para a câmara de interrogação.

Ao fim do longo corredor ficava uma câmara feita exclusivamente de metal. Dentro, havia duas cadeiras de aço, uma de frente para a outra. Lan resistiu enquanto os soldados a prendiam a uma, com fivelas de metal; Zen continuava inconsciente à sua frente.

Erascius se debruçou sobre o rapaz e, de maneira rápida e precisa, apertou um ponto em seu pescoço. O movimento lembrou Lan de algo que ela havia visto os mestres fazerem: tocar certos nervos do corpo relacionados ao qì para bloquear o fluxo de energia do adversário – ou revitalizá-lo.

Zen se remexeu. Satisfeito, Erascius estendeu o braço esquerdo. Braceletes de metal cobriam do pulso ao cotovelo, brilhando em tons diferentes de cinza, ouro e cobre. Com a outra mão, ele fez como se puxasse um fio.

Um dos braceletes prateados começou a se soltar de seu pulso, como líquido, voltando a se solidificar em uma dúzia de agulhas pequenas que brilhavam à luz da lamparina. Elas pairaram no ar, sobre a cadeira de Zen.

Erascius se virou para Lan e disse:

– Bem, agora vamos ver o que te faz cantar. A cada pergunta que eu fizer que não for respondida de maneira satisfatória, uma dessas agulhas penetrará a pele dele.

A mente de Lan ficou em branco. Zen tinha acordado. A agulha flutuou de modo a posicionar sua ponta sobre a palma da mão dele.

O rapaz parou de se mover. Uma sombra terrível passou por sua expressão; mesmo a vários passos de distância, Lan pensou ter visto os olhos dele se arregalarem a ponto de refletirem as agulhas.

– Primeira pergunta. – A voz de Erascius a fez recuperar o foco. – Quem era sua mãe?

Lan cerrou os dentes. Ele sabia. Ele sabia, mas queria forçá-la a responder à pergunta.

– Não? – Erascius endireitou o corpo. Com um movimento de mão, a agulha apontando para o pulso de Zen deu um pulo e roçou a pele dele.

– Espere. – Se Lan lhe oferecesse respostas que não causassem danos, respostas que não revelassem nada de novo, talvez pudesse ganhar tempo e bolar um plano. A garota umedeceu os lábios secos. – Sòng Méi. – O nome tinha um gosto triste, de uma lembrança em parte esquecida. – O nome dela era Sòng Méi.

– Muito bem. – A agulha estremeceu, porém permaneceu no lugar. – E o que foi que sua mãe lhe deixou?

O coração de Lan acelerou. Ela pensou em tudo o que haviam acabado de ver na Montanha Protegida, no fantasma de Shēn Ài, no demônio do grão-mestre, na ocarina que ambos haviam feito de tudo para proteger... e que naquele momento se encontrava na algibeira preta de Zen.

Forçando-se a manter os olhos em Erascius, Lan respondeu, com firmeza:

– O que quer que ela pretendesse me deixar, você destruiu.

O sorriso dele se alargou.

– Sabe por que fui bem-sucedido em interrogar os muitos rebeldes hins que vieram antes de você? Tenho facilidade em ler pessoas. Posso dizer, pelo modo como me olham, pelas alterações mais sutis em sua expressão, se estão me dizendo a verdade ou não. E você... – Ele se aproximou. – Está mentindo.

Com um estalar de dedos, Lan notou um lampejo de canto de olho. Zen inspirou depressa e ficou tenso na cadeira, os pés empurrando o chão, os braços fazendo força contra as fivelas que os prendiam. Com precisão clínica, a agulha penetrou sua carne, desaparecendo em seu pulso.

– Não. Pare, *pare*. – Lan ofegava. – Eu conto. Eu conto.

O maxilar de Zen estava tão travado que as veias em seu pescoço saltavam. Ainda assim, ele conseguiu procurar os olhos de Lan e balançar a cabeça de maneira quase imperceptível. Ela hesitou. Uma segunda agulha se posicionou sobre o outro pulso de Zen.

– Uma ocarina. – As palavras escaparam dos lábios de Lan, quentes e rápidas. – Minha mãe me deixou uma ocarina. Disse que tocaria uma canção, mas está quebrada.

A agulha parou. Erascius inclinou a cabeça.

– Uma ocarina – ele repetiu. – Vá em frente. Conte mais.

– Por favor. – O desespero em sua voz era tão claro que ela nem precisou fingir. – É tudo o que eu sei. Por favor, senhor...

– *Mentira* – Erascius cantarolou, e sem hesitar a segunda agulha penetrou o pulso de Zen. As fivelas da cadeira tilintaram com a força dos braços dele. Seu rosto estava coberto de suor quando ele se virou para Lan, com o peito subindo e descendo em respirações rápidas.

Novamente, Zen balançou a cabeça.

– Vivo segundo o princípio de que não são as maiores armas, ou as mais truculentas, que são as mais eficientes... e sim as mais precisas – Erascius disse. As agulhas restantes cintilaram à luz bruxuleante. – Essas agulhas são feitas de mercúrio, um metal letal aos humanos. Quando entram na corrente sanguínea, levam sessenta segundos para atingir o coração, e podem perfurá-lo. Então o veneno se espalha e entorpece o órgão até que ele pare. – O feiticeiro se inclinou para a frente e prendeu uma mecha de cabelo de Lan atrás da orelha dela. Seus olhos eram bem azuis. – Quantas agulhas acha que serão necessárias para matá-lo?

A visão de Lan se turvou enquanto ela olhava para Zen e uma onda de calor descia por seu rosto.

– Não, por favor. – O sussurro dela saiu entrecortado. – Eu conto. Conto tudo ao senhor.

O sorriso de Erascius se alargou.

– Muito bem – ele disse em voz baixa. – Agora fale mais sobre o que sua mãe lhe deixou.

– Não sei, não sei... – Suor escorria pelas têmporas de Lan. Ela não conseguia tirar os olhos de Zen. Não tinha nada a oferecer; nada além de seu raciocínio rápido. Precisava continuar falando. – Tínhamos acabado de chegar à escola quando nos encontrou. Deixei a ocarina lá. Não tivemos a chance de examiná-la, mas se me der mais tempo, posso descobrir as respostas. Tudo o que quiser. – Quanto tempo fazia? Vinte segundos? Trinta? Desde a primeira agulha, mais. – Por favor, pode me pedir o que quiser. *Por favor.*

Erascius a avaliou por mais um momento.

– Muito bem. A escola de prática. Quero que me diga exatamente onde ela fica.

Lan agarrou os braços da cadeira para impedir as mãos de tremer. Sentia que Zen a observava; sabia que, se olhasse em sua direção, ele pediria silêncio outra vez, enquanto as duas agulhas rumavam para seu coração.

O reino antes da vida, a honra na morte, os fantasmas da Escola dos Punhos Protegidos tinham sussurrado. Havia cento e vinte e sete discípulos e dez mestres na Escola dos Pinheiros Brancos. Entregar sua localização significava sentenciar todos à morte. Não entregar sua localização significava sentenciar Zen à morte.

Ela fechou os olhos, e uma lágrima escorreu por sua bochecha. Enquanto os elantianos estivessem no poder, os hins continuariam tendo que fazer aquele tipo de escolha.

– Fica a cinco dias a noroeste daqui – Lan murmurou. – Escondida ao pé de uma montanha. A entrada fica atrás de um pinheiro velho e retorcido. Posso levar o senhor lá, se poupar a vida dele.

Ela havia aprendido fazia muito tempo que a maneira mais fácil de contar uma mentira era envolvê-la em meias-verdades. Quando abriu os olhos para voltar a encarar Erascius, deparou com algo que parecia satisfação no rosto dele.

– Solte-a – ele ordenou aos anjos aguardando à porta.

Quando os dois correram para soltar as mãos e as pernas dela, Lan não pôde evitar sentir que algo pior estava prestes a acontecer.

– Levante-se – Erascius mandou, e ela obedeceu. O feiticeiro pegou algo escondido nas dobras de sua capa. Quando mostrou o objeto, o sangue de Lan congelou.

A ocarina cintilou na mão de Erascius quando ele a ergueu sob a luz.
– Vamos – o feiticeiro disse. – Toque para mim.

O mundo se reduziu àquele instrumento, com o desenho em madrepérola de uma lótus na cerâmica preta. A mão clara do feiticeiro se fechava sobre ela, parecendo deslocada. Então, bem atrás deles, a frota de agulhas se posicionou sobre o pulso de Zen.

O que quer que Māma havia tentado proteger dos elantianos com sua própria vida... estava relacionado à ocarina.

– Caso não tenha ficado claro – Erascius falou, com a voz suave e venenosa –, foi uma ordem, e não um pedido.

Ele ergueu a mão e, antes que Lan pudesse reagir, duas outras agulhas penetraram o pulso de Zen.

Um ruído que Lan nunca gostaria de ouvir novamente saiu dos lábios do rapaz.

Lan estendeu a mão. Seus dedos se fecharam sobre o instrumento. Ela a tirou do feiticeiro com um único pensamento em mente: *Ela é minha, a ocarina pertence a mim.* Não podia permitir que os elantianos lhe tirassem mais nada. Enquanto levava a ocarina aos lábios, Lan pensou em Céu Termina, em Shàn'jūn, na casa de chá, em Ying e nas outras garotas, nos vilarejos incendiados e arrasados. As lembranças dos doze ciclos anteriores passaram por sua mente feito as páginas de um livro, até que pararam no começo, na morte de Māma. Então Lan se agarrou a essa lembrança e procurou pela música nela.

A canção a encontrou primeiro. Uma melodia passou de seus lábios para a ocarina: algo perturbador, algo que parecia incorporar a passagem do tempo, o correr dos rios até o mar, o vento agitando as folhas dos bambus, a chuva caindo pelos telhados cinzas. De repente, Lan estava no limiar entre a realidade e o inconsciente, o qual acessava sempre que cantava na casa de chá, e ela soube, sem saber, como tocar, como posicionar os dedos para tirar notas da cerâmica.

A música fluiu dela como um sonho parcialmente esquecido. Uma música que ela se via cantarolando enquanto realizava suas tarefas na casa de chá, uma música que nunca conseguira identificar qual era. Naquele momento, revivendo suas lembranças, Lan a encontrou serpenteando pelos corredores do solar onde morava quando pequena, saindo pela janela do gabinete da mãe.

De repente, ela estava flutuando, elevando-se acima da casa – ou então era o céu que se expandia, aproximando-se até que Lan fizesse parte dele, com as estrelas cintilando feito cristais estilhaçados diante dela e por toda a volta. A música fluía de Lan em pó de prata, um córrego subindo até se posicionar entre as estrelas. A prata brilhava forte em uma constelação sinuosa.

Devagar, três outras cores tingiram as estrelas. Ali perto, um fio delas começou a brilhar entre gelo e azul; mais adiante, um conjunto piscou e a noite tomou conta, marcando sua existência com a ausência de luz. Por fim, à distância, quase na curva do horizonte a oeste, uma quarta constelação flamejou em escarlate.

A música subiu, depois desceu e destoou; um estrondo distante soou, como um trovão. As estrelas começaram a se contorcer, suas formas se preenchendo, virando-se para Lan com os olhos brilhando na escuridão.

Prateado. Azul. Preto. Escarlate.

Dragão. Tigre. Tartaruga. Fênix.

Ela se encontrava à deriva na noite ilusória que havia criado, com a canção da ocarina transformada em constelações brilhantes, formando as criaturas reencarnadas que antes existiam apenas nas lendas e nos mitos.

Lan ergueu a cabeça e olhou nos olhos dos quatro deuses-demônios.

O choque a manteve congelada; Lan não fazia ideia de quanto tempo havia se passado quando desviou os olhos.

Como ela, o restante da câmara parecia fascinado. Parecia que a luz das tochas tinha se reduzido, e acima houvesse quatro quadrantes no céu noturno, cada um contendo um conjunto de estrelas.

O rosto de Zen estava inclinado para cima, e foi a expressão dele que tirou Lan de seu transe. O rapaz observava a ilusão com uma mistura de esperança e medo tão intenso que ela a via ardendo em seus olhos.

De repente, Lan tomou consciência de Erascius olhando para as constelações, das estrelas refletidas em seus olhos frios e azuis. Em vez de esperança e medo, no entanto, o que marcava seu rosto era a ganância.

Ele estendeu as mãos, e seus braceletes de metal começaram a se soltar, espiralando na direção daquela imagem. Em um piscar de olhos, também haviam formado quatro quadrantes: uma réplica perfeita em metal do céu noturno e dos deuses-demônios da ocarina de Lan. Então o metal se recolheu e retornou aos braços de Erascius.

O feiticeiro estava *roubando* os segredos da ocarina.

O choque de Lan se transformou em raiva. Ela flexionou os dedos, e sua mente se afiou em um único pensamento lúcido: *Meus. Eles são meus. E você não pode tê-los.*

As energias que se espalhavam de seu núcleo retornaram. A canção se alterou.

Dó-dó-sol.

As notas saíam da ocarina, curtas, hesitantes, entrecortadas, uma lembrança ressurgindo. *Dó-sol-dó.*

Os acordes seguintes vieram mais rápido, mais fáceis. Quando começou o trecho seguinte, a partir da última lembrança que tinha da mãe, Lan sentiu como se o fantasma de Sòng Méi tivesse voltado para tocar.

O qì se agitou dentro dela, irrompendo a umidade e a escuridão. A morte se fechava em volta de Lan. De alguma maneira, suas energias respondiam ao som da música, enroscando-se nas notas e fluindo das partes mais profundas dela.

Sem aviso, uma onda se formou.

Erascius gritou quando o qì investiu contra sua armadura de metal, em um choque dissonante. Ele ergueu os braços sobre a cabeça bem a tempo. A magia do metal emanou de seus braceletes, bloqueando o ataque. Quando o feiticeiro voltou a olhar, sua expressão era de fúria – e algo mais, algo indescritível. Como se estivesse vendo os fantasmas de seu passado.

A canção de Lan fluía dela feito uma maré imbatível, derrubando as espadas erguidas dos anjos, amassando suas armaduras e cortando a pele de seu rosto. Eles cambaleavam para trás, corriam para a porta – e, por um longo e abençoado momento, Lan sentiu que estava no controle. Sentiu que poderia vencer.

– Pare, ou ele morre.

A voz de Erascius cortou o redemoinho de qì, de *magia*, que extravasava dela. As últimas notas da música esvaneceram quando Lan se virou para o feiticeiro, que agora se encontrava junto a Zen. A frota de agulhas havia desaparecido, substituída por uma única lâmina afiada, apontada para o peito do praticante.

– Baixe o instrumento – Erascius ordenou.

O qì dentro de Lan vinha aumentando, latejando nas têmporas. Ela tirou o ocarina dos lábios, e o silêncio preencheu os espaços que a canção antes ocupava.

Então Lan voltou a levar a ocarina à boca e soprou.

Qì explodiu dela, em forma de música, e atingiu os anjos que estavam à porta. Erascius grunhiu ao colidir contra a parede do outro lado da câmara.

Uma onda de triunfo preencheu o interior de Lan. Ela segurou firme a ocarina e se virou para Zen – então seu mundo saiu do eixo.

O corpo dele estava caído para a frente, ainda na cadeira, os braços forçando as fivelas que as prendiam. Havia uma espada longa e prateada fincada em seu peito, e vermelho cobria a pele clara de suas mãos.

Lan correu até ele. Com uma progressão de acordes, as algemas que o prendiam se quebraram; Zen caiu para a frente e ela o pegou, tomando o cuidado de não tocar a lâmina em seu peito.

– Zen, Zen – Lan sussurrou.

Ele tossiu, e sangue carmesim escorreu por seu queixo. Seu corpo balançou nos braços dela, depois foi ao chão. Zen estremeceu mais uma vez e ficou imóvel.

Do outro lado da câmara, Erascius endireitava o corpo. Ele tirou a espada da bainha, e esse sibilo do metal se repetiu quando os anjos remanescentes sacaram suas armas.

– Sua... – Erascius proferiu uma palavra que Lan sabia que era o pior insulto de sua língua. Ele deu um passo em sua direção e ergueu a espada. – Agora que vi os mapas para os deuses-demônios com meus próprios olhos, você já cumpriu seu propósito. Este é o destino que a aguarda há doze ciclos.

A espada dele traçou uma curva que prometia morte. Mas não fez contato.

Uma rajada de qì derrubou a arma das mãos de Erascius e arremessou o feiticeiro e seu esquadrão de guardas para longe outra vez. Os joelhos de Lan cederam, e ela tropeçou. Então se viu cara a cara com Zen. Ele havia conseguido se agachar, e mantinha uma das mãos no chão e a outra no peito. O sangue que escorria do ferimento escurecera e subia como fumaça.

– Lan – ele conseguiu dizer, em uma voz que ela mal reconheceu. Seu cabelo havia caído no rosto, úmido de suor e sangue. – Corra, Lan.

– Quê? Não! – Ela estendeu o braço, porém ele se afastou. – Zen, o que você...

– Corra – ele grunhiu. A fumaça preta que saía de seu peito ganhou força; as energias em volta dele serpenteavam ao sair com aquele fluxo. – O que quer que aconteça a seguir... não vou... poder controlar...

– Do que está falando? – ela gritou. O qì em volta de Zen estava tão denso, tão impregnado do fedor de algo terrivelmente corrupto, que ela quase engasgou. Segurando firme a ocarina, Lan estendeu o braço para ele. Seus dedos agarraram o tecido da roupa dele. – Zen, *olhe para mim*.

Ele inclinou a cabeça para cima e a cortina de cabelo preto se abriu, revelando seu rosto. Lan recolheu a mão, de tão feroz que era a expressão de Zen: os dentes arreganhados, os lábios franzidos, os olhos... Ela havia visto os olhos dele daquele jeito em Haak'gong, o preto se espalhando da íris à esclera, com apenas uma lasca de branco restante.

– Tem... – Zen conseguiu dizer, enquanto o preto preenchia seus olhos – ... um demônio dentro de mim, e Erascius acabou de libertá-lo.

22

*A pessoa que segue a harmonia do meio-termo
segue o caminho do dever e não deve deixá-lo.*
Doutrina do meio-termo, Kontenci

Treze ciclos antes, dinastia Qīng, sob Shuò'lóng, o Dragão Luminoso
Estepes ao Norte

Os planaltos bocejavam sob o eterno céu azul, e o menino estava perdido. Tinha neve até os joelhos e olhava para a paisagem branca cintilante, ininterrupta a não ser pelos vidoeiros-prateados sem folhas, que lembravam esqueletos. A estação mudara, um clã inteiro tinha se esvaído, uma linhagem inteira havia sido apagada das páginas da história.

Uma camada grossa de neve se acumulara sobre os campos que ele antes chamava de lar, enterrando o que havia restado de sua família. Um ciclo antes, ali havia iurtas e estandartes pretos com chamas vermelhas tremulando ao vento; rebanhos de ovelhas pontuando o verde exuberante feito nuvens; fileiras de camelos lançando suas longas sombras conforme os comerciantes partiam para a Trilha de Jade e chegavam dela. Ele quase conseguia ver e ouvir tudo, os fantasmas cortando a paisagem, o grito das crianças dançando em meio às gramíneas infinitas.

Eles eram os últimos de seu clã. Depois da queda do Assassino da Noite, os clãs restantes haviam jurado lealdade à corte imperial ou sofrido execução em massa. No entanto, havia sinais de que alguns tinham se escondido, esquivando-se à perseguição do exército imperial. O pai do menino era líder de uma dessas facções – a última da linhagem deles –, que se escondia nas profundezas das estepes implacáveis em uma tentativa de passar despercebida aos olhos da corte imperial.

Não fora o suficiente.

O exército imperial havia sido engenhoso em atacar no meio do verão. No inverno, as estepes eram frias demais, até mesmo para os hins do norte; o menino tremia enquanto avançava em suas roupas de algodão, finas demais para aquela localização, com botas de pele de ovelha meio tamanho menor que o adequado.

Começara a nevar. Antes, ele adorava a neve; havia nascido no auge do inverno, na virada para um novo ciclo, e passara cada aniversário observando os flocos caírem feito penas de ganso.

Agora, só conseguia pensar no pai empalado por uma espada dourada, no corpo da mãe abusado pelos soldados imperiais, nos primos e tios deixados em uma pilha queimando, as chamas lambendo seus corpos até que todos desaparecessem em uma coluna de fumaça densa e sufocante.

Por algum motivo, o ar se alterava conforme ele se aproximava do lugar onde haviam nascido e morrido. Havia algo na atmosfera que apertava seu peito e tornava mais difícil respirar, como se uma pedra pesasse em seu coração. Quanto mais perto ele chegava, mais forte ficava a sensação, até que pareceu que ele poderia se engasgar com a tristeza e a fúria.

Então ele viu o topo de uma iurta, destacando-se feito uma lápide, o estandarte de seda preta com o símbolo do fogo parcialmente enterrado na neve. O símbolo do líder do clã. O estandarte de seu pai.

O vento ficou mais forte a ponto de uivar; a neve esvoaçava à sua volta. Ele parou exatamente onde a iurta de sua família costumava ficar e soltou um grito longo e angustiado.

Na nevasca crescente, algo respondeu. A fúria em seu sangue congelou, tornando-se medo. O menino olhou para cima. Entre a condensação de seu hálito e as cortinas de neve se agitando, algo se moveu. Não era nem uma forma nem uma sombra, e sim algo que preenchia as lacunas do intermediário. Algo sem forma além dos vagos contornos de uma presença composta da aura podre de sangue, ossos e destruição.

A coisa observava o menino, e o menino a observou também. O temor inicial se esvaiu, e ele se viu tomado apenas de curiosidade – e um fatalismo resignado de que nada no mundo poderia feri-lo mais do que aquilo por que havia passado. Mas ele estava errado.

– O que é você? – o menino perguntou usando a língua de seus ancestrais, em vez da língua padrão hin decretada pela corte imperial. Sua voz saiu arranhada, enferrujada pela falta de uso.

O vento ganhou força e uma voz vinda ao mesmo tempo de toda parte e de lugar nenhum chegou aos seus ouvidos.

– *Sou raiva. Sou tristeza. Nasci da morte, da destruição e de uma vontade insatisfeita.*

Ele sabia. Havia lido os livros proibidos de seus ancestrais, que ficavam trancados no baú de bétula do pai, ouvira os rumores sobre tudo que haviam feito no passado. Enquanto falava as palavras seguintes, o menino se viu levando a mão à lateral da bota, onde mantinha uma pequena adaga que cortava o espaço entre as estrelas.

– Você é um demônio. Saiba que esta adaga pode cortar seu núcleo e romper suas energias.

– *Não chamou por mim?* – a voz incorpórea murmurou. – *Não professou um desejo tácito de poder? De vingança? Não pediu a chance de fazer com eles o que fizeram com sua família?* – Ouviu-se uma risada entrecortada, o som de unhas arranhando osso. – *Não me olhe com tamanha aversão, mortal, pois fui invocado pelo yīn do sofrimento, da fúria e da morte. Os iguais se reconhecem. Gostando ou não, você me invocou.*

O menino segurou a adaga com mais firmeza.

– Você tem nome? – ele perguntou.

– *Sou conhecido como Aquele com Olhos de Sangue* – respondeu.

O nome não soou familiar ao menino. Devia ser um demônio menor, que não era importante o bastante para aparecer nos livros de História. O demônio voltou a falar, em um tom que se tornava sedutor e obsequioso.

– *O que você quer? Qual é seu desejo mais profundo e sombrio? Que vem devorando a chama forte de sua alma no último ciclo?*

O menino sabia – *sabia* – que não devia confiar nele, pois havia lido que demônios eram criaturas perversas que só podiam ser subjugadas pelos mais experientes xamãs e praticantes. No entanto, ele olhou para a iurta enterrada na neve, para o estandarte preto que antes esvoaçava alto e poderoso sobre as estepes de sua terra natal. E aquela fúria e aquele desespero impotente se transformaram em algo diferente dentro dele.

Era melhor arder no fogo de sua própria fúria, provar a amargura de seu desejo de vingança, do que sentir o vazio devastador do *nada* em que sua perda o havia deixado.

Ele olhou para a criatura sem forma.

– Quero poder – o menino disse. – Quero poder o bastante para nunca ter que passar por isso outra vez. Quero poder o bastante para fazê-los compreender tudo o que passei, o que minha família sofreu.

A resposta foi imediata.

– *E o que você daria por esse poder?*

O menino reconheceu a astúcia na voz do demônio, porém isso não o impediu de responder.

– *Qualquer coisa.*

Era um preço pequeno, ele pensava, considerando que não tinha mais nada.

A neve caindo diante dele começou a tomar forma – ou melhor, começou a *fugir* de algo que tomava forma no ar. Uma massa corpulenta do tamanho de um camelo, composta apenas de escuridão.

– *Posso lhe dar mais poder do que qualquer mortal possui* – o demônio afirmou. – *Juntos, poderíamos derrotar o exército imperial em um piscar de olhos. Poderíamos transformar palácios em fumaça com apenas um pensamento. Tudo o que peço em troca é o sangue de cem almas.*

O menino já visualizava a capital coroada em vermelho e ouro, os pagodes e telhados curvos cintilando sob o céu azul aberto, as armaduras do Exército brilhando como o sol. Cem almas – ele daria mil ao demônio se aquilo significasse derrotar o Exército imperial.

– *E então, pequeno mortal? Temos um acordo? Só preciso da sua palavra.*

A forma na neve ficou mais nítida; o menino conseguiu distinguir um par de olhos pretos delineados em vermelho-sangue, ossos e carne assumindo a aparência de um rosto deformado.

Ele não teve medo. Sabia que os verdadeiros demônios daquele mundo possuíam rosto de homem.

– Sim – Zen disse, e a palavra saiu de seus lábios cortante como uma espada. – Temos um acordo.

Presente
Planícies Centrais

Ondas pretas. Areia cinza. E um céu que, momentos antes, estivera na palma de suas mãos.

Não. Havia algo de errado, algo de terrivelmente errado. Momentos antes, ele estivera olhando para aquele par de olhos pretos delineados em vermelho que lembravam um eclipse, localizados em um rosto emaciado, qualquer semelhança com carne e osso que a coisa tivesse conseguido reunir se esvaindo feito fumaça. Sua boca sem lábios se arreganhara, as muitas fileiras de dentes brilhantes e afiados à mostra para ele, em uma imitação de um sorriso.

A dívida está paga, a voz dentro dele sibilara, e os dentes haviam começado a gotejar sangue. *O acordo está encerrado.*

Não, não, *não*. Impossível. Porque, se a dívida estava paga, significava que...

Ele procurou dentro de si mesmo, no fundo do coração, onde mantivera aquele segredo ao longo de tantos ciclos.

No lugar do abismo de poder se contorcendo sob o selo dourado do grão-mestre, Zen não encontrou nada. Apenas resquícios de seu próprio qì, limpo, natural, yīn e yáng equilibrados. Um silêncio tão profundo quanto uma montanha adormecida. E, pela primeira vez em mais de doze ciclos, paz.

Zen acessou suas lembranças, que se transformaram em um pesadelo familiar. Ele fora preso a uma cadeira, na presença de um feiticeiro elantiano. Uma liga, com os braços repletos de braceletes dos diferentes metais que era capaz de canalizar. O homem apontara agulhas de metal para ele.

Depois fincara uma espada no coração de Zen, bem onde se encontrava o núcleo do demônio. No centro do selo.

Zen se lembrava de Dé'zǐ bloqueando o poder do demônio como se tivesse acontecido no dia anterior: o incenso na Câmara das Cem Curas, o sangue vermelho feito papoulas no piso de madeira, os gritos de Dilaya transformados em soluços abafados, depois silêncio. A luz dourada do qì de Dé'zǐ havia revelado rugas profundas em sua boca e em sua testa enquanto ele trabalhava.

— O selo condenará o demônio a permanecer adormecido, no entanto pode ser rompido caso sua vida se encontre em perigo — o grão-mestre havia dito em voz baixa. — Como mestre Gyasho lhe ensinou, todos os selos, incluindo este, são tão fortes quanto seu desejo de sustentá-los. É apenas uma camada de proteção contra a influência do seu demônio. Seu funcionamento, Zen, depende do desejo em seu coração.

A lembrança se esvaiu.

Zen levou a mão ao peito e ouviu barulho de metal caindo na areia ao seu lado. Ele virou a cabeça para olhar. Quatro agulhas e uma espada, empapadas de sangue. Lembrava-se vagamente do feiticeiro enfiando as agulhas em suas veias. Da espada sendo cravada em seu peito.

E então ele viu a própria mão. O céu estava ficando prateado; a luz esbranquiçada da alvorada distante deixava sua pele com uma palidez doentia. Pele que agora se encontrava lisa. Sem marcas.

Zen começou a tremer enquanto as peças de um sonho retornavam: Erascius cravando a espada em seu peito, a dor explodindo em seus ossos, como fogo. E então ele ajoelhado no piso de pedra, o cheiro opressivo do metal o esmagando por todos os lados, o poder do demônio liberado dentro de si, o selo fraquejando conforme Zen morria. Sua mente havia se dividido. Ele sentira o qì poderoso do demônio envolvendo o ferimento em seu peito e começando a curá-lo. Depois olhara nos olhos de eclipse do demônio, e não se lembrava de mais nada do que aconteceu.

– Zen?

Ele se sentou tão rápido que sua cabeça girou. Lan estava encolhida sob um salgueiro próximo da margem de um rio. Sua expressão estava tensa, com os olhos arregalados voltados para ele e os braços abraçando os joelhos.

Um alívio inundou o rapaz, e ele quase voltou a se deitar na areia. Viva. Ela estava viva.

– Lan – Zen conseguiu dizer, e começou a se virar na direção dela.

A garota recuou.

Ele congelou. Lan o olhava com o medo estampado no rosto – e a pior parte era que Zen reconhecia aquela expressão. Já a havia visto, mais de uma vez.

– Lan. – Ele se esforçou para manter a voz uniforme. – O que... aconteceu? Por favor. Não consigo... Não consigo me lembrar.

Ela moveu um braço, e só então Zen se deu conta de que o que parecia ser flores de cerejeira em seu qípáo, na verdade, eram manchas de sangue.

– Como pode não lembrar? – ela sussurrou, e a acusação em sua voz o feriu mais do que qualquer espada. A última pessoa a lhe dizer aquelas palavras havia sido Shàn'jūn, ajoelhado no chão da Câmara das Cem Curas, segurando uma Yeshin Noro Dilaya de 11 ciclos sangrando em seus braços.

O pavor trancou sua garganta de tal modo que ele mal conseguia respirar. Suas mãos – suas mãos lisas e sem cicatrizes – tremiam quando Zen as levou ao rosto.

Lan era a única pessoa na vida dele que não sabia de seu passado, e Zen gostaria que ela tivesse permanecido sem saber. A garota havia confiado nele, e Zen se agarrara àquela confiança como um homem se afogando procurava por ar. Ele gostava da maneira como ela o olhava, sem o preconceito que nublava a visão de todos os outros em Céu Termina. Zen gostava de viver uma mentira com ela.

– Eles estão mortos – Lan soltou, com a voz rouca. – Todos. Você acabou com o posto avançado elantiano.

Lembranças vieram em lampejos: o céu lambido por chamas laranjas, um jardim florido com orvalho nas folhas, claro e vermelho.

Por que o orvalho está vermelho?, Zen havia pensado, e então olhara para a Fogo da Noite, manchada de carmesim. A escuridão tinha retornado a ele, correndo por suas veias como a atração inebriante de uma droga. Ele havia se entregue ao controle do demônio outra vez, porque o que o demônio tinha feito – o que Z*en* tinha feito – era doloroso demais para suportar.

Zen havia levado um massacre a cabo no posto avançado elantiano. Havia matado todos os soldados. E, junto com eles, os hins mantidos como prisioneiros.

– Seu demônio. – A voz de Lan o trouxe de volta ao presente, ao bosque de pinheiros, à margem e ao rio correndo diante deles. Zen mal se lembrava de ter usado o que restava do poder do demônio para conjurar um selo de portal que os tirasse dali. – Onde ele está?

– Ele se foi. – As palavras arranharam sua garganta. Nunca achou que diria aquilo. Dias depois de ter vinculado seu poder ao Daquele com Olhos de Sangue, Zen partira para a Capital Celestial, com o intuito de destruir o Exército imperial que havia extinguido seu clã.

Ele não sabia, no entanto, que chegaria bem no início da Conquista elantiana, com o colapso da corte imperial e a queda do poderoso Último Reino. Que seria capturado e estudado, que seu demônio teria que aguardar doze ciclos para receber sua parte no acordo. Até a noite anterior.

Ele ouviu sapatos se arrastando na areia e o farfalhar do qípáo de Lan quando ela se levantou. *Vá embora*, queria dizer a ela. *Você não deve me ver assim.*

No entanto, ela se aproximou dele. Zen sentiu um tecido frio roçar em sua mão.

Ele olhou para cima. Os olhos familiares dela, tão inquisitivos quanto os de um pardal, investigaram o rosto dele.

– Você fez um acordo com um demônio – Lan disse. Simples assim, como se tivesse dito: *Você comprou batata-doce no mercado.*

Zen fechou os olhos e confirmou com a cabeça.

– E o acordo está encerrado? Você pagou o que devia? – ela perguntou, com suavidade na voz.

Zen confirmou com a cabeça outra vez, buscando o vazio recém-descoberto dentro de si, onde a escuridão do ser demoníaco havia se mantido encolhida ao longo de doze ciclos.

Aquele com Olhos de Sangue havia salvado a vida de Zen e recebido seu pagamento: consumira cem almas do posto avançado elantiano.

– Que bom – Lan prosseguiu, e ele ouviu movimento, água escorrendo, antes de sentir a pressão fria de um tecido molhado contra sua testa. Quando Zen abriu os olhos, Lan estava sentada de pernas cruzadas à sua frente, limpando o rosto dele com a manga do qípáo, que voltou vermelha. – Estamos seguros agora. Descanse e...

– Pare. – A voz dele falhou. Zen afastou o braço dela de seu rosto. O toque de Lan o confundia; a delicadeza em seu tom era absolutamente imerecida. – Não está com medo?

Ela pressionou um lábio contra o outro por um momento.

– Tive, na hora – Lan confessou. – Mas agora não tenho mais, acho.

– Por que não? Sou um praticante demoníaco. Perdi o controle de minha criatura. Podia ter matado você.

Ela inclinou a cabeça e estreitou os olhos enquanto investigava o rosto de Zen.

– Mas não matou – respondeu. Seus dedos ainda pressionavam o tecido do qípáo contra o rosto dele. Zen se manteve imóvel, temendo que um movimento seu pudesse fazer com que ela parasse de tocá-lo. – Você é Zen. Salvou minha vida, várias vezes. Me ensinou a prática, me deu uma chance de lutar. Fiquei com medo do demônio, não de você.

As palavras dela fizeram algo dentro dele se romper.

– Sabe qual foi o acordo que fiz com o demônio? – Zen não fazia ideia de por que continuava falando. Talvez por conta dos ciclos ouvindo que era um monstro, sendo reduzido ao demônio que o habitara a maior parte de sua vida. Talvez fosse a necessidade de expor seus pecados, de se provar indigno do perdão dela. – Eu o encontrei um ciclo depois de toda a minha família ter sido morta, quando tinha 7. Jurei que, se ele me desse poder, daria qualquer coisa em troca. Sabe o que ele me pediu? – Zen ainda podia ouvir aquela voz distorcida, preenchendo o céu azul de nuvens invisíveis e fazendo a grama amarela balançar. – Ele me pediu cem vidas. Cem almas para se alimentar, o sangue de cem corpos para matar sua sede. Nosso acordo ficou gravado nas minhas mãos: uma cicatriz para cada alma que eu devia a ele. – Zen finalmente a encarou. – Isso não assusta você? Que uma criança de 7 ciclos tenha feito um acordo desses sem pensar duas vezes?

Algo passou pelo rosto dela, algo como identificação. Depois sua expressão se suavizou.

– Quando os elantianos mataram minha mãe – Lan falou –, eu teria feito qualquer coisa. Teria dado minha alma para salvá-la, destruído a Capital Celestial em troca de sua vida. Não acho que você tenha feito nada de incomum. Você tinha opções de merda, e fez o melhor que pôde.

– Matei mais de cem pessoas. – As palavras saíram dele com um soluço estrangulado. – A maioria inocente. Não importa o que diga, não há desculpa para isso.

– Seu *demônio* as matou – ela disse. – É diferente, não acha?

Uma lembrança veio à tona. Ele estava ao pé dos degraus de pedra que davam para fora das masmorras, levando consigo um rastro de sangue em vez de correntes. Zen se lembrou da Fogo da Noite parecer muito pesada em suas mãos, de seu qì de repente enfraquecido. Na escuridão das celas atrás dele, percebeu as energias yīn de desespero e morte. Seu demônio havia parado para absorver aquilo.

Luz chegava das portas no alto dos degraus, lançando a sombra de uma figura. Erascius se virara para Zen, e o brilho nos olhos azuis e frios do feiticeiro não lhe passara despercebido. O elantiano sorria.

— Agora me lembro de você — Erascius havia dito, nas palavras arrastadas e ondulantes de sua língua, uma língua que despertava lembranças de outra câmara de interrogatório, de uma mesa comprida, doze ciclos antes. — Você é o menino com o pacto demoníaco que prendemos durante o primeiro ano da Conquista. Que me ensinou que demônios podiam servir.

Zen cambaleara para a frente, porém sua mente se enchera de lampejos de fome e sede de sangue — do demônio, e não dele.

Com um rugido gutural, Aquele com Olhos de Sangue atacara em um redemoinho de fumaça preta. Um brilho de metal, e uma luz cobre se acendeu na escuridão. Zen havia acompanhado, com uma sensação familiar de horror, a fumaça do demônio ser contida por um escudo que brilhava feito o sol. Sentira pontadas vagas de dor sempre que o qì do demônio tocava a magia do metal. A risada de Erascius ecoou na escuridão.

— Você me ensinou bastante coisa doze ciclos atrás, incluindo como dominar o poder demoníaco. Se o tivesse reconhecido antes, os soldados na câmara atrás de você não teriam morrido. Tampouco os pobres e inocentes hins nas celas próximas a você.

A fúria de Zen queimara branca dentro dele. Seu demônio rosnara. Ele havia se condensado em uma massa de sombras densa, algo de quatro patas, grande como um camelo — a forma que havia assumido aquele dia na neve, quando Zen o havia encontrado. Ele caminhava diante do escudo dourado de Erascius, com os olhos brilhando escarlates.

— Você não consegue controlá-lo, não é? — Erascius comentara, com a voz suave e parecendo encantado. — Tem tanto medo de perder o controle que precisou deixá-lo inativo a vida toda. — Seus dentes cintilaram quando ele sorriu, inclinando-se para a frente de forma que as sombras e luzes dividiram seu rosto ao meio. — Se eu tivesse todo esse poder, não desperdiçaria meu tempo tentando reprimi-lo. No seu lugar, eu o dominaria. Mas é aí que vocês, hins, falham, não é? Meus colegas acreditam que se trata da natureza inferior da sua raça, porém eu discordo. Acho que o que destruiu a civilização hin foi o princípio do *equilíbrio* que vocês tanto valorizam. *Zhōng Yōng Zhī Dào, Doutrina do meio-termo*. Li seus clássicos e aprendi suas filosofias, e posso lhe dizer uma coisa: quem sempre escolhe o caminho entre os dois extremos, acaba sem nada.

Então o feiticeiro retornara às sombras, e as sombras tinham tomado conta da mente de Zen, com o demônio assumindo outra vez.

– Ele está vivo – Zen disse no presente, com as palavras saindo bruscas, atropeladas, arranhando sua garganta. – Erascius está vivo.

Lan ficou pálida.

– Como? – ela murmurou.

– Quando os elantianos me capturaram e... me estudaram, ele estava lá. E aprendeu a enfrentar um demônio e contê-lo. – Zen levou um dedo ao peito, bem onde o ferimento havia sido curado. – Mas ele não sabia sobre o selo que Dé'zĭ tinha colocado no... no meu demônio. Que seus poderes permaneceriam latentes a menos que minha vida fosse ameaçada. Erascius não sabia que, tentando me matar, acabaria salvando minha vida.

Mas a que custo?, sussurrou uma voz na mente de Zen. Ele pensou nos prisioneiros hins na masmorra, em seu sangue colorindo a Fogo da Noite, em suas almas alimentando o demônio dele.

Uma nova pergunta se acendeu feito uma chama. Se ele tivesse mantido o controle completo sobre seu demônio, teria conseguido destruir o posto avançado elantiano e salvar os hins? Zen ainda conseguia ouvir a risada perversa do feiticeiro no escuro. *No seu lugar, eu o dominaria.*

Ele se levantou de forma abrupta, consciente do quanto seus ossos doíam e seu qì tremeluzia; eram as cinzas do fogo que havia se apagado quando o acordo com o demônio fora encerrado. Não adiantava negar: o qì do núcleo do demônio havia se acrescido ao seu e lhe dado força ao longo dos ciclos de coexistência. Sua ascensão rápida entre os discípulos da escola não tinha sido mera coincidência. Era inevitável que o poder de um demônio, mesmo restringido por um selo, fortalecesse um praticante.

Zen examinou os arredores. Reconheceu o grande rio que passava por eles: era o Dragão Sinuoso, ou o Azul Infinito, como seu povo o chamara, que se formava com o gelo das montanhas das Estepes ao Norte e serpenteava através da bacia Shŭ até as Planícies Centrais. Suas águas corriam claras, verde-azuladas por conta dos minerais do gelo derretido. O rio seguia seu curso até se tornar um fio azul que entremeava a cadeia de montanhas à distância.

O rapaz havia levado Lan até ali com um selo de portal. Depois da destruição do posto avançado, a influência d'Aquele Com Olhos de Sangue sobre a mente de Zen começou a sumir, com a dissolução do contrato que relacionava os dois núcleos. Com o que lhe restava de poder, Zen havia conjurado um selo de portal que levava a um lugar que seu instinto lhe dizia que era seguro. Aquele rio ficava a algumas horas de distância das montanhas Yuèlù, onde Céu Termina ficava escondido. Zen se lembrava de, nos primeiros ciclos depois de sua chegada à escola, descer correndo os 999 degraus, durante à noite, para ir até aquele rio – um rio que o conectava à sua terra natal, no norte. Onde não havia mais nada.

No seu lugar, eu o dominaria.

Se o pai de Zen tivesse aprendido a dominar a prática demoníaca em vez de lhe dar as costas, será que seu povo teria sobrevivido? Zen ainda se lembrava dos estandartes do Dragão Luminoso tremulando, do Exército tocando fogo em sua casa. De como a princípio tinham parecido estar longe, um brilho de fileiras serpenteando pelos planaltos congelados das Estepes ao Norte. Havia uma beleza terrível na uniformidade daquele exército todo em vermelho e dourado.

Dourado, simbolizando o fogo e a destruição que causavam.

Vermelho, simbolizando o sangue que derramavam.

E então, um ciclo depois, Tiān'jīng, a Capital Celestial, sendo incendiada. As chamas devorando os telhados cinzas e pontiagudos. Iniciadas pelas mãos de monstros de pele clara que usavam braceletes de metal e se vestiam em prata e azul.

Prata, simbolizando o metal que empunhavam.

Azul, simbolizando o céu que governavam.

Zen fechou os olhos, porém as imagens permaneceram gravadas em sua mente. Toda aquela destruição, todas aquelas mortes – tudo porque ele não tinha poder. Porque fora treinado a sentir em vez de provocar medo.

– Zen. – Ele ouviu a voz de Lan como se viesse de longe. Quando abriu os olhos, ela estava bem à sua frente, delineada pela alvorada. – É melhor irmos. Se Erascius continua vivo, o feitiço de rastreamento ainda funciona, não? Ele ainda pode nos encontrar.

Zen ficou mais alerta.

– Posso?

Ela lhe estendeu o braço. De alguma forma, o metal havia subido até o cotovelo, saltando das veias para a superfície da pele.

Com cuidado, Zen pressionou os dedos nele. Lan fez uma careta. A mente do rapaz já estava pensando em um selo, porém, quando ele procurou acessar o qì à sua volta, descobriu que mal conseguia fazê-lo. Rodopiou nas pontas dos seus dedos e se dissipou em seguida.

Zen tentou outra vez, porém algo dentro dele havia se alterado com o massacre e a partida do demônio.

– Perdão. – Seu estômago se revirou quando ele voltou a baixar o braço dela. – Parece que já me exauri demais por hoje.

Ali, diante do rio correndo, em meio ao silêncio e à floresta tomada pela névoa, uma sensação nova o encontrou. Zen precisou de um momento para se dar conta do que era: impotência. Não experimentara aquilo em doze ciclos, pois mesmo nas situações mais ameaçadoras sempre soubera que tinha cobertura, que tinha uma saída. Que, se fosse forçado, tinha uma carta na manga.

Por mais que tentasse combatê-lo, ele havia passado a confiar no poder do demônio recolhido dentro de si.

Agora, não tinha nada. Nenhum qì para produzir um selo contra o feitiço de rastreamento, para proteger Lan da dor da magia elantiana, ou para criar um selo de portal que os levasse de volta a Céu Termina.

Ele não tinha com o que lutar. Não tinha com o que se defender.

E não tinha nenhum poder para proteger aqueles que amava.

Pior ainda: os elantianos estavam chegando às Planícies Centrais, à escola, ao último fiapo de esperança que Zen mantinha de que os hins recuperariam seu reino e sua liberdade.

Você tinha opções de merda, Lan dissera, e ela estava certa. A escolha de seguir o caminho do bem, praticar o equilíbrio, era um privilégio. Zen havia devotado os onze ciclos anteriores àquilo, culminando naquele dia. Naquele momento. Cem mortes por suas mãos, e ainda não era o bastante para sufocar o terrível poder dos elantianos.

Toda a história do reino havia sido escrita com base nas mesmas escolhas. Matar ou morrer. Conquistar ou ser conquistado.

A alma de Zen estava manchada desde o momento em que fizera o acordo com o demônio. Não adiantava tentar ser bom, fingir que era um discípulo devotado do Caminho, quando sua história e sua linhagem negavam aquilo.

Quem sempre escolhe o caminho entre os dois extremos, acaba sem nada.

– Não tem problema – Lan falou, baixo, arrancando-o de seus pensamentos. – Vamos voltar a Céu Termina. Mestre Nóng já deve ter retornado. Ele e mestra Ulara vão extrair o metal. E vamos... vamos contar tudo a eles.

Voltar a Céu Termina. Zen pensou na primeira noite em que havia pisado na escola, muitos ciclos antes, nos olhares de aversão dos mestres quando perceberam o que ele era e o que tinha dentro de si. Em como os outros discípulos haviam mantido distância depois do incidente na Câmara das Cem Curas. Nos olhares e rumores que haviam se seguido.

Zen fitou suas mãos lisas e sem cicatrizes. O que os mestres diriam quando soubessem o que havia feito? Que havia perdido o controle do demônio ligado a ele e matado elantianos e civis hins de maneira indiscriminada?

– Se contarmos a eles, vão nos proibir de deixar Céu Termina outra vez – Zen respondeu em um murmúrio. – Vão confiscar a ocarina e me sujeitar à férula e ao isolamento.

Os dedos de Lan se apertaram em volta da superfície preta e lisa da ocarina. Zen se deu conta de que ela a mantivera escondida em sua manga aquele tempo todo.

– Minha mãe me deixou os mapas para os deuses-demônios por um motivo – ela disse. – Não vou deixar que ninguém os tire de mim. Preciso entender... preciso entender o que ela queria que eu fizesse com eles.

– E agora os elantianos também viram os mapas – Zen acrescentou, sem emoção na voz, porque não queria dar nenhuma pista do que estava pensando. Era importante que ela chegasse àquela conclusão por si própria.

– Erascius está vivo. E o que ele procurou esses ciclos todos... aquilo por que matou minha mãe... está aqui – Lan afirmou, erguendo os olhos para olhar nos dele, horrorizada. – Ele esteve procurando pelos deuses-demônios esse tempo todo, Zen.

– Erascius me disse que, se tivesse o poder de um demônio, procuraria dominá-lo, em vez de refreá-lo. Os elantianos querem ter o poder dos quatro deuses-demônios sob seu controle. Você viu o que meu demônio menor foi capaz de fazer sozinho. Agora imagine o poder que esses quatro seres lendários possuem. – Zen baixou a voz. – Os elantianos não conheceriam limites.

– Não podemos deixar que os encontrem – Lan sussurrou.

Zen olhou para as montanhas distantes, para o céu despertando.

– Não – ele concordou. – O que significa que precisamos encontrá-los primeiro.

23

É dever do praticante escolher defender em vez de atacar, proteger em vez de ferir, e procurar paz em vez de guerra.

Dào'zĭ, *Livro do Caminho (Clássico das virtudes)*, 3.4

Quando Lan chegara pela primeira vez a Céu Termina, o lugar emergira como um sonho: os telhados curvos despontando entre as montanhas irregulares marcadas por pinheiros verdes; as construções que pertenciam ao passado e que de alguma forma desafiavam o tempo. Agora, tempo era algo que lhes faltava.

Era fim de tarde, e o sol mergulhava a oeste, encerrando tudo em vermelho. Eles haviam passado o dia utilizando as Artes Leves para viajar e parando para descansar quando necessário. Zen se mostrava reticente, com o rosto pálido e preocupado, os olhos de tempos em tempos observando as próprias mãos.

O selo de divisa pareceu incomumente silencioso quando os dois a atravessaram, e a subida dos 999 degraus foi rápida. Eles passaram primeiro pela Câmara da Cascata dos Pensamentos, onde o mestre de Textos dava aula aos discípulos mais novos. Ao ver Zen e Lan, o sangue se esvaiu do rosto de mestre Nán; ele balbuciou para que um discípulo supervisionasse a turma e conduziu os dois imediatamente à Câmara das Cem Curas.

Mestre Nóng havia retornado; Lan agora podia ser operada e ter a magia elantiana devidamente extraída de seu braço. O mestre de Medicina, um homem sereno com barba branca e sobrancelhas compridas e cheias, instruiu a garota a se deitar no kàng e lhe entregou uma tigela de um caldo amargo. Enquanto o sedativo começava a surtir efeito, ela ouviu mestre Nóng dizer a Zen que apenas ele e seus assistentes poderiam permanecer na câmara. Lan quis estender o braço, quis pedir a Zen que ficasse com ela, porém sentia a língua pesada e as pálpebras já se fechando. O rosto do rapaz permaneceu destacado na escuridão até que ele também se misturasse às sombras e o nome dela em seus lábios se transformasse em fumaça.

Quando Lan acordou, a noite já estava avançada. Uma lanterna de papel queimava suavemente na mesinha ao lado do kàng, lançando sombras nas janelas ornamentadas. Alguém havia colocado uma manta sobre ela.

Lan olhou para o braço esquerdo, e só então registrou a fonte da dor que sentia. Parecia que alguém havia extraído tiras irregulares de carne dela, depois costurado tudo de volta. Um unguento cintilava em sua pele, misturado com sangue. A cicatriz clara do selo da mãe permanecia em meio a tudo aquilo.

Aliviada, Lan tocou a cicatriz. Agora que a magia intrusiva havia deixado seu braço, sentia sua mente mais clara e seus sentidos tranquilos como não ficavam fazia um bom tempo. Lan fechou os olhos e se conectou com os feixes de qì que se movimentavam à sua volta, como as cores vívidas de uma pincelada – como *música*.

A música estava em toda parte: no bruxulear da chama da vela, no vento sacudindo os pinheiros, no gorgolejar da água lá fora, no suspiro do ar dentro da câmara. Fluía ao passar por ela e à sua volta, trechos de melodia que Lan podia alcançar e tocar, invocar.

Então ouviu passos leves, e um rosto familiar apareceu, a expressão suavizada pela luz trêmula da lanterna. Lan percebeu que, caso se concentrasse, quase conseguia *ouvir* o qì dele: o correr suave da água do rio, a batida clara de um sino, o tilintar de uma colher em uma cumbuca.

Shàn'jūn se sentou ao lado do kàng de Lan, e aproximou uma tigela da boca dela.

– Beba isto – ele pediu com gentileza. – É para a dor.

Com a ajuda do discípulo, Lan se sentou e pegou a tigela. O conteúdo era bastante amargo, porém ela não detectou o cheiro do sedativo que ele havia lhe dado antes. O caldo quente queimou por todo o caminho até o estômago.

– Você está sempre me recebendo com uma sopinha de lagartas – Lan comentou, com um sorriso torto.

Shàn'jūn retribuiu o sorriso, porém não passou despercebido a Lan que havia algo de errado.

– Sim.

Conforme seus pensamentos se tornavam mais claros, as lembranças voltavam a ela.

– Shàn'jūn – Lan disse. – Quando eu cheguei, tinha um instrumento comigo. Uma ocarina, com o desenho de uma lótus. Você a viu?

Ele deixou a tigela na cômoda ao lado da cama, depois pegou uma faixa enrolada de sua bolsa de cânhamo e começou a passá-la no braço de Lan da maneira precisa e cuidadosa como realizava todas as suas tarefas.

– Não se preocupe, Lan'mèi. Zen pediu que eu a guardasse. Como discípulo de Medicina, no entanto, preciso pedir que você priorize o descanso...

– Me sinto *completamente* revitalizada depois da sua sopinha de lagartas.

Shàn'jūn suspirou.

– Pelo jeito a extração não causou nenhum dano ao seu raciocínio – ele murmurou, depois tirou a ocarina das dobras da manga e a entregou a Lan.

Os dedos dela se fecharam em torno da superfície lisa como se fosse um salva-vidas. Por um milagre, o instrumento havia sobrevivido à batalha ileso a não ser por uma leve camada de lama. Lan o limpou até que a lótus de madrepérola brilhasse feito um osso.

– Os mestres estão todos se perguntando o que aconteceu – Shàn'jūn disse, baixo, com os olhos fixos no instrumento. – Quando você e Zen sumiram, todos pensaram que... – Ele baixou os olhos. – Que Zen havia feito algo com você.

Lan levantou a cabeça na mesma hora. Zen. Ele estivera com ela na câmara antes que a extração começasse.

– Onde Zen está? – perguntou. Shàn'jūn ficou em silêncio, então Lan perguntou outra vez, mais alto: – Onde Zen está?

– Com mestra Ulara – uma voz respondeu. Tai entrou na Câmara das Cem Curas, abaixando-se um pouco para passar pelo batente. Seus olhos delineados em dourado cintilaram quando ele olhou na direção dos dois, mais precisamente na ocarina nas mãos de Lan. – Eu ouvi. Ouvi as almas nisso aí.

– Como assim, "com mestra Ulara"? – Lan questionou.

– Por favor, Lan'mèi – Shàn'jūn pediu, tentando pegar a mão do braço bom dela. – Você não deve exaltar seu qì...

– Ele está sendo interrogado – Tai respondeu, sem se abalar – na Câmara da Clareza. Possivelmente com a férula.

– A férula – Lan repetiu, entorpecida. Zen havia mencionado aquele instrumento. Ela não fazia ideia do que era, mas se Ulara estava envolvida não podia ser coisa boa. Lan se lembrou do olhar assassino que a mestra de Espadas havia dirigido a Zen. – Por que ele está sendo interrogado?

– Lan'mèi, você tem alguma ideia do que aconteceu? – Shàn'jūn perguntou, em voz baixa.

– A menos que sua sopa de lagartas provoque perda de memória, lembro perfeitamente bem...

– Então deve saber que Zen ignorou a única condição estipulada para que pudesse se tornar um discípulo da Escola dos Pinheiros Brancos.

— A tristeza lançava sombras no rosto de Shàn'jūn. — Ele usou o poder de seu demônio, o que jurou que nunca faria. Vocês dois estavam encharcados de qì demoníaco quando chegaram.

— Ele não teve escolha! Fomos capturados pelos soldados elantianos... vimos o posto avançado central deles... — Por mais que Lan procurasse organizar os pensamentos, as frases saíam de seus lábios fragmentadas, confusas. Seus olhos se alternaram entre Shàn'jūn e Tai. A expressão de ambos era lúgubre. — Onde está o grão-mestre? Vou contar o que aconteceu a ele.

— O grão-mestre não pode fazer nada – Shàn'jūn falou. — Um processo formal de investigação já teve início. O que significa que, depois que Zen encarar a férula por ter infringido o código de conduta, um júri de mestres votará para decidir se ele pode permanecer na Escola dos Pinheiros Brancos... e se deve receber uma punição mais severa.

— Uma punição *mais severa*? Zen salvou nossas vidas!

— A prática demoníaca é proibida – Tai afirmou. — Pela lei imperial, a punição seria a morte.

— E a proibição não é descabida – Shàn'jūn acrescentou, ao notar a expressão de Lan. — Com frequência, os praticantes demoníacos perdiam o controle de seus demônios e permitiam que controlassem seus corpos. Na maior parte das vezes, as consequências eram muito piores que os benefícios de seu uso. Você se lembra do Assassino da Noite...

Dera tudo terrivelmente errado. Os dois haviam partido porque *ela* precisava ir à Montanha Protegida, e agora *ele* ia ser punido. Para piorar, tinham encontrado a ocarina que a mãe de Lan deixara para ela só para libertar os mapas estelares que havia dentro, mapas que conduziam aos quatro deuses-demônios... e que o Feiticeiro Invernal vira e roubara. E agora Erascius planejava encontrar os deuses-demônios e invadir as Planícies Centrais. Quaisquer que fossem as regras que Zen havia quebrado não eram nada em comparação com o que aconteceria se não impedissem o feiticeiro.

— Me leve até lá – Lan pediu. — Vou dizer a Ulara que...

— Não. *Não* – Tai falou.

— Sua pressão, Lan'mèi – Shàn'jūn disse ao mesmo tempo.

— Não quero saber da minha pressão! – Lan gritou. — Zen fez isso para salvar nossas vidas. Se alguém deve ser punido, sou eu. Fugimos porque *eu* pedi! E encontramos a ocarina que minha mãe me deixou, Shàn'jūn. Ela guarda os mapas estelares para...

Lan respirou e conseguiu se controlar a tempo. Zen havia alertado que os mestres da escola proibiriam que saíssem de novo caso soubessem o que planejavam fazer.

Por mais que gostasse de Shàn'jūn, Lan não tinha como saber se o amigo se sentia do mesmo jeito.

Shàn'jūn e Tai se entreolharam. O discípulo de Medicina suspirou.

— Lan'mèi, você não tem como ajudar agora. Yeshin Noro Ulara aguarda há tempo por uma chance de expulsar Zen da escola. Ela ocupa uma posição elevada aqui, devido à sua linhagem, o que lhe dá um poder imenso sobre os outros. E não há nada que você possa fazer. Zen está sendo investigado, e essa é a forma mais rigorosa de julgamento segundo o código de conduta. — Shàn'jūn hesitou. — E eles estão esperando que você acorde para começar o seu. Supliquei para que lhe dessem um dia de descanso. Então, por favor, não vamos criar mais problemas, ou você acabará sendo expulsa da escola.

— *Expulsa?* — Lan gritou de novo, e Shàn'jūn ergueu uma única mão para acalmá-la. Ela o ignorou e continuou falando e gesticulando de maneira descontrolada. — Os elantianos estão planejando uma invasão! Se esperarmos mais, talvez nem haja uma escola de onde me expulsar!

— Por favor, Lan'mèi — Shàn'jūn pediu. — Acredito em você, de verdade. E entreouvi Zen explicando tudo aos mestres mais cedo. Tenho certeza de que ele tratará do assunto na investigação. — O discípulo levou seus dedos frios à mão dela e a apertou com delicadeza. — Se planejarmos bem nossos passos, podemos salvar a escola *e* Zen. Ulara é temperamental, mas não chega a ser insensata.

— Fique aqui — Tai falou, de repente. — Você precisa ficar. Invadir a investigação seria jogar combustível nas chamas de Ulara.

Lan sentiu um aperto no peito, e se concentrou em controlar a respiração acelerada. Os dois não tinham ideia, não mesmo, do que havia acontecido na noite anterior. Não haviam visto o posto avançado elantiano, construído pelos pobres prisioneiros hins. Não sabiam do que Erascius era capaz, ou o que ele planejava fazer.

Tais pensamentos faziam sua cabeça latejar. Tudo o que ela conseguiu fazer, no entanto, foi perguntar, aos sussurros:

— Por que ela o odeia tanto?

Tai cruzou os braços e dirigiu um olhar carregado para Shàn'jūn, que assentiu. Quando o discípulo de Medicina voltou a se virar para Lan, sua expressão estava incomumente séria.

— Quando Zen chegou à Escola dos Pinheiros Brancos, seu demônio estava solto. Tinha mais controle sobre Zen do que Zen tinha sobre ele. O grão-mestre convenceu todos a darem uma chance a ele. Acreditava que aprender o Caminho o salvaria. No entanto, no segundo ano de Zen aqui, houve um acidente. – Shàn'jūn baixou os olhos e, sob os cílios compridos, percorreu a câmara em volta. – Aconteceu bem aqui. Estávamos em três, brincando de lutar, e acredito que a terceira pessoa ofereceu resistência demais. Zen perdeu o controle e quase a matou.

A história explicava tudo o que ela havia aprendido sobre Zen nas semanas anteriores. Sua observação rígida dos princípios do Caminho. Sua posição na escola e o fato de que tinha poder e era reverenciado, mas também temido. A culpa com que falava da prática demoníaca. Na noite anterior, a história havia se repetido.

Mas agora ele está livre do demônio, Lan pensou. A imagem das mãos brancas e sem marcas de Zen lhe veio à mente. O encerramento de seu acordo com o demônio tivera um custo enorme.

– Quem era a terceira pessoa? – Lan perguntou em voz baixa. – Que Zen quase matou?

Tai fechou os olhos. Shàn'jūn respirou fundo.

– Yeshin Noro Dilaya – ele respondeu. – O demônio de Zen lhe tirou um braço e um olho antes que o grão-mestre o impedisse.

Dilaya. Yeshin Noro Dilaya, com seu tapa-olhos e sua manga direita vazia.

Lan fechou os olhos. Agora tudo fazia sentido – o ódio antes inexplicado da família Yeshin Noro, o medo da prática demoníaca. Ouviriam Zen se ele falasse a verdade, sobre o posto avançado e os planos elantianos de invadir as Planícies Centrais em busca dos deuses-demônios? Perdoariam ele a ponto de aceitarem trabalhar juntos para impedir um inimigo em comum, ou cederiam ao ódio?

Ela pensou na destruição que Zen havia levado a cabo. Em todos os soldados elantianos e prisioneiros hins vítimas dele. Vítimas *do demônio*, Lan se corrigiu.

Você viu o que meu demônio menor foi capaz de fazer sozinho. Um terrível vazio tomara conta dos olhos de Zen enquanto ele proferia aquelas palavras. *Agora imagine o poder que esses quatro seres lendários possuem.*

Erascius havia visto os mapas estelares; tinha uma ideia de onde os quatro deuses-demônios se encontravam. Se os localizassem, as Planícies Centrais – incluindo a Escola dos Pinheiros Brancos – estariam nas mãos dos elantianos, e seria o fim de toda esperança que ainda restava de que os hins recuperassem a liberdade.

Se Lan não podia ajudar Zen no momento, havia outra coisa que podia fazer.

Os nós de seus dedos ficaram brancos quando ela agarrou a ocarina e se virou para Shàn'jūn.

– Preciso da sua ajuda – Lan disse, depois olhou para Tai. – E da sua.

O discípulo de Medicina assentiu, com uma determinação lúgubre, enquanto o invocador de espíritos a olhava, confuso.

– Preciso saber mais sobre os deuses-demônios.

Shàn'jūn quase deixou cair a tigela de caldo que havia acabado de pegar para tentar convencê-la a tomar mais.

– *Como?*

Então Lan teve que voltar ao início e contar a eles que tinha sido uma visão ocasionada pelo selo da mãe que a levara à Montanha Protegida e à ocarina. Que Erascius a perseguira e os elantianos os surpreenderam na Escola dos Punhos Protegidos. Que ela havia tocado a ocarina e revelado os mapas estelares para os deuses-demônios. Quando Lan terminou, Shàn'jūn estava de olhos arregalados e Tai de queixo caído.

– Mas metade dos deuses-demônios foram perdidos há várias dinastias – Shàn'jūn afirmou. – A Tartaruga Preta desapareceu com o Assassino da Noite. E... – ele olhou discretamente para Tai – a corte imperial perdeu o poder sobre a Fênix Escarlate com a invasão elantiana.

Tai não disse nada.

– Por que sua mãe teria os mapas para eles? – Shàn'jūn prosseguiu. – E, mesmo que os mapas estejam certos, o que ela queria que você fizesse depois que os deuses fossem encontrados?

Lan percebeu que não tinha respostas para as perguntas de Shàn'jūn.

– Tudo o que importa é chegarmos a eles antes dos elantianos – ela disse. – Quando toquei a ocarina, o feiticeiro real viu os mapas estelares. Ele sobreviveu ao demônio de Zen, e agora pretende usar os deuses-demônios para conquistar o restante do reino.

– E você sabia como tocar isto? – Tai apontou para a ocarina.

– Fui criada com música – Lan respondeu. – Acho... acho que minha mãe tinha a habilidade de lutar por meio de canções.

Tai manteve os olhos fixos nela, e seus anéis dourados pareciam cintilar.

– E você? – ele perguntou. – Também tem?

Ela hesitou.

– Não sei dizer. Consegui conter o feiticeiro com a canção da minha mãe. Mas talvez fosse o poder da ocarina, e não o meu. E às vezes... às vezes sinto que ouço música no qì. Como se os diferentes fios de energias fossem notas que eu pudesse tocar. – Lan ainda não havia tido a chance de falar com Zen sobre o fato de ter usado a ocarina para atacar Erascius na câmara de interrogatório, uma vez que haviam se concentrado nos deuses-demônios e no demônio de Zen. – É uma arte da prática?

– É – Tai respondeu, baixo. – Ou era. Mas morreu. Com os clãs.

Os dois ficaram se olhando por um momento. Então Lan estendeu a ocarina, com todo o cuidado.

– Deve haver marcas da alma da minha mãe nisto. Talvez haja respostas, se quiser ler.

Antes que Tai pudesse responder, as portas de madeira da Câmara das Cem Curas se abriram.

– Respostas que virão à tona na sua investigação – uma outra voz falou.

A boca de Yeshin Noro Dilaya era uma linha fina e desagradável. Seus olhos cinzas como aço arderam em triunfo quando ela ergueu a Presa de Lobo e apontou a lâmina curva na direção deles.

– Fora do caminho, Comedor de Ervas e Garoto Fantasma – ela ordenou, com prazer, e ergueu o queixo. – Se tentarem alguma coisa, entregarei vocês também, pois não é a primeira vez que os encontro conspirando. Deveriam tê-la levado à Câmara da Clareza assim que acordasse.

– Falsas acusações são contra a regra 53 do código de conduta – Lan retrucou. – No seu lugar, eu verificaria os fatos antes de sair correndo para a mamãe. Ainda dá para ver a marca que o último tapa dela deixou na sua bochecha esquerda.

– Ah, acho que minhas acusações estão bem acertadas desta vez – Dilaya respondeu, com sordidez. – Procurar os deuses-demônios? Eu não esperaria menos de um espírito de raposa sedento de poder, mas convencer dois discípulos estimados da escola a participar… bem.

– Por favor, Dilaya shī'jiě, é tudo um mal-entendido – Shàn'jūn disse, levantando as mãos, o que só a fez erguer sua dāo mais alto.

– Não acho que seja – ela falou, e seus olhos pousaram na ocarina. – Então… você encontrou o instrumento que sua mãe lhe deixou. Aquele que a marca dela disse… como foi que ela disse mesmo? Que ia "salvar nosso reino"?

– É uma ocarina, sua traseiro de porco – Lan esbravejou.

Aquilo apagou o sorriso desdenhoso de Dilaya.

– Qualquer que seja o nome, vou ficar com ela.

Lan mudou de tática. Independentemente dos sentimentos que nutriam uma pela outra, precisava acreditar que ela e Dilaya estavam do mesmo lado quando se tratava dos elantianos.

– Dilaya – Lan disse, suavizando a voz até torná-la apaziguadora –, por favor, me ouça. Os elantianos estão procurando os deuses-demônios para usar seu poder para invadir as Planícies Centrais e destruir a escola. Temos que impedi-los.

– Ah, é? Que curioso, Zen parece ter deixado essa parte da história de fora de seu depoimento – Dilaya retrucou.

– Você... estava lá? Na investigação? – Tai perguntou.

O cérebro de Lan, no entanto, travou. Zen não havia contado aos mestres sobre o plano de Erascius de encontrar os deuses-demônios, a mais importante descoberta que haviam feito na viagem?

– Minha mãe precisava de uma assistente – Dilaya respondeu, com arrogância. – Saí mais cedo, quando eles estavam encerrando o dia de trabalho, para ver se esse espírito de raposa estava tramando alguma coisa. O que, é claro, estava.

Suas palavras fizeram o cérebro de Lan voltar a funcionar. Se Zen não havia contado nada aos mestres, devia haver um motivo.

Ela precisava vê-lo. Precisava falar com ele.

A ocarina parecia pulsar em sua mão. Lan pensou na música que parecera sair *dela*, que havia esculpido a ilusão dos mapas estelares, com os deuses-demônios cintilando em quatro cores no alto. Depois, pensou na música que havia tocado contra Erascius. A canção da mãe.

Ela olhou para Tai. Seria possível que tivesse a habilidade de lutar com música, como desconfiava que era o caso da mãe? Havia uma única maneira de descobrir.

Lan estendeu a ocarina.

– Você quer isto? – ela perguntou a Dilaya. – Então venha pegar.

Lan levou a ocarina aos lábios e soprou.

Dó-dó-sol.

As primeiras notas varreram a câmara como um vendaval, levantando folhas de papel e fazendo as chamas da lamparina se agitarem freneticamente. O tempo pareceu desacelerar quando Dilaya atacou, a Presa de Lobo cortando o ar. Enquanto Lan tocava os acordes seguintes, as notas passavam por Dilaya como facas invisíveis, levantando as mangas de seu qípáo e se chocando com sua espada de maneira audível.

Lan fechou os olhos e tocou as notas seguintes – só que alterando-as de leve. Foi uma mudança sutil, mas, quando soprou, ela sentiu a canção se alterando, o qì a envolvendo de maneira diferente, compreendendo diferentes componentes... quase como se ela traçasse um selo.

Dó... sol-dó.

Aquilo atingiu Dilaya com um soco no pescoço, no ponto exato em que Lan havia visto Erascius atacar Zen. A garota cambaleou, seus lábios se entreabrindo em choque, como se seu corpo paralisasse. Ela caiu no chão, e a espada tilintou ao seu lado.

Com o rosto pálido, Shàn'jūn se ajoelhou para observar a discípula de Espadas inconsciente. Devagar, seus olhos se dirigiram a Lan.

– O que foi isso? – ele sussurrou, e ela viu os olhos dele pousarem na ocarina em suas mãos. – O que você fez?

Lan gostaria de ter uma explicação para aquilo. Gostaria de poder elucidar qualquer um dos eventos que haviam ocorrido desde a noite em que deixara Haak'gong. Desde que havia escolhido trilhar aquele caminho, seguir a canção do fantasma da mãe.

– Não sei – ela respondeu. – Perdão, Shàn'jūn.

Lan se virou na direção da porta.

Dedos se fecharam em torno de seu pulso: quentes e compridos, segurando firme. Quando olhou para trás, viu que não era Shàn'jū, e sim Tai que a segurava. Uma mecha de cabelo despenteado caía em seus olhos; metade de seu rosto estava escondido nas sombras, enquanto a outra metade era iluminada pela luz trêmula da lanterna.

– Sua mãe – ele murmurou. – Ela era membro de um clã?

Lan não fazia ideia de como responder ou de qual era a relevância da pergunta naquele momento.

O tempo estava se esgotando.

– Pergunte ao fantasma dela, se quiser saber – Lan disse. – Agora me solte.

Para a surpresa dela, Tai recuou um passo e deixou o braço cair ao lado do corpo. Seus olhos, no entanto, não a deixaram.

– Eu sei – foi tudo o que ele falou. – Agora eu sei.

Lan teve medo de que, se permanecesse mais tempo ali, não conseguiria ir embora. Então se virou e, agarrando firme a ocarina, correu noite adentro.

24

Um praticante precisa não apenas se devotar ao corpo, mas também à mente e à alma. Um corpo obediente com uma alma traidora engana a si mesmo.

Dào'zǐ, *Livro do Caminho (Clássico das virtudes)*, 1.6

Zen entrara na Câmara da Clareza outras duas vezes na vida: quando chegara a Céu Termina e quando fora julgado pelo que seu demônio fizera a Yeshin Noro Dilaya. Em ambas as vezes, o grão-mestre o salvara, insistindo com os outros mestres que ele ainda precisava receber os ensinamentos, que seu comportamento anômalo poderia ser corrigido se ele aprendesse os princípios do Caminho.

Agora, Dé'zǐ se mantinha-se em silêncio. O cômodo era escuro e todo de pedra, e figuras do panteão hin dos deuses e demônios os observavam das cornijas. Não havia janelas; a única fonte de luz eram as lanternas de papel. Zen se ajoelhou diante de todos os mestres da Escola dos Pinheiros Brancos. Sentia uma dor embotada nas costas, onde a férula havia deixado vergões na pele.

Fazia tempo que Dé'zǐ havia declarado a férula um método antiquado de punição. *Dor e crueldade podem ser suportados por quem tiver força de vontade suficiente*, ele havia dito uma vez, e suas palavras tinham ecoado com finalidade naquela câmara. *É à mente que devemos dar atenção.*

Você estava certo, shī'fù, Zen pensou. *A dor não passa da carne. Minhas cicatrizes estão todas na alma.*

Ulara desfrutara do ato de acorrentar suas mãos ao mastro de ferro de modo que mal conseguisse se mover. Zen não se importava. Teria se mantido em silêncio durante a férula de qualquer maneira.

Era um preço pequeno a pagar pelo que fizera, e pelo que estava prestes a fazer. Se os mestres ficassem sabendo que ele pretendia ir atrás dos deuses-demônios, a expulsão de Céu Termina seria a parte mais branda de sua punição.

— É só isso? — perguntou Fēng'shí, mestre de Geomancia. Ele se recostou, com uma bolsa de cânhamo transpassada no peito, contendo cascos de tartaruga, ossos e um cachimbo que ele só pegava na presença de Dé'zĭ. A Geomancia, a interpretação do destino de acordo com as estrelas e os ossos, era a disciplina em que Zen se saía pior, e, embora mestre Fēng'shí fosse imprevisível e imparcial em relação a tudo que não fosse seus estranhos caprichos, não tinha nenhum apreço por ele. O homem alegava ter visto o mal encarnado na alma de Zen e lido nas estrelas sobre seus desvios. – Tudo o que tem a relatar é que os elantianos rastrearam você e a garota, e você destruiu seu posto avançado?

– Eu diria que é bastante coisa, mestre Fēng – comentou Ip'fong, mestre de Punhos de Aço. Grande, desajeitado e basicamente duzentos jīn de puro músculo, ele era mais um homem de ação que de palavras. – Os elantianos estão preparando a invasão das Planícies Centrais, que há muito está para vir. Tivemos sorte de passar despercebidos a seus olhos por tantos ciclos, mas o selo de divisa não resistirá a um exército inteiro.

– O que faz com que nos indaguemos – disse o mestre anônimo dos Assassinos, cuja voz era como fumaça na noite sem estrelas – o que os dois discípulos estavam fazendo fora de Céu Termina.

– Já não expliquei com clareza? – Zen perguntou, e suas correntes tilintaram quando ele levantou a cabeça para olhar para os mestres em volta. – Estávamos procurando pelo fantasma da mãe de Lan. Concordei em levá-la na esperança de pôr um ponto-final no assunto. A questão estava atrapalhando seus estudos.

– Mas você sabia que era errado – o mestre de Textos disse, alto. – Você sabe que não deve infringir o código de conduta, Zen.

Quanto àquilo, ele não tinha nada a dizer.

– O garoto está mentindo – Ulara declarou afinal. Estava mais para o lado, fora do círculo iluminado pelas lanternas. Seu rosto se encontrava na escuridão, porém Zen distinguia seus olhos brilhando. Suas duas dāo estavam embainhadas em sua cintura, e a luz refletia na lâmina da Garra de Falcão. – Dilaya os encontrou outra noite. Falavam de procurar uma ocarina.

– Pura nostalgia – Zen respondeu, com frieza. Mais cedo aquela mesma noite, a caminho da Câmara da Clareza, ele se certificara de repassar cada detalhe da história que contaria, procurando furos e incongruências. Não havia se esquecido da intrusão de Dilaya na biblioteca, noites antes, tampouco do envolvimento de Shàn'jūn e Tai. Precisaria procurá-los depois. – A mãe da garota tocava ocarina para ela quando pequena – ele explicou. – Certamente mestra Ulara deve ter aspirações mais elevadas que transformar desejos infantis em provas.

De onde se encontrava, ele não conseguiu ver a expressão de Ulara. Outra voz soou em seguida.

– Uma ocarina?

As chamas se refletiram na expressão de Dé'zǐ quando ele se inclinou para a frente, fazendo cada ruga parecer mais profunda e suas maçãs do rosto mais saltadas. De repente, ele pareceu mais velho. Zen encarou seu mestre e se esforçou para não desviar o rosto, por mais difícil que fosse suportar a decepção nos olhos de Dé'zǐ.

– Sim, shī'fù – Zen confirmou, sem entender por que seu mestre se concentrava em um mero detalhe. – Eu disse à garota que não tínhamos uma ocarina na escola, embora contássemos com instrumentos mais comuns, que ela poderia tocar.

Dé'zǐ olhou para Zen por um longo momento antes de voltar a se recostar. O discípulo pensou ter notado algo pior que decepção na expressão de seu mestre. Dé'zǐ parecia... *aflito*.

– Os incensos queimaram até o fim – mestre Gyasho falou em meio ao silêncio. Ele apontou para um suporte de latão pendurado em uma alcova na parede de pedra; não restava nada do incenso além de três pontas pretas. – Um sino se passou, e está tarde. Vamos nos reunir mais uma vez para discutir a notícia preocupante da invasão elantiana e deixar que Zen descanse fisicamente e reflita espiritualmente.

Dé'zǐ olhou para Ulara.

– Dilaya vai nos comunicar assim que Lan despertar? – ele perguntou.

Ulara assentiu, então o grão-mestre se levantou.

– Muito bem. Vamos nos reunir na Câmara da Cascata dos Pensamentos.

Enquanto os mestres saíam devagar, Dé'zǐ se aproximou de onde Zen se encontrava ajoelhado.

– Não haveria necessidade da férula se você tivesse se arrependido – o grão-mestre disse, baixo.

– Haveria, sim – Zen respondeu. – De outra maneira, os mestres não ouviriam nada do que eu dissesse. Já teriam se convencido a meu respeito, shī'fù.

Dé'zǐ parecia triste.

– A férula tampouco vai salvá-lo. Ela não conduz na direção da verdade ou do Caminho. – Ele ergueu a mão e tocou a têmpora de Zen. Por um momento, o discípulo se viu se apoiando naquele toque, como quando era pequeno. – Se a mente está convencida, a dor física não pode impedi-la.

Zen se afastou.

– Diga-me, Zen – o grão-mestre pediu, ainda em voz baixa. – Não há nada mais nessa história da ocarina?

Os lábios de Zen se entreabriram. Dé'zǐ o olhava diretamente, de maneira tão aguçada quanto uma lâmina, penetrando até o último recanto de sua alma. Vendo, como havia visto quando Zen era pequeno, partes que ninguém mais via, sombras e cicatrizes escondidas do mundo.

No passado, talvez ele tivesse se ajoelhado aos pés do mestre e implorado por perdão. Talvez tivesse contado a Dé'zǐ sobre os deuses-demônios, sobre seu plano de impedir os elantianos de se apossar deles.

No entanto, Zen se dera conta de que não importava o quanto o grão-mestre tentasse salvá-lo, ele não tinha como fugir de seu destino, aquele que estava escrito nas estrelas para uma criança que havia perdido tudo nas congeladas Estepes ao Norte do Último Reino. Sua alma tinha se perdido no dia em que ele escolhera aceitar a proposta do demônio; sua história só podia terminar de uma maneira, e por mais que tentasse Dé'zǐ não tinha como reescrevê-la.

— Não, shī'fù. — Foi surpreendentemente fácil para Zen manter o tom firme. — Nada mais.

Dé'zǐ se afastou. As sombras obscureceram sua expressão.

— Muito bem — ele disse, e virou as costas. — Deixarei você com sua reflexão e seu arrependimento esta noite. Espero que de alguma forma encontre clareza e retorne ao Caminho.

As lanternas bruxulearam quando ele foi em direção à porta, um qípáo claro deslizando na escuridão até ser engolido pela noite.

Zen soltou o ar, e a tensão deixou seus músculos. Ficariam doloridos depois, mas aquela era a menor de suas preocupações. Precisava transmitir uma mensagem para Lan, para que, quando ela acordasse e sua investigação tivesse início, contasse a mesma história que ele.

E os deuses-demônios... Zen pensou nos olhos azuis inflexíveis de Erascius, na promessa que guardavam. Era um milagre que, sem saber, Lan tivesse mantido em segredo a localização dos deuses-demônios, a mensagem de sua mãe selada dentro dela até semanas antes. Quem quer que aquela mulher tivesse sido, havia pensado em tudo com cautela.

Agora me lembro de você, o feiticeiro havia dito. *Você é o menino com o pacto demoníaco que prendemos durante o primeiro ano da Conquista.*

Zen fechou os olhos e vasculhou suas lembranças. A câmara de interrogatório, a mesa comprida com utensílios de metal, as pessoas de rosto pálido, observando enquanto o machucavam repetidamente, em busca de uma reação do seu demônio. Ele pensou no rosto de Erascius entre eles, no brilho em seus olhos invernais, mais forte que o dos outros.

Que me ensinou que demônios podiam servir.

Era culpa de Zen. Era culpa de Zen que os elantianos houvessem progredido em sua compreensão dos demônios e da prática demoníaca; era culpa de Zen que agora desconfiassem da existência da Escola dos Pinheiros Brancos, de Céu Termina, e dos discípulos e mestres escondidos ali, a última relíquia hin, que, contra todas as adversidades, sobrevivera às provações do tempo e da conquista.

No seu lugar, eu o dominaria.

Se os elantianos encontrassem os deuses-demônios, ninguém poderia detê-los. Toda esperança que os hins tivessem de recuperar sua liberdade se extinguiria como uma vela na ventania. A alma dele estava perdida, porém havia uma última coisa que ele precisava fazer: impedir os elantianos de se apossar dos deuses-demônios.

Houve o som de folhas farfalhando, um galho quebrando, uma sola se arrastando na pedra. Os olhos de Zen se abriram bem quando as portas da Câmara da Clareza se fecharam com um rangido insidioso e as lanternas se apagaram. Conseguia sentir outra presença na sala, o qì cortante e duro, o cheiro das espadas de aço: Ulara.

Ela se colocou à frente dele, dividindo a escuridão feito uma lâmina. Ele sentiu a dão fria pressionar seu pescoço.

— Sempre considerei esta escola burocrática e cheia de regras demais. — Sua voz saiu baixa e impassível. — Meu clã fazia justiça com a mesma rapidez que matava.

Zen se manteve imóvel. Apesar do frio, uma gota de suor escorria por sua têmpora. Ele continuava bem preso, porque Ulara havia garantido aquilo.

— Sei que você e aquele espírito de raposa estão tramando algo — Ulara prosseguiu. — Ouvir a música da ocarina e usar seu poder? Não se pode mudar a natureza de uma alma, tampouco a história escrita em seu sangue. Talvez você consiga enganar Dé'zǐ, mas eu sempre enxerguei quem era, *Temurezen*.

Fazia muito tempo que ele não ouvia seu verdadeiro nome. Aquele som sempre lhe provocava uma mistura de culpa, tristeza e fúria, motivo pelo qual havia escolhido outro. No entanto, agora Zen percebia que não se importava mais.

— A história sempre nublou seu julgamento, Ulara — ele respondeu. A lâmina pressionou sua pele; se respirasse fundo demais, se um dedo de Ulara escorregasse, seu pescoço seria aberto. — Nesse caso, no entanto, talvez você tenha errado o golpe e acertado sem querer no que se refere a mim. Não me importo com minha alma e não me importo mais em seguir o Caminho. Meu pai e minha família tentaram fazer isso e foram mortos mesmo assim. Se posso sacrificar minha alma por um bem maior, essa troca não valeria a pena? O erro que o Assassino da Noite cometeu foi entregar a alma sem nunca tentar controlar seu deus-demônio. Se tivesse se apossado e dominado seus poderes em vez de se deixar dominar, nossa história poderia ter tomado um rumo diferente.

– Você... – Ulara arregalou os olhos quando se deu conta do que ele falava. Sua mão tremeu de repente, e Zen sentiu a lâmina cortar sua pele, um fio quente escorrer por seu pescoço. – ... não pode estar planejando encontrar os deuses-demônios. – Ela investigou o rosto dele, e o que encontrou a horrorizou. – Não. A história não lhe ensinou nada? Depois de todos esses ciclos, *nós* não lhe ensinamos nada?

– Vocês me puniram por algo que fiz em uma tentativa de vingar minha família; importaram-se mais com suas regras insignificantes e com seus medos e superstições do que com o que deveria ser nosso único foco: derrotar os elantianos e recuperar nosso reino. – Finalmente, a raiva que por muito tempo esfriara em seu coração fluía dele como lava derretida. – Nós deveríamos estar do mesmo lado, Ulara. O inimigo do meu inimigo é meu amigo. No entanto, você nunca me tratou assim. Tudo o que eu queria era lutar com você e com os outros mestres contra nosso inimigo em comum.

Zen não conseguia mais ver o rosto de Ulara, porém a espada refletiu uma luz fraca quando ela a inclinou ligeiramente.

– Nunca estivemos do mesmo lado – Ulara disse, baixo. – Talvez pudéssemos ter trabalho juntos para mandar os elantianos embora e salvar o Último Reino, mas o mundo que viria depois não daria conta de nós dois. Eu deveria ter feito isso há muito tempo. Peço perdão por não ter conseguido tirar a vida de uma criança tantos ciclos atrás. Agora que somos iguais, não terei nenhum receio de tirar a sua.

O frio se fechou sobre ele. Zen testou as mãos, porém continuavam presas, seus fús fora de alcance.

– Ulara...

– Sinto muito, Zen – ela falou, e talvez estivesse sendo sincera. – Compreenda que faço isso pela segurança do que resta de nosso povo. Uma vida pelo bem maior. Que os deuses sejam clementes com você. Que a paz esteja em sua alma e que você encontre o caminho para casa.

Um vento gélido soprou quando a lua saiu de trás das nuvens, fazendo a Garra de Falcão cintilar. Em algum momento da conversa dos dois, as portas atrás deles haviam se aberto, permitindo que o branco cobrisse a sala – com exceção de uma pequena sombra escura.

Música soou, porém não se tratava apenas de música. Zen sentiu as notas no ar como um selo, o qì se reunindo e afiando em volta do som em um vórtex. Ele já tinha visto aquilo na noite anterior, em meio a uma névoa de dor.

Ulara nem teve tempo de reagir. Quando as notas a alcançaram, suas costas se arquearam e seus lábios se entreabriram em um grito de surpresa silencioso.

Sem fazer qualquer outro barulho, ela caiu, e a Garra de Falcão retiniu ao seu lado.

– É um ponto de acupuntura, mas quando pressionado com força interrompe o qì do oponente – Lan disse, trêmula. – Parece que aprendi algumas coisas aqui.

Zen soltou o ar.

– Lan.

Em um instante, ela estava ao seu lado. O braço esquerdo estava enfaixado, porém Lan levou a ocarina aos lábios com a mão direita e soprou.

Quando duas notas soaram, rápida e curtas, o qì em volta se alterou. Algo cortou o ar, passando pelas orelhas de Zen, e então ele sentiu o impacto nas correntes. Com um tilintar fraco, elas foram ao chão, rompidas na altura dos pulsos dele.

Zen caiu para a frente, com os braços doloridos. Ele sentiu os dedos de Lan em seu rosto, frios contra a pele febril. Não havia se dado conta até aquele momento de quão fraco estava. Um pensamento penetrou a névoa em sua mente, e ele sentiu os cantos dos lábios se curvarem.

– Você veio me buscar.

– Não seja um ovo tolo – ela respondeu. – Claro que sim. Não vou caçar os deuses-demônios sozinha.

O sorriso dele se alargou; Zen não conseguiu evitar. Talvez fosse a dor que o fizesse delirar um pouco.

– Considerando suas habilidades atuais, você pode vir a ser útil como forragem de demônio.

– Mudei de ideia. Talvez eu deixe você aqui, no fim das contas.

– Não. – Em um único movimento, Zen passou um braço na cintura de Lan. Seu cheiro familiar de lírios o envolveu quando ela se virou para ele. – Preciso de você.

Com cuidado, ela pegou o outro braço de Zen e o passou por cima dos ombros, depois colocou ambos de pé. Ele se endireitou, fazendo uma careta por conta dos ferimentos nas costas. Seu qípáo pendia dos ombros em farrapos. Nos tempos antigos, um estudante punido pela férula só recebia vestes novas depois de muitos dias; andar pela escola ou pela cidade com roupas rasgadas indicavam que ele havia cometido uma grave violação contra a moral da escola.

– Você tem certeza... – Zen disse, com o cansaço visível na respiração – ... disso? Depois que formos... não haverá volta. – Ele precisava saber. Não conseguiria viver com a culpa de destruir aquele pequeno abrigo que ela encontrara. – Aonde vamos, não teremos segurança. Ou garantias.

– Nunca tivemos segurança ou garantia – ela retrucou. – Não neste mundo. Enquanto os elantianos existirem, nunca teremos. Os mestres estão em Céu Termina há tanto tempo que esqueceram como é a vida para pessoas como nós, que vieram de fora. – Lan balançou a cabeça. – Céu Termina parece um mundo do passado. E vai se tornar mesmo isso a menos que consigamos impedir os elantianos. Pretendo lutar pelo que resta do nosso povo e do nosso reino.

Eles fugiram da Câmara da Clareza sob a noite sem estrelas, seus passos escondidos pelos murmúrios do vento sacodindo os pinheiros que se erguiam no topo da montanha. Àquela hora, os discípulos já estavam na cama fazia tempo, e Zen sabia que os mestres estavam reunidos na Câmara da Cascata dos Pensamentos.

Quando chegavam aos degraus para descer a montanha, Zen parou. Ele olhou para trás, para Céu Termina, e absorveu as montanhas escarpadas alcançando o céu, os templos pálidos aninhados junto a ela, como pedras preciosas protegidas por um dragão adormecido. Em algumas horas, o sino da manhã soaria claro e forte, cortando as gavinhas da névoa sonolenta; os discípulos acordariam para realizar as tarefas da manhã, Taub começaria a cozinhar no refeitório, os mestres se dirigiriam a suas primeiras aulas.

Zen virou as costas para o lugar que havia sido seu lar nos onze ciclos anteriores. Quando chegaram ao último dos 999 degraus e cruzaram o selo de divisa, Lan se virou para ele. Zen hesitou. Os dois precisavam de um selo de portal para abrir distância de Céu Termina... só que ele não tinha forças para aquilo. A vergonha, além de uma sensação odiosa de impotência, o estrangulava. Se o demônio continuasse vinculado a ele, um simples açoitamento não o teria deixado tão fraco. Em vez de esperar por Zen, Lan anunciou:

– Eu faço o selo de portal.

Aquilo o tirou de seus pensamentos. Zen franziu a testa.

– Não é possível que já tenha aprendido.

Lan revirou os olhos.

– Já vi você fazendo umas cinquenta vezes.

Impossível. Não... *improvável*. Ele pensou na ocarina, no selo no pulso dela. Em como Lan detinha os mapas estelares, os segredos dos deuses-demônios. Em como seu qì fluía forte, em como ela havia enfrentado Erascius sem nada além de um instrumento musical.

Zen encurtou a distância entre os dois. Seus ombros latejaram um pouco quando ele foi tirar o cabelo da frente do rosto dela, como se pudesse haver respostas escritas ali, em seus olhos.

Quem é você?

– Espere – Lan pediu, e levou a ocarina aos lábios. Uma canção fluiu dela, e Zen sentiu outra vez o qì em cada nota, entrelaçando-se enquanto a melodia se entremeava e entretecia. Em volta deles, a paisagem começou a cintilar. Enquanto Lan fechava os olhos para se concentrar no lugar ao qual pretendia levá-los, Zen fitou Céu Termina pela última vez.

Então a escuridão se derramou como uma maré, levando seu lar embora como se nunca tivesse existido.

25

Então a velha casamenteira da lua disse aos amantes:
"Este fio vermelho, eu lhes outorgo. Pode esticar e enrolar, porém nunca se romperá. Ao longo dos ciclos, dos mundos e das vidas, suas almas estarão destinadas uma à outra".
"Os fios vermelhos do destino", *Contos do folclore hin: uma coletânea*

Eles chegaram ao vilarejo perto do nascer do dia. O lugar surgiu como um milagre em meio à chuva, as silhuetas dos telhados se curvando suavemente nas pontas. Poças de água lamacenta se formavam nas plantações beirando as encostas das montanhas. Um velho pái'fāng ensopado anunciava as boas-vindas ao Vilarejo da Lagoa da Lua Brilhante.

A quinta porta em que bateram se abriu. Uma mulher de cabelo branco aceitou um wén de cobre da algibeira de Zen como pagamento por comida e leito, e os conduziu a um quarto vazio do outro lado de seu quintal. O papel nas janelas tinha alguns rasgos, porém o espaço era habitável. Contava com um único kàng e uma pilha de cobertas velhas de algodão. As correntes de ar frio que entravam por entre as portas e paredes faziam a chama da vela que Lan acendeu estremecer, lançando sombras em uma dança frenética pelo cômodo.

Enquanto a mulher ia aquecer água para os dois, Zen se recostou na parede com um gemido de gratidão. Lan abriu as janelas. O cômodo dava para um penhasco e uma ampla extensão de montanhas baixas. À distância, além das nuvens de tempestade, o céu começava a pegar fogo com a luz do sol. A cantoria das crianças locais pastoreando os búfalos chegava das montanhas.

Ela inspirou fundo, desfrutando do *tim-tim-tim* da chuva caindo sobre os telhados cinzas, da vista para uma terra livre de elantianos, livre da Conquista.

– Eu não sabia que ainda havia vilarejos não ocupados – Lan comentou. – Nos primeiros dias da Conquista, quase todo vilarejo por que passei dava sinais da invasão.

Placas de metal ostentando a estranha língua horizontal pregadas a pái'fāngs; os nomes das ruas e estradas das cidades mudados para os nomes do rei e da rainha elantianos.

– Ficavam todas no litoral, imagino. – A voz de Zen mal passava de um sussurro. Lan se virou e deu com ele espiando pela janela. Seus olhos refletiam o nascer do sol mais além da tempestade. – Grande parte do coração do Último Reino continua livre dos elantianos. É uma região vazia e muito pouco desenvolvida em comparação com o litoral leste, mas é tudo o que nos resta.

Tudo o que nos resta. Era difícil conciliar a tranquilidade da montanha lavada pela chuva, envolta em neblina e nuvens, com a violência de uma invasão; a sensação era de que ela tentava unir dois mundos completamente diferentes.

A mulher voltou com um balde de madeira, duas chaleiras de água quente e um cesto de bambu com mántou cozido no vapor. Lan comeu sua parte enquanto fazia o melhor para se lavar, depois se virou para Zen.

Ele havia adormecido, recostado à parede. Uma parte de seu peito, branco e musculoso, aparecia por entre o qípáo rasgado, subindo e descendo suavemente a cada respiração. Seu maxilar era bem delineado, e suas sobrancelhas pareciam franzidas sob as mechas de cabelo molhado mesmo durante o sono.

Lan levou o balde e a chaleira até ele. Enxaguou o pano que vinha usando, mergulhou-o na água quente e limpa e o levou ao rosto de Zen.

Com uma velocidade assustadora, a mão dele segurou o pulso dela; Lan gritou diante da dor repentina. Os olhos de Zen estavam abertos, e por um momento ela imaginou tê-los visto pretos por inteiro outra vez. Então ele piscou, e a dureza em sua expressão se abrandou. Como se tivesse se queimado, Zen a soltou.

– Perdão. – A exaustão deixava sua voz rouca. – Força do hábito.

– Você deveria saber que eu não ia atacar – Lan disse, erguendo a chaleira para despejar mais água quente no balde. – Isto não é um bule.

Lan viu que ele sorria do outro lado do vapor subindo suavemente entre os dois. Um calor a inundou, e não só por causa da água quente.

– Suas costas – ela falou, tentando aparentar indiferença. – Eu limpo para você.

O sorriso de Zen fraquejou, e algo passou por seus olhos. De repente, estavam próximos demais, escuros demais.

Ele pareceu se dar conta de que a estava encarando. Pigarreou e se virou para tirar o qípáo esfarrapado.

Lan teve que respirar fundo. Havia dois vergões vermelhos e inflamados indo das omoplatas até a cintura – e aquilo não era o pior. Por baixo, a pele era toda cicatrizada, clara e brilhante.

Ela se inclinou para a frente e limpou as feridas abertas com todo o cuidado possível. Já tinha visto muitos homens e até flertado com eles para receber um ou dois wén a mais de gorjeta, porém nenhum deles a deixara tão nervosa quanto se sentia agora. Sangue correu para seu rosto. Mal se atrevia a respirar, e seu coração batucava contra as costelas com tanta força que tinha certeza de que Zen conseguia ouvir.

– Essas cicatrizes – Lan comentou, e passou a ponta do dedo por uma especialmente longa ao lado da coluna dele. – Têm uma história melhor que as outras?

Zen se tencionou um pouco ao toque.

– Não – ele falou. – São dos interrogatórios elantianos. – Lan já se arrependera da pergunta, porém Zen continuou falando: – Eles me torturaram atrás de informações sobre o vínculo demoníaco. Funciona assim... depois que você faz um acordo com um demônio, ele faz de tudo para manter você vivo, porque só assim vai receber sua parte. Então... eu não morria, não importava o quanto quisesse.

Não havia nenhuma emoção na voz dele, mas aquilo fazia ser ainda mais difícil ouvi-lo. Com cuidado, Lan passou a toalha pela ferida outra vez. Não conseguiu pensar em nada para dizer além de:

– Por que demônios fazem acordos com praticantes?

– Na maior parte dos casos, para ampliar seus poderes – Zen respondeu. – Como são formados a partir de acúmulos malévolos de yīn, sempre há o risco de que, com o tempo, essa energia enfraqueça, se desintegre e retorne ao fluxo de qì do universo. A vitalidade de uma criatura dessas é fortalecida por morte, destruição e decadência. Por isso as histórias costumam falar de demônios devastando vilarejos e matando seus habitantes. Alguns deles perceberam que fazer um acordo com um humano é muito mais fácil.

Não havia mais sangue, os ferimentos estavam limpos, porém Lan continuava acariciando a pele de Zen com o pano.

– E o menino com apenas 7 ciclos que fez um acordo com um demônio tinha alguma ideia disso?

Zen ficou totalmente imóvel. Quando afinal falou, Lan sentiu a vibração de sua voz na ponta dos dedos.

– Sim. Mas ele tinha perdido tudo: sua família, seu lar e seu mundo. Achava que, com o poder de um demônio, poderia se vingar daqueles que haviam tirado tudo dele. – Zen ficou em silêncio por um instante. – Ele era ingênuo.

Ouviu-se o barulho da água escorrendo quando Lan torceu o pano.

– Ele era uma criança.

– E como uma garota sem conhecimento prévio da prática foi capaz de manipular o qì através de um instrumento musical?

Zen havia se virado para encará-la. Seu olhar a sobressaltou e impressionou. *Imponente*, ela pensou, lembrando-se da primeira impressão que tivera dele. Lan estava acostumada com os olhares sórdidos e nublados pelo vinho dos clientes da casa de chá, aos quais era fácil passar despercebida. Quando Zen olhava para alguém, no entanto, olhava *de verdade*, como se, naquele momento, nada mais existisse no mundo.

Quando Lan percebeu, estava se inclinando para a frente. Com o coração na boca, pressionou o pano contra a bochecha dele para limpar o sangue de um corte. Os olhos de Zen estremeceram, porém ele não os tirou do rosto dela.

– Minha mãe – Lan confessou em um sussurro. – No dia em que os elantianos invadiram nossa casa, ela os conteve usando apenas um alaúde. Não compreendi na época, mas acho... acho que minha mãe usava música em sua prática.

Zen pareceu surpreso. Lan viu quando a ruga entre suas sobrancelhas se suavizou e uma compreensão que ela não conhecia inundou o olhar dele.

– É importante que saiba que a prática através da música não é algo comum.

– Eu sei. Tai me falou.

– Ele disse mais alguma coisa?

Ela não conseguia tirar os olhos dos dele.

– Só me perguntou se minha mãe era membro de um clã. E eu respondi que não sabia.

– Trata-se de uma arte perdida. Deparei com menções em textos que estudei, no entanto, os registros históricos permanecem escassos e esparsos. A corte imperial fazia um bom trabalho escondendo informações. – O desdém no rosto de Zen se abrandou quando ele falou em seguida. – A maior parte das artes perdidas da prática teve origem nos clãs. Muitas caíram na obscuridade ao longo do Reino do Meio, quando os clãs começaram a esconder sua linhagem em uma tentativa de escapar das sanções severas da corte.

Lan continuava olhando para Zen enquanto ele falava, porém sua mente estava longe, repassando a mesma lembrança como se fossem as páginas de um livro. A mãe, a neve caindo, a música tocando, o sangue escorrendo.

– Os clãs têm... *tinham* muito prestígio – Zen prosseguiu. – As artes da prática únicas a cada um podiam ser passadas apenas para seus membros. Foi por isso que eles foram mortos ou obrigados a servir a corte imperial durante o Último Reino.

Eu sei, Tai dissera a Lan pouco antes que ela partisse. *Agora eu sei.* Claro. Ele reconhecia aquilo porque era um membro de um clã. Porque havia sido criado na corte imperial. Seria isso o que ele estivera prestes a lhe dizer?

– Minha mãe. – As palavras se forçaram a sair dos lábios de Lan. – Ela servia à corte imperial.

De repente, uma lembrança a encontrou, uma lembrança que antes não compreendera, que deixara de lado porque se tratava de um enigma que não conseguia solucionar. Ela estava no gabinete, copiando poemas famosos de Xiù Fǔ, quando a mãe entrara, usando o belo e poderoso hàn'fú da corte imperial. Lan havia se levantado na mesma hora, e o pincel caíra de suas mãos quando correra para abraçar a mãe.

Quando eu crescer, quero servir à corte imperial, como você, Māma, Lan havia dito, animada.

Então o sorriso da mãe desaparecera. Ela tirara as mãos da filha de sua cintura e se inclinara, rapidamente inspecionando o gabinete vazio com os olhos. *Não, Lián'ér, não faça isso*, Sòng Méi havia dito, baixo. *Quando crescer, você deve servir ao povo.*

– Lan – Zen a chamou, e sua voz a trouxe de volta ao presente. Ele continuava olhando para ela; gotas de água ainda pontuavam o cabelo preto, os cílios longos e o peito musculoso. Seus olhos concluíam com uma pergunta: *Agora você entende?*

A garota fechou os olhos com força. A resposta estivera sempre ali.

Māma tinha sido membro de um clã – o que sempre aparecia como uma força antagônica nos livros de história que Lan lia, nos contos que ouvia dos lábios do povo local. Em todas as narrativas, Yán'lóng, o Imperador Dragão, era o herói de armadura dourada, o sol o envolvendo em uma auréola enquanto ele esmagava os clãs rebeldes, unificava a terra e proporcionava paz e prosperidade para o povo.

Mas não todo o povo. Ele havia sacrificado a liberdade e a vontade da minoria, transformado aquelas pessoas em marionetes em sua corte, tudo para estabelecer uma ilusão de harmonia.

– Lan – Zen repetiu, e a garota sentiu os dedos dele se fechando sobre os seus, firmes e gentis. Sua pele esquentou onde ele a tocava. – Lan, olhe para mim.

Ela obedeceu, e ver o reconhecimento nos olhos dele foi como voltar para casa: o desejo e o sofrimento pela parte de sua história e de sua identidade que Lan não conhecia. O ar entre os dois ficou mais denso, e por algum motivo ela sentiu o sangue rugindo nos ouvidos e o coração martelando no peito.

Sem que seus olhos se desviassem, Zen levou a mão à algibeira de seda preta. Quando a abriu, Lan quase perdeu o fôlego.

Ele segurava uma borla com contas pretas e vermelhas, ao fim da qual se encontrava um amuleto de prata com chamas pretas gravadas. Um cordão vermelho saía dele, para ser amarrado ao pescoço.

– Esta é uma das poucas relíquias que tenho de minha terra natal, além da Fogo da Noite e Daquela que Corta as Estrelas. Deveria ser um par de brincos, mas o outro se perdeu, então transformei em um colar. No meu clã, é tradição receber um par de brincos de prata no nascimento, para serem oferecidos a outra pessoa um dia.

No meu clã. Lan perdeu o fôlego; lembrava-se do que Taub havia dito, sobre a maioria dos hins terem uma ligação ancestral com algum clã. Eles haviam esquecido a própria história, a qual a corte imperial procurara reescrever. Mas, aparentemente, não era o caso de Zen.

– Bem. – Os lábios de Lan se curvaram. Ela falou em um tom provocador a seguir, com a intenção de aliviar o repentino clima pesado entre os dois. – Como só lhe resta um, é melhor escolher com cuidado a quem vai dar.

Os olhos de Zen brilharam. Com delicadeza, ele pegou a mão dela e a virou para que a palma ficasse voltada para cima. Depois, com cuidado, virou a própria palma sobre a dela. Lan sentiu o amuleto frio na pele quando os dedos ásperos dele o entregaram.

– Quero que fique com você; para que se lembre de que não está só. De que perdeu muita coisa, mas que... que eu estou feliz por ter encontrado você.

O coração dela vacilava; era como se estivesse bêbada de licor de ameixa. Lan olhou no rosto de Zen, que revelava uma franqueza e uma vulnerabilidade que nunca havia visto nele. Naquele momento, todas as provações e tribulações por que ela passara para chegar ali pareceram ter valido a pena.

Lan baixou os olhos. O cordão vermelho do colar de alguma forma havia se enroscado em seus dedos, mantendo as mãos de ambos entrelaçadas e parecendo uni-las. Ela pensou no que Ying havia dito sobre os fios vermelhos do destino, sobre como cada hin nascia com um fio vermelho invisível que o ligava a seu destino.

– É só isso? – Lan perguntou. – Você quer que eu me sinta menos sozinha?

Zen hesitou, e ela viu a incerteza em seu rosto, as emoções lutando contra a fachada que ele sempre ostentava. Então, sem qualquer aviso, todas as camadas de proteção e distância nos olhos dele caíram. As palavras que vieram a seguir foram uma espécie de rendição.

– Não quero que você vá a lugar nenhum sem mim. Neste mundo ou no próximo. Quero que você me escolha. – Depois de um momento, ele acrescentou, de maneira mais branda: – Se assim desejar, claro.

A casa de chá havia ensinado Lan a temer o afeto dos homens; ouvira histórias melancólicas o bastante das garotas mais velhas e passado os olhos por trechos de romances o suficiente para saber que tudo era mera ilusão. Mãos bobas e asquerosas, olhares maliciosos e a troca de meninas por moeda eram o que o mundo havia lhe mostrado. Ser escolhida sempre fora algo a temer, e nunca havia nenhuma escolha própria envolvida.

Lan pensou em como se sentia segura com Zen, em como ele era gentil com ela. Em como a presença dele iluminava seu mundo e fazia seu coração acelerar, e em como ela passara a gravitar sua órbita, como a Lua e o Sol. Em como o toque dele ultrapassava as camadas de imperfeição e tragédia que a vida havia conferido a ambos e a lembrava de ter esperança. Em como ela confiava nele.

Todas as histórias terríveis e lembranças indesejadas a deixaram, e Lan encontrou dentro de si um instinto que a guiou como magnetita.

Ela pressionou o colar contra a mão dele. Então pediu:

– Pode colocar em mim?

O rosto de Zen foi colorido primeiro por descrença, depois por alívio e uma onda de alegria. Ele se inclinou na direção dela. Lan ouviu a respiração dele acelerar quando tirou o cabelo da frente para expor a nuca. Ela fechou os olhos e se manteve imóvel, tentando não pensar no toque ávido dos clientes da casa de chá.

Lan sentiu o cordão tocando sua garganta, o amuleto pousando frio no esterno. Quando a ponta do dedo de Zen roçou sua pele, ela se sobressaltou, no entanto a náusea que temia não veio. Em seu lugar, Lan sentiu algo novo. Um calor se formando no ventre, um desejo inflamando em seu sangue.

Quando se atreveu a abrir os olhos, ela deparou com o rosto de Zen a centímetros do seu, as pupilas dele dilatadas. O rapaz cheirava ao vento da montanha, a chuva e fumaça, o que evocava nela uma sensação de pertencimento.

Pareceu natural a Lan inclinar a cabeça e pressionar os lábios contra os dele.

A iluminação fraca não foi capaz de esconder a expressão de surpresa de Zen, que em seguida foi substituída por algo mais sombrio e inebriante. Lan pegou fogo quando Zen a puxou para si devagar, com delicadeza e hesitação, os dedos dele mal tocando sua cintura, como se tivesse medo de que ela se quebrasse. Lan compreendeu que seu medo era de que o beijo dele despertasse lembranças do que as garotas da casa de chá eram obrigadas a passar nas mãos dos elantianos.

Lan ergueu a mão e a passou pelo cabelo sedoso e ainda molhado de Zen. O gosto dele – de fumaça pungente e noites sem estrelas, tristeza silenciosa e esperança terna – levou embora as lembranças dos ciclos na casa de chá. Aquela noite, Lan era apenas uma garota sendo tocada por um rapaz pela primeira vez na vida.

Com cuidado, ele se afastou. Ela sentiu sua boca macia na testa, depois na bochecha esquerda, então na direita. Zen levou a mão à nuca dela e a puxou para si. Ele não fez mais nada depois: só ficou abraçando Lan, os braços envolvendo suas costas, o coração de ambos batendo ao mesmo ritmo no silêncio interrompido apenas pelo sussurro da chuva lá fora.

Foi nesse momento que Lan soube que ele a compreendia, mais do que qualquer outra pessoa que restasse no mundo, e soube que, mais que tudo, ela desejava ser compreendida de uma maneira que não havia sido nos doze ciclos anteriores. Nem pelas tias bondosas dos vilarejos por que passara, nem pelas garotas da casa de chá, nem pelo Velho Wei, nem mesmo por Ying. Lan havia entregado partes de si e do seu passado a todas aquelas pessoas, no entanto mantivera muito mais escondido, o que nem ela mesma sabia na época.

Ela era uma das últimas praticantes vivas em um reino conquistado. Filha de uma mulher que escondia segredos atrás de mais segredos, membro de uma família que havia muito desaparecera. E agora era a última de seu clã e tinha a habilidade de manipular o qì através da música.

Foi só quando sentiu o polegar de Zen em sua bochecha que ela percebeu que estava chorando – pelos ciclos de tristeza reprimida, pelo alívio de conhecer uma parte de quem era, pela alegria de ter encontrado alguém que a compreendia. Olhando nos olhos de Zen ela se sentia em casa; era como se olhasse para seu próprio rosto refletido.

Zen a puxou para o kàng. Lan ficou tensa, porém ele só passou a mão em seu maxilar. Os olhos dele eram lagos pretos e tranquilos, e naquela noite pela primeira vez ela pensou que via através deles: através do muro de gelo e das chamas ardentes. O olhar de Zen estava tranquilo e tinha o brilho de algo que poderia ser alegria enquanto ele a contemplava, enquanto a absorvia.

Os dois permaneceram assim, deitados lado a lado, olhando um para o outro e se maravilhando com o pequeno milagre de duas vidas que se cruzaram, de duas almas que se encontraram no vasto mundo. As janelas de papel estavam abertas para a vasta extensão de montanhas, o céu cinza e o tamborilar da chuva, porém, naquele momento, daria no mesmo se só houvesse os dois no mundo.

26

Dividimos a eclíptica do céu noturno em quatro regiões, cada uma delas governada por um dos quatro deuses-demônios. Como um reflexo da terra, o céu também obedece às leis de yīn e yáng, como evidenciado pelo crescer e pelo minguar da lua e o ciclo infinito de dias e noites.

Gautama Siddha, "Introdução", *Tratado imperial de astrologia*

Vermelho, azul, prata e preto: os deuses-demônios pairavam nas porções ilusórias do céu noturno, sobrepostas às porções reais, contra o teto de ripas da morada temporária, a iluminação que os destacava se alterando como o brilho da luz dos espíritos nas Estepes ao Norte durante as luas de inverno. O pai de Zen havia dito a ele que aquelas luzes eram o qì das almas guerreiras que protegiam seu povo.

A revelação mais curiosa havia ocorrido com uma observação mais próxima dos mapas estelares, uma revelação que ele não tivera no posto avançado elantiano: dois quadrantes estavam vazios a não ser pelas formas dos deuses-demônios, cintilando como fragmentos coloridos de estrelas. Mapas estelares eram pedaços do céu noturno reconstituídos de uma localização específica em um momento específico. Embora os outros dois apresentassem as formas dos deuses-demônios sobrepostas a um céu estrelado, o Tigre Azul e o Dragão Prateado pairavam em uma tela preta vazia.

– Talvez Māma não tenha descoberto a localização dos dois – Lan sugerira quando Zen lhe apontara aquilo. – Ou talvez tenham sido destruídos.

Até onde Zen sabia, não era possível destruir um deus-demônio, porém ele não disse nada. Apenas começara pelos outros dois mapas, mais viáveis.

Mesmo com o trabalho reduzido pela metade, transcrever um único quadrante dos mapas já levava bastante tempo. Como precisavam da escuridão, os dois dormiam durante o dia e acordavam ao pôr do sol, com os gritos e a cantoria das crianças do vilarejo que voltavam para casa depois do trabalho no campo. Tratava-se de apenas um punhado de crianças, porém suas canções no doce dialeto hin do sul insuflavam vida a uma paisagem de outro modo árida. A Conquista era estranha, Zen pensou. Havia a realidade de Haak'gong, Tiān'jīng e outras cidades grandes, marcadas por inteiro pelos elantianos, e havia lugares como Céu Termina e aquele modesto vilarejo, pequenos refúgios que tinham escapado à mão pesada da invasão. Até o momento.

A música parou; os mapas estelares desapareceram. Lan se jogou no kàng com um suspiro, segurando a ocarina.

– É a primeira e a última vez que eu gostaria que o mestre de Geomancia, aquele ovo podre, estivesse aqui conosco.

Era a terceira noite que passavam no Vilarejo da Lagoa da Lua Brilhante, e a segunda vez que tentavam decifrar os mapas estelares. Zen havia aprendido um pouco a respeito na escola, sob a tutela – se era que podia chamar assim – de mestre Fēng. Na época, Zen via mapas estelares como inúteis, um método ultrapassado de localização, pois quem precisaria mapear o céu noturno quando poderia mapear a terra sólida sob seus pés?

Agora ele se arrependia de seu descaso. O rapaz tirou os olhos do pergaminho sobre o qual se encontrava debruçado e para o qual vinha passando o que via nas ilusões que Lan conjurava. Do lado de fora da janela, o sol havia desaparecido atrás da montanha; o céu perdurava em tons brilhantes de laranja e coral. As crianças logo chegariam em casa, cantando suas músicas; velas seriam acesas e o vilarejo acabaria adormecendo em um silêncio solitário.

– Não pare de tocar – Zen disse –, ou não poderei transcrever os mapas.

– Só me deixe descansar alguns minutos. – Lan bocejou, então um brilho travesso tomou conta de seus olhos. – Quer tentar tocar enquanto eu transcrevo?

Zen suspirou, porém não conseguiu evitar que um sorriso curvasse seus lábios.

– Não zombe de mim.

– Nunca. Eu não me atreveria.

– Se eu deixar você transcrever, nossa busca nos levaria ao outro lado do mundo.

Lan mostrou a língua.

– E se eu deixar você tocar, as orelhas de todos os habitantes deste vilarejo cairiam.

Zen ergueu o pergaminho para avaliar seu trabalho. Tinham precisado implorar à dona da casa para que lhe conseguisse os artigos necessários para a escrita, e ela havia revirado o vilarejo até encontrar alguns livros velhos e pergaminhos amarelados que um caixeiro-viajante havia deixado para trás. A escrita não vinha tendo muita utilidade naqueles tempos.

Zen estava perto de ver algo que parecia uma localização mapeada pelas quatro formas nos mapas estelares. Com uma biblioteca inteira à disposição, teria sido um trabalho rápido; os astrônomos hins haviam mapeado o céu noturno em constante mudança muitas dinastias antes, trocando ideias e colaborando com os estudiosos do reino vizinho de Endira, ao longo da Trilha de Jade.

No entanto, aqueles registros haviam se transformado em cinzas, queimados pelos elantianos ao se apossar de todas as grandes bibliotecas do Último Reino.

A ideia dos ataques elantianos fez os olhos de Zen retornarem ao pergaminho. Ele estava começando a não conseguir ver mais nada. Pior que ter que transcrever os mapas estelares era o fato de que não sabiam como interpretá-los. Mapas estelares precisavam contar com data e horário, para expressar precisamente a hora, a lua e o ciclo de estrelas que capturavam; os astrônomos hins compreendiam havia muito que o céu noturno se alterava com as estações, algumas partes desaparecendo por luas antes de ressurgir. O grande ciclo, no entanto, se reiniciava a cada doze luas, e as mesmas estrelas podiam ser vistas na mesma localização e formação no mesmo momento de cada ciclo.

Sem a data e o horário nos mapas, encontrar a localização dos deuses-demônios no céu noturno pontuado por estrelas peroladas era como procurar por uma forma na areia da praia. Os olhos de Zen procuraram a janela, cansados. Ele fitou o céu noturno real, que estava claro como um frasco de tinta. E então viu.

Zen pegou o pergaminho que vinha observando e o virou. Então o segurou contra o céu emoldurado pela janela. Ele perdeu o fôlego.

Um dos dois quadrantes viáveis dos mapas estava começando a corresponder ao que se via lá fora: a Tartaruga Preta.

O nome o perfurou como uma adaga. Entre os quatro que eles podiam ter encontrado, o primeiro precisava ser aquele: o deus inextricavelmente interligado ao nome e aos feitos do Assassino da Noite.

Zen olhou para os outros quadrantes em sua transcrição: o Tigre Azul e o Dragão Prateado continuavam em um fundo em branco, não importava quantas vezes Lan tentasse invocar estrelas com suas canções. O outro quadrante legível, da Fênix Escarlate, ainda não correspondia a nenhuma parte do céu noturno observável.

Ele retornou à Tartaruga Preta, procurando afastar qualquer outro pensamento da cabeça além do enigma que tinha em mãos. Aqui e ali, os mapas se curvavam um pouco, com algumas estrelas mais espalhadas que outras, o que significava que viam o céu de um ponto ligeiramente deslocado. Ligeiramente a sudoeste.

De modo que a Tartaruga Preta se encontrava a nordeste deles.

O pavor se solidificou em seu peito e começou a subir por sua garganta enquanto Zen fazia os cálculos. Levaria apenas algumas horas, caso utilizasse as Artes Leves ou a uma distância possível para um selo de portal. A chama da vela estremeceu quando um vento frio repentino entrou pela janela aberta do quarto.

– Zen? – Lan foi se agachar junto do rapaz. Ele não conseguiu evitar reparar no modo como a luz bruxuleante a delineava suavemente, no brilho em seus olhos quando ela olhou para os mapas e depois para ele. Os olhos de Zen foram da boca dela ao pescoço, onde o cordão vermelho pendia, o amuleto de prata repousado na curva do peito. – O que está olhando?

Ele fechou os olhos por um breve instante, odiando o fato de que não conseguia parar de pensar nela. Quando é que ficara tão dolorosamente consciente de sua presença, de cada movimento seu, de cada inclinação de cabeça, do modo como ela prendia o cabelo atrás das orelhas ou mordia os lábios enquanto pensava?

Nos onze ciclos anteriores, Zen havia levado uma vida de autodisciplina austera, seguindo cada regra e se agarrando a cada princípio que encontrava, convencido de que fazendo aquilo recuperaria sua alma do abismo e apagaria o demônio que tinha escondido dentro de si e o terrível acordo que havia feito sob um céu de inverno.

Mas ele havia infringido todas as regras do código de conduta, fugido da escola e do homem que o havia salvado. Tinha beijado uma garota sem fazer um voto de casamento, violando com isso uma das tradições mais antigas da sociedade hin.

Não são apenas o corpo e a carne que devem complementar o Caminho, a mente também.

Finalmente compreendera o que Dé'zĭ queria dizer com aquelas palavras. Por mais que Zen tentasse seguir as regras do Caminho e as esboçadas nos clássicos, ainda havia uma parte de sua mente que se rebelava, independentemente do quanto tentasse sufocá-la. As regras não passavam de correntes que o mantinham preso, uma espécie de garantia de que Zen estava trabalhando pelo bem, pelo equilíbrio. Mas, por baixo, quem ele realmente era nunca mudava.

O posto avançado elantiano havia destruído algo ou talvez libertado algo dentro dele. Os grilhões com que se prendia estavam começando a se desfazer.

Zen sentiu dedos se entrelaçando aos seus. Ele abriu os olhos e viu que Lan o olhava, com a expressão aberta e terna.

– Nada – o rapaz respondeu, forçando um sorriso e levando o dedo à ponta do nariz dela. – Estou olhando para você.

Lan abriu um sorriso também.

– Você fica tão sério quando está pensando – ela comentou, e levou os dedos indicador e médio de cada mão aos cantos da boca dele, alargando-a. – *Sorria*, Zen.

Ele cobriu as mãos dela com as suas, abrindo os dedos fechados para que se espalhassem por seu rosto. Fechando os olhos, Zen suspirou e pressionou a boca contra a palma dela bem quando a vela se apagava.

Zen gostaria que aquela noite nunca acabasse. Gostaria que vivessem para sempre naquele instante, em vez de nos longos ciclos que se estendiam à frente, no que quer que pudessem trazer. Depois de todos os ciclos que havia passado brigando consigo mesmo e com o mundo, era nos pequenos momentos com Lan que ele sentia que podia respirar de novo. Como se finalmente tivesse despertado de uma longa noite de inverno para um dia claro de primavera.

Lan se inclinou na direção dele e o baixou, seu cheiro familiar de lírios o envolvendo. Zen cedeu daquela vez, odiando-se ao puxá-la para si, suas mãos castas nas costas dela, porém querendo mais, sempre mais.

Ele não queria encontrar os deuses-demônios. Não queria lutar contra os elantianos. Não queria pensar na escola, nos mestres, no que poderia acontecer com eles.

Tudo o que queria era ficar naquele vilarejo nas montanhas, com a garota por quem havia se apaixonado, os dois sentados à janela enquanto chovia lá fora, ele acompanhando o cabelo dela ficar branco como a neve com o passar dos anos.

Era um desejo que não passava de pouco mais que fantasia, em contraste com a realidade em que ele havia nascido: a realidade da mão elantiana apertando cada vez mais o pescoço hin. Os hins costumavam dizer que os demônios apareciam quando alguém falava neles. Zen nunca dera atenção àquilo, nunca dera atenção a superstições. Ele congelou, no entanto, quando uma voz cortou a noite.

– Um exército! Tem um exército chegando!

A voz soou clara e forte, a mesma que cantava enquanto trabalhava nas plantações e pastoreava os búfalos toda noite. Zen recuou e viu sua expressão refletida na de Lan, o choque de quem despertava de um sonho.

Os dois saíram correndo do quarto e cruzaram o pátio, seus passos urgentes assustando as galinhas que estavam comendo. Na rua, portas eram abertas e moradores punham a cabeça para fora, com os rostos ao mesmo tempo assustados e curiosos. Suas expressões espelhavam as das crianças, que haviam parado ali perto e relatavam suas descobertas com um brilho nos olhos.

– ... usando prata e azul...

– ... parecia um rio, tia!

– Onde? – Zen segurou a criança mais próxima, um menino de cerca de 8 ciclos, de cabelo bem curto, provavelmente raspado pela mãe por conveniência. – Onde eles estavam?

O menino pareceu assustado. Lan afastou a mão de Zen, então se virou para o pequeno e sorriu.

– Você viu um exército de diabos estrangeiros! – ela exclamou, empregando o termo que os hins usavam para os elantianos. – Eles estão perto?

– Estavam atravessando o desfiladeiro – o menino respondeu, feliz com a atenção dela. Então apontou para o norte, onde o céu assumira um tom índigo escuro e as montanhas não passavam de silhuetas. – Naquela direção.

Um frio se espalhou pelo estômago de Zen. *Nordeste*, ele pensou, lembrando da imagem dos mapas estelares. Lan havia dito a ele que Erascius usara sua magia para copiar os mapas no posto avançado; com os recursos superiores dos elantianos, não era impossível que já soubessem da localização correta.

– Garoto esperto – Zen ouviu Lan dizer, enquanto apertava a bochecha do menino.

Ele olhou para ela, entre o fascínio e o medo, a expressão de uma criança que não compreendia os horrores daquele mundo. Com 8 ciclos de idade, ele havia nascido depois da Conquista, e vivera confinado no vilarejo, sem saber nada do exterior. Se antes caixeiros-viajantes rondavam pelo Último Reino, vendendo mercadorias e trocando histórias, se antes os mensageiros imperiais chegavam a cavalo para coletar impostos e levar notícias do mundo, aqueles canais de comunicação haviam sido interrompidos pelos elantianos.

– Jiě'jie – ele disse. – Irmã mais velha, o que eles vão fazer se chegarem aqui?

O sorriso de Lan se alargou enquanto ela limpava uma mancha suja da bochecha do menino.

– Nada, porque aqueles ovos podres não vão chegar aqui – Lan garantiu. – Jiě'jie vai proteger você.

– Jiě'jie é uma fada poderosa? – o menino perguntou.

Lan deu uma piscadela e levou um dedo aos lábios, porém o sorriso desapareceu de seu rosto quando ela se virou para retornar ao pátio da casa onde estavam instalados. A noite tinha quase caído por completo; o sol poente deixava seu rosto nas sombras.

– O que faremos se eles vierem para cá? – ela perguntou, baixo.

Eles não virão, Zen pensou. *O vilarejo não significa nada para os elantianos. Eles estão indo para nordeste, atrás do primeiro deus-demônio.*

Claro que Lan pensaria na vida dos locais em primeiro lugar, enquanto Zen pensaria em si mesmo e em seus objetivos.

O som da porta do pátio se fechando o poupou de ter que responder. Os dois se viraram para a dona da casa, que os observava.

– Vocês são, não são? – ela questionou, com a voz fina como fumaça, e Zen não precisou ouvir o restante para saber do que se tratava. – *Praticantes*.

Algo se tencionou dentro dele. A mulher era velha, muito mais velha que a Conquista, porém não velha o bastante para ter vivido no tempo em que guerreiros e heróis caminhavam sobre os rios e lagos do Primeiro Reino e do Reino do Meio, lutando contra o mal e protegendo o povo.

– Não precisam dizer nada – ela falou. – Minha família foi salva de um demônio por um de vocês. Alguém que não tinha interesse em revelar o que era, mas ainda assim eu soube. Vocês têm um *ar* diferente. – Uma sombra passou pelo rosto dela. – Meu marido e meu filho morreram na guerra que perdemos para os estrangeiros. Este vilarejo parece ser o único lugar que permanece igual. Há muito sinto que estamos esperando... pelo quê, eu não sabia. Agora sei.

A mulher se ajoelhou. O movimento assustou Zen; ele reagiu ao mesmo tempo que Lan, os dois pegando os cotovelos dela.

– Vovó, não faça isso...

– Por favor, vovó...

– Salvem as crianças, eu imploro – a mulher sussurrou.

Zen olhou para Lan. Enquanto a expressão dele permanecia sempre controlada, a dela se alterava de acordo com o seu humor, tal qual o céu no verão. Sua tristeza ficava visível nos olhos, assim como as chamas de uma nova determinação. Enquanto os dois ajudavam a senhora a se levantar, Zen viu Lan pegar a ocarina e fechar a mão em volta dela.

– Năi'nai – ela disse. – Vovó, deixe conosco. Agora entre.

A súplica da senhora permaneceu com Zen por muito tempo depois que a porta frágil de madeira se fechou. Ele e Lan retornaram ao quarto e ficaram lado a lado diante da janela aberta. Àquela altura, a escuridão era completa, e uma imobilidade terrível mantinha tudo em silêncio. A lua brilhava forte e clara, no entanto Zen sentia uma alteração no qì ao redor deles, sufocando-os como uma nuvem de tempestade. Quando sintonizou seus sentidos com a trama de energias no ar, ele encontrou uma massa escura e sólida, cortando os fluxos suaves de qì nas montanhas e florestas ao redor.

Metal. *Elantianos.*

Um rio, o menino havia dito, e Zen agora compreendia, observando o movimento da massa metálica que cortava o qì. Era um exército, e não apenas o destacamento que havia enfrentado no posto avançado. Um exército de verdade, enorme. Erascius não havia apenas sobrevivido; havia retornado com dez vezes mais forças. Zen fechou os olhos, sentindo o mundo flutuar à sua volta.

Ele havia trocado um posto avançado pela ira do império elantiano.

E agora não contava com um demônio para lutar.

— Precisamos proteger o vilarejo — Zen ouviu Lan dizer, identificando um leve tremor em sua voz. — Ainda temos tempo. Podemos segurá-los enquanto os aldeões fogem...

— Eles não serão mais rápidos que o Exército elantiano — Zen respondeu, sentindo-se vazio. As palavras pareciam puxadas da garganta de outra pessoa enquanto ele observava tudo à distância.

— E o que vamos fazer então? Deixar que morram? Somos *praticantes*, Zen. Até eu conheço as histórias. Recebemos nosso poder para proteger aqueles que não o têm. Lembra?

Lan o puxou pela frente da camisa nova que a senhora havia lhe dado depois de ver seu qípáo aos farrapos. Era preta e tinha nuvens e chamas bordadas em seda. Zen havia se perguntado por que uma desconhecida lhe daria algo tão precioso. Agora compreendia.

Ele fechou os olhos, odiando a si mesmo, odiando tudo. Depois de todo aquele tempo, depois de tudo pelo que havia passado, depois de todos os ciclos treinando, Zen continuava não sendo o bastante. Seu poder vinha do demônio, suas habilidades prodigiosas eram ampliadas pelo qì dele; sozinho, Zen não era nada. Um praticante como qualquer outro, que talvez fosse capaz de derrotar um mó ou yāo, que talvez fosse venerado pelas pessoas comuns, porém nada além de um leve incômodo ao poder do império elantiano.

— Somos apenas dois praticantes contra toda a força do Exército elantiano — ele disse, sem emoção na voz. — E eu não tenho mais meu demônio comigo. Em hipótese alguma podemos vencer.

– Então vamos fugir? – Lan o soltou e recuou um passo, com a incredulidade contorcendo seu rosto. – Eu não...

– Vamos atrai-los se chegarem perto. – Havia uma única solução para salvar o vilarejo *e* impedir que os elantianos encontrassem os deuses-demônios. Se Zen havia hesitado nos dias anteriores, o Exército elantiano fazia agora com que se resolvesse rapidamente. Ele não tinha escolha e não tinha tempo. – Estão indo para o norte. Podem passar sem ver o vilarejo. Precisamos descobrir exatamente aonde vão.

O alívio derreteu a tensão no rosto de Lan. Talvez estivesse pensando que Zen não era o monstro que os outros o consideravam; que ela havia se enganado ao pensar que ele fugiria e deixaria os locais morrerem sozinhos. Ela assentiu.

– Vamos.

– Não. – Ele a segurou pelo pulso e a virou para si. Daquela vez, só podia rezar para que sua fachada não tivesse nenhuma rachadura. Seu coração estava partido, mas Zen não podia deixar que ela visse aquilo. Ele engoliu em seco e olhou bem para o rosto de Lan, para seus olhos brilhantes e sua boca rápida, o cordão vermelho em seu pescoço, do colar que ele havia lhe dado. – Você reúne os aldeões e os prepara para fugir caso necessário. Eu vou atrás do exército. Não aja antes do meu sinal. Se tudo correr bem, eles passarão direto. Um pequeno vilarejo no meio das Planícies Centrais não tem nada a oferecer a eles.

Lan provavelmente viu algo na expressão dele, porque continuou investigando seu rosto por um momento antes de assentir. A confiança nos olhos dela tinha a aparência de uma maldição.

A garota fechou os dedos em torno dos dele e levou as mãos entrelaçadas de ambos ao coração. O toque foi breve, porém o gesto quase abalou a determinação de Zen.

– Não me faça esperar demais – ela disse, e então foi embora, escapando por entre seus dedos, como o vento.

Zen teve vontade de chamá-la de volta, só para vê-la mais uma vez, ou para se ajoelhar aos seus pés e implorar perdão. No entanto, permaneceu em silêncio, preso a seu próprio corpo enquanto ouvia os passos dela cruzando o pátio e fazendo as galinhas se dispersarem. Ele ouviu o barulho da porta se abrindo antes que Lan entrasse na casa principal. Então se virou para o kàng onde havia deixado o pergaminho com os mapas estelares. Dobrou-o e guardou na algibeira.

Zen olhou para a janela aberta e começou a invocar seu qì, reunindo-o e concentrando-o em seu interior. Já sentia a mancha opressora do metal nas energias naturais, a perturbação do equilíbrio do mundo.

Logo tudo acabaria. Em vez de canalizar o qì para as solas dos pés em preparação para as Artes Leves, Zen o conduziu às pontas dos dedos e começou a traçar um selo. Terra e terra, em lados opostos do círculo, com linhas de distância as separando. Um volteio, um ponto; partida, destino. *Nordeste*. O que havia a nordeste dali? Ele precisava de um ponto de referência, de um lugar onde já tivesse estado. Qualquer lugar próximo serviria.

A resposta lhe veio com certa ironia. O rio Dragão Sinuoso corria a nordeste antes de passar a uma linha reta e seguir para as Estepes ao Norte. Perto da interseção das Planícies Centrais e da bacia Shŭ, no entanto, ele era um lago. Cartógrafos o haviam relacionado a uma pérola que o dragão segurava. E Zen, desesperado por algo que o lembrasse de seu lar pouco depois de haver chegado a Céu Termina, havia ido lá.

O lago Pérola Negra, ele pensou, fechando os olhos e visualizando a extensão de água que parecia escura mesmo durante o dia e oferecia um reflexo perfeito do céu à noite.

Zen guardou a imagem na mente, então terminou de traçar o selo.

Uma linha reta abarcando partida e destino. E um círculo envolvendo tudo.

O vilarejo, a janela aberta, o kàng e o pequeno quarto que ele havia dividido com Lan – tudo desapareceu conforme a imagem em sua mente o engolia por inteiro.

No tempo que seus olhos levaram para se ajustar, Zen ouviu o quebrar das ondas na costa, sentiu a areia macia sob as botas. Aos poucos, ele viu o mar de morros o cercando. A escuridão à sua frente começou a tomar forma: a luz das estrelas parecia penetrá-la, como se roubasse o próprio céu.

Ele se endireitou e sentiu o cheiro da água e do vento. As montanhas que cercavam o lago davam a ilusão de que Zen se encontrava em um mundinho só seu, em que tanto o céu quanto a água eram pontuados de estrelas.

Zen pegou um fú para fazer luz, depois desdobrou o pergaminho que continha os mapas estelares. Ali estavam: os pontos que ele havia transcrito com dificuldade correspondiam quase que perfeitamente ao padrão de estrelas acima. Ele estava perto.

Zen fechou os olhos e verificou o qì em volta, procurando pelo toque de raiva, de ódio, de medo – o mesmo com que deparara treze ciclos antes, no lugar onde seu clã havia sido massacrado. Não encontrou nada além dos movimentos gentis do vento e da água, da montanha e da terra, todos os elementos naturais do qì em harmonia.

No entanto, ele franziu a testa e insistiu. Abaixo de tudo aquilo, encontrou uma corrente de pavor, um fluxo malévolo sob a superfície. A sensação de algo mais antigo, algo deslocado daquele lugar, como um terror que havia se infiltrado no núcleo das montanhas, nas raízes das árvores, no fundo do lago. *O fundo do lago.*

Zen pensou naquele dia de inverno, treze ciclos antes, e nas palavras que Aquele com Olhos de Sangue havia lhe sussurrado. *Não chamou por mim? Não professou um desejo tácito de poder? De vingança? Não pediu a chance de fazer com eles o que fizeram com sua família?*

Ele tinha chamado. Tinha professado e pedido todas aquelas coisas, sem atingir nenhuma. Zen havia traçado um círculo perfeito e retornado ao ponto de partida. Só que ele não era mais uma criança inocente, desesperada pelo afeto do mestre, por aceitação no mundo, pela redenção de sua alma. Não, era tarde demais para tudo aquilo, e se fosse possível conseguir alguma coisa tomando o caminho do desconhecido, Zen o escolheria outra vez.

O rapaz revirou suas lembranças, recordando tudo o que havia aprendido a reprimir. Tudo o que envolvia emoções que procurara não sentir nos treze ciclos anteriores: dor agonizante e impotência nas mãos dos elantianos que o interrogavam, horror ao ver Yeshin Noro Dilaya sangrando, amargura diante da indiferença fria dos mestres, raiva da injustiça despropositada de suas decisões... ódio do Exército elantiano pelo que havia feito a Lan, pelo que estava prestes a fazer com o vilarejo caso ele falhasse.

Ele voltou mais e mais no tempo até o dia, treze ciclos antes, em que havia sentido cheiro de fumaça no planalto e corrido de volta só para ver o fogo assolando a planície que havia sido seu lar, misturando-se aos uniformes em vermelho e dourado, as bandeiras do Exército imperial.

Zen sentiu seu qì crescendo, as energias yīn da morte, do sofrimento e da fúria se espalhando como veneno por suas veias. E, finalmente, em algum lugar externo... um eco ressoando. Uma grande onda se formando, erguendo-se para encontrar a maré de emoções dele próprio.

Seus olhos se abriram. O lago se estendia reto e escuro à sua frente, interrompido apenas pelos fragmentos de luz das estrelas. Ele soube onde o deus-demônio descansava.

Zen reuniu o qì dentro de si, acumulou-o nas solas dos pés e saltou, sentindo o vento contra o rosto enquanto se arqueava e caía, feito um cometa perdido na escuridão.

A água era implacavelmente fria e infinitamente preta. Nela, Zen se viu envolto por nada além do yīn de suas próprias emoções e do tormento de suas lembranças. Seus pulmões começaram a arder conforme o peso esmagador da água gelada o levava mais para baixo.

Mais e mais para baixo, até ele não conseguir mais ver nem mesmo a partícula de luz que era a lua. Até que a escuridão fosse tão completa que Zen não mais distinguia entre a consciência e a inconsciência. Até que seus membros congelassem e não se movessem nem mesmo com sua mente gritando para que o fizesse. Até que ele não soubesse mais se estava afundando ou boiando.

E então, em meio àquele silêncio terrível, ao vazio de ser, ela veio.

Mais uma presença, uma *existência,* que qualquer outra coisa. O roçar de uma corrente contra seu corpo, um sussurro acariciando sua consciência.

Temurezen, soou a voz estrondosa que parecia estar ao mesmo tempo em toda parte e em lugar nenhum. *Por muito tempo esperei.*

O tempo pareceu parar. Zen ficou suspenso em uma existência liminar, entre ele e o ser que era mais velho que o tempo, mais antigo que o mundo.

Veio me chamar para a terra dos vivos? O yáng da vida, o sol e a terra firme?

Qual é o seu nome?, Zen perguntou, porém sua voz ecoou apenas em sua mente.

Acho que sabe meu nome, a coisa respondeu. *Acho que há muito vem me buscando.*

Pois está equivocado, Zen disse, com frieza.

Ah, é? Não passou muitas luas me procurando após o massacre de sua família? Então aceitou o primeiro mó que apareceu na sua frente. O ser fez tsc-tsc. *Uma pena. Tanto tempo desperdiçado, tempo que é escasso a apenas um de nós.*

O vilarejo. O exército se aproximando. E Lan. O tempo estava acabando.

Vim para fazer um acordo, demônio, Zen declarou. *Diga o preço. Estou familiarizado com suas negociações.*

É mesmo? A coisa pareceu vagamente surpresa. *E poderia me oferecer algo melhor? Algo que nenhum mortal nunca ofereceu?*

Zen cerrou os dentes.

Diga o preço.

O qì em volta rodopiou, de repente tão esmagador quanto se o praticante suportasse o peso de uma montanha inteira acima de sua cabeça, como se o céu caísse sobre ele. Entre uma piscada e outra, a água do lago rodopiou também, e de onde antes Zen acreditava que não havia nada veio algo mais escuro que a escuridão.

De repente, ele estava olhando para o núcleo da Tartaruga Preta.

Tratava-se de uma sombra do tamanho de uma montanha, um pescoço vago com uma cabeça embaçada se destacando de uma extremidade. Olhos da cor do sangue na água, chamas a leste.

Dez mil almas, a Tartaruga Preta anunciou, com um estrondo. *Dez mil almas... e depois você.*

Dez mil almas. O rapaz pagaria a Tartaruga Preta com o sangue do exército elantiano.

E depois... a dele.

Minha alma já está perdida, Zen respondeu. *Não me pede nada de novo.*

Você, o deus-demônio repetiu. *Não sua alma. Você por inteiro. Mente... corpo... e, ao final, quando estiver pronto, alma.*

Uma espécie de rugido preencheu a cabeça de Zen. Os hins acreditavam que as almas passavam pelo Rio da Morte Esquecida para chegar ao descanso eterno; o clã dele acreditava que os espíritos eram absorvidos pela Grande Terra e pelo Céu Eterno. Em ambos os casos, sob a condição de que a pessoa se enquadrasse como boa sob os critérios estabelecidos. Zen sabia que estava longe de ser bom e já tinha se preparado para a perda da sua alma. De sua alma, e não de sua vida. Não de seu corpo e de sua mente.

Ele pensou em Lan, no cordão vermelho que havia prendido em torno de seu pescoço, uma promessa e um desejo que, por um milagre, ela lhe havia concedido. Que Lan pudesse nutrir sentimentos por alguém como Zen parecera bom demais para ser verdade, porém não o impedira de sonhar com um futuro juntos. Um futuro livre da perseguição, da guerra e do sofrimento, no qual poderiam explorar o que aquele vasto mundo tinha a oferecer. Uma vida comum juntos, na qual ele poderia acompanhar a pele dela se enrugando, seu cabelo ficando branco.

No entanto, se Zen não fechasse o acordo, Lan não sobreviveria para terem a chance de passar por algo parecido. Ele tomou uma decisão.

Dez mil almas primeiro, disse, *depois meu corpo. Minha mente. E, quando eu estiver pronto, minha alma.*

É tempo demais, a Tartaruga Preta sibilou. *Não posso esperar que me entregue dez mil almas para saborear sua carne e seus pensamentos.*

Os dois tinham chegado a um impasse. Zen aguardou até que a Tartaruga Preta finalmente voltasse a falar.

Minha contraproposta é uma rendição gradual sua. A cada vez que usar seu poder, a cada alma que me entregar, entregará também parte de seu corpo. Da sua mente. Por último, sua alma.

Não, não, não, cada parte de Zen gritava. Era cedo demais. Ele não teria tempo o suficiente.

É minha oferta final, mortal, o deus-demônio avisou, e sua raiva fez as montanhas estremecerem. *É pegar ou largar.*

Zen fechou os olhos, apagando a imagem do vermelho infernal à sua frente. Pensou em Lan. No vilarejo, na senhora que se ajoelhara diante dele. Em Céu Termina, em seu mestre se curvando para sentir o aroma de uma camélia. Sua vida em troca da deles.

E então, Zen? De repente, as palavras da Tartaruga Preta pareceram zombar dele. *Temos um acordo?*

Em outro mundo, em uma vida diferente, Zen poderia ter opções diferentes. Opções melhores. No entanto, no mundo em que havia nascido, aquele era o único caminho que lhe restava. O melhor caminho.

Zen abriu os olhos e encarou o núcleo ardente do demônio.

– Sim – ele disse. – Temos um acordo.

27

***Não há paz sem violência, não há harmonia sem sacrifício,
não há unidade sem perda da individualidade.***

Discurso do Primeiro Imperador, dinastia Jīn, ciclo 1, Reino do Meio

— Năi'nai. Vovó. Por favor, temos que partir.

O vilarejo estava reunido, as estrelas piscavam no céu, e Zen ainda não havia retornado. Lan já tinha batido em todas as portas e janelas do local, então foi procurá-lo. Não encontrou sinal dele no quartinho. A janela estava aberta, permitindo a visão das montanhas cortadas pela trilha prateada que o exército elantiano formava conforme subia. Ela pensou ter sentido uma alteração no vento, o mais leve movimento no fluxo do qì, quase como se o rastro de um selo tivesse se extinguido.

E se deu conta de que o pergaminho com a transcrição dos mapas estelares não estava mais lá.

Lan se lembrou da expressão de Zen antes que ela o deixasse: um fatalismo triste, uma esperança fraquejando em seus olhos, como o último bruxuleio de uma vela. Algo criou raízes em seu estômago: uma semente de dúvida, a sugestão de que Zen a deixara para defender o vilarejo sozinha. E morrer sozinha.

— Gū'niang — a senhora murmurou. *Mocinha.* — Para que lugar devemos ir?

— A qualquer lugar — Lan disse, desesperada. — Precisamos sair do caminho do exército elantiano!

A mulher suspirou, e a vela já se apagando fez suas rugas parecerem mais profundas.

— Gū'niang, a maior parte de nós morou aqui a vida toda. Nossas raízes estão neste vilarejo, nesta terra e neste solo. Eu nasci aqui, me tornei mulher aqui, criei uma família aqui e vi todos morrerem aqui. Quando minha hora chegar, quero que meus ossos velhos e minha alma sejam enterrados aqui também.

Lan olhou em direção da senhora sentada em um banquinho de madeira junto a uma mesa quebrada, remendando uma peça de roupa. A constatação lhe veio como uma peça se encaixando. Os elantianos podiam incendiar suas cidades, destruir seus livros, matar sua língua, porém Lan sempre acreditara que os hins manteriam a esperança. Fora a esperança que a fizera superar as noites frias e as madrugadas com fome diante da exaustão de mais um dia longo e triste se estendendo à sua frente. Fora esperança, ela percebia agora, que Māma havia lhe deixado no dia em que sacara seu alaúde e derrubara um exército de elantianos. Fora esperança que Māma confiara a Lan através do selo em seu pulso esquerdo: a promessa de que aquela história não havia acabado, de que o pincel agora estava com a filha, para que ela escrevesse o final.

No entanto, aquele vilarejo e aquela senhora, tinham sobrevivido fisicamente à Conquista elantiana, porém com o espírito em frangalhos.

Lan se levantou, sentindo as curvas da ocarina pressionando a palma de sua mão.

– Năi'nai – ela falou –, obrigada por tudo.

O vilarejo estava mergulhado no silêncio quando Lan saiu pela porta de madeira rangente, a mesma pela qual havia entrado com Zen poucas noites antes, no que parecia outra vida. No céu, a lua banhava a terra com uma luz branca, mas nuvens de tempestade eram visíveis a oeste, cobrindo o céu antes claro como uma cortina.

Lan seguiu pelo caminho de terra até o pái'fāng que marcava a entrada do vilarejo. Havia um único caminho subindo e um único caminho descendo. Nenhum sinal de Zen. Ela voltou a pensar na estranha sensação que havia tido no quarto e no desaparecimento do pergaminho com a transcrição dos mapas estelares para os deuses-demônio.

Reprimindo o medo que começava a fermentar em sua barriga, Lan se concentrou no qì.

Então franziu a testa. Havia algo de errado. Se antes sentira o fedor sufocante e esmagador do metal, o ar agora parecia mais leve, as energias das montanhas, das árvores e das águas pareciam mais fortes. A presença do exército elantiano enfraquecia; eles pareciam estar se distanciando.

Nordeste, o menininho havia dito quando tinham lhe perguntado em que direção o exército ia.

Por impulso, Lan levou a ocarina aos lábios e tocou.

Os quatro pedaços de mapa estelar se tornaram visíveis, as constelações dos deuses-demônios cintilando fortes contra o céu noturno real logo atrás. Lan olhou para a porção nordeste e seu coração quase parou. O quadrante era quase idêntico ao céu. E, nele, marcada pela ausência de luz, estava a forma da Tartaruga Preta.

A semente da dúvida plantada nela floresceu, ocupando tanto espaço dentro de Lan que a garota nem conseguia respirar. Fazia sentido, se pensasse nas palavras de Zen: *Um pequeno vilarejo no meio das Planícies Centrais não tem nada a oferecer a eles.*

Claro. Ela estivera totalmente focada no vilarejo, em proteger as vidas ali. O que os elantianos poderiam querer com um lugar pobre e em ruínas, com um punhado de crianças e anciãos? Não, Erascius deixara seu objetivo claro: procurar os quatro deuses-demônios, depois ir atrás da Escola dos Pinheiros Brancos, onde os últimos praticantes hins residiam. Com o que restava da magia hin destruída e o poder dos deuses-demônios em suas mãos, os elantianos arrasariam as Planícies Centrais e qualquer lembrança do Último Reino, selando seu poder sobre aquela terra de uma vez por todas.

Zen havia se dado conta daquilo. E ido atrás da Tartaruga Preta... sem ela.

Somos apenas dois praticantes contra toda a força do Exército elantiano. E eu não tenho mais meu demônio comigo.

Um frio se espalhou por seu interior. As pistas sempre tinham estado lá. Lan só não as havia identificado. Confiara em Zen. E ele mentira para ela.

Se saísse atrás dele agora, talvez conseguisse alcançá-lo antes que fosse tarde demais. Um selo de portal não funcionaria; ela não podia conjurar um destino, não tinha ideia do que havia a nordeste dali.

Lan reuniu qì até sentir que brilhava por dentro. Então o direcionou às solas dos pés e deu um salto na noite. Montanhas irregulares e fora de foco passavam por ela conforme ganhava velocidade, sentindo-se mais segura do que nunca, cada salto a levando para o mais longe que já havia ido. Ainda assim, pensou no redemoinho de qì deixado por um selo no quarto que haviam ocupado. Se Zen tivesse usado um selo de portal, teria horas de vantagem. Não era o bastante. Ainda não era o bastante.

O tempo passava, e o mundo de Lan se reduzia ao empurrão rítmico de qì através dos pés, à busca do próximo pico, da próxima árvore ou pedra de onde saltar. A única constante eram as estrelas no alto, piscando enquanto os braços das nuvens tentavam apagá-las. *Depressa*, elas pareciam sussurrar enquanto Lan se aproximava do exército elantiano, o cheiro de metal começando a superar todos os fios do qì. *Depressa.*

Ela talvez já tivesse viajado vários sinos quando aconteceu.

Uma espiral de energias cortou o ar. Lan cambaleou e seus passos perderam o ritmo conforme as energias – repletas de torrentes de yīn, fúria e sofrimento – se assomaram sobre ela. Viu-se à beira de um penhasco, suas unhas se cravando em terra, folhas e raízes enquanto ela lutava para se segurar. Seus pés escorregaram das pedras, e ela sentiu um buraco no estômago quando pisou no nada. Seus dedos se fecharam em algo – a raiz de uma planta –, porém Lan era pesada demais, e a planta começou a quebrar. Abaixo, ouvia-se a correnteza voraz de um rio; acima, ela só via uma cordilheira contornada pela lua desaparecendo.

– Zen – Lan gritou, então a haste da planta se quebrou e ela caiu.

Sentiu uma pressão em seu pulso, uma dor lancinante no ombro quando o mergulho foi abruptamente impedido. Lan se viu suspensa no ar, enquanto o rosto de quem a havia salvado aparecia.

– Você é mesmo um espírito de raposa ardiloso – Yeshin Noro Dilaya disse, quando o que restava de luar foi engolido pelas nuvens. – Eu devia ter deixado você morrer.

– Dilaya. – Deitada no chão, longe da beirada, Lan ofegava, tentando não soar grata demais à garota que havia acabado de salvar sua vida. – Seu nariz é tão grande que você não consegue deixar de metê-lo na vida dos outros?

– Se disser mais alguma coisa que eu não goste, jogo você de novo do penhasco – foi a resposta dela, e Lan viu o brilho de uma espada que a lembrou de quem estava no comando. – Meu pescoço ainda está doendo daquele seu truquezinho na escola.

– Como foi que me encontrou? – Lan perguntou. A última vez que vira Dilaya, a garota se encontrava caída dura no chão da Câmara das Cem Curas.

– Seus amigos Comedor de Ervas e o Garoto Fantasma me contaram tudo – ela explicou. – Então rastreei seu qì até este lugar.

À distância, o pulso de energias havia se estabilizado, porém Lan ainda sentia que ele a inundava, como a corrente de um rio escuro e sufocante. *Yīn*, ela pensou, sentindo o estômago se revirar diante da fúria, da tristeza e do sofrimento que assolavam seu próprio coração. *Mó: um espírito nascido da ira, da ruína, da fúria e de um assunto pendente em vida.*

Um rosto voltou à sua mente: pele seca e cinza-azulada, pendendo de um esqueleto que lembrava pergaminho seco; olhos amarelos que não pareciam ver, uma boca flácida, tufos de cabelo preto caindo feito ervas daninhas. A pior parte era quão perto a coisa chegara de parecer humana, como as mangas compridas e a saia do qípáo a cobriam tal qual uma lembrança fantasmagórica de quem havia sido, a alma do grão-mestre negociada com o monstro.

Lan se lembrava de como Zen o havia encarado, horrorizado, e só agora compreendia o motivo. O mó tinha sido um reflexo de um dos destinos de que poderia ser alvo. Um destino que Lan poderia evitar caso o alcançasse a tempo.

A garota se colocou de pé, afastando com um tapa a mão que Dilaya tentava lhe oferecer. Em uma extensão do mesmo movimento, ela sacou sua adaga. Aquela que Corta as Estrelas brilhou como um dente.

– Se pretende me ajudar, vamos. Se não é o caso, saia do meu caminho.

A expressão de Dilaya era de incredulidade.

– Acha mesmo que pode me derrotar com esse palito de dente, Espírito de Raposa?

– Menos palavras inúteis e mais ação, Cara de Cavalo. – Com um movimento rápido, Lan embainhou a adaga. – Tente não ficar para trás.

A resposta raivosa de Dilaya se perdeu com o rugido do vento nas orelhas de Lan depois que ela saltou, o qì a impulsionando na noite tempestuosa. O pulso de energias acima tinha se estabilizado, no entanto, a cada passo na direção certa o medo se infiltrava em seus ossos. A imagem do grão-mestre que havia vendido sua alma a um demônio pulsava diante dela.

A cordilheira pareceu mais próxima, e Lan sentiu que, o que quer que ela estivesse buscando, se encontrava logo atrás. Havia um vórtex de escuridão e qì yīn bem no centro. A superfície era opaca, e quando Lan desceu teve a sensação de que os últimos fiapos de luz que passavam pelas nuvens eram sugados por ele.

Lan hesitou antes de dar o último passo à frente, inclinando o rosto para o céu. Não adiantou nada: as nuvens haviam obscurecido as estrelas, e a sua memória não era boa o bastante para que tivesse decorado o mapa. No entanto, o pulsar de energias ficou mais forte, como um tambor baixo e sinistro fazendo o esterno dela vibrar, e seus dentes e ossos chacoalharem com o yīn que carregavam. O que só podia ser coisa de um deus-demônio.

Lan saltou, com uma das mãos segurando firme a ocarina e a outra, Aquela que Corta as Estrelas. Foi só quando aterrissou na areia fina que se deu conta de que a massa preta à sua frente era um lago. As ondas batiam contra a margem feito as garras de uma fera furiosa e violenta atacando.

Um barulho indicou a Lan que Dilaya havia aterrissado logo atrás dela. As duas ficaram ali, juntas, vendo a água bater na terra.

– Você também está sentindo, não é? – Pela primeira vez na vida, a voz de Dilaya soou baixa, marcada por algo que parecia medo. – As energias yīn. Há um motivo para falarmos de equilíbrio na prática, de usar yīn e yáng em harmonia. É impossível que uma alma consiga se defender de tanto yīn por muito tempo. Ela acaba sendo corrompida.

De novo, Lan pensou no grão-mestre da Escola dos Punhos Protegidos e sentiu um aperto no peito. Diante das duas, a superfície da água ficou tão imóvel que os braços de Lan se arrepiaram.

– Dilaya – ela disse –, é melhor você ir embora daqui. Procure um lugar seguro.

A garota não fez nenhuma objeção, apenas hesitou, o que falava muito sobre a gravidade da situação. Então, com uma rajada de vento, ela foi embora.

Lan se aproximou da margem, onde a água encontrava a terra. De repente, ela se deu conta do silêncio pouco natural que predominava naquele lugar: não se ouvia o canto das cigarras, o farfalhar de pequenos animais correndo em meio aos arbustos, ou pássaros arrulhando nos galhos. Era como se toda a vida tivesse deixado o espaço.

Toda a vida... com exceção de uma.

– Zen.

Os lábios de Lan mal se moveram; um estranho instinto lhe dizia que ele ouviria de qualquer maneira. Uma sombra se moveu atrás dela. Quando Lan se virou, Zen estava ali: ele, mas não exatamente ele, o rapaz que ela conhecia e depois sua forma delineada na escuridão. Em um piscar de olhos, a escuridão desapareceu, como se a vista de Lan houvesse embaçado por um momento antes de voltar a focar.

Zen estava diante dela, com o qípáo preto esvoaçando a uma leve brisa. O rufo terrível de energias yīn havia desaparecido, e a imobilidade se fora sem deixar rastro, com a superfície do lago voltando a se agitar, os pinheiros em volta a se sacudir, as nuvens acima a se deslocar.

– Lan – Zen falou, e foi com a voz dele, o rosto dele, que o nome dela saiu de sua boca, da mesma maneira como Lan tinha ouvido ao longo das semanas anteriores. Um alívio a inundou. – Por que está aqui?

Ela ficou olhando para ele, que tinha a mesma expressão tranquila e indecifrável no rosto da noite em que haviam se conhecido. A expressão que ela havia conseguido penetrar pouco a pouco, à maneira que o sol derretia a neve.

Agora parecia que os dois estavam andando para trás, que a distância entre eles crescia.

– Vim atrás de você – Lan respondeu. – Por que pegou os mapas?

Zen a encarava sem que seus olhos se alterassem.

– Fiz isso? Deve ter sido por acidente. Eu estava perseguindo os elantianos.

Outra mentira. Zen havia chegado antes dos elantianos àquele lugar. Ela sentia a aproximação deles no ar, na presença cada vez mais constante de metal no qì. Os dois não tinham muito tempo.

– Não tem nenhum elantiano aqui.

Ainda não.

Simples assim, o fio que os ligava se tencionou. Zen estreitou os olhos.

– Você não confia em mim.

– Você mentiu para mim – ela retrucou.

Ele fechou os olhos por um breve momento.

– A última coisa que eu desejava era magoar você.

– O que você fez? – Lan sussurrou, e o muro entre ambos finalmente caiu.

– Vim atrás da nossa única chance de vencer – Zen explicou. – Minha alma se perdeu há muito tempo, Lan. Estava escrito nas estrelas, como mestre Fēng adora afirmar. A troca valeu a pena: uma única pessoa pelo poder para salvar esta terra e este povo.

– Poder – ela repetiu. – Todos os mestres e os clássicos falam de poder como uma espada de dois gumes, que não deve ser usada sem equilíbrio.

Os lábios dele pareceram mais finos.

– E os mestres iam querer que eu renunciasse a meu poder para quê? Para que possamos assistir ao massacre elantiano? Assim como a corte imperial forçou os clãs a renunciar a seu poder. E todos vimos como o reino retribuiu.

Zen tinha razão. Ele tinha razão, porém Lan não podia ignorar o alerta cravado como uma espada dentro dela, envolto em lembranças de sangue. Os hins precisavam de poder para vencer os elantianos. No entanto, também precisavam ser capazes de controlar esse poder, pois poder sem equilíbrio, ela sabia, era destruição, não importava nas mãos de quem. Olhando para o rapaz envolto pela escuridão feito a noite encarnada, Lan se deu conta de que compreendia.

– Os mestres queriam que você renunciasse ao seu poder porque não tinha *controle* sobre ele – Lan falou. – E, portanto, não tinha como atingir um equilíbrio. Você se esqueceu do que aconteceu no posto avançado elantiano. Das lições aprendidas com o Assassino da Noite.

– E você se esqueceu do que os elantianos fizeram conosco. Do que planejavam fazer, se eu não tivesse destruído a base. Você se esqueceu de que o Assassino da Noite foi obrigado a fazer o que fez, de *quem* o obrigou a fazer o que fez. Nunca haverá equilíbrio perfeito, Lan, muito menos agora. Como vivemos hoje, é tudo ou nada.

Ela nunca ouvira Zen falar daquele jeito, nunca vira tanta amargura em seu rosto.

– E quanto às pessoas inocentes cuja vida foi levada? – Lan perguntou, sem saber se estava se referindo a Zen ou ao Assassino da Noite. – Elas não eram nada?

– Lan, uma guerra não pode ser vencida sem baixas.

As palavras dele a atingiram como um balde de água fria. Será que *ela* vinha sendo ingênua aquele tempo todo? Guerras implicavam baixas, claro. Lan não se imaginava mais sábia que os imperadores que haviam governado aquela terra, dinastia após dinastia, porém todos haviam acreditado naquela história de que atingir seus objetivos e exercer seu poder implicava baixas.

Só que... não, Lan pensou. *Ela* fora uma das baixas. Os criados da casa onde morava e as garotas da casa de chá haviam sido baixas, sem rosto e sem nome, em nome do poder de *outra pessoa*.

– Lan. – Dedos se fecharam em volta dos dela, ardentes, como se sob o encaixe familiar da mão de Zen algo mais a tocasse. – Você e eu somos iguais. Os últimos de nossos clãs, os últimos praticantes, os últimos deste reino. Deixe-me fazer isso pela nossa terra, por tudo o que perdemos, por tudo na história que nunca vai retornar. – Os olhos de Zen pareciam brandos, e era quase fácil deixar que suas palavras envolvessem o coração dela enquanto ele se aproximava. – Deixe que eu use o poder deste deus-demônio para mandar os elantianos embora, depois restabelecer um reino no qual os clãs retomem o poder que tiveram no passado.

Ali estava outra vez: a espada, cravada até o punho. Fazendo o raciocínio dele, a história dele, ruírem. *Poder.* Os imperadores antigos haviam travado guerras para dominar os clãs; os elantianos lutavam agora para cimentar seu poder sobre os hins.

Lan pensou nas palavras que a mãe havia lhe dito: *você deve servir ao povo*. As baixas sem rosto e sem nome nas guerras lutavam em nome deles, porém nunca *por* eles. As garotas da casa de chá, dobradas e subjugadas por um regime; os clãs, que só desejavam paz, sob o punho de outro. Devagar, Lan puxou a mão de volta.

– Zen – ela disse. – Não faça isso, por favor. Você não vai conseguir controlar o poder de um deus-demônio.

– Estou perfeitamente no controle agora, Lan.

– Não estará para sempre. – Ela podia sentir naquele exato instante: o pulso suave e insidioso do yīn vindo dele. Dilaya tinha razão. Uma hora aquilo ia dominar a mente de Zen e corromper a alma dele. – O Assassino da Noite enlouqueceu, e não vou assistir ao mesmo acontecendo com você, Zen. – Sua voz assumiu um tom mais suave, de súplica. – Se der a nós mais tempo...

– Nós.

Ele soltou a palavra com um silvo, e por um momento Lan pensou ter visto faíscas pretas em seus olhos. Algo cortou o ar com a rapidez e a precisão do fio de uma lâmina. Zen se moveu em um choque de metal, e a Fogo da Noite golpeou, encontrando a outra espada com um clangor.

– *Conquistador* – Dilaya rosnou, a palavra carregada por uma história de ódio. Ela se endireitou sob um pinheiro junto ao lago, sua sombra cortando as faixas de luar que a atravessavam. – Não permitirei que faça com esta terra o que seus ancestrais fizeram com meu clã sob a fachada de nos *proteger*.

– Não sou meus ancestrais – Zen falou, com frieza –, mas você tem razão. Não vou mais ficar apenas assistindo à história se repetir.

– Chega de palavras inúteis – Dilaya retrucou, empurrando a Presa de Lobo e voltando a rosnar. – Um praticante demoníaco deve ser eliminado antes que perca sua mente para o demônio. Terei a honra de fazer isso esta noite.

Dilaya atacou. Lutava feito um fantasma, a dāo refletindo a luz e cortando em ritmo perfeito, os membros se movimentando como se em sintonia com uma música que apenas ela ouvia. Apesar de todos os embates que tivera com a garota, Lan não podia evitar admirar sua tenacidade naquele momento, a facilidade com que se movia.

No entanto, Dilaya estava longe de ser páreo para um deus-demônio. Quando a mão de Zen ao redor da Fogo da Noite cedeu à investida da Presa de Lobo, ele ergueu a outra mão e algo respondeu.

Uma explosão de qì varreu a noite, estalando no ar e agitando as águas do lago. As nuvens pareceram estremecer no céu; as pedras em volta reverberaram com uma potência bruta e desenfreada. Lan ergueu as mãos, e seu selo de escudo oscilou com o despejo de energias sobre ele. Em meio a uma investida, Dilaya foi lançada dez ou vinte passos para trás. Lan ouviu um baque doentio e depois silêncio.

Zen baixou a palma e cerrou as mãos em punho. O qì se apaziguou. Por um momento, Lan poderia jurar ter visto a sombra de algo a mais nos olhos dele – algo que perdurou por um momento quando Zen se virou para ela, então desapareceu.

A expressão dele, no entanto, não se alterou. Fria, distante e séria, com uma nova dimensão que ela nunca havia visto no rapaz que passara a conhecer: fúria.

Lan olhou rapidamente para Dilaya, que estava caída contra o tronco de um pinheiro. Acima deles e em toda a volta, o metal era uma presença tão próxima que pressionava cada nervo de Lan, sobrecarregando seus sentidos. Viu-se um lampejo de movimento no caminho entre as montanhas atrás de Zen, o brilho de uma armadura estrangeira. Os elantianos estavam chegando.

– Lan.

Ela quase estremeceu enquanto voltava a se virar para Zen. Seu rosto não estava mais nas sombras, e por um momento a garota pensou ter visto uma abertura, uma vulnerabilidade, passar por seus olhos.

– Por favor, Zen, não escolha isto – ela pediu, sem conseguir pensar em mais nada para dizer.

A expressão dele se contraiu. Quando falou, as palavras saíram por entre os dentes cerrados.

– Escolhas são para os *privilegiados*, Lan. Que parte disso não compreendeu? Você mesma disse que recebemos opções *de merda* e temos que tirar o melhor proveito delas! – A voz dele se ergueu até gritar. Lan se encolheu ao ouvir o palavrão saído de seus lábios. – Se eu pudesse *escolher* ser bom, se pudesse escolher o equilíbrio, por que não escolheria? Mas é essa a mão que recebi dos deuses, são essas as circunstâncias em que nasci, e, se devo escolher o desgarramento para salvar este reino, farei isso. Se devo ver a escuridão para que nosso povo veja a luz, farei essa mesma escolha quantas vezes forem necessárias. – Ele ofegava levemente, com a expressão aberta e suplicante. Sua voz se tornou mais suave. – Você ficará ao meu lado nesse caminho, Lan?

Tudo em que ela conseguia pensar era no posto avançado elantiano, nos hins famintos atrás das grades – pais, mães, crianças –, e em como depois só restara sangue, ossos e destruição. Quando desenfreado, o poder devorava a mente de quem o possuía, deixando um rastro de violência, ruína e morte sem discernimento. A história havia demonstrado aquilo repetidas vezes.

Ela não cairia naquela armadilha. Caso buscasse poder, garantiria que o controle continuasse sendo seu. E o usaria para servir ao seu povo. Garotas de casas de chá, proprietários de lojas de penhores, viúvas, a massa sem voz do reino. Lan balançou a cabeça.

– Zen...

Ele viu a resposta no olhar dela. Depois levou as mãos ao rosto. Um tremor violento o percorreu da cabeça aos pés.

E então Zen ficou imóvel.

Quando se endireitou e fechou os punhos ao lado do corpo, a expressão desvairada e frenética havia deixado seus olhos. Eles agora pareciam apenas frios, pretos e inescrutáveis, tal qual uma noite sem estrelas.

– Escolhi meu caminho. Se não está comigo, você está contra mim – ele disse, e Lan soube que o tinha perdido.

28

O vaqueiro e a tecelã foram banidos para cantos opostos no céu, separados pelo Rio da Morte Esquecida, para nunca mais poderem se abraçar.

"O vaqueiro e a tecelã", *Contos do folclore hin: uma coletânea*

Eles chegaram feito um aglomerado de nuvens, estendendo-se pelo passo que se curvava até a margem do lago. As armaduras pareciam brancas como osso sob o luar trêmulo. A cor dos túmulos. A cor da morte. Zen pretendia impedi-los ali, aquela noite.

Porém, não conseguia virar as costas, não conseguia parar de olhar para a garota que havia se tornado sua âncora no mundo, a garota que havia ficado entre ele e a escuridão que agora espreitava dos cantos de sua mente.

Lan recuou um passo, afastando-se dele como se tivesse sido queimada. Seus olhos procuraram o rosto de Zen, vacilantes. O que quer que ela tenha encontrado lá fez o medo e a mágoa nublarem sua expressão.

Zen procurou fortalecer o coração. Já tinha visto aquilo, vezes demais.

Lan se virou. Com uma explosão de qì, estava ajoelhada ao lado de Dilaya, abraçando a cintura da garota inconsciente; com outra, estava no ar, um borrão de qípáo claro contra o céu coberto de nuvens, tão vívido e breve quanto uma estrela cadente. Então desapareceu, engolida pela noite. Zen estava sozinho outra vez.

Seria muito fácil ir atrás dela. Perguntar: *Quando foi que você ficou assim boa nas Artes Leves?* Ouvir sua resposta sagaz. A ideia quase o fez sorrir enquanto ele se virava para encarar o exército na margem.

O incidente no posto avançado elantiano o havia mudado. Céu Termina era como uma flor em um vaso enquanto o mundo todo à sua volta virava cinzas. Fora o próprio Erascius quem deixara aquilo claro para Zen.

Quem sempre escolhe o caminho entre os dois extremos, acaba sem nada.

Zen abriu os braços para o grande núcleo de poder que se enraizara dentro de seu coração: um núcleo que parecia conter um mundo inteiro, do céu ao mar. Um núcleo turbado de energias e sede de sangue com o ataque dos elantianos.

Já fazia muito tempo que ele não era mais uma criança em Céu Termina, desejando aprovação, desejando algo que o mantivesse firme diante da perda recente de tudo em sua vida. Zen experimentara o caminho de seu mestre, porém fracassara. No fim, suas tentativas de reprimir seu poder resultaram em uma tragédia, quando deveria ter sido uma vitória. O poder era uma espada, e o único problema era a mão de quem a empunhava ser fraca demais.

Daquela vez seria diferente, ele pensou, enquanto o yīn começava a se agitar em suas veias, infiltrando-se no ar e no solo à sua volta e fazendo até mesmo as águas do lago logo atrás se movimentarem. Daquela vez ele o controlaria. Daquela vez ele o dominaria.

Zen invocou o poder do deus-demônio.

O mundo ao mesmo tempo se expandiu e achatou. Ele sentia tudo: as ondas batendo na areia, o vento sussurrando contra as montanhas, o farfalhar de cada folha e o movimento de cada criatura viva, desde os leopardos-das-neves rondando os picos congelados no norte até o coro de cigarras nos ginkgos ao sul. Ao mesmo tempo, ele não sentia mais nada.

Ele era um deus-demônio, e aquele mundo era dele, para brincar, para conquistar. As vidas do outro lado da água, todas elas, eram dele.

Ele avançou na direção deles, parando acima do exército estrangeiro, suas vestes esvoaçando ao vento forte.

Com o primeiro trovão, ele começou a destruir os humanos. A tempestade se intensificou, em harmonia com seu poder, enquanto o sangue daqueles humanos tão arrogantes, que achavam que a fina cobertura de metal que usavam o impediria, era derramado. Quando um relâmpago cortou o céu, ele invocou seu qì de fogo preto, uma criatura terrível e bela, que no passado devorara o mundo todo.

Vida, morte, luz, sombra, bem, mal – para ele, tudo isso existia na eternidade efêmera e sempre em mutação, assim como as forças de yīn e yáng que o haviam criado. Aquele mundo não havia sido feito para ficar estagnado, para passar muito tempo sem mudar. Assim como os antigos clãs haviam ascendido, também tinham caído; dinastias se sucediam com o tempo, imperadores que se acreditavam grandes e imortais passavam por ele mais rapidamente que estrelas cadentes.

Embora seu poder fosse infinito, o corpo humano que lhe servia de instrumento não era. O rapaz se cansou; ele sentia o sofrimento pressionando os muros da represa que fizera no coração frágil do humano.

Muito bem. Seu trabalho ali estava feito. Ele retornaria a seu sono até que o rapaz os levasse até o banquete seguinte.

Os pensamentos de Zen se fragmentaram, girando como uma mistura de sonhos e pesadelos, vozes que pertenciam a ele e à criatura antiga recolhida no fundo de sua alma. Quando ele voltou a si, estava sozinho na margem. Chovia, as gotas tamborilando a superfície do lago e as armaduras do exército elantiano à sua frente.

Estava todos terrivelmente imóveis, uma massa de corpos marcando a paisagem, corrompendo a beleza da natureza e a harmonia daquela terra até então intocada. Enquanto olhava para eles, mesmo sabendo que o que haviam feito aos hins fora cem, mil vezes pior, Zen não conseguiu impedir a náusea que subia por sua garganta, ou o tremor surgindo em suas mãos.

Era uma sensação diferente, saber que um exército inteiro havia feito aquilo sob o comando de alguém, enquanto ele... ele havia matado as pessoas por vontade própria, com as próprias mãos. Zen podia sentir a presença do deus-demônio se encolhendo dentro de si, o fogo em seus ossos se reduzindo a fumaça.

– Quantos? – ele perguntou, ofegante, e a resposta foi como uma mão se fechando em torno de seu pescoço.

Quatrocentos e quarenta e quatro, a Tartaruga Preta sussurrou, e sua voz se esvaiu como neblina. Aquilo tinha um toque de ironia: quatro, sì, o número do azar, muito parecido com sǐ, morte.

Eram tantos, e ainda assim apenas uma gota no poço que se esperava que enchesse. Zen fechou os olhos e imaginou uma ampulheta que havia visto no reino de Masíria, cada grão de areia que caía era uma vida que ele havia tirado.

Quanto tempo mais até que meu corpo e minha alma sejam levados? Zen reprimiu o pensamento antes que se formasse por completo. Tudo o que ele disse, procurando deixar a voz cortante, foi:

– Minha mente me foi tirada durante a luta. Isso não foi parte do acordo.

O que faço não pode ser compreendido pela mente mortal, foi a resposta. *Sou mais antigo que as montanhas desta terra, meu poder flui mais profundo que qualquer rio. Se sua mente tentasse dominá-lo e canalizá-lo... seria o seu fim. Você é fraco, garoto. Não está à altura de empunhar tal espada.*

– Eu controle o seu poder – Zen retrucou. – Eu controlo *você*. Esses eram os termos.

Havia uma técnica para conjurar selos, porém mestre Gyasho sempre afirmava que o coração de cada selo dependia da vontade do praticante.

Fazia sentido que o mesmo princípio se aplicasse ao controle de um demônio – e, por extensão, de um deus-demônio. Com força de vontade o suficiente, devagar, ele teria que se curvar.

Zen sentiu olhos pretos ardilosos, desprovidos de luz, porém cheios de fogo escondidos por trás da fumaça, observando-o de lugar nenhum e de toda parte ao mesmo tempo.

Seu acordo, seus termos, o deus-demônio respondeu. *Mas, tendo sobrevivido a todas as suas dinastias e eras, tendo sido a força por trás de tantos imperadores e generais, posso ver através de você, de todos vocês. Nunca conquistará o poder dos que vieram antes caso tente dominar meu poder.* Houve uma pausa, em que um sorriso invisível se abriu. *Xan Tolürigin me recebeu e se entregou completamente a mim, e seu nome está na sua história, não é? O Assassino da Noite?* Uma risada baixa soou.

Zen sacou a Fogo da Noite e atacou, porém foi inútil; a forma na escuridão era apenas uma ilusão, um reflexo daquilo que vivia dentro dele próprio. O rapaz ouviu uma gargalhada estrondosa perdendo a força antes que a presença pesada se retirasse de sua mente e desaparecesse.

O sumiço repentino o colocou de joelhos. O poder daquele fogo escuro corria por suas veias com uma violência estonteante e, por um momento, ele sentiu um aperto dolorido no coração, como se sua força não fosse o bastante para fazê-lo bater. Seu corpo doía. Ele não conseguia respirar. Pontos pretos surgiram em sua vista.

Fora tolo em pensar que o controlaria, dominaria, na mesma hora. Não fora capaz nem de controlar o poder e a vontade de um demônio menor; esperar dominar um ser lendário que existia desde os primórdios fora loucura.

Zen cerrou os dentes e enfiou os dedos na terra manchada de sangue. Continuava chovendo, porém ele sentiu uma única gota quente escorrendo por sua bochecha.

Ajuda. Ele precisava de ajuda antes que seu corpo se entregasse por completo. Precisava ir para um lugar seguro. Precisava de abrigo.

Ainda sentia os resquícios do qì do deus-demônio se movimentando, assumindo o controle e guiando seu corpo como que por instinto. Salvando-o, não por bondade, claro, mas por uma questão de autopreservação. Era do interesse do demônio proteger seu receptáculo humano... até que o acordo fosse cumprido.

A consciência dele estava dividida; fragmentos do tempo e espaço entravam e saíam de foco. Quando Zen voltou a si, estava em uma floresta, distante da margem do lago, do terreno pontuado por cadáveres.

Encontrava-se totalmente só, a não ser pelos pinheiros e pelas sombras em volta. Céu Termina despontava da névoa densa, a forma da montanha tão familiar a Zen quanto as costas de sua própria mão. A escola cortou a confusão de seus pensamentos, como um lugar estável, seguro.

A realidade e o sonho se misturaram: uma floresta de pinheiros, o murmúrio de uma cascata, janelas ornamentadas, remédios amargos e a brisa da noite. Um rosto magro com olhos bondosos e lábios se entreabrindo com gentileza para soprar uma tigela de caldo em suas mãos. A cena flutuou na mente de Zen, e de repente ele estava gritando enquanto alguém o carregava através da noite tempestuosa, a voz de um pai o encontrando no escuro. *Vai ficar tudo bem, filho. Você está seguro comigo.*

Seu mestre. *Shī fù.*

Sua consciência estava reduzida às memórias mais básicas quando ele se colocou de pé e cambaleou até a base da montanha, onde ficava a entrada secreta, protegida pelo selo de divisa. Ali se encontrava a forma antiga e retorcida do Pinheiro Hospitaleiro, seus galhos estendidos como se o recebessem de volta.

Zen deixou escapar um soluço estrangulado de alívio ao avançar. Sentiu uma onda de qì fresco passar por ele, os sussurros do selo de divisa ao entrar.

Novecentos e noventa e nove degraus até estar em segurança.

Estava prestes a subir o primeiro quando foi atacado por um coro de gritos fantasmagóricos. O ar em volta adquiriu uma densidade inimaginável, fechando seu nariz e sua boca, soprando sobre ele como geada. Do gelo e da neblina saíam rostos, ocos e retorcidos em sua malevolência furiosa.

Traidor, as almas do selo de divisa uivaram. *Assassino. Demônio.*

Não conseguia pensar, não conseguia respirar, não conseguia fazer nada além de recuar, protegendo o rosto como se aquilo fosse impedir o ataque. Uma dor se espalhou por sua pele, relâmpago, fogo e o ardor de um chicote multiplicados por mil. Zen recuou, às cegas, sentindo o qì se voltar contra ele.

Retornou à noite, ao silêncio. Foi ao chão e passou um momento ali, com a respiração curta e acelerada, absorvendo o cheiro calmante da terra, do solo, da floresta.

Ele ainda estava tremendo quando se sentou e enxugou o fio de sangue que corria de seus lábios. Zen olhou para cima bem a tempo de ver o selo de divisa se fechando para ele.

29

*O sábio subestima suas habilidades e
superestima as do adversário.*

Analectos kontencianos (Clássico da sociedade), 6.8

Um sino antes

O selo de portal de Lan entregou as duas bem na frente do Pinheiro Hospitaleiro. Com os dentes cerrados e uma sequência de xingamentos criativos, ela arrastou Dilaya através do selo de divisa.

Os sussurros no selo eram urgentes e frenéticos. Embora não conseguisse distinguir as palavras, Lan ouviu algo que lembrava medo nas vozes dos espíritos enquanto fazia a travessia. Como sempre, apesar do coração dela estar palpitando, Céu Termina continuava igual. As montanhas Yuèlù dormiam, silenciosas e envoltas por uma névoa densa; nuvens de tempestade passavam diante da lua.

Devido à exaustão, o mundo em volta de Lan pareceu pender quando ela colocou Dilaya sentada.

— Pode ir se levantando, Cara de Cavalo. Prefiro amaldiçoar dezoito gerações de ancestrais a carregar você até lá em cima.

A garota continuou jogada contra o tronco retorcido de um pinheiro próximo. Seu peito subia e descia com a respiração rasa. Havia sangue encrustado na lateral do rosto.

— Vamos, Dilaya. — Lan cutucou o nariz da garota, tentando mitigar o medo que crescia em seu peito. — Eu retiro o que disse, está bem? Não quero mais que você morra. Só... levanta.

— Isso já aconteceu com todos nós. Todos já desejamos que ela morresse pelo menos uma vez.

Lan se virou na direção da voz familiar. Tai descia os últimos degraus da montanha. Ele atravessou a vegetação rasteira e por fim parou ao lado de Lan, com os ombros relaxados e o cabelo despenteado, parecendo muito desconfortável sem Shàn'jūn e sua graça fácil ao seu lado.

— Ela é teimosa — Tai falou, olhando para Dilaya. — E irritante. Vai sobreviver. Shàn'jūn pode dar um jeito nisso.

— Tai — Lan chamou, com a voz pegando na garganta. Tinha tantas perguntas, tanta coisa a dizer, porém a última lembrança dele queimava mais forte que uma chama: a mão dele segurando seu pulso, os olhos brilhando abaixo da testa sempre franzida. *Eu sei*, ele havia dito. *Agora eu sei*.

— Fui eu — Tai disse. — Contei a Dilaya que você tinha partido com Zen. Não culpe Shàn'jūn. Ele achou que... estivesse em perigo. — Com os olhos semicerrados, Tai considerou a cena. Depois voltou a se concentrar em Lan. — Zen se foi.

Ela parou de respirar diante da dor repentina que tais palavras provocavam. Então assentiu.

Tai foi até Dilaya. Ele ficou sob a sombra do pinheiro retorcido, com os braços pendendo nas laterais do corpo enquanto observava a garota caída.

— Eu levo Dilaya — declarou afinal. — Vá indo. Vá falar com o grão-mestre.

Os pés de Lan subiram os degraus de pedra desgastados pelo caminho que levava até a escola. Ela distinguiu murmúrios vagos de conversa ao emergir das árvores. À noite, em geral preta feito tinta, iluminada apenas pelo luar e pelas estrelas, estava banhada pelo fogo das tochas. Uma luz amarela batia na grande pedra com os caracteres que diziam *Escola dos Pinheiros Brancos*, como em aviso.

A luz vinha da Câmara da Cascata dos Pensamentos. Lan seguiu depressa pelo caminho de pedra e depois atravessou o batente de madeira para entrar. Os mestres estavam reunidos à luz fraca de lanternas de lótus, envoltos em uma conversa, porém levantaram os olhos assim que ela entrou. Lan ficou em silêncio por um momento. Não tinha ideia do que diria.

Os deuses-demônios voltaram.

Os elantianos estão vindo.

As duas coisas pareciam simplesmente absurdas.

De maneira inesperada, ela foi salva por Yeshin Noro Ulara.

— Onde está Dilaya? — a mestra de Espadas perguntou. Usava armadura completa, com o cabelo repartido no meio de maneira austera e preso em dois coques. Suas duas espadas estavam em suas costas, os punhos cintilando à luz bruxuleante.

Lan piscou. Considerando que a última vez que a vira fora nocauteada, esperava que Yeshin Noro fosse matá-la.

– Ela voltou comigo – Lan respondeu. – Tai a levou à Câmara das Cem Curas.

A mulher fez menção de sair, porém a voz do grão-mestre a impediu.

– Ulara. Ela vai ficar bem. – Depois ele se voltou para Lan, e foi como se olhasse em sua alma. – Então vocês encontraram o primeiro deus-demônio – o grão-mestre disse afinal, e as palavras reverberaram nela. – E Zen fez um acordo com ele.

Lan ficou encarando-o, com uma pergunta na ponta da língua: *Como você sabe?*

Dé'zǐ sorriu.

– Shàn'jūn e Chó Tài vieram a mim com as informações que passaram a eles logo depois que vocês dois partiram, dias atrás. Isso permitiu que nos adiantássemos e planejássemos as medidas de precaução apropriadas.

– Os elantianos estavam atrás dos deuses-demônios. – Ela não fazia ideia de por que continuava defendendo Zen e suas ações. Talvez uma parte sua sentisse culpa. Por sua cumplicidade. – Zen e eu só queríamos encontrá-los primeiro para impedir os elantianos. Mas... ele fez um acordo com o deus-demônio para usar seu poder para enfrentar o exército. Zen acha que ao fazer isso vai salvar nossas vidas. As vidas de todos os hins.

Ela esperara uma forte reação, talvez que uma conversa irrompesse entre os mestres no mesmo instante. No entanto, eles apenas trocaram olhares austeros, como se houvesse um entendimento entre as dez figuras na câmara.

– Isso nos dará um pouco mais de tempo – o grão-mestre falou. – Independentemente da situação, ainda tenho expectativas elevadas em relação às habilidades de Zen. Devemos chegar a um acordo sobre as medidas de contingência discutidas, mestres da Escola dos Pinheiros Brancos.

– Não vamos discutir a situação com Zen? – Ulara perguntou. – Com outro Assassino da Noite, talvez tenhamos problemas muito maiores do que apenas lidar com os elantianos.

– O Assassino da Noite entregou muito de si à Tartaruga Preta e estava no fim de seu acordo, Ulara – Dé'zǐ respondeu. – Zen acabou de se vincular com o deus-demônio. Mais ainda: Zen acredita que pode nos salvar com o poder recém-conquistado. No mínimo, ele vai nos garantir mais tempo antes de perder o controle por completo. Precisamos decidir agora mesmo que ações tomar nesse tempo que nos será dado.

– Evacuar – Ip'fong, mestre de Punhos de Aço, sugeriu na mesma hora. – Os únicos motivos de termos sobrevivido à caça dos elantianos por tanto tempo foram nossa localização e a força do selo de divisa.

— O selo de divisa fará seu papel caso venham atrás de nós – Gyasho, mestre de Selos, afirmou. – Nos milhares de ciclos desta escola, ninguém indesejado conseguiu entrar, e ninguém com más intenções conseguiu descobrir nossa localização.

— Seria bom nos precavermos – aconselhou Nur, mestre das Artes Leves.

— Eu, de minha parte, não ficarei sentada aqui como um pato esperando para ter o pescoço cortado – Ulara declarou. – Grão-mestre, devemos atacar primeiro, antes de perdermos o elemento surpresa. É a nossa terra, o nosso território. Conhecemos tudo. Vamos usar isso a nosso favor.

— Os elantianos trouxeram um batalhão – Lan os interrompeu. – Eu os vi atravessando as montanhas. – Eram muitos. Elantianos demais. – Nem você conseguiria vencer tantos, mestra Ulara.

— Estamos condenados! – exclamou Fēng, mestre da Geomancia. – Li isso nos ossos oraculares...

— Não estamos condenados – disse Cáo, mestre de Arco e Flecha. – Não se tivermos um planejamento astuto e estratégia. Não se recorrermos a nossos pontos fortes. Temos um manual de guerra. Vamos usá-lo.

Enquanto eles deliberavam à luz bruxuleante da lanterna, os olhos do grão-mestre permaneciam em Lan. Finalmente, ele ergueu a mão e os outros ficaram em silêncio.

— Devemos esperar pelo melhor e nos preparar para o pior – ele disse. – Mestre Nur e mestre anônimo, conduzam a evacuação dos mais jovens pelos penhascos de trás. Sigam para oeste e aguardem por notícias minhas. – O mestre das Artes Leves e o mestre de Assassinos curvaram as cabeças em despedida. – O restante deve reunir os que podem e estão dispostos a lutar.

— Grão-mestre – Lan o chamou, porém ele saiu excepcionalmente rápido. Quando ela o alcançou, alguém já tocava os sinos no ritmo da guerra. Lanternas de papel foram acesas por toda a montanha, pontos amarelos diminutos e sonolentos retornando à existência enquanto os discípulos começavam a despertar.

Dé'zǐ se virou para Lan.

— Grão-mestre, não pode estar pensando em enfrentar o exército elantiano – ela disse. – Temos que fugir.

— Lan – ele falou, como se experimentasse o nome dela na língua. – Chegou bem a tempo de nossa segunda lição.

Ela abriu a boca para protestar. Os elantianos batiam à porta, e Zen havia sido perdido para um deus-demônio. Não era o momento para uma *aula*. No entanto, o grão-mestre olhou sério para ela.

– Por favor. É importante. Só preciso de alguns minutos do seu tempo.

Céu Termina estava começando a acordar, com os discípulos aparecendo nos degraus de pedra que se estendiam pelas montanhas. Lan viu as crianças tremerem, agarradas a suas trouxas. Viu os discípulos mais velhos separarem suas armas: lanças, espadas e muitas e muitas flechas. Todas feitas basicamente de madeira, que estilhaçaria no contato com a armadura espessa de metal dos elantianos. Os mais velhos também mal passavam de crianças. Seus olhos, no entanto, não tinham o brilho da juventude – só o cansaço e a dureza de quem havia levado uma vida de sofrimento.

O grão-mestre trocou algumas palavras com os mestres de cada arte da prática, em torno dos quais grupos se reuniam, e então seguiu em frente. Usariam o estratagema número 35 do *Clássico da guerra*: os ataques em cadeia, que envolviam uma sequência de diferentes armadilhas para enfraquecer o inimigo de maneira inesperada. Era o penúltimo dos 36 estratagemas a ser usado contra forças inimigas esmagadoras.

Um último recurso, caso o exército elantiano conseguisse passar pelo selo de divisa.

– Os Arcos serão a primeira linha de defesa – Ulara explicou diante de todos. – Em seguida, virão os Selos. E, por último, Espadas e Punhos de Aço.

No entanto, olhando para os dez mestres e os discípulos que haviam escolhido para ficar para lutar, Lan se deu conta de que nenhum estratagema do *Clássico da guerra* podia fazer com que uma centena de pessoas vencesse um exército de milhares. Ela reparou no rosto das crianças sendo conduzidas aos penhascos por mestre Nur e o mestre anônimo, notou o medo nos olhos dos discípulos mais velhos, que nenhuma arma ou armadura poderia esconder.

E, de repente, compreendeu inteiramente o que Zen havia lhe dito na margem do lago preto como a noite. *A troca valeu a pena: uma única pessoa pelo poder para salvar esta terra e este povo.*

Porque, não importava o que acontecesse, se Zen não tivesse buscado o poder de um deus-demônio, eles perderiam. O poder era uma espada de dois gumes... porém não ter poder era lutar sem arma alguma.

Caso tivesse se visto na posição de Zen, teria recusado a oferta do deus-demônio?

– Por aqui, Lan – o grão-mestre disse subitamente, voltando sua atenção para ela, que se sentiu culpada e deixou os pensamentos de lado. Lan o seguiu até a Câmara da Cascata dos Pensamentos, e depois até o terraço aberto. O som da água correndo foi ficando mais alto e mascarando os ruídos dos preparativos para a guerra.

As lanternas de lótus piscaram e se estabilizaram quando Dé'zĭ parou. Ele ficou de frente para o terraço dos fundos, observando a cascata em silêncio. Lan inspirou fundo.

– Grão-mestre – ela tentou outra vez –, precisamos evacuar. Os elantianos trouxeram um *exército*, e não apenas um pelotão. A menos que pretenda tirar outro deus-demônio da manga, não há esperança de derrotá-los.

A última parte deveria ser uma piada. Dé'zĭ, no entanto, se virou e ficou olhando para ela. Depois de um longo momento, ele falou:

– Há um motivo pelo qual eu daria minha vida para proteger esta montanha, e explicarei isso a você. – O grão-mestre estendeu a mão. – Posso ver a ocarina?

O coração de Lan começou a martelar no peito. Ela havia canalizado uma arte perdida da prática através da ocarina para passar pelas duas Yeshin Noro. E se aquilo também fosse desgarramento?

– Desejo apenas vê-la – Dé'zĭ disse, notando que Lan hesitava. – Foi Dilaya quem me informou que você... quais foram as palavras exatas dela? "Pôs uma maldição musical nela." Chó Tài reconheceu isso pelo que era. Reconheceu *você*... por quem é. Por quem... sua mãe era.

Com a boca seca, Lan levou a mão à cintura e tirou o instrumento das dobras da faixa. A lótus de madrepérola cintilou na superfície lisa e preta quando a ocarina trocou de mãos. Dé'zĭ considerou o objeto por um longo momento, depois dirigiu um olhar pesado a Lan.

– Muitas pessoas importantes, algumas delas muito queridas a mim, deram a vida para proteger o legado da sua mãe.

Lan ficou perplexa.

– Você conhecia minha mãe.

Dé'zĭ a observava com uma expressão inescrutável.

– Sim. Você já deve ter uma desconfiança, a esta altura, do que ela pretendia fazer. Do que pretendia proteger. Mas talvez seja melhor começar pelos deuses-demônios. O que acha?

Lan só conseguiu assentir.

– Os quatro deuses-demônios – Dé'zĭ começou a explicar – são seres com o único objetivo de buscar poder. Eles não fazem distinção entre o bem e o mal, não têm moral. São tão velhos quanto os ossos deste mundo. Aos seus olhos, seres humanos são como flocos de neve, com uma vida efêmera, que se esvai em um piscar de olhos. Somos receptáculos nos quais eles conseguem manipular as correntes do mundo e ampliar seus poderes e sua existência.

— Achei que eram os praticantes que se vinculavam aos deuses-demônios para canalizar seus poderes – Lan comentou.

— Como é afirmado no primeiro princípio do *Livro do Caminho*, o poder é sempre tirado de algum lugar. Ele não existe no vácuo. E a aquisição de poder sempre tem um custo. Os praticantes que pegaram emprestado o poder de um deus-demônio pagaram por isso com seus corpos, suas mentes e suas almas.

— Xan Tolürigin.

Dé'zǐ baixou a cabeça.

— Sim. Sua mãe entendia isso. Juntos, nós conspiramos para derrubar os deuses.

A realidade de Lan se fragmentou. Respirando com dificuldade, ela disse:

— Você sabia de tudo esse tempo todo? Sobre meu selo, meu passado, os mapas estelares e a ocarina?

— Eu não sabia a princípio. Mas quando Dilaya me contou da ocarina e falei com Chó Tài, tive certeza. Só espero que não seja tarde demais. – O grão-mestre devolveu a ocarina a Lan. De repente, ele pareceu muito velho e frágil. – Diga-me, a ocarina cantou para você sobre a Ruína dos Deuses?

Lan se sobressaltou. A melodia assombrada da outra noite, da lembrança da alma de Shēn Ài, retornou a ela.

Os mapas nela estão contidos.
Quando for o momento certo,
Esta ocarina cantará pela Ruína dos Deuses.

— Sim – Lan respondeu, em um sussurro.

— E como se mata um deus?

Era uma pergunta que ela nunca havia considerado, que nunca se atrevera a imaginar. Lan sentira o poder do deus-demônio no lago Pérola Negra: sufocante, abarcando tudo, como se comandasse o céu e movesse a terra ao mesmo tempo.

Dé'zǐ se virou para ela, de novo com a expressão mais branda.

— Imagino que esteja familiarizada com a história de nosso país. Com a unificação de clãs inimigos para a instauração do Primeiro Reino.

Lan confirmou com a cabeça.

— Já pensou em como o Primeiro Imperador Jīn, antes conhecido como Zhào Jùng, um mero general, que não era nem mesmo líder de um clã, conseguiu vencer os mais poderosos praticantes dos 99 clãs? Conseguiu vencer pessoas que canalizavam o poder dos deuses-demônios?

Em qualquer outro momento, Lan teria aberto um sorriso e dado uma resposta engraçadinha: *Ele aprendeu as lições do* Clássico da guerra *melhor que qualquer outra pessoa?* No entanto, ela só balançou a cabeça. Não parecia ser o momento de adivinhações. O tempo estava se esgotando.

– Certamente há um motivo para os livros de história não mencionarem isso – Dé'zǐ prosseguiu. – Veja, a linhagem que se tornou a família imperial tinha uma arma secreta. Assim como cada elemento nas energias à nossa volta, os deuses também fazem parte do ciclo de criação e destruição. E os quatro deuses-demônios não são exceção. Como yīn e yáng, existe uma força, ou talvez mais que uma, que os supera. Que pode destruí-los. Os primeiros xamãs de nossas terras recorreram a essa força para fazer uma arma: a Assassina de Deuses, capaz de dividir o núcleo de poder e energias que compõe os deuses-demônios e devolvê-los ao fluxo do mundo.

Um sino soou na cabeça de Lan. Ela havia visto algo similar, em escala muito menor. Algo que no momento se encontrava em sua cintura.

Lan ainda sentia a mão de Zen contra a sua, a intenção em seus olhos enquanto falava: *O nome dessa adaga é Aquela que Corta as Estrelas. A lâmina corta não apenas carne humana, mas também sobrenatural. Seu propósito é penetrar o qì demoníaco.*

Se existia uma lâmina que podia cortar o qì demoníaco, então devia haver uma muito mais poderosa, com a habilidade cortar o núcleo de um demônio – inclusive de um deus-demônio.

– Os primeiros xamãs entregaram a Assassina de Deuses a um guardião, com o intuito de que fosse usada como último recurso, caso o poder dos deuses-demônios saísse de controle. A Assassina de Deuses era um meio de manter o equilíbrio neste mundo e conquistar o que não podia ser conquistado. No entanto, em vez disso, seus guardiões foram ficando gananciosos conforme viam os clãs se tornarem cada vez mais poderosos se vinculando a demônios. Um dia, um general chamado Zhào Jùng usou a Assassina de Deuses contra os clãs.

– Mas a família imperial era conhecia por seu vínculo com os deuses-demônios – Lan argumentou, pensando na conversa entre Shàn'jūn e Tai que havia entreouvido na biblioteca. – Tai disse que eles usaram o poder da Fênix Escarlate.

– Aí está o problema – Dé'zǐ disse. – Os guardiões não deveriam usar a Assassina de Deuses para seu próprio bem, para sua própria busca por poder. Foi só depois do estabelecimento do Reino do Meio que a família imperial começou a tentar controlar os deuses-demônios. Eles esconderam a Assassina de Deuses e lançaram campanhas contra os clãs em uma tentativa de consolidar seu poder. – Os olhos do grão-mestre se mantinham fixos em Lan, firmes e pesados. – Assim, surgiu uma aliança secreta. A Ordem das Dez

Mil Flores, com as flores representando os povos desta terra. Ela teve início como uma congregação de antigos membros de clãs, depois outros também se juntaram à causa, com esta escola servindo como base, sem que a corte imperial soubesse. Pretendíamos colocar em xeque o poder da família imperial e devolver o equilíbrio ao reino. Talvez nosso maior triunfo tenha sido o acordo, em uma tentativa de encontrar a Assassina de Deuses, que decidiu que o clã sòng serviria a família imperial como conselheiros. Incluindo sua mãe.

– Minha mãe – Lan repetiu, e seus dedos buscaram o selo em seu pulso esquerdo.

Māma havia deixado um rastro de peças de quebra-cabeças que não conseguira explicar antes de sua morte. Agora, estava tudo claro: o selo no pulso de Lan, que parecia uma cicatriz e a levara à ocarina, os mapas estelares apontando a localização dos deuses-demônios...

A única peça que faltava era a Assassina de Deuses.

– Sua mãe – Dé'zǐ concordou, baixo. – Sòng Méi.

Havia um peso no modo como ele pronunciou o nome, como uma canção, uma história por contar. Lan concentrou toda sua atenção no grão-mestre. Sabia muito pouco sobre aquele homem e como sua trajetória se cruzara com a de Māma. Com a *dela*.

O pensamento mal havia se formado em sua cabeça quando uma onda de choque explodiu no ar. O mundo físico se manteve imóvel, porém um tsunami de energias a atingiu, agitando seu yīn. Lan se curvou para a frente e levou a mão ao peito.

Uma eternidade pareceu ter se passado antes que ela sentisse a maré de poder e escuridão retrocedendo de sua mente. Tanto sofrimento, tanta fúria, tanto arrependimento em um redemoinho de energias – tanto yīn.

No entanto, havia algo de familiar naquele qì. Algo que ela reconhecia: *Zen*.

Som de passos urgentes contra as pedras chegaram na direção deles. Enquanto Dé'zǐ ajudava Lan a se levantar, Yeshin Noro Ulara apareceu. Lan nunca a havia visto com uma expressão de fúria tão declarada.

– É ele, Dé'zǐ. Eu sempre disse que o garoto seria o fim de todos nós! – Ulara rosnou, seus dedos brancos em torno do cabo da dāo. – Ele perdeu completamente o controle. Seu qì vai atrair os elantianos como um farol. Vou matá-lo!

– Ulara. – O tom de Dé'zǐ carregava um alerta. – Você não fará tal coisa.

Mais som de passos, e o restante dos mestres entrou correndo.

– O selo de divisa foi acionado – Gyasho disse, sério. – Um dos nossos nos traiu.

– Ele *nunca* devia ter sido um dos nossos – Ulara esbravejou.

– Então está confirmado? – Até mesmo mestre Ip'fong pareceu austero ao se aproximar. – É mesmo Zen?

– Eu lhe avisei, onze ciclos atrás, quando você aceitou o garoto, Dé'zǐ! – Fēng gritou. – Li nos ossos, vi nas estrelas!

– Silêncio. – A palavra do grão-mestre teve o efeito de uma espada sendo sacada. O silêncio recaiu sobre a Câmara da Cascata dos Pensamentos. – Faremos como planejado. Mestra Ulara, chegou a hora. Volte a tocar os sinos. Céu Termina vai entrar em guerra.

Independentemente dos rancores e mágoas que os mestres da Escolha dos Pinheiros Brancos guardassem, eles deixaram tudo de lado naquele momento. Sem hesitar, levaram os punhos cerrados contra as palmas.

– E se nossas defesas falharem? – Ulara indagou. Olhava diretamente para Dé'zǐ, e entre eles e os outros mestres pareceu ocorrer uma troca que Lan não compreendeu. Um acordo mútuo, uma espécie de pacto silencioso, enquanto se viravam todos para o grão-mestre.

Dé'zǐ respondeu com serenidade:

– Se falharmos, devemos libertar o que está selado no coração desta montanha.

O que está selado no coração desta montanha? Lan engoliu a pergunta enquanto Dé'zǐ levava punho à palma e se inclinava em uma mesura demorada e profunda.

– Mestres da Escola dos Pinheiros Brancos – ele falou – e, acima de tudo, meus amigos: lutar ao lado de vocês será a maior honra da minha vida. Que o Caminho guie a todos nós.

O espaço ganhou vida, com mestres correndo para um lado e para o outro, e a luz das lanternas de lótus tremeluzindo em meio à comoção.

– Venha comigo, Lan – Dé'zǐ chamou, e ela correu para seguir o grão-mestre, que já saía da câmara. O ar da noite estava iluminado por tochas. Havia movimento no pátio, com os discípulos seguindo seus mestres para ocupar cada qual a sua posição.

Dé'zǐ andava tão rápido que Lan tinha dificuldade de acompanhá-lo. Ele se dirigia à entrada, ao caminho que levava ao pé da montanha. Pulsos de qì continuavam a emanar daquela direção. Como ondas invisíveis, elas varriam Céu Termina, fazendo a luz das velas e das lanternas tremular com tanto yīn: *Zen*.

– Grão-mestre. – Lan correu para alcançá-lo. Sem pensar, ela agarrou sua manga. Ele diminuiu o ritmo, porém não parou. – Você disse que precisamos guardar esta montanha por um motivo. O motivo é o que está selado nela?

– Sim.
– Bem, e o que é? – Lan soltou, sem conseguir controlar a curiosidade. – É algo relacionado a Zen?
– É algo relacionado a tudo, Lan – o grão-mestre respondeu. – No momento, tenho um pedido a lhe fazer. Encontre Shàn'jūn. Conte o que está acontecendo com Zen, se é que ele ainda não tem conhecimento disso. O rapaz saberá o que fazer. Pode fazer isso por mim?

Ela continuou segurando a manga do grão-mestre, com a intenção de pressioná-lo a responder a suas perguntas. No entanto, a cada instante que se passava, estava adiando qualquer ajuda que Zen pudesse receber, qualquer esperança em relação a ele. Devagar, Lan soltou os dedos, e a manga de Dé'zǐ escapou deles. Ela o encarou e assentiu.

– Sim, shī'fù. Posso fazer isso.

O grão-mestre hesitou. Levou a mão a um lado da cabeça dela e a segurou com gentileza. Por um segundo, Lan pensou que ele ia dizer algo, algo que responderia a todas as suas dúvidas, algo que colocaria seu mundo de volta no eixo. Então Dé'zǐ tirou a mão.

O grão-mestre a deixou parada no caminho de pedra, olhando para a figura dele se afastando até que a escuridão o engolisse.

30

As mais altas muralhas caem com um único tijolo mal colocado.
Lady Nuru Ala Šuraya, do clã de aço jorshen, *Clássico da guerra*

Ele estava à deriva no mar sem estrelas da noite, de chamas que queimavam como água preta. Na segurança de seu casulo, não havia dor, medo ou pesar que pudesse alcançá-lo.

Ele já havia estado ali antes, depois que seu clã fora massacrado. Tinha sentido como se seu corpo, sua mente e sua alma se fragmentassem e não pertencessem mais a ele – como se ele observasse tudo o que fazia por trás de uma tela de papel, como em uma apresentação de teatro de sombras.

Agora, rejeitado pelo lugar que passara a considerar seu lar, Zen sentia a dor transbordar, levada por uma onda de fúria – e poder.

A sensação de ser um deus era boa.

Não sentia nada.

Você está repleto de arrependimentos. A voz do deus-demônio soou na mente de Zen e por toda a volta. *Talvez eu deva lhe mostrar o que acontece quando alguém parte do arrependimento. Quando alguém amolece e acredita que o poder deve ser restringido e o equilíbrio mantido.*

A voz era um raio coalescendo em um único timbre humano. A escuridão na mente dele também começou a tomar forma. Moldou-se na silhueta de um homem, alto e musculoso, usando uma armadura dolorosa e horrivelmente familiar: escamas cintilantes e lamelar reluzente, preto com chamas vermelhas ao longo da borda. Conforme seu rosto se formava, Zen ficou tenso de choque: era um rosto que ele havia visto em ilustrações em livros antigos, os traços retorcidos em determinação fria ou ira exagerada, dependendo da fonte.

Nunca, no entanto, naquela expressão de impotência. Ou desespero.

Por favor, Xan Tolürigin implorou na lembrança, com os olhos fixos em um ponto atrás de Zen. *Se poupar meu clã, concordarei com uma trégua, controlarei o poder da Tartaruga Preta.*

Ainda na lembrança, em frente à forma de Xan Tolürigin, gavinhas de fumaça começaram a dar forma a outro homem. Um homem que usava armadura dourada nova, brilhante e sem nenhuma marca da guerra. No punho de sua jiàn, um dragão também dourado se torcia.

O símbolo do imperador: *Yán'lóng*.

Zen observou horrorizado o imperador inclinar a cabeça para trás e soltar uma risada longa e estrondosa. *O que faz você pensar que ainda tem algo a oferecer?*, ele perguntou. Enquanto falava, asas flamejantes pareceram se abrir atrás do imperador, vermelhas como sangue. *Esquece que eu também tenho o poder de um deus-demônio?* Ele ergueu a mão e depois a deixou cair como um machado. *Matem todos eles.*

A fumaça se espalhou, pintando o exército de soldados imperiais atrás dele e a fileira de guerreiros mansorianos ajoelhados e agrilhoados. Espadas brilharam. Sangue esguichou. A risada do imperador e o grito de Xan Tolürigin ressoaram nos ouvidos de Zen enquanto a lembrança retornava ao nada.

Está vendo, criança?, perguntou a voz feita de escuridão. *O último ato do Assassino da Noite foi buscar equilíbrio. No entanto, a natureza do mundo é outra. Um ciclo infinito de consumo, de fracos sendo devorados por fortes. Agora, seu clã está enterrado na neve e seu nome entrou para a história como o de um vilão, de um louco. Aprenda a lição.*

O grito de Zen ficou preso no peito, agarrado a seu coração, apertando sua cabeça até ele pensar que ela explodiria. Ele abriu a boca.

Qì chamejou, forte, cauterizante e insuportavelmente quente, e se retorceu depressa em um anel terroso que se agitava e o prendia em uma gaiola de luz dourada. O selo cresceu, envolvendo-o em seu cativeiro incandescente. Fechando cada uma de suas garras, acorrentando-o. A escuridão se dissipou. Ele caiu, suas costas batendo com tudo contra o chão. Os cheiros e sons retornaram: uma floresta verde à noite.

Alguém estava debruçado sobre ele, com as mãos em seus ombros.

– Zen – uma voz disse. – *Acorde.*

Os olhos do rapaz se abriram na mesma hora. Um rosto familiar assomava sobre ele. Um rosto que Zen reconhecia como um abrigo, como pertencente a alguém que o protegeria.

– Shī'fù – ele sussurrou.

No entanto, estava tudo errado, tudo diferente do dia em que aquela pessoa havia salvado sua vida. Agora, sua cabeça latejava e algo dentro dele se debatia enquanto suas lembranças retornavam. Ele havia traído a proteção do grão-mestre, o homem que por muito tempo vira como um pai. Havia perdido a confiança da garota que amava. Por fim, Zen se deu conta enquanto se virava para olhar para o Pinheiro Hospitaleiro, o selo de divisa do lugar que chamara de lar nos onze ciclos anteriores havia se fechado para ele.

A dor dentro de Zen começou a arder. Ele se sentou e levou a mão ao peito.

– Você colocou outro selo em mim – Zen afirmou.

– Para ajudá-lo – Dé'zĭ respondeu. Seu tom saiu brando, porém de alguma maneira ainda carregado de autoridade, sinceridade e algo que parecia tristeza.

Ele mente, disse a voz. Um eco distante, do fundo de um abismo. *O selo de divisa se fechou para você. Seu mestre o vê como um perigo, uma ameaça a ser aniquilada.*

Zen dispensou as mãos do mestre e se levantou sozinho.

– Está mentindo – ele disse, embora sua voz falhasse. – Quer reprimir o poder dentro de mim, como sempre quis.

– Não – Dé'zĭ falou, e também se endireitou. Embora o grão-mestre fosse quase meia cabeça menor que Zen, sua figura diminuta era naturalmente imponente. – Quero ajudá-lo a *controlar* o poder dentro de você. No momento, está deixando que *ele* controle *você*.

Ele o considera fraco. Acha que é incapaz de manejar tamanho poder.

– Você nunca quis que eu usasse meu poder – Zen declarou, com frieza. – Por quê? Prefere ver Céu Termina, ver nosso reino, sucumbir aos elantianos?

– Ambos sabemos o que acontecerá se eu remover minha restrição à coisa que está dentro de você. Não desejo que a história se repita. – Apesar do tom calmo do grão-mestre, uma leve camada de suor cobria seu rosto. Zen sentiu o qì do selo de Dé'zĭ fraquejar.

O grão-mestre talvez fosse capaz de restringir o poder de um demônio comum, porém estava longe de ser páreo para um deus-demônio.

– Então você tem medo de mim. Do que posso fazer. – A raiva dentro de Zen ardia, o ressentimento acumulado ao longo dos anos odiando uma parte de sua herança, tendo que baixar a cabeça sempre que alguém mencionava seu clã. – Você e todos os outros mestres me julgaram desde a primeira vez que pus os pés na escola, por minha linhagem, meus ancestrais e meu direito nato. – Ele ergueu a voz. – Vocês têm medo de que eu inicie o próximo levante de clãs, medo de que eu conduza a história deste reino na direção em que deveria ter seguido.

– Tenho medo – Dé'zĭ disse, baixo – de que você faça escolhas baseado no ódio em vez de no amor dentro de si.

Vê a que ele reduz sua lealdade, sua piedade filial? Vê como ele enxerga seu sacrifício?

– Tudo o que fiz foi por amor! – A voz de Zen falhou; ele não conseguia evitar. – Eu amava nossa escola. Amava nosso povo, nossa terra e nossa cultura. Amava *você*. – O mestre respirou fundo, porém o rapaz prosseguiu, as palavras extravasando em torrentes. – Mas eu também amava meu clã. Amava meu pai, minha família e meus ancestrais. Tentei negar isso até agora, porém não o farei mais. É tão errado da minha parte desejar usar o legado deles como um caminho para os hins? Reestabelecer nosso reino como era antes, com os clãs voltando a ser autônomos e livres para seguir com seus costumes e suas artes da prática?

Talvez devêssemos, o tempo todo, ver quem mais amamos como inimigos, a Tartaruga Preta sussurrou. *Uma hora suas verdadeiras formas se revelam. Veja como todos o traíram. Veja como todos o deixaram. Veja como todos o temem.*

– Seu pai, sua família e seu clã não estão mais neste mundo. – Havia tristeza nos olhos de Dé'zǐ, porém Zen conhecia os truques do mestre. – Não viva por aqueles cuja alma descansa no sono eterno do próximo mundo... e sim por aqueles que ainda estão lutando para encontrar paz neste.

Houve uma alteração no qì em volta deles: uma reverberação tensa da brisa passando, um gemido desconfortável atravessando as raízes das árvores ao redor, ecoando nas pedras e no solo. O chão estremeceu com a marcha imutável de mil passos. A presença de metal pesou no ar.

Impossível. Ele já os havia derrotado, na margem do lago Pérola Negra. Sentira a sombra do deus-demônio vagando sobre os cadáveres, sugando o yīn de suas almas. Não havia descanso eterno ou travessia do Rio da Morte Esquecida para aqueles devorados por um demônio.

Zen se virou para a passagem entre as montanhas Yuèlù e a floresta de pinheiros que conduzia a Céu Termina. O que ele viu gelou seu sangue. Uma faixa clara composta de partes individuais cintilando, como uma massa de insetos prateados ou as escamas desconexas de uma criatura fraturada.

– Os elantianos usaram um de nossos próprios estratagemas contra nós – Dé'zǐ disse, baixo. "Cruzar abertamente o passo da montanha ao mesmo tempo que escala a montanha em segredo." Eles usaram apenas uma fração de seus homens de isca e fizeram você acreditar que os havia derrotado para baixar a guarda, depois o seguiram até aqui com a maior parte do exército... e os feiticeiros reais.

– Então corrigirei meu erro.

Zen deu um passo à frente e puxou a Fogo da Noite. Seu corpo tremeu de exaustão; seu qì estava vazio, seus músculos desgastados como um fogo apagado.

Ele precisava de força. Precisava de poder. Precisava de seu deus-demônio.

– Desfaça o selo que colocou em mim, shī'fù. Não posso lutar assim, atravancado.

O fogo escuro de seu novo poder se agitou, investindo contra a jaula dourada do selo de Dé'zĭ. Uma gota de suor escorreu pela lateral do rosto do grão-mestre.

– Por favor, Zen. Não ceda a ele. Não deixe que influencie seus pensamentos.

– Prefere morrer a deixar que eu use meu poder? Sacrificaria Céu Termina e todos da Escola dos Pinheiros Brancos? Com esse poder, posso *vencer*, shī'fù. Posso derrotar os elantianos e reconstruir nosso reino!

– Receio que, depois da sua vitória, não restará mais reino a ser reconstruído.

Ele não acredita em você, a Tartaruga Preta sibilou. *Pensa que cometerá o mesmo erro que o Assassino da Noite.*

– *Não sou Xan Tolürigin!* – Zen gritou.

Os olhos de Dé'zĭ permaneciam calmos.

– Não é. Você é apenas um humano, como ele era.

A raiva de Zen aumentou, endurecendo em algo frio e afiado o bastante a ponto de perfurar. Metal derretido transformado em uma lâmina fria de aço.

– Desfaça *imediatamente* o selo que colocou em mim, Dé'zĭ.

A expressão do grão-mestre se fechou.

– Perdão, Zen – ele falou. – Morrerei antes de libertar a coisa dentro de você.

Ele prefere que você viva uma meia vida, uma mentira, a sacrificar seu próprio orgulho. Os grunhidos da Tartaruga Preta vinham no crescendo de um tambor de guerra. *Prefere ver o fim deste reino e de seu povo do que libertar você. Você, o verdadeiro você, Xan Temurezen, descendente de Xan Tolürigin, herdeiro do último grande praticante demoníaco.*

A escuridão em sua mente se dissipou, e ele viu a verdade, clara como um trecho de noite preta. O único fim que aquilo poderia ter. O único modo de ser o que ele deveria ser. O único modo de desfazer o selo que o mestre colocara nele, derrotar os elantianos e devolver ao Último Reino seu destino. Zen se virou e cravou a espada em Dé'zĭ.

O fato de o mestre nem mesmo resistir foi o que mais chocou Zen. Ele sabia que seu próprio poder havia aumentado o bastante a ponto de rivalizar o de Dé'zĭ ao longo daqueles onze ciclos de treinamento; tinha se concentrado em atingir aquele objetivo, em se tornar poderoso, para que ninguém conseguisse machucá-lo outra vez. Para que ninguém conseguisse machucar quem ele amava outra vez.

A espada tremeu em suas mãos, acompanhando a respiração de Dé'zĭ, já curta. As sombras nos cantos da visão de Zen recuaram, o fogo preto em sua mente esfriou. Ele piscou e viu o mesmo rosto que o havia resgatado do laboratório elantiano muito tempo antes, depois de ter sido aberto e costurado milhares de vezes. Um rosto que sorrira para Zen *apesar* de quem ele era e do que tinha dentro de si; o único que o encarara enquanto os outros lhe davam as costas.

Zen soltou a espada e pegou seu mestre antes que ele caísse, as mãos tocando o cabelo que havia passado de preto feito tinta a uma névoa cinzenta, os ombros antes musculosos agora enfraquecidos. Quando fora que o grão-mestre havia ficado tão frágil, tão pequeno? Dé'zĭ tossiu e sangue escorreu por seu queixo. Suas mãos, no entanto, procuraram as de Zen. Uma dor profunda se instalara na garganta de Zen. A pressão em sua cabeça aumentava.

– Por quê? – ele perguntou em um sussurro. – Por que não resistiu?

Os olhos de Dé'zĭ já haviam sido descritos como nuvens de tempestade em movimento, ou como do tom inconstante de uma densa neblina. No entanto, Zen sempre pensara nos olhos de seu mestre como tendo a cor do aço, tão afiados que penetravam qualquer um. Enquanto olhava nos olhos moribundos de Dé'zĭ, Zen percebeu que mesmo assim era o grão-mestre quem tinha as melhores cartas na mão.

– Eu não tinha nenhuma expectativa de enfrentar o poder de um deus e vencer – Dé'zĭ conseguiu dizer, segurando com mais força os dedos de Zen. – Sei que o caminho não tem sido fácil para você, Zen. Esse caminho manchado pelo sangue dos feitos de seus antepassados. Ao longo dos últimos onze ciclos, tentei conquistar você... com amor. Amei você tanto quanto qualquer pai poderia amar um filho. Nunca me atrevi a esperar que retribuísse na mesma medida... mas, se já sentiu algum tipo de afeto por mim, então talvez ainda haja esperança.

Zen não conseguia respirar.

– Quis lhe dar este último presente: minha morte. Espero que suas escolhas sejam guiadas pelo amor, e não pela vingança. E espero que, em sua busca por poder, você se lembre deste momento, da dor que está sentindo. Espero que se lembre do quanto o poder pode custar. Que isso lhe permita avançar... nos momentos mais sombrios.

Sua voz fraquejava, suas palavras saíam lentas e arrastadas, e, no entanto, era como se as estivesse gravando devagar na carne de Zen. Ele sentia o grão-mestre se esvaindo, sua respiração ficando cada vez mais rasa. O selo estava começando a enfraquecer também; a jaula invisível que Dé'zĭ havia erigido sobre o poder de Zen cedia. A escuridão que mantinha à distância começava a escapar. Um sussurro se agitou nos recantos de sua mente, mais gelado que os frios mais profundos do inverno. O homem em seus braços pareceu esfriar.

Com delicadeza, Zen estendeu o corpo de seu mestre à entrada de Céu Termina, sob o Pinheiro Hospitaleiro. Então se levantou e uniu os punhos em cumprimento. Era notável como suas mãos continuavam firmes enquanto tudo dentro dele parecia prestes a ruir.

– Que a paz esteja em sua alma, e que você encontre o Caminho para casa.

Ele se curvou uma, duas, três vezes. Sua mente nublava, a fumaça obsidiana se espalhando por seus pensamentos, a presença anciã começando a se agitar.

Zen puxou a Fogo da Noite do peito do grão-mestre e voltou a embainhá-la. O sangue manchou suas mãos, quente e pegajoso. Quando ele se endireitou, o mundo parecia diferente, como se sua vida tivesse sido para sempre dividida entre o presente e o futuro, definida por aquele momento. Fazia tempo demais que Zen fugia da pessoa que deveria ser. Era hora de encarar seu destino.

Para seu clã, o destino era ditado pelas estrelas sob a qual se havia nascido, gravado nos ossos do cavalo selvagem escolhido para si em seu nascimento, escrito no modo como a areia vermelha dos planaltos soprava nas Estepes ao Norte. Era algo inegável, algo que compunha as histórias que duravam mais que o tempo. O pai de Zen sabia daquilo quando se sacrificou para salvá-lo. Seu bisavô, Xan Tolürigin, sabia daquilo quando lutou contra o imperador do Reino do Meio.

E Zen sabia, enquanto se afastava de Céu Termina, com a espada na mão, chamas pretas emanando de sua pele e se agitando sobre seus pés, o rugido de suas energias subindo como se ele gritasse para o céu.

Conforme o selo dourado de Dé'zĭ enfraquecia, algo se erguia dentro dele, atrás dele, tão alto quanto o próprio céu noturno, desprovido de estrelas e infindável como um abismo. Uma voz ecoou dentro dele, antiga e vasta, uma sombra sem luz.

Xan Temurezen, o último herdeiro do clã mansoriano, o deus-demônio sussurrou. *Finalmente, você ascendeu.*

31

O luto é para os vivos. Os mortos não sentem nada.
Pǔh Mín, estudioso imperial e invocador de espíritos, *Clássico da morte*

Céu Termina estava em polvorosa. Pessoas corriam para um lado e para o outro, os discípulos de Arco e Flecha se posicionando nos pontos mais altos, os discípulos de Selos na primeira linha de defesa, os discípulos de Espadas e Punhos se escondendo entre as árvores e as construções. Acima, nuvens de tempestade surgiram, abarrotando o céu, deslocadas pelo vento cada vez mais forte. O ar estava carregado, inchado pela chuva iminente.

Lan lutava para atravessar a multidão.

– Lan'mèi!

Ela se virou e exalou aliviada quando notou o rosto magro e as vestes claras de Shàn'jūn emergirem da direção da Câmara das Cem Curas. Mil palavras não poderiam explicar o que havia acontecido desde a última vez que os dois tinham se visto. Ela se preparou para suportar a raiva, a tristeza e a decepção que viriam do amigo. No entanto, quando se encontraram, ele pegou as mãos dela e as apertou.

– Tài'gē me contou tudo – Shàn'jūn falou. A bolsa de cânhamo estava pendurada em seu ombro; ela ouviu o tilintar de garrafas e frascos variados lá dentro, o kit de emergência dele. – Dilaya está acordada e já pegando a espada. Só ficou com um galo que deve deixar sua cabeça ainda maior nas próximas semanas.

Lan abriu um sorriso para ele.

– Que bom. Dilaya luta melhor quando está brava, por isso vou assumir o crédito quando ela derrotar sozinha todo o exército elantiano. – Ela ficou séria em seguida. – O grão-mestre me pediu para vir buscá-lo. Acho que ele vai tentar salvar Zen.

Os lábios de Shàn'jūn se entreabriram. Ele olhou em volta, para os discípulos correndo, e sua expressão se abrandou como só acontecia quando via Tai.

Lan ficou na ponta dos pés para procurá-lo, porém não viu nenhum sinal do rapaz alto e desajeitado com a cabeça cheia de cachos.

Shàn'jūn corou quando notou que ela o observava.

– Vamos – ele disse, puxando-a pela mão, porém Lan hesitou.

Ela conhecia a dor de não conseguir se despedir.

– Ài'ya. – Shàn'jūn suspirou de leve. – Eu o verei muito em breve.

Pareceu levar mais tempo que nunca para descer os 999 degraus da montanha. As energias de Céu Termina haviam se alterado. A escuridão – e um gosto de yīn – tornava o ar mais denso. As sombras pareciam mais longas, se retorcendo e se transformando enquanto eles desciam. Relâmpagos iluminavam as nuvens reunidas no céu, seguidos pelo estrondo do trovão.

Os dois estavam quase chegando quando, de repente, Shàn'jūn segurou a mão dela e a fez parar. Sua boca se abriu, e por um momento ele olhou para Lan, o medo estampado claramente em seu rosto.

– Acho... acho que algo acabou de acontecer. – O discípulo de Medicina engoliu em seco e fechou os olhos por um instante. – Embora eu não tenha a habilidade de canalizar muito qì, sou especialmente sensível ao fluxo dele. Yáng e yīn, quente e frio... vida e morte. Algo acabou de acontecer, Lan, e eu... estou com medo de descobrir o que foi.

Então Lan sentiu também: um estremecer no mundo do yáng, a vitalidade se esvaindo como se uma estrela tivesse se apagado. Uma única estrela, uma estrela pequena – uma estrela que ela conhecia.

O grão-mestre, Lan pensou.

Quando os dois quase chegavam ao fim das escadas e já viam o selo de divisa estremecer agitado, Shàn'jūn a parou novamente. Devagar, muito devagar, ele levou um dedo aos lábios. Então apontou.

Lan olhou para o Pinheiro Hospitaleiro, cuja silhueta tortuosa era delineada pela noite. Tarde demais, seus olhos pousaram sobre a figura deitada abaixo dele. Vestes de praticante, brancas feito a neve. Então houve um movimento sob a árvore, interrompendo sua linha de raciocínio. Uma figura se afastou do corpo. Vinha se mantendo tão imóvel que ela pensou que seu qípáo preto não passava de sombras.

A lua saiu de trás das nuvens por um segundo, deixando a cena em preto e branco, um espaço de silhuetas e fantasmas. Era Zen quem se levantava de junto do corpo do grão-mestre, empapado de sangue e deixando um rastro de escuridão como se fosse uma fatia cortada da própria noite. Algo se erguia atrás dele, crescendo até ficar mais alto que o mais alto cume, parecendo devorar a lua e extinguir as estrelas. Lan segurou com firmeza as mãos de Shàn'jūn e ficou observando boquiaberta a coisa – *o monstro* – sacudir as montanhas ao exalar.

Então a grande sombra pareceu envolver Zen e os dois desapareceram. Todo o sangue parecia ter deixado o rosto de Shàn'jūn.

– Aquilo era...?

Lan assentiu, devagar.

– Aquilo – ela disse, baixo – era a Tartaruga Preta.

De alguma maneira, Lan conseguiu se levantar. De alguma maneira, pegou a mão de Shàn'jūn e desceu com ele os últimos degraus. Os dois atravessaram o selo de divisa, com seu coro fantasmagórico de gritos de alerta. Lá fora, o yīn era mais forte, e as sombras mais escuras.

Lan se ajoelhou ao lado do grão-mestre. O sangue brilhava em suas vestes, escorria de seu tronco e gotejava no solo e na grama. O rosto dele estava pálido, e as mãos estavam frias quando Lan as pegou. Pensou em como ele lhe parecera formidável nas poucas vezes em que o vira em Céu Termina: uma figura leve, porém, poderosa, delineada contra o horizonte reluzente e montanhoso.

– Shī'zǔ – ela sussurrou, depois sua voz se elevou em um pânico descontrolado. – Shàn'jūn! *Shàn'jūn, ajude-o!*

– Estou aqui.

O discípulo de Medicina se ajoelhou ao lado do grão-mestre, já com um frasco repleto de um líquido verde-claro nas mãos. Ele o levou ao nariz de Dé'zǐ e pingou uma única gota.

Houve um assobio, uma explosão de yáng. Por um momento, nada aconteceu.

Então Dé'zǐ puxou o ar, de maneira rasa. Seus olhos se abriram e pousaram em Lan.

– Aguente firme, shī'zǔ – Shàn'jūn falou. – Vou salvar você. Aguente firme, está bem?

Lan se admirou com como a voz do discípulo era tranquilizadora, como suas mãos se mantinham firmes enquanto ele pegava um pano e o pressionava contra o peito do grão-mestre.

– Segure e pressione um pouco – Shàn'jūn instruiu Lan.

– Lan – Dé'zǐ conseguiu dizer, com seus dedos se fechando nos dela. – Fico feliz que seja você. Ouça bem, pois não temos tempo.

– Por favor, shī'zǔ – ela implorou. – Você precisa conservar suas forças...

– Sòng Lián.

O nome verdadeiro dela foi pronunciado suavemente pelos lábios do mestre. Lan ficou imóvel, o choque congelando seu sangue.

O nome verdadeiro dela. O grão-mestre sabia o nome verdadeiro dela. Lan nunca o contara a ele.

– Você é muito parecida com Sòng Méi – Dé'zǐ prosseguiu. Se o grão-mestre já havia pronunciado o nome dela com afeto, o nome de sua mãe era como uma prece na boca dele. – Foi ela quem me ajudou a ver as coisas de uma perspectiva diferente. Que o bem e o mal muitas vezes são dois lados da mesma moeda; depende apenas de como se vê.

– Shī'zǔ – Lan insistiu. – Conserve suas forças...

– *Ouça-me*. – Os olhos de Dé'zǐ ardiam como fogo. – Você deve se lembrar disso, Lián'ér. Não há certo ou errado nos levantes dos clãs. A unificação do Reino do Meio foi ao mesmo tempo o maior e o mais terrível evento que poderia ter sucedido nesta terra. Não foi um equívoco o Assassino da Noite lutar por seu clã. No entanto, foi correto matar milhares de inocentes por sua causa? – O grão-mestre parou de falar por um momento e tossiu violentamente. Sangue escuro floresceu na frente de sua veste. – Yīn e yáng. Bem e mal. Grandioso e terrível. Dois lados da mesma moeda, Lián'ér, e em algum lugar no meio se encontra o *poder*. A solução é encontrar o equilíbrio. Você compreende?

Ela estremecia sob o peso das palavras dele, das histórias antigas de que falava, algo tão complexo que Lan mal compreendia, muito menos aceitava.

– Encontrar o equilíbrio – ela repetiu, batendo os dentes. – Diga-me como, shī'zǔ.

– Os deuses-demônios não podem ser usados sem que seu poder seja domado. – O grão-mestre suspirou. Suas pálpebras tremulavam. – Deixe que a canção de sua mãe a guie... traga equilíbrio a esta terra esquecida... encontre a Assassina de Deuses.

As palavras sacudiram as veias dela, como se um raio a tivesse atingido. Lan agarrou as vestes do grão-mestre.

– Como? – ela perguntou, com a paciência se esgotando. Já tinha tolerado respostas elusivas demais. – O que está selado no coração da montanha, shī'zǔ?

Lan estava inclinada para a frente. Naquele exato momento, um vento se formou entre as árvores e quase levou embora o sussurro que ele deu em resposta, obscurecendo-o tanto que apenas ela o ouviu.

– O mapa estelar... dois estão em branco. – A voz de Dé'zǐ saiu rouca. – Isso porque dois deles já foram encontrados pela Ordem das Dez Mil Flores. O que está selado no coração de Céu Termina... é um deus-demônio.

O mundo pareceu parar. O movimento das folhas ao vento e das nuvens no céu se desacelerou de maneira que apenas Lan e o homem morrendo à sua frente pareciam existir.

– O Tigre Azul – Dé'zĭ explicou. – Aquele que jurei manter selado até que a ordem encontrasse uma maneira de destruir todos.

Dois encontrados, dois perdidos. A Tartaruga Preta agora estava com Zen; a Fênix Escarlate ocupava uma parte do céu noturno muito a oeste deles. E o Tigre Azul estivera ali o tempo todo. Se esse era o caso...

– Então onde está o Dragão Prateado? – ela sussurrou.

As pálpebras do grão-mestre tremeram.

– Não feche os olhos, shī'zŭ – Lan ouviu Shàn'jūn dizer, porém ela continuava debruçada sobre o grão-mestre, procurando a verdade em seu rosto. Queria saber quem ele era e como se encaixava em sua história.

– Zen – o grão-mestre conseguiu dizer. Suor brilhava em suas têmporas; seu rosto estava branco feito osso. – Tem algo que você... deve saber. O nome verdadeiro dele... é... Xan Temurezen...

Xan Temurezen. Foi como um raio caindo. Estalando em suas veias. Rugindo em seus ouvidos. *Xan.*

As palavras de Zen ecoaram na mente dela. *Eu me lembro do dia em que o imperador hin foi atrás do meu clã*, ele havia dito a Lan certa noite, no Vilarejo da Lagoa da Lua Brilhante. *Eu estava pastoreando as ovelhas quando ouvi os gritos.*

Ao ver a expressão dela, Dé'zĭ assentiu.

– O último membro do clã mansoriano... o bisneto e herdeiro de Xan Tolürigin... o Assassino da Noite. O canalizador da Tartaruga Preta.

Lan sentiu como se ouvisse a um conto antigo narrado por poetas e bardos, envolvendo reinos, linhagens e deuses-demônios. Ao mesmo tempo, suas lembranças se reorganizavam e preenchiam as lacunas, formando uma história que ela fracassara em notar aquele tempo todo. O rosto de Zen tenso à menção do Assassino da Noite. A incerteza em seus olhos quando ela lhe perguntou sobre a prática demoníaca; sua determinação a usar os deuses-demônios para combater os elantianos. A ligação com a Tartaruga Preta, entre todos os deuses-demônios. Tudo se encaixava perfeitamente.

– Shī'zŭ! – Shàn'jūn exclamou de repente, deixando cair a agulha e o fio que vinha usando para suturá-lo. – Fique conosco, shī'zŭ...

Ela olhou para o homem morrendo à sua frente e se deu conta de que era tarde demais. Tinha dez mil perguntas a fazer a ele, mas lhe restavam apenas alguns segundos.

Lan escolheu a única que não importava – e que ao mesmo tempo representava o mundo para ela.

– Como foi que conheceu minha mãe?

A dor deixou o rosto de Dé'zǐ. Ele sorriu, de repente parecendo um jovem outra vez.

– Eu a amava. – O grão-mestre soltou um suspiro, com os olhos fixos no rosto de Lan. – Passarei à próxima vida... grato... por ter passado meus últimos momentos com você... minha filha, Lián'ér.

Ele pronunciou o nome dela com seu último suspiro. Seus olhos se fecharam assim que seus lábios pararam de se mover.

Uma brisa forte agitou a floresta, fazendo as nuvens cobrirem a lua e sacodindo os pinheiros e ginkgos em volta. A terra tremeu, depois um lampejo deixou o mundo monocromático. O tempo pareceu parar: as nuvens escondiam o céu, as folhas congeladas em uma dança nervosa, as primeiras gotas de chuva suspensas no ar, cintilando como pequenas joias de vidro colorido.

E então caíram.

Ao lado dela, Shàn'jūn, cujas mãos não haviam parado de se mover desde que ele se ajoelhara ao lado do grão-mestre, se encontrava totalmente imóvel. Seus dedos estavam vermelhos de sangue, que escorria em arroios por conta do aguaceiro e manchava suas vestes.

Lan se sentia muito longe, como se ainda arrebatada pelas últimas palavras do grão-mestre, presa no momento da verdade.

Minha filha, Lián'ér.

Quando pequena, ela se perguntara quem seria seu pai. A curiosidade encontrara um fim abrupto com a Conquista. Ela se concentrara em sobreviver e decifrar o que a mãe quisera dizer com a marca que deixara em seu pulso. Agora, no entanto, ao se dar conta de que a possibilidade de um pai estivera bem à sua frente ao longo de toda a última lua, Lan sentiu uma necessidade repentina de gritar.

Ela olhou para o rosto de Dé'zǐ, sereno mesmo na morte. Para o sangue que escorria para o solo e encharcava seu qípáo. Desde quando ele sabia? Lan investigou as próprias lembranças. Dé'zǐ devia ter descoberto depois que ela usara a música para nocautear Dilaya e resgatar Zen; ele havia ouvido aquilo justo de Tai.

Lan não o conhecia bem o bastante para fazer nada além de sentir choque e entorpecimento por um momento. E considerar os possíveis caminhos que haviam se fechado com a morte de Dé'zǐ: a chance de defender Céu Termina. A chance de derrotar os elantianos. A chance de ter um pai.

Ela sentiu um tremor no qì chegando de longe: uma energia escura e corroída, repleta de yīn e da ira e da fúria de um demônio. De um *deus-demônio*.

– Ele soltou as rédeas – Shàn'jūn disse de repente. – Eu estava presente onze ciclos atrás, quando o grão-mestre o levou ao meu mestre, em busca de ajuda. Ele era mais um demônio que um menino. O que quer que houvesse dentro dele, havia assumido o controle de sua mente quase por completo. – O rosto do discípulo parecia pálido sob a chuva. – Temos... temos que impedi-lo. Não podemos deixar que perca o controle outra vez.

Lan pensou na manga vazia de Dilaya, em seu tapa-olho. Nas centenas de vidas – elantianas e hins – que haviam sido tiradas no posto avançado. O poder de um demônio comum tinha culminado naqueles incidentes. Lan não se atrevia a imaginar as consequências da liberação do poder total de um deus-demônio ali, tão perto de Céu Termina. Um deus que não se importava com quem vivia ou morria.

O yīn se tornou cada vez mais presente. A chuva caía, implacável; o vento uivava ao redor. O grão-mestre estava morto.

Tenho que impedi-lo.

Lan se levantou e correu. Ouviu Shàn'jūn chamá-la, sentiu as gotas de chuva açoitarem seu rosto. Suas mãos já estavam na faixa em sua cintura, seus dedos pegando a ocarina. Ela se encaixou imediatamente entre suas palmas, como se tivesse consciência própria. Lan desacelerou e levou o instrumento aos lábios.

A melodia fluía por seus dedos e sua alma. Uma melodia que ela guardava no fundo da memória, e que agora vinha como um sonho: uma floresta de bambu, um fogo quente, um rapaz cuja frieza havia derretido sob a luz de sua música, como o inverno se transformando em primavera.

Ela mantinha os olhos fechados ao tocar. Uma única lágrima quente rolou por sua bochecha, e se toda a vontade do mundo fosse capaz de fazer o tempo retroceder, Lan achava que possuía a força necessária para tal. Para voltar àquele momento na floresta de bambu.

Devagar, o yīn arrefeceu. Sentiu passos na chuva, aproximando-se dela. E então uma mão quente em sua bochecha.

Lan abriu os olhos, e Zen se ajoelhou à sua frente. Ele mantinha a mão na barriga, onde havia um corte longo não só em suas vestes, mas também em sua carne. A chuva se misturava ao sangue e escorria por seu rosto. Ela baixou a ocarina.

– Lan – Zen disse, ofegante, e ela estremeceu ao som daquela voz. Antes, teria sentido um aperto no coração ao vê-lo sangrando e ferido à sua frente.

No entanto, aquilo só seria possível com Zen, o rapaz que a havia salvado na muralha de Haak'gong, que tivera a paciência de ensinar a prática a ela, que seguia os princípios do caminho com teimosia e rigidez.

Que havia beijado suas lágrimas e prometido que ela nunca mais precisaria ficar sozinha. Olhando para a figura à sua frente, extravasando yīn, ensombrecida como fogo preto, Lan não sabia bem onde o humano terminava e o deus-demônio começava.

– Você matou o grão-mestre – ela falou. Zen fechou os olhos. Emoções se sucederam em seu rosto como se ele lutasse contra algo dentro de si. Lan prosseguiu: – E me usou para ver os mapas estelares que levavam aos deuses-demônios. Para encontrar a Tartaruga Preta. Sei o que você é e quem você é, Xan Temurezen.

Ele tremeu violentamente. A chuva descia em rios por suas bochechas.

– Não fui sincero com você em relação a muitas coisas – Zen admitiu –, mas a única verdade que não tenho como controlar ou negar é que meu coração é seu, Lan. Nunca a usei para nada.

Ela agradeceu pelo aguaceiro, que devia estar disfarçando a umidade em seus próprios olhos. Lá atrás, o corpo de Dé'zǐ esfriava. Logo retornaria aos elementos da terra, seguindo o ciclo de todas as coisas naturais no mundo.

– Nada disso importa – Lan murmurou –, se você escolher um caminho diferente. Abra mão da Tartaruga Preta, Zen. Encontraremos outra maneira de trazer equilíbrio para esta terra e libertar nosso povo. Sem ser ao custo de vidas inocentes.

Ela estendeu a mão. Uma sombra caiu sobre a expressão de Zen. Ele fechou os olhos e levou uma palma ao rosto, extenuado como se travasse uma batalha contra uma força invisível.

Dé'zǐ havia dito que os praticantes que canalizavam o poder dos deuses-demônios perdiam o corpo, depois a mente e depois a alma. Zen continuava ali dentro. Continuava lutando.

Lan se ajoelhou diante dele e segurou nas mãos o rosto distante e sem sentimentos à sua frente.

Este é Zen, ela pensou. *O rapaz que salvou minha vida. Que me protegeu esse tempo todo.*

Ela se inclinou para frente e pressionou os lábios contra a bochecha dele, beijando a chuva e sentindo gosto de sal. Zen estremeceu. Depois do que pareceu ser uma eternidade, ele disse uma única palavra.

– Lan.

Seus olhos se abriram, totalmente claros.

Ela quase chorou de alívio.

– Sim. Estou aqui.

Zen pegou suas mãos nas dele e acariciou seu pulso esquerdo com o polegar.

– Você desejou poder, para proteger aqueles que ama. Sua mãe escondeu algo mais no seu selo, que você ainda não descobriu.

Um mau pressentimento tomou conta dela.

– Vou lhe mostrar o que é agora mesmo – Zen disse, e cravou os dedos na cicatriz.

Uma dor cauterizante se espalhou por seu braço. Fragmentou-se em sua mente, e o mundo se estilhaçou em chamas pretas. Lan sentiu a própria carne queimando, como se seus ossos tivessem se transformado em metal fundido, como se ela derretesse de dentro para fora. A escuridão envolveu seus pensamentos.

Diante dela havia uma mancha branca, o mais leve bruxuleio. Lan estendeu a mão, porém as gavinhas de fogo preto a afastaram. Enquanto ela olhava, com a dor nublando sua consciência, a mancha branca se aproximou. Tornou-se um ponto e depois um círculo rachado.

Não, não um círculo. Um caractere. Um *selo*. O selo *dela*.

Lan perdeu o ar quando a escuridão se recolheu, as gavinhas voltando sua atenção para o selo assomando, que brilhava forte como a lua. Atrás dele, algo se debatia.

As sombras dispararam, ligando-se ao selo, entrelaçando-se a seus traços e sufocando sua luz. Rachaduras apareceram na superfície do selo conforme as chamas pretas o devoravam. Então ele se estilhaçou.

Lan gritou ao ver o selo de sua mãe dissolvido na escuridão, sua visão se alternando entre a realidade e a ilusão. A cicatriz em seu braço, antes clara e pronunciada, ficou escura como uma crosta podre. Por baixo, o brilho pulsante se fortaleceu até que o tecido da cicatriz desapareceu por completo.

Luz irrompeu dela. Lan teve a impressão de que se encontrava no pico de uma montanha nevada ou de um lago congelado, com a superfície brilhando. À frente dela, a sombra de Zen interrompia a luz com um arco preto. Ele estendeu a mão e levou a palma à bochecha de Lan.

– Perdão – Zen falou. – Eu gostaria que não precisasse chegar a isso. Senti desde o começo que o selo de sua mãe era poderoso e tinha muitas camadas: primeiro, conter seu qì, então guiar você à Montanha Protegida e à ocarina. Mas foi só depois que encontrei a Tartaruga Preta que me dei conta de que ele continha um último segredo. – Sua mão ficou mais firme nela. – Talvez agora sua posição em relação aos deuses-demônios se altere.

Os olhos de Zen escureceram e suas unhas se cravaram no pescoço de Lan para fazê-la olhar para trás.

Elevando-se diante do selo de divisa de Céu Termina, mais alto que o cume da montanha, via-se uma forma sinuosa e branca que assomava sobre ela na ilusão do céu noturno.

Só que, daquela vez, não se tratava de uma ilusão.

Lan olhou para a forma fantasmagórica do Dragão Prateado do Leste sobre as montanhas Yuèlù.

E ele olhou de volta para ela.

32

O imperador não temia a espada do inimigo apontada para seu peito, e sim o veneno de uma amante administrado em sua própria cama.
Grande Historiador Sī'mǎ, *Registros do Grande Historiador*

O demônio de Zen havia lhe sussurrado avisos sobre *a coisa* que se encolhia no coração do núcleo de qì de Lan. Ele a havia visto: na maneira inexplicável como a garota havia matado o soldado elantiano na casa de chá, e de novo na Câmara da Cascata dos Pensamentos, quando Dilaya a ameaçara. E, finalmente, a resposta lhe viera quando seu próprio deus-demônio falara.

Há um de nós naquela garota. Outro ancião. Aquele a quem vocês, mortais, se referem como Dragão Prateado.

Então tudo se encaixara. Por que ele havia sentido a liberação de qì demoníaco por Lan desde o princípio. Por que o qì comum dela não continha traços dele.

A mãe de Lan havia selado o Dragão Prateado nela, e um dos propósitos do selo era defender a vida da garota caso corresse risco. Aquilo explicava a compreensão prodigiosa da prática que Lan demonstrara, o ritmo surpreendente com que aprendera a manipular o qì em selos. O poder de um deus-demônio, mesmo restringido, elevava as habilidades dela.

Emoções e pensamentos se digladiavam dentro de Zen; os limites entre seus pensamentos e os pensamentos do deus-demônio se confundiam. Sua mão continuava no pescoço da garota, e ele viu o terror dela quando seus olhos refletiram a luz do Dragão Prateado. Ele a segurou ainda mais firme, e a boca de Lan se abriu, procurando ar enquanto seus dedos brigavam com os de Zen. Ele acompanhou aquilo com tanta emoção quanto um peixe se debatendo na terra ou um inseto no fim da vida despertariam em alguém.

O brilho do Dragão Prateado oscilou e começou a diminuir.

Ele afundou suas garras em torno da carne da garota e sentiu uma onda de náusea e fúria em resposta – dirigida a si próprio. O rapaz, seu canalizador. O rapaz continuava lutando pelo controle do próprio corpo – e estava furioso.

Humanos. Tão delicados, tão fracos. Tão sentimentais.

No entanto, o controle dele sobre o corpo do rapaz continuava tênue, sem mencionar sobre sua mente e sua alma.

Ele recuou.

Os pensamentos de Zen se desgarraram, as sombras deram lugar à luz, e ele se viu piscando enquanto a chuva continuava molhando suas bochechas. Seus dedos estavam tão apertados contra a traqueia de Lan que ela já revirara os olhos. Àquela altura, o brilho do Dragão Prateado não passava de uma faísca no pulso esquerdo dela, uma brasa morrendo.

Zen arquejou e a soltou. Lan caiu para a frente. Ele conseguiu segurá-la e a abraçou junto de si, a cabeça de Lan descansando em seu pescoço, os braços desfalecidos.

– Perdão – Zen sussurrou. – Por favor, Lan, perdão. Nunca quis machucar você.

Ele sentiu que ela se movia. Então, sem aviso, uma dor irrompeu em seu peito.

Zen tossiu. Manchas pretas pontuavam sua visão. Dentro dele, outra voz gritava, fragmentando sua mente. As sombras do qì dele tremeluziram ao redor. Perdendo força.

Lan olhou para cima, com a mão no punho Daquela que Corta as Estrelas. A lâmina estava cravada entre as costelas dele. As mãos dela estavam vermelhas de sangue.

– Você me disse para não errar – ela comentou. – E não errei.

Lan torceu a adaga e a puxou de volta.

33

***A emoção nunca deve levar à guerra, pois a raiva
passa e a vaidade é vazia, no entanto reinos perdidos e
vidas destruídas nunca poderão ser recuperados.***
General Nuru Ala Šuzhan, do clã de aço jorshen, *Clássico da guerra*

Zen tombou para a frente. Sangue escorria de sua boca e da ferida em seu peito, correndo em arroios rumo ao solo ao pé de Céu Termina. As sombras em seus olhos clarearam, e quando ele olhou para Lan, com o cabelo grudado no rosto por conta da chuva, ela teve certeza de que olhava para o rapaz por quem havia se apaixonado em um vilarejo coberto pela névoa. Os lábios dele se curvaram em um sorriso lento e fraco.

– Melhor que... uma xícara – ele sussurrou.

Então Zen caiu na lama. Seus olhos se fecharam.

As mãos de Lan tremiam; lágrimas vermelhas escorriam da adaga que segurava. Aquelas últimas palavras a atordoavam. Um lembrete dos bons tempos, do futuro que desejara, antes que o destino de ambos tivesse se tornado um emaranhado de linhas cruzadas malfadadas.

Mire no núcleo do qì do demônio, que equivale ao nosso coração. A mão dele, antes tão gentil e constante, na dela. Apontando para o próprio peito. *E ataque.*

A pergunta era: Lan havia atingido o núcleo do demônio ou o coração de Zen? Ou ambos?

O que foi que eu fiz? Lan jogou Aquela que Corta as Estrelas no chão, como se a tivesse queimado. Ela aterrissou em uma poça próxima ao corpo inerte de Zen. *O que foi que eu fiz?*

– Lan'mèi!

A voz de Shàn'jūn a tirou de seu devaneio. O discípulo de Medicina emergiu da chuva, com as mãos ensanguentadas, o rosto pálido. Atrás dele, vinha Tai, com o cabelo colado à testa, sem fôlego depois de descer os degraus correndo.

– Todos sentiram. – O invocador de espíritos arfava. – Duas explosões gigantescas de qì, na base da montanha. Vim atrás de Shàn'jūn. O que aconteceu?

– Por favor, ajude Zen – Lan murmurou.

Shàn'jūn se ajoelhou ao lado do corpo.

– Ainda tem pulso – ele disse, e pegou sua bolsa. – Então ainda há salvação. Luz, por favor, Tài'gē.

O invocador de espíritos se ajoelhou ao lado de Lan, com uma lanterna de lótus na mão. Com alguns gestos, traçou um selo para criar fogo. Seu olhar se manteve fixo no trabalho do discípulo de Medicina.

– Shàn'jūn – ele falou. – O selo de divisa. Temos que ir para o selo de divisa.

– Não posso – foi a resposta débil do outro. Seus lábios estavam pressionados um contra o outro, a testa estava franzida e as mãos passavam entre frascos, agulhas e sacos de ervas. – O selo de divisa se fechou para Zen.

Lan pensou outra vez no rapaz abrindo o selo da mãe dela, na luz branca e forte – a mesma que havia visto na morte de Māma, na casa de chá e quando conheceu Dilaya, na Câmara das Cem Curas – que explodiu dela. Daquela vez, quando procurou dentro de si, sentiu a presença envolvendo seu coração, o núcleo de qì pulsando leve e enviando energias para seu sangue e sua carne.

Eu tinha o último segredo de Māma selado dentro de mim esse tempo todo. O fato a envolveu e apertou tão forte que Lan mal conseguia respirar. *O Dragão Prateado.*

Ao olhar para o deus-demônio, ela havia sentido medo, porém por baixo sentira uma admiração latente. Naquele momento, talvez Lan tivesse entendido a decisão de Zen. Como o poder e a grandeza da Tartaruga Preta o haviam seduzido e conquistado.

No entanto, Lan sabia que Māma não havia selado o Dragão Prateado dentro dela para que utilizasse seu poder.

Māma havia entregado o deus-demônio a Lan para que ela o *destruísse*.

– Shàn'jūn, ouça. Ouça – Tai disse. – Os mestres organizaram as linhas de defesa de acordo com o estratagema 35, dentro do selo de divisa. Não me peça para vê-lo arriscar sua vida.

– E não me peça para não cumprir meu dever – Shàn'jūn retrucou, mantendo o tom tranquilo e os olhos firmes em Tai. – A Tartaruga Preta está dentro de Zen, Tài'gē. Preciso salvá-lo... Preciso tentar.

– Ele vai se recuperar – Tai insistiu, com teimosia. – O deus-demônio vai curá-lo.

– Não vai, não. – A voz de Lan falhou. Ela mostrou Aquela que Corta as Estrelas. – Eu usei isto.

A expressão de Tai se contraiu na mesma hora.

– Você – ele falou, em um tom vazio. – Você fez a pior coisa possível. Essa adaga. Essa adaga não destrói o núcleo de um demônio. Só corta o qì demoníaco temporariamente. Ela mutila tanto o homem quanto o demônio. Você sabe... você sabe o que acontece se Zen morrer?

Lan não queria saber.

– Quando alguém mata a alma vinculada a um demônio, o demônio simplesmente encontra outra alma com a qual fazer um acordo. Um novo ciclo de guerra e destruição tem início. – As palavras seguintes de Tai soaram como um golpe de espada. – Se Shàn'jūn não conseguir salvar Zen... podemos ter liberado a Tartaruga Preta. Bem nas mãos dos elantianos.

E não haveria ninguém para impedi-los.

Poderia haver, soou uma voz dentro dela, parecendo distante – uma parte de Lan, ou uma parte daquilo que agora ela sabia que havia dentro dela. Ela pensou ter visto um lampejo prateado, um olho gélido se abrindo para espiá-la. *Você poderia impedi-los.*

Não, não, ela não podia – não *ia*. No entanto, vendo o sangue escurecendo a terra sob Zen, Lan sentiu que a mãe havia lhe deixado uma tarefa impossível. Ela deixara a Lan todo o poder do mundo, e em vez de pedir que o usasse, que lutasse com ele, esperava que o destruísse.

Os dentes de Lan começaram a bater; ela abraçou a si mesma, sentindo-se completamente perdida e sozinha naquele momento.

– Tài'gē. – As mangas de Shàn'jūn estavam ensopadas de sangue. As chamas da lanterna de Tai aguentavam firme enquanto as energias yīn no ar, o qì do deus-demônio, continuavam se esvaindo. A cada aumento repentino da força das chamas da lanterna, a vida de Zen parecia enfraquecer. – Preciso de mestre Nóng. Minhas habilidades não são suficientes para salvar a vida de Zen.

Tai franziu a testa. Ele fechou os olhos, parecendo estar em conflito consigo mesmo. Quando voltou a abri-los, revelaram-se tristes e ternos. Tai levou a mão à bochecha de Shàn'jūn.

– Espere por mim – ele pediu.

A chuva e a luz do fogo pintavam o sorriso de Shàn'jūn.

– Sempre.

Tai endureceu o maxilar ao se virar para Lan.

– Você deve buscar mestra Ulara. É ela quem está mais perto, liderando a segunda linha de defesa, os discípulos de Espadas, nos degraus de Céu Termina. Ela vai ajudar. Temos que manter os elantianos longe de Zen.

– Ulara vai deixar Zen aqui para morrer – Lan argumentou.

– Ulara vai proteger o deus-demônio – Tai retrucou. – Ela faz parte da Ordem das Dez Mil Flores.

Lan arquejou. Quando pensou a respeito, no entanto, tudo fazia sentido: a oposição feroz de Ulara aos deuses-demônios, sua tentativa de impedir Zen antes que ele escolhesse se unir a um. Māma, Dé'zǐ e agora Yeshin Noro Ulara... se havia membros vivos da ordem, havia esperança.

Lan se levantou e passou uma mão pelos ombros de Shàn'jūn.

– Espere por nós – ela disse, e partiu em uma explosão de qì. Daquela vez, o selo de divisa permaneceu em um silêncio agourento enquanto Lan passava. Ela ouvia apenas os passos de Tai, logo atrás. Ele era mais desajeitado nas Artes Leves do que Lan, e fazia mais barulho.

Devagar, a escuridão se dissipou, dando lugar à luz distante das lanternas de lótus. Lan vislumbrou a entrada de pedra e as paredes brancas dos templos da escola. Estava a menos de doze degraus do topo.

Foi então que aconteceu. O qì em volta se alterou, abrindo-se para dar passagem a algo mais: um mau cheiro esmagador de metal.

Os pelos da nuca dela se eriçaram. Conhecia aquele fedor, conhecia a sensação avassaladora no qì. Lan se virou.

A floresta de pinheiros abaixo da montanha estava repleta de movimento: lampejos de armaduras de metal por toda parte, abrindo-se na passagem entre Céu Termina e o restante das montanhas Yuèlù, cercando por completo a floresta.

O exército elantiano chegara. Muitos passos atrás dela, Tai se iluminou em um jorro de qì. Seus olhos se arregalaram enquanto ele os passava pela floresta.

– Não. *Não.* – A voz dele falhou. – Shàn'jūn. *Shàn'jūn!*

– Tai! – Lan gritou quando o invocador de espíritos deu meia-volta e começou a refazer seus passos. – Tai...

Raios cortaram o céu. O fogo se ergueu da floresta, explodindo sob o selo de divisa com uma força que sacodiu o chão em que se encontravam. Lan foi lançada contra a montanha. Sentiu gosto de cobre na boca.

– SHÀN'JŪN!

Tai estava de quatro. As chamas da explosão o banharam em ouro em um momento que Lan nunca esqueceria: seus olhos arregalados, o branco circundando a íris, as veias saltando no pescoço e nas têmporas, os dedos estendidos na direção do rapaz que ele amava.

– SHÀN'JŪN! – ele chamou outra vez, levantando-se e voltando a avançar. – SHÀN...

A noite voltou a se iluminar com uma segunda explosão. Daquela vez, o mundo saiu do eixo; uma dor forte acometeu a cabeça de Lan, seguida por um zumbido alto... então o tempo pareceu desacelerar. As gotas de chuva congelaram, cintilantes, enquanto uma forma se erguia entre elas. Lan já tinha visto a silhueta clara e sinuosa, e sua voz familiar, uma parte dela mesma, a envolveu.

Sòng Lián, o Dragão Prateado disse, baixo. *Em você reside o poder de um deus-demônio. Use-o, e poderá ser a salvação do seu povo.*

Não... não. Quando Zen desatrelara o poder de seu demônio, tirara a vida de todos os hins inocentes que se encontravam no posto avançado. E o Assassino da Noite havia canalizado o poder da Tartaruga Preta e quase destruído tudo pelo que lutara.

Então ficará de lado e assistirá a morte certa deles, o deus pranteou, *em vez de se arriscar a salvar sua vida?*

Uma lua antes, Lan havia testemunhado a ruína de tudo o que conhecia. Ela havia jurado se tornar tão poderosa que nunca mais precisaria ver aqueles que amava sofrerem. Agora que tinha aquele poder, não ia se atrever a usá-lo?

Nunca fora simples. O poder sempre vinha com um preço, cada vitória tinha um custo terrível. Não fazia ideia de que tipo de acordo sua mãe fizera. De quais eram as condições ou com que facilidade Lan poderia perder o controle para o deus cujo poder agora se encontrava recolhido dentro dela. Uma decisão equivocada, um movimento em falso, e Lan mergulharia no abismo.

No entanto... e se ela *pudesse* refrear seu poder quando estivesse prestes a perder o controle? Suas mãos estavam frias, no entanto o punho Daquela que Corta as Estrelas escorregava em sua palma. Lan havia rompido o domínio da Tartaruga Preta sobre Zen com ela, ainda que apenas temporariamente. E se pudesse fazer igual consigo mesma?

Se fosse bem-sucedida, poderia salvar Céu Termina. E se pudesse usar seu poder para proteger aqueles que amava, também poderia salvar o Último Reino.

Vários degraus abaixo, Tai permanecia inconsciente, caído contra o paredão em que a explosão o havia lançado, o peito subindo e descendo com a respiração rasa. Seu cabelo, úmido e emaranhado, cobria o rosto. Lan pensou em como ele sorria assistindo a Shàn'jūn dar de comer às carpas ao luar.

Ela pensou em Shàn'jūn, cuidando dela com toda a paciência, sob a janela ornamentada da Câmara das Cem Curas.

Em Taub, com o rosto vermelho do calor e do vapor da cozinha; em Chue, papeando com ela enquanto comiam no refeitório; nos sinos do começo da manhã, nas conversas dos discípulos sob a luz viçosa e a névoa do inverno; em toda a alegria que havia encontrado em Céu Termina e que fizera a vida valer a pena outra vez.

Em Ying, correndo para salvá-la, vestida apenas com seu vestidinho de lótus.

Ela pensou em Zen: em quando o conheceu, na casa de chá lotada, em seus braços a envolvendo enquanto ele sussurrava sobre o futuro dos dois, seus lábios secando as lágrimas das bochechas delas.

Lan cerrou os dentes, a chuva de repente quente em sua pele. Daquela vez, no entanto, Zen não estava ali para enxugar as lágrimas. E talvez nunca mais estivesse.

O coração dela se partiu novamente, e com aquilo sua força de vontade se estilhaçou. A raiva tomou conta de Lan.

Seu deus-demônio assomou, a luz dele banhando as montanhas como uma segunda lua. Ele a observava com olhos azuis feito o coração do fogo, as escamas cintilando tal qual a primeira neve, transformada em gelo. Uma visão, uma ilusão, uma parte dela.

Lan estendeu a mão e mergulhou o dedo na corrente de poder que fluía do núcleo do deus-demônio.

O mundo respirava. Ela conseguia sentir tudo: o roçar de cada gota de chuva nas folhas dos pinheiros, penetrando o solo, tamborilando contra a armadura do exército elantiano, que serpenteava até a montanha seguinte.

Medo e raiva subiram por sua garganta. Com ambos, no entanto, veio algo novo: uma curiosidade em relação à batalha que se anunciava. Um estudo clínico das probabilidades, como se ela estivesse debruçada sobre um tabuleiro de xadrez e cada pessoa – cada *vida* – fosse uma peça a ser usada e descartada de acordo com sua vontade.

Então essa é a sensação de ser um deus, Lan pensou, e naquele momento jurou nunca ceder. Independentemente do que acontecesse, ela lembraria, até o fim, por que havia feito aquilo. Ying. Shàn'jūn. Zen. Dé'zǐ. Māma.

Desde que se agarrasse ao que fazia dela humana, Lan nunca se tornaria um deus.

Ela deu a ordem: *Destrua-os.*

Um selo fluiu da ponta de seus dedos, desenhado pelo deus e, de repente, Lan compreendeu o que Zen quisera dizer ao mencionar que fazer selos era arte na sua forma mais elevada. A trama de energias era mais complicada do que qualquer outra com que ela já tivesse deparado: tão intricada que Lan poderia levar horas para desemaranhá-la, os traços confundindo os limites entre a ciência e a arte. Suas mãos se moviam juntas em uma dança que ela não conhecia, guiadas por outra presença.

O poder zumbia no ar à sua volta. Um brilho emanava dela, envolvendo as montanhas em volta em branco, estendendo-se ao céu.

No momento em que o selo se fechou, uma onda de choque pulsou entre as árvores. Lan a sentiu, porque estava em toda parte e em lugar nenhum ao mesmo tempo, alta como as nuvens e a chuva e mergulhando no penhasco. Algo no fundo da terra começou a se mover: um tremor que chegou até onde o exército elantiano se encontrava.

Através da chuva e da escuridão, tudo o que Lan conseguia ver era uma massa se erguendo, mais escura que o céu noturno, como uma mandíbula gigante se abrindo atrás do exército. A terra parecia se moldar à vontade dela; os pinheiros, a vegetação rasteira e o solo formaram um grande tsunami para enterrar os elantianos. Gritos preencheram o ar quando os soldados, subitamente muito pequenos, começaram a fugir do selo de Lan.

Uma risada profunda reverberou na cabeça dela. *É fascinante, não é? Ver como o poder reduz aqueles que se temia a vermes se retorcendo*, murmurou o dragão.

Fascinante, Lan pensou. Ela ficou olhando, tentando se recordar de todas as vezes em que os elantianos a haviam feito mal, no entanto, sua mente estava tomada pelos gritos desesperados, pelas vidas sendo apagadas como velas conforme a terra os engolia por inteiro. Lan estava à deriva, levada pela grande maré de qì que a atravessava.

Uma silhueta embaçada surgiu na chuva e a derrubou. Lan perdeu a concentração; o rio de qì perdeu força, assim como o selo.

A garota piscou. Estava no chão, no mesmo lugar onde se encontrava durante a segunda explosão. Yeshin Noro Ulara assomava sobre ela, delineada pelo brilho amarelo vago dos prédios da escola, a cerca de uma dúzia de passos de distância.

– O que você fez? – a mestra de Espadas exclamou. Chuva e lama escorriam por seu rosto, sem conseguir mascarar seus olhos arregalados e seu terror. Era a primeira vez que Lan a via com medo.

– Estou nos ajudando a vencer a guerra – Lan exclamou.

– Você está destruindo Céu Termina! – Ulara gritou. – O solo da floresta de pinheiros é a base da montanha. Você está arrancando as raízes!

Lan sentiu o temor penetrando seus ossos e teve uma premonição terrível e doentia. Tinha acreditado ser diferente, a exceção à regra; ela acreditara que seria capaz de controlar o poder de um deus. O poder sempre tinha um custo, e a vitória sempre envolvia perda.

– *Pare!* – ela pediu, levando a mão à têmpora. – *PARE!*

Uma risada suave e aveludada ecoou em sua cabeça.

Seu desejo é uma ordem, o Dragão Prateado disse. Na escuridão de sua própria visão, ela notou os olhos semicerrados que a observavam com um leve divertimento. *E você desejou destruí-los.*

– Desejei proteger Céu Termina! – Lan respondeu.

Não foi o que me pediu.

– Ordeno que pare agora!

Mais abaixo, a massa de terra, solo e árvores se erguia contra a base da montanha como uma onda imutável. Bloqueou o céu e silenciou até mesmo a chuva, um silêncio forjado a partir dos gritos dos moribundos. Dos estrondos da terra, que continuava a se arrancar pelas raízes.

Mais um pouco e Céu Termina seria engolido junto com o exército elantiano.

Lan levou as mãos à cintura e encontrou dois objetos na faixa ali. A carapaça lisa da ocarina. E um cabo familiar, com estrelas dançando em meio a chamas entalhadas.

Ela desembainhou Aquela que Corta as Estrelas.

– *PARE!* – gritou, e cravou a adaga na lateral do próprio corpo.

Houve um silvo, como água encontrando o fogo, quando a lâmina alcançou o rio de poder que fluía de seu interior. Em sua mente, a forma sinuosa do Dragão Prateado se afastou da dor. O selo destrutivo que havia conjurado e que até então brilhara forte como a lua cheia diante dela fraquejou e morreu.

Lá embaixo, a massa de terra ruiu com um som próximo ao de uma explosão e o quebrar de milhares de troncos.

Então a dor esvaziou sua mente. Lan teve consciência apenas de suas pernas cedendo. Ela não foi ao chão, no entanto. Um par de braços a pegou, firmes, cobertos por uma armadura de aço. E a segurou.

– Você se saiu bem – Yeshin Noro Ulara disse.

Lan olhou para a mestra de Espadas.

– Não achei que fosse viver para ouvir um elogio seu.

E ali estava, uma imagem que permaneceria gravada em sua lembrança: um leve erguer de um canto dos lábios de Ulara. Um meio sorriso.

Botas soaram na noite, e Dilaya surgiu nos degraus próximos a Lan, seguida de mestre Nóng. O mestre de Medicina conjurou um selo sobre os corpos de Lan e Tai e os ergueu com todo o cuidado. Era como se um cobertor quente tivesse envolvido Lan.

A garota via os degraus entrando e saindo de foco. De repente, piscou e estava deitada no chão. Alguém segurava uma lanterna acima dela, iluminando um rosto familiar.

– Mestre Nóng – Lan conseguiu dizer. Ele estava debruçado sobre o ferimento dela, aplicando unguentos e ervas, no entanto Lan também reconheceu o brilho de um selo recém-aplicado. Havia muita terra em sua composição, e o yáng nele o deixava aquecido. Recostado a um pilar ali perto, com o pescoço enfaixado, estava Tai. Ele se mantinha em silêncio, o rosto desprovido de qualquer emoção, o cabelo e as roupas ensopados.

– Controlei o sangramento e a dor com um selo – o mestre de Medicina informou a Lan. – Agora a carne deve fazer seu trabalho. Sua força vital está baixa. – Ele lhe ofereceu uma tigela. – Tome isto.

Ela se sentou, fazendo apenas uma pequena careta por causa da dor entre as costelas que sentiu em seguida. Estavam na Câmara da Cascata dos Pensamentos, Lan constatou, no entanto, que as lanternas de lótus que costumavam iluminar o local não estavam ali. A chuva constante tamborilava os beirais curvos de barro do lado de fora.

Lan pegou a tigela e tomou. Estava de volta a Céu Termina, mas o lugar já não oferecia o mesmo calor, como uma fogueira cujas chamas esfriaram, uma casa sem mãe. Dé'zĭ, a vida e a alma daquela escola, havia partido. Shàn'jūn, que deveria estar sentado em um canto com uma tigela de seus preparos nojentos também não estava ali. E Zen...

– Zen – ela soltou, sentindo um aperto tão forte no peito que nem conseguia respirar. – A Tartaruga Preta... Mestra Ulara deve ter...

– Acalme-se. – Mestre Nóng ergueu a mão. – Não temos nenhum indício de que a Tartaruga Preta está à solta... pelo menos, ainda não. Os mestres estão reunidos lá fora, discutindo o caminho a seguir daqui. Venha.

Ela se levantou e, com mestre Nóng em seu encalço, saiu coxeando para o corredor. Tai também se levantou e foi atrás, quieto como um fantasma.

Lá fora, Céu Termina estava iluminado pelo fogo da batalha. Nos pontos mais altos, os discípulos de Arco disparavam flechas conforme as orientações de mestre Cáo. Mestra Ulara e mestre Ip'fong estavam no pátio, com os discípulos de Espadas e Punhos. Ambos olhavam para cima, na mesma direção.

No alto, a barreira invisível do selo de divisa brilhava forte, com faixas de qì interrompido sangrando nela, como veias. Diante dos olhos de Lan, outra explosão ressonante provocou mais fissuras. Ela já tinha visto vidro se quebrar em uma barraca do mercado: um vendedor de uma das terras do Ocidente Próximo tinha um painel de vidro masírio, com o qual fazia arte. Lan o assistira levar um martelo de pedra à superfície, e depois uma teia de aranha de fraturas se espalhou pela superfície lisa e transparente, até o vidro se estilhaçar.

Ela pensou naquilo enquanto via o selo de divisa suportando um golpe após o outro dos elantianos.

Os discípulos de selo estavam enfileirados na beira do terraço, seus corpos e mãos se movimentando como em uma dança invisível. Qì se elevava, reabastecendo o selo de divisa. Por conta da chuva, os discípulos estremeciam em seus qípáos, o brilho do selo moribundo lançando uma luz incolor nos rostos contraídos e exaustos. A estratégia de batalha deles – as linhas de defesa, os ataques em cadeia – havia sido sustentada por um grupo de crianças e estava fracassando.

Lan fechou os olhos e acessou seu interior. Havia um ferimento onde ela antes encontrara o deus-demônio: um corte, sangrando qì profusamente, aberto por Aquela que Corta as Estrelas. Ela sentia uma estranha combinação de qì coagulado ali – deixada pelo ferimento da adaga –, bloqueando o acesso ao deus-demônio. Mais além, a silhueta clara do Dragão Prateado assomava.

Mesmo com o ataque de seu deus-demônio, ainda havia muitos elantianos. Elantianos demais. De algum lugar no alto, veio um grito.

– Acabaram as flechas!

No silêncio que se seguiu, outro estrépito fez a terra e o céu tremerem. As fissuras do selo de divisa brilharam incandescentes quando os ataques a fogo dos elantianos começaram a passar pela barreira. Fragmentos de qì entrelaçado – talvez pedaços de selos – se crisparam no ar, como papel queimando, cada um deles um lampejo, desaparecendo rápido. De repente, a noite pareceu tomada por estrelas em declínio, e a trama de energias que protegera Céu Termina ao longo do movimento atemporal e implacável das dinastias finalmente se desfez em cinzas, com o rompimento do selo de divisa.

34

A Garra de Falcão, uma das doze espadas lendárias, recebeu este nome do general Yeshin Noro Fulingca, fundador da nobre casa Yeshin Noro, do clã de aço jorshen.
Era uma espada tão rápida que diziam que Fulingca cortou a garra de um falcão em meio ao voo enquanto caçava.

Estudiosos variados, *Estudo dos 99 clãs*

Um vendaval chegou às portas de Céu Termina, trazendo consigo as energias esmagadoras do metal. Ao pé da montanha, estendendo-se pela floresta de pinheiros brancos, os soldados elantianos começavam a subir os 999 degraus de Céu Termina, um rio metálico de armaduras escapando de uma represa rompida.

Novecentos e noventa e nove degraus: tudo o que restava entre eles e o restante do exército elantiano.

Lan olhou em volta enquanto os discípulos de Espadas e Punhos assumiam suas posições: cerca de uma centena de praticantes – *crianças* –, tremendo em seus qípáos finos e ensopados da chuva. De repente, pareceu quase risível quão despreparados eles se encontravam para uma invasão. Lan havia visto as armaduras elantianas de perto, grossas e pesadas em comparação com finas cotas de malha das hins, impenetráveis a não ser por espadas robustas. Sem mencionar que os invasores os superavam enormemente em números.

– Temos que evacuar.

Essas palavras saíram da boca de Yeshin Noro Ulara. A chuva molhava seu cabelo e seus cílios, escorrendo por seus lábios rígidos enquanto ela observava o exército se aproximando lá embaixo.

Ulara olhou para cima, depois se dirigiu ao que restava da escola.

– Não venceremos esta batalha. Proponho uma retirada.

A incerteza se espalhou entre os outros mestres e discípulos.

– Ulara-jiě, não podemos fazer isso – mestre Ip'fong falou, baixo. – É nosso dever proteger o que está selado na Câmara das Práticas Esquecidas...

– *Nós* não iremos – Ulara retrucou, e então acenou com a cabeça para os discípulos, que observavam de olhos arregalados. – Eles, sim. Os discípulos não são responsáveis pelo que teve início muitos ciclos atrás. Não pedirei a eles que se sacrifiquem pela ordem quando foi a vida deles que juramos proteger.

– Concordo. – A voz suave de mestre Gyasho se ergueu na chuva. – Os discípulos devem pegar o mesmo caminho pelo qual os mestres Nur e anônimo levaram os mais jovens. Nós, mestres da Escola dos Pinheiros Brancos, devemos concentrar nossa defesa em uma única área da montanha: a Câmara das Práticas Esquecidas.

– Caso nos vejamos frente a frente com o exército elantiano, atacaremos os feiticeiros primeiro – mestre Ip'fong disse, devagar e assentindo. – E, se tudo o mais falhar, libertaremos o que está selado em vez de permitir que caia nas mãos dos elantianos. Eles não sabem o que está escondido na câmara. Podemos nos aproveitar do elemento surpresa.

– Então é melhor nos apressarmos – mestre Cáo alertou, chegando com seu arco e a aljava vazia. – Os elantianos entraram em Céu Termina: dezenove feiticeiros e cerca de mil soldados.

Lan olhou para os mestres. Até mesmo o rabugento mestre Nán e o belicoso mestre Fēng pareceram concordar em silêncio, com uma determinação sombria no rosto.

A garota tinha muitas perguntas, no entanto, o tempo escorria por entre seus dedos, como a chuva, e a presença do metal se tornava cada vez mais forte no ar.

Dilaya expressou o que Lan estava pensando:

– É'niáng, não peça que eu a abandone. Tenho minha espada e meu dever.

– E qual é seu dever, Yeshin Noro Dilaya? – Ulara se virou para a filha. Sua voz cortou a noite feito um trovão. – Seu dever é o mesmo que o meu: com sua linhagem, com nosso povo e com esta terra.

– E com você também, É'niáng!

– Nossos ancestrais não abriram caminho até o dia de hoje só para que você se lançasse como uma tola no Rio da Morte Esquecida. – Os olhos de Ulara ardiam. – Nossos ancestrais escreveram no *Clássico da guerra*: "Entre os 36 estratagemas, o melhor é a retirada". A maior parte das pessoas entende isso como o clássico encorajando a rendição covarde. No entanto, o que implica é que, quando as dificuldades são intransponíveis, *sobreviver* é a única maneira de seguir em frente. Viver para ver outro dia implica ter a chance de continuar lutando. E a chance de vencer.

— A Ordem das Dez Mil Flores — mestre Nán disse, no silêncio repentino, e Lan se deu conta de que todos os discípulos em volta haviam se virado para ouvir. — Por que escolhemos esse nome? Flores são frágeis e corajosas em sua persistência em crescer. Esta é a terra das dez mil flores, a terra de vocês, de todas as culturas, de todos os clãs, de todas as histórias. Os mestres daqui dedicaram toda a sua vida plantando as sementes da nossa cultura, da nossa tradição, a beleza de nossas origens diferentes, das linhagens que constituem o Último Reino. E vocês, crianças, perpetuarão nosso legado. Vivam e mostrem a eles que esta é a terra das dez mil flores.

As palavras fizeram Lan se lembrar de algo. Ela pensou em Zen na Floresta de Jade, na noite em que haviam se conhecido. *Enquanto estivermos vivos*, ele havia dito, *carregaremos dentro de nós tudo o que destruíram. E esse é o nosso triunfo, essa é nossa rebelião.*

Aquelas palavras pareciam mais significativas, agora que Lan sabia da origem dele e conhecia sua história em profundidade. A garganta dela se fechou; ela procurou afastar a lembrança da mente. Entorpecida, assistiu aos mestres proferindo ordens, dispensando o restante de seus discípulos. Os jovens estavam todos quietos, congelados, enquanto a chuva escorria por seu rosto e ensopava seu qípáo.

Entre eles, uma figura se moveu de repente: Tai.

Todos observaram surpresos o invocador de espíritos se prostrar diante de seu mestre, o mestre Nán. Lan não achava que Tai — orgulhoso, arrogante, frio e sarcástico como era — fosse capaz de tal ato.

— Shī'fù, a maior honra da vida de Chó Tài foi estudar sob sua tutela! — Tai gritou, acima do barulho da chuva. — Este discípulo carregará seus ensinamentos na mente, no coração e na alma, até a eternidade!

De algum lugar na multidão, veio outro grito:

— Shī'fù, este discípulo é eternamente grato por seus ensinamentos!

— Shī'fù, este discípulo jura levar a arte da prática aos rios e lagos desta terra e além!

Um a um, os discípulos da Escola dos Pinheiros Brancos ficaram de joelhos, seus qípáos se agitando como as marés de um enorme rio branco.

Lan olhou em volta outra vez, para cada mestre. Gyasho, careca e de idade indefinível, com o rosto vendado e sereno inclinado para o céu. Fēng, com sua testa franzida e curvado como um camarão, sua verruga no nariz e sua bolsa com ossos oraculares e outros objetos divinatórios. Nán, parecendo estranhamente perdido sem a pilha de livros costumeira nas mãos. Ip'fong, alto e forte como um urso, com cravos de metal nos nós dos dedos. Cáo, com a aljava vazia e o arco de chifre ensanguentado. Nóng, incomumente lúgubre, com a cabeça baixa, talvez em recordação a seu mais dedicado pupilo. E Ulara, com as mãos nos punhos de suas espadas, os lábios pressionados em uma linha carmesim.

Sete pessoas, contra todo o poder do exército elantiano.

– A honra foi nossa – mestre Gyasho disse, levando o punho cerrado à palma. – Da próxima vez que nos encontrarmos, será como iguais, nesta vida ou na outra. Carreguem nossa história, nosso legado, e vivam para ver outro dia. O reino antes da vida, a honra na morte.

Os outros mestres uniram as mãos em cumprimento.

Apática, Lan ficou vendo os outros discípulos começarem a se dirigir aos degraus do outro lado da montanha. Ela notou Chue, com os braços em volta dos ombros de Taub. Os mestres também se viraram para partir, desaparecendo na chuva como fantasmas, até que parecesse que nunca haviam estado lá.

Lan, no entanto, se deu conta de que não conseguia mover os pés.

– Espere – ela falou, e foi atrás da última mestra a se retirar. – Espere... mestra Ulara, por favor.

Ulara se virou para ela, com as sobrancelhas erguidas em indagação.

– Deixe-me ir com vocês – Lan pediu. – Minha mãe deu a vida pela Ordem das Dez Mil Flores. É meu dever ajudar.

– É'niáng, *por favor* – Dilaya, que tampouco havia se movido, implorou. Pela primeira vez, ela e Lan estavam do mesmo lado. Tai também continuava por ali. – O que tem de tão precioso na Câmara das Práticas Esquecidas, que vocês precisam proteger? Como pode valer a pena arriscar sua vida?

Seria de esperar que a recusa da filha a obedecer despertasse a raiva de Ulara. Daquela vez, no entanto, a mestra apenas pressionou os lábios um contra o outro. Ela olhou em volta e, vendo que os outros mestres já haviam saído, virou-se para a filha.

– O Tigre Azul está selado no coração da montanha – Ulara respondeu, baixo.

O queixo de Dilaya caiu, mas as palavras pareceram lhe faltar. Atrás dela, Tai ficou totalmente imóvel.

– Diferente das outras cem escolas de prática, a Escola dos Pinheiros Brancos nunca guardou o segredo de uma arte final na Câmara das Práticas Esquecidas – Ulara prosseguiu. – Esta escola se tornou lar dos clãs que se uniram na Ordem das Dez Mil Flores, o movimento clandestino que buscava resolver a eterna luta de poder entre a corte imperial e os clãs... destruindo a fonte das maiores disputas de poder da história: os deuses-demônios. Muitos na ordem deram a vida por essa causa, incluindo...

– Os olhos cortantes de Ulara se voltaram para Lan, e a garota pensou tê-los visto se abrandar por um momento. – ... a mãe dela. Vínhamos caçando os deuses-demônios e os selando enquanto procurávamos um instrumento com o qual matá-los. Antes de concluirmos nossa missão, no entanto, os elantianos invadiram.

Com um relâmpago, a prata cintilou. Um vendaval repentino varreu a entrada de pedra de Céu Termina, trazendo consigo as energias esmagadoras do metal. Da escuridão, surgiu uma silhueta alta, clara e revestida em metal. Diferentes tons de cinza, dourado e bronze brilhavam em seus pulsos.

O feiticeiro elantiano Erascius deu um passo à frente. Suas feições duras se curvaram em um sorriso frio.

– Finalmente – ele disse, a língua elantiana soando arrastada e sinistra. – O elusivo lar dos últimos praticantes desta terra.

Em um piscar de olhos, Ulara se colocou entre o feiticeiro e Lan, Dilaya e Tai. Seus dedos se moveram e um selo de escudo foi traçado à frente deles: um muro feito de metal, madeira e gelo, da altura de uma colina baixa, beirando os penhascos de ambos os lados.

Do outro lado do escudo, o rosto de Erascius se contraiu em uma risada. Com as mãos, ele invocou um mastro de metal. Houve um estrondo quando o feiticeiro atingiu o escudo de Ulara com ele. Ulara levou a mão ao ombro da filha. Suas unhas se cravaram, e os nós dos dedos ficaram brancos.

– Corra – ela disse, baixo. – Corra e dê a própria vida para proteger Lan. O Dragão Prateado do Leste está dentro dela. Independentemente do que aconteça, não deixe que os elantianos o encontrem. – O choque deixou o rosto de Dilaya lívido. A mãe dela prosseguiu: – E leve isto.

A dão cintilou quando Ulara a ofereceu. O cabo era liso, como se feito de osso. Havia um anel grosso de jade incrustado bem no meio.

Do outro lado do muro, vinham sons de estalo. O escudo estremeceu, e cacos se soltaram e começaram a cair sobre eles.

– A Garra de Falcão? – Dilaya ergueu a cabeça na mesma hora. – É'niáng...

Ulara pegou a mão da filha e envolveu o punho da espada com ela. Seus nós dos dedos estavam brancos sobre a mão de Dilaya.

– Um dia, você será líder de um clã, de um povo, e deve aprender o significado de se sacrificar. *Vá* – Yeshin Noro Ulara repetiu, e então a impetuosidade em sua expressão deu lugar a uma ternura profunda. – Nos encontraremos de novo, se não nesta vida, na próxima, minha filha.

Lan viu, de novo, a própria mãe diante de um exército insuperável, contando apenas com um alaúde. Naquele momento, ela compreendeu. Enquanto houvesse guerra, haveria sacrifício. Enquanto houvesse poder, haveria derramamento de sangue.

Enquanto houvesse vida, haveria esperança.

A matriarca do clã Yeshin Noro foi encarar o inimigo. Sua filha olhou para Lan.

Lan assentiu uma única vez. Então se virou e, com uma explosão de qì, partiu na direção dos degraus nas costas da montanha, com Dilaya e Tai em seu encalço.

Agora eles estavam verdadeiramente sozinhos. À sua volta, um vazio sinistro tomava conta de Céu Termina, seus pavilhões curvados e seus corredores ocos e escuros. Lan não pôde evitar pensar na Escola dos Punhos Protegidos, em como permanecia feito uma lembrança fantasmagórica na noite, seus ocupantes tendo partido havia muito para o outro mundo.

A pressão do metal no ar ficou mais forte, a ponto de Lan quase sentir seu gosto. Ela descia pela garganta e sufocava os outros elementos no qì em volta. A chuva tinha diminuído. As árvores, as construções, as pedras e os ossos da montanha em si pareciam imóveis.

Eles estavam na metade do caminho para o topo, com a Câmara das Cem Curas assomando à frente, com suas janelas vazias e portas abertas. Passaram pelos degraus que levavam ao dormitório dos discípulos, e então chegaram a uma subida íngreme que levava ao Pico da Discussão Celestial. Do outro lado, Lan agora sabia, o caminho se dividia, e um lance secreto de escadas dava para o pé da montanha.

Lan olhou para baixo, o pico permitindo ter uma visão perfeita da entrada de Céu Termina. Ali, no terraço aberto diante da Câmara da Cascata dos Pensamentos, duas figuras travavam uma batalha.

Erascius havia rompido o escudo de Ulara e avançava contra ela, golpe a golpe. As mãos da mestra não passavam de um borrão conforme ela soltava fús contra o feiticeiro. Os selos escritos explodiam em nuvens de fogo e enxofre. Antes que elas se dissipassem, Ulara traçou um selo rapidamente.

Erascius emergiu. E estalou um dedo. Metal afiado disparou no ar e perfurou o selo de Ulara. A espada dela foi rápida em defendê-la, cada *tlim* do choque de metais audível mesmo onde Lan se encontrava.

A garota procurou acessar dentro de si. Onde a silhueta do dragão antes se exibia, elegante e prateada, ela só encontrou cinzas e o vago pulso de seu núcleo, sangrando qì pelo ferimento que Aquela que Corta as Estrelas havia aberto.

Um guincho metálico se espalhou pelo ar. Erascius tinha feito Ulara recuar, sua magia o envolvendo como um chicote. A matriarca Yeshin Noro era obrigada a se defender com uma combinação de espada e selos.

Os nós dos dedos de Dilaya ficaram brancos contra o cabo da Garra de Falcão; os três haviam parado para olhar.

– Vamos em frente – ela disse. E foi então que eles viram.

Da escuridão entre as árvores, saíram mais figuras, passando pela entrada de Céu Termina. *Feiticeiros*, mais de uma dúzia deles, as capas azul-claras esvoaçando e metais cintilando em seus pulsos. Eles ergueram os braços e o céu se iluminou em resposta.

Lampejos de trovão irromperam ao redor deles, explodindo em fogo ao alcançar o chão. Ulara estava envolta em sua dança rápida e mortal com Erascius, os dois guerreando com espada e magia. Quando explosões soaram por toda a volta, a mestra hesitou, perdendo a concentração por uma fração de segundo.

Erascius fez um movimento de corte com a mão e uma de suas lâminas flutuantes cortou o pescoço de Ulara como uma tesoura cortaria papel. Dilaya gritou.

Lan ficou só olhando, seu coração cada vez mais entorpecido. Yeshin Noro Ulara, mestra de Espadas e corajosa matriarca de seu clã, aos seus olhos sempre parecera invencível, com sua tenacidade e seu ardor. Na morte, ela não fez qualquer som ao cair.

O corpo de Dilaya pendeu para a frente. Lan saltou e agarrou suas pernas. Seu tronco doeu, porém ela continuou segurando. Então voltou os olhos ardendo para cima.

A filha da mestra de Espadas nunca havia demonstrado nada além de raiva e desprezo diante de Lan. Por isso, a garota ficou assustada ao ver o terror, o sofrimento e a impotência escritos no rosto de Dilaya, que segurava Garra de Falcão e se mantinha terrivelmente imóvel enquanto via mais e mais elantianos surgindo na noite. As botas dos inimigos passavam por cima do corpo da mãe dela enquanto avançavam.

À frente de todos, Erascius olhou para cima.

Diretamente para Lan.

35

Entre os 36 estratagemas, o melhor é a retirada.
General Yeshin Noro Dorgun, do clã de aço jorshen,
trigésimo sexto estratagema do *Clássico da guerra*

Lan recuou um passo e sentiu a montanha às suas costas, porém era tarde demais. O feiticeiro a havia visto – e ela sabia, por instinto, que ele a perseguiria e terminaria o que não fora capaz doze ciclos antes.

Um trovão ribombou no céu. Quando Lan voltou a olhar, Erascius havia sumido.

Dilaya estava paralisada à beira do penhasco, olhando para o lugar onde a mãe havia caído. Choque, dor, perda, sofrimento e raiva disputavam espaço em seu rosto. O exército elantiano avançava sobre a Escola dos Pinheiros Brancos como uma onda pálida, consumindo e destruindo tudo no caminho: os terraços abertos, os pinheiros, as pedras e os templos.

Dilaya se virou para Lan. Fechou o olho. Engoliu em seco. Sua expressão se acalmou. Apenas uma determinação de aço permanecia naquele olho cinza como a tempestade quando ela voltou a abri-lo. Dilaya apontou a Garra de Falcão na direção do cume; sua própria espada, Presa de Lobo, permanecia embainhada em sua cintura.

– O que estão esperando? – ela perguntou. – Vamos em frente!

Os degraus eram escorregadios e traiçoeiros; Lan e Tai se moviam devagar, o qì deles consumido pelos ferimentos. Por fim, chegaram à terra plana.

O Pico da Discussão Celestial uivou com a fúria da tempestade. Nuvens escuras se moviam no alto, parecendo ao alcance do toque. Uma chuva gelada batia em seus rostos. Era uma longa queda de lá de cima; os penhascos e pinheiros espiralavam em um declínio acentuado na névoa cinza abaixo. Àquela altura, os outros discípulos já deviam ter chegado lá embaixo a salvo, Lan concluiu. Os mestres deviam estar aguardando perto da Câmara das Práticas Esquecidas, prontos para defender e libertar o Tigre Azul quando os elantianos batessem à porta.

– Ah, minha pequena cantora. Finalmente a encontrei.

A voz, a língua e as palavras foram como cacos de gelo penetrando as veias de Lan.

Ela se virou. No topo dos degraus que a garota havia acabado de subir se encontrava o Feiticeiro Invernal. Mesmo na chuva, ele parecia manter um brilho sobrenatural, com a armadura clara e a capa celeste, o rosto e o cabelo brancos, os metais envolvendo os pulsos. Erascius sorriu.

– Achou mesmo que seus truquezinhos poderiam me impedir? – Ele deu risada. – Os outros talvez me considerem estranho por desejar ler o que sua, hã, civilização considera literatura... porém nutro certa empatia por alguns pontos. "Conheça a teu inimigo e conheça a ti mesmo, e não conhecerá a derrota."

Tai se moveu como se fosse se colocar entre o feiticeiro e Lan, porém Dilaya o segurou.

– *Corra*, Lan! – a garota gritou. Ela ergueu a Garra de Falcão, e o anel cintilou quando sua postura se abriu. À luz fraca, com o cabelo preso em dois coques e a espada da mãe na mão, era como se o fantasma de Yeshin Noro Ulara tivesse retornado, no sangue e nos ossos da filha. – Não permita que minha mãe tenha perdido a vida à toa.

– Não, Dilaya – Lan exclamou. – Ele é forte demais!

Porém nada poderia impedi-la. A garota soltou um rugido, ecoando toda a fúria contida e o sofrimento envolvendo sua perda. Então atacou.

Tudo o que Lan viu foi o brilho do metal, depois Dilaya caindo sobre Tai. A Garra de Falcão escapou de sua mão e foi ao chão com um estrépito.

Lan já havia visto a magia do metal em ação, mas o poderio de seus feitiços nunca falhava em surpreendê-la. Quando Zen ou os mestres da escola lutavam, eles precisavam de tempo, precisavam invocar o qì, transformá-lo em selos funcionais. Ela compreendia aquilo, pois havia uma ciência e um processo na prática hin.

A magia elantiana, no entanto, poderia muito bem ser um presente dos deuses. Dos deuses *deles*. Lan deu um passo à frente, colocando-se entre Erascius e seus amigos.

– Corram – ela disse a eles por cima do ombro.

Então pegou a ocarina.

– Lan, não. *Não* – Tai gritou. – Se ele pegar você, acabou.

A jovem viu sangue escurecendo a armadura de Dilaya enquanto ele a segurava.

– Que comovente – o feiticeiro falou. Ele os observava com uma estranha expressão, mais de curiosidade que de hostilidade. – Outra prova de que sua gente não é desprovida de algo tão complexo quanto emoções, e de que meus colegas estão equivocados. É uma pena que sua civilização nunca poderá avançar de seu estado atual. – Erascius estendeu a mão. – Venha. Resistir é inútil, pequena cantora. Sua mãe pode ter retardado minha busca pelo poder que possuía com seu truquezinho, porém não acontecerá de novo.

Ela compreendeu então que aquele homem a havia caçado por doze ciclos não apenas pelos deuses-demônios, mas por vingança. O raciocínio rápido de Sòng Méi havia impedido os elantianos de capturar o Dragão Prateado, e o que Erascius vira como um fracasso pessoal. Por ser superado por pessoas que ele via como pouco mais que insetos.

O feiticeiro não ia descansar até que corrigisse seu erro. Até que provasse que Sòng Méi o havia superado por puro acaso. Não haveria vitória enquanto ambos estivessem vivos.

– Então? – Erascius baixou a mão. – Achou mesmo que você e seu grupinho de praticantes poderia superar o grande exército elantiano com uma brincadeirinha de esconde-esconde?

De repente, o medo que até então era uma insinuação constante pulsando no corpo de Lan se afiou em uma ponta de faca.

– Bem, eu mesmo quase acreditei – Erascius disse, devagar –, quando entrei na escola vazia. Achei que tivessem deixado o ninho e levado tudo de valor consigo. No entanto, no momento em que os muros mágicos escondendo a presença da escola ruíram, eu entendi. – Os lábios dele se curvaram, seus dentes brilhando brancos na escuridão. – Parece que encontramos não um, mas *dois* daqueles que vocês chamam de deuses-demônios esta noite.

Lan pensou nos mestres protegendo a Câmara das Práticas Esquecidas, no deus-demônio selado naquele lugar. Erascius também havia descoberto que o Tigre Azul se encontrava ali, na montanha?

– Que bela demonstração de poder você e aquele rapaz deram diante do nosso exército, com a Tartaruga Preta e o Dragão Prateado – Erascius prosseguiu, e Lan constatou que ele não sabia a respeito do Tigre Azul. Aquilo não chegou a lhe reconfortar muito enquanto o feiticeiro umedecia os lábios, olhando para o pulso esquerdo dela. – Parece que sua mãe foi ainda mais esperta do que eu imaginava, escondendo o deus-demônio na filha sobrevivente. Mas esta noite será o fim de seus joguinhos.

Lan levou a ocarina aos lábios – no entanto, antes de conseguir tocar, magia percorreu por seu corpo, levando-a, como um cão na coleira, para os braços de Erascius. Dava para sentir o cheiro de ferrugem de sua armadura, os calos nas mãos dele quando seus dedos se fecharam em torno da garganta dela. Os dois se encontravam no cume, à beira do penhasco.

— Você e eu vamos aprender tudo a respeito desse deus-demônio que a habita — Erascius falou. Seus olhos brilharam quando ele os dirigiu a Dilaya e Tai, encolhidos no topo. — Mas antes disso... parece que temos mais convidados que o necessário esta noite. Adeus.

Ele ergueu a outra mão. De repente, a imagem de Tai e Dilaya caídos nos degraus e do feiticeiro com o coração sangrando de ambos nas mãos, como se fossem troféus, passou pela mente de Lan. Doze ciclos depois, a história estava prestes a se repetir.

Não.

Lan envolveu o pescoço do feiticeiro com os braços. Erascius grunhiu, e qualquer que fosse o feitiço que estivera prestes a lançar se dissipou com a surpresa.

Então, sob os pés deles, a montanha começou a retumbar. Fissuras se abriram feito veias no chão. Um pulso de qì irrompeu lá de dentro, repleto do yīn que Lan passara a associar com as energias demoníacas.

No interior dela, o núcleo do Dragão Prateado se agitou. Lan sentiu uma cabeça se levantando com curiosidade na direção do tsunami de qì, os olhos claros do tamanho de estrelas, de mundos, piscando em antecipação.

Um vendaval de energias teve início no abismo da montanha, azul como o coração de uma chama, projetando-se para o céu. Seu brilho iluminou a noite, e de dentro das camadas de nuvens de tempestade ela viu uma forma grandiosa se movendo.

Os mestres haviam libertado o terceiro deus-demônio. Aquilo só podia significar que os elantianos haviam superado suas defesas, que os mestres haviam utilizado seu último recurso: libertar o deus-demônio em vez de deixar que caísses nas mãos dos elantianos.

Um relâmpago iluminou tudo; o céu pareceu se mover. Por um breve momento, Lan distinguiu uma silhueta saindo de entre as nuvens, os dentes à mostra e a mandíbula aberta em um rugido de triunfo. Então a criatura pulou e desapareceu.

A luz residual revelou o rosto de Erascius enquanto ele olhava para o céu: sobrancelhas e nariz altos, olhos azuis delineados por um brilho sinistro que esvanecia, cabelo claro penteado para trás pela chuva.

Lan o puxou para si, cravou os calcanhares na beira da montanha e deu impulso. O chão desapareceu, em uma espiral de névoa, chuva e escuridão. Os dois caíram.

Ela pensou ter ouvido Dilaya gritar, Tai chamar seu nome, porém o mundo havia se transformado em um borrão cinza e no rugido do vento. Mãos, escorregadias da chuva, se digladiavam. Lan engachou a perna com a de Erascius e investiu o rosto contra o dele para que, na confusão que os envolvia, *ela* fosse a única coisa que ele não pudesse esquecer antes de morrer.

Segurando com firmeza a ocarina, a garota procurou a adaga com a outra mão. No entanto, na vertigem da queda, foi impossível segurar firme. A ponta d'Aquela que Corta as Estrelas tocou a armadura de Erascius e escorregou.

O metal elantiano era impenetrável. O chão duro e frio se erguia para encontrá-los, com a promessa de uma morte rápida. Ele estava de armadura, e ela não. No entanto, se praticantes não podiam voar, feiticeiros reais elantianos também não.

Eles não eram deuses. Lan levantou os olhos para o homem que havia matado sua mãe e destruído seu reino.

– Olhe para mim – ela sibilou, na língua dele. – Não quero que esqueça meu rosto quando passarmos para o próximo mundo.

A expressão de Erascius se contorceu em pura fúria. Eles caíram na névoa, na direção da floresta de pinheiros e árvores perenes sob Céu Termina.

O reino antes da vida, Lan pensou, *a honra na morte*. Ela entraria na morte de olhos bem abertos.

Foi assim que viu a noite em si se abrir antes de engoli-la por inteiro.

Braços feitos de sombras a envolveram, segurando-a, retardando sua queda. Seus membros foram afastados de Erascius. Ela ouviu o feiticeiro soltar um grito furioso, porém o vento rugia alto demais em seus ouvidos, e as manchas pretas em sua visão haviam tomado a forma de... chamas. Os pinheiros e os penhascos abaixo começaram a se distanciar quando sua trajetória se alterou. Lan não estava mais caindo. Estava voando.

Mãos firmes seguravam a cabeça da jovem, afastando-a do fim que aguardava Erascius.

O rosto de Zen estava pálido e sem expressão, como um boneco de porcelana em preto e branco. Ele mantinha os olhos baixos, talvez fechados, os cílios e as sobrancelhas eram uma pincelada curva. As chamas pretas coroavam seu corpo, um fogo que Lan não conseguia sentir o queimava.

Os dois subiram, e até mesmo a chuva se abria para deixá-los passar. Acima, uma sombra do tamanho de uma montanha obscurecia as estrelas. Seu qì a envolvia como o oceano. Em pouco tempo, os dois estavam caindo, mergulhando devagar. Lan estava ensopada da chuva, e o vento em suas costas deveria estar congelante – no entanto, os braços de Zen à sua volta a protegiam, emprestando-lhe seu calor.

Ela fechou os olhos e permitiu que sua bochecha descansasse no ombro dele. Zen estava vivo, estava *vivo*. Não tinha como saber ao certo se era o rapaz ou o deus que estava no controle – porém, pela maneira como ele a segurava, ela queria pensar que, no fim das contas, alguma forma do rapaz que a amara persistia ali dentro.

Os dois pousaram suavemente à sombra de um penhasco. Zen se ajoelhou. Suas vestes de praticante esvoaçavam com uma brisa invisível. Lan sentiu o qì que os cercava se dissipar.

Ela tirou a mão da lateral do corpo dele. O sangramento já não era tão forte. Havia um selo de cura onde Lan havia cravado a adaga – e ela sabia quem o havia feito.

– Shàn'jūn – Lan falou, e sua voz falhou. – Ele está vivo?

Zen não deu nenhum sinal de que a havia ouvido.

– Zen – ela disse. Não houve resposta. Lan ergueu a voz, que falhou em desespero. – Zen. ZEN.

Ela pegou o rosto dele nas mãos, com tanta força que as unhas cravaram na pele dele. Então Lan inclinou o queixo do rapaz para que ele a encarasse.

Os olhos dele estavam pretos. Vazios. O rosto, imóvel, poderia ser o da mais bela estátua já produzida. Chuva escorria por suas bochechas. No entanto, o ar estava seco, como Lan notou. Aquele era o poder de um deus: parar até mesmo o movimento das nuvens, a natureza da terra.

Os praticantes que pegaram emprestado o poder de um deus-demônio pagaram por isso com seus corpos, suas mentes e suas almas.

– Pare – Lan pediu de repente, e acertou um tapa em cheio nele. – Zen, *pare*. – Outro tapa. – Pare de canalizar o poder dele!

Ela deu outro tapa. E outro e outro, até suas palmas arderem e seus tapas ficarem mais fracos. Zen se ajoelhou sem responder, aceitando os tapas sem nem piscar.

O qì demoníaco, contendo uma quantidade assustadora de yīn e poder bruto, continuava pulsando dele.

Lágrimas rolaram pelas bochechas de Lan. Ela não havia salvado Dé'zĭ. Não havia salvado Céu Termina. Não havia salvado seus amigos.

E agora não conseguia salvar Zen.

Lan encostou a testa no pescoço dele. Sentiu o volume do amuleto dele pesando no peito. O futuro que parecera estar a seu alcance agora se encontrava do outro lado de um abismo vasto e intransponível.

– Você disse que não queria que eu ficasse sozinha outra vez.

As palavras saíram de seus lábios em estilhaços irregulares.

O peito de Zen se moveu quando ele puxou o ar de repente e com dificuldade. Seus dedos se fecharam nos ombros de Lan, afastando-a.

Os olhos dele estavam claros.

Ele a manteve ali por mais um momento. Passou os olhos por seu rosto, do queixo aos lábios e aos olhos, como se gravando cada parte dela na memória.

Então Zen a soltou e se levantou.

Qì voltou a emanar de seu corpo, abrindo-se feito asas na noite, e com um único salto ele se foi, escapando por entre os dedos dela como se fosse ar.

36

Aqueles que nascem com a luz em suas veias devem suportar o fardo de levar luz aos que não a têm.
O livro sagrado da Criação, primeira escritura, versículo nove

Na luz insípida que antecedia a alvorada, Lishabeth assistia ao exército sitiando a fortaleza da última escola de prática hin. Dava-lhe satisfação vê-los avançando pelas pedras e pelos muros que os haviam evitado por doze longos anos.

No fim, resistir era inútil. Nada podia vencê-los, muito menos um povo menor. Os truques que os hins haviam usado para distraí-los eram patéticos, brincadeira de criança em comparação com o poderio do império elantiano.

O mundo era como era, não se podia evitar. Quem havia nascido com o toque do Criador tinha o fardo de esclarecer os inferiores. E para construir um novo mundo, primeiro era necessário destruir os resquícios do antigo.

Os soldados, no entanto, não destruíam sem propósito. Antes, haviam arrasado centenas de cidades hins porque necessitavam impor controle e respeito. Agora, recolhiam os ossos daquele reino para lhes servir e fortalecer seu domínio.

Muito poderia ser obtido dos destroços.

Lishabeth levou a mão à pedra grande e redonda que havia no alto dos 999 degraus que precisavam ser escalados um a um, um claro sinal da lógica bárbara daquele povo. Os caracteres hins se espalhavam em uma confusão indiscernível, sem que houvesse qualquer semelhança com as linhas claras e horizontais das letras elantianas. A pessoa responsável por fazer a tradução lhe dissera que ali estava escrito o nome do lugar: *Escola dos Pinheiros Brancos*. Também informara o nome ridículo que aquela montanha levava – outro sinal de loucura, pensar que rios podiam subir montanhas e que o céu terminava em algum lugar.

Ainda assim, ela precisava admitir que os sete praticantes hins haviam oferecido uma resistência impressionante. Talvez Erascius tivesse razão em ler os livros deles, estudar sua magia e desejar seu poder.

Nas primeiras horas da manhã, dois soldados haviam chegado com a notícia de uma passagem secreta escondida nas profundezas da montanha. Os praticantes tinham se situado em volta da entrada em uma emboscada que Lishabeth tinha que reconhecer que quase fora bem-sucedida. As tropas de Erascius haviam sido reduzidas drasticamente com os ataques dos dois praticantes demoníacos. Três feiticeiros elantianos tinham morrido.

Ao fim, no entanto, sua vantagem numérica havia prevalecido. Nem mesmo magia podia subjugar o poder de armas e armaduras de metal.

Lishabeth rondou a entrada da caverna – a Câmara das Práticas Esquecidas, segundo informara a pessoa que fazia a tradução. Com nojo, chutou uma bolsa com cascos de tartaruga. Ela estava próxima ao corpo de um praticante hin, os dedos dele abertos como se tivesse tentado em vão alcançá-los antes que os soldados cortassem seu braço.

Alguém havia levado a espadachim alta para lá também – a primeira praticante que haviam encontrado, logo nos portões. Seus sabres curvados jaziam ao lado de seu corpo quebrado e sem vida.

Também havia um hin grandalhão, que parecia um urso, com cravos de metal nos nós dos dedos. Fora um dos que mais impressionara na luta, e ela quase se arrependia de não o ter mantido vivo para interrogá-lo a respeito daquilo que os hins chamavam de artes marciais. Vê-lo caído à entrada da caverna dava a Lishabeth uma pontada de satisfação.

Dois dos feiticeiros que a acompanhavam seguravam o corpo de um praticante esguio e careca. Fora ele quem executara a magia que a impressionara tanto.

Lishabeth observou com certa aversão os dois feiticeiros abrirem e fecharem a boca do monge morto, depois rirem.

– Deixem-no – ela falou. – Não são brinquedos. São uma valiosa propriedade do império elantiano e de sua majestade, o rei.

Os dois feiticeiros – de bronze e cobre, do status mais baixo, porque tinham a habilidade de manipular apenas um metal – devolveram o corpo ao chão rapidamente.

Dois comandantes apareceram com o relatório do progresso que faziam. Tinham demolido cada pilar do salão de preces no primeiro nível e já avançavam para a câmara medicinal.

– Lembrem-se de não deixar nem um tijolo no lugar – ela disse. – Quero que todos os itens de valor sejam levados para exame. E onde está o grupo que foi resgatar Erascius?

O toque de impaciência em seu tom fez os comandantes se apressarem a atendê-la.

Lishabeth quase revirou os olhos. Os relatórios indicavam que a liga havia caído do topo da montanha; tinham-no encontrado em uma floresta de pinheiros, ensanguentado e mal respirando. Logo veio um grito:

– Honorável Lady Lishabeth!

Ela se virou e deparou com um grupo de soldados que se apressava em sua direção. Juntos, carregavam uma maca, na qual se encontrava a confusão ensanguentada e quebrada de membros e armadura que era Erascius.

– Ele está vivo? – Lishabeth perguntou, cética.

– Sim, milady.

– Muito bem.

Lishabeth voltou sua atenção para a caverna. Havia algo ali, ela estava quase certa. Tinha sentido um vago pulso de magia da escuridão lá dentro, magia remanescente do que havia sentido no lago, quando vira o rapaz hin dar cabo de uma divisão inteira do exército.

Ela se virou para os soldados. Pegou uma tocha daquele que estava mais próximo, e com um estalar de dedos uma faísca saiu do bracelete de aço em seu pulso. A tocha ganhou vida com um rugido.

– Venham comigo – ela disse aos soldados, e nada mais, então se virou e entrou na caverna.

Lishabeth avançou, odiando a umidade e o ar almiscarado, o modo como as paredes de pedra irregular pareciam banhadas por magia hin. Aquilo lhe provocava arrepios. Fazia com que se sentisse observada.

Ao fim da caverna, um lance de escadas se revelou, entalhado na parede da montanha. Lishabeth começou a descer. O ar ficou mais denso, o gosto da magia hin se intensificando a cada degrau. Uma ou duas vezes, ela poderia jurar que vira uma sombra se mover no limite de sua visão, que ouvira um sussurro ecoar no silêncio em volta.

Minutos se passaram, até que os degraus chegaram a um final abrupto. A luz fraca da tocha iluminou uma câmara circular feita de pedra. A mulher entrou.

O lugar estava vazio, no entanto houvera algo ali antes: algo com uma magia tão antiga e poderosa que se infiltrara nas pedras. Foi só depois de revistar todo o perímetro da câmara que Lishabeth viu. Gravado nas paredes e no teto, com um vago brilho azul, estava o desenho de um tigre imenso: o *Tigre Azul*.

O choque a deixou sem fala por um momento. Em seguida veio a descrença e a fúria. Então era aquilo que os praticantes hins que haviam ficado tentavam proteger; eles deviam tê-lo libertado nos momentos finais de sua batalha contra os feiticeiros elantianos.

Fazia doze longos ciclos que Erascius procurava com ardor por aqueles seres míticos que, diziam, eram feitos apenas de energia hin. No entanto, tinham acabado de deixar um escapar por entre os dedos. A liga estivera certo em seu fanatismo em relação à magia hin. Lishabeth havia testemunhado o poder de dois deuses-demônios aquela noite, e era de fato inimaginável.

Um à solta, Lishabeth contou, *e mais três*.

O segundo, no rapaz cuja magia irrompia como chamas pretas.

O terceiro, na garota que lançava feitiços com música.

E o quarto, o último, ninguém havia encontrado ainda.

– Médico – ela chamou. – Envie o alto general Erascius à melhor unidade de tratamento possível. Se ele morrer, você e seus homens o acompanharão ao túmulo, entendido?

O aceno do médico foi imediato.

– Quero ser informada assim que ele acordar – ela prosseguiu, virando-se para voltar a investigar a câmara vazia. A marca da magia na forma de um tigre azul cintilava vagamente nas paredes. – Começaremos nossa busca pelo Tigre Azul.

37

A maior força reside em voltar a se levantar depois de cair.
Analectos kontencianos (Clássico da sociedade), 7.1

A manhã veio com um branco desbotado e insípido se espalhando pelo céu. A chuva tinha parado. A terra se mantinha em silêncio. Gotas se agarravam aos pinheiros como pérolas e escorriam pelas folhas finas das samambaias. Uma cortina leve de névoa serpenteava em torno das árvores da floresta.

Dilaya se ajoelhou no solo úmido, pressionando os dedos contra ele e franzindo as sobrancelhas ao examiná-lo.

– Eles foram por aqui – foi tudo o que ela disse antes de se endireitar e voltar a marchar, a mão retornando à Garra de Falcão, como se tivesse medo de que a espada desaparecesse.

Lan a seguiu, e Tai também.

Os três viajavam sem quase dizer uma única palavra desde a noite, fazendo progresso rápido com os saltos longos das Artes Leves. Pouco depois da partida de Zen, Dilaya e Tai tinham encontrado Lan ao fim dos degraus que usavam em sua fuga. Juntos, eles tentavam seguir o rastro dos outros discípulos, que estavam divididos em dois grupos: os mais novos e vulneráveis, conduzidos por mestre Nur e pelo mestre anônimo, e aqueles que haviam recebido a ordem de fugir depois que os elantianos tinham rompido o selo de divisa. Lan estava com a impressão de que o avanço implacável de Dilaya era uma maneira de se manter ocupada. De se impedir – e de impedir os outros dois – de absorver todo o choque do que havia acabado de acontecer.

Atrás de Lan, Tai produziu um ruído repentino. Ela se virou e deu com ele parado, com a cabeça baixa, balançando ligeiramente.

– Não consigo sentir a alma de Shàn'jūn – ele murmurou, balançando a cabeça. – Sou um invocador de espíritos e não consigo...

Tai se ajoelhou no chão e chorou.

Lan sentia um aperto no coração enquanto o observava, sem saber o que fazer ou como reconfortá-lo. Tai nunca fora muito expressivo em suas interações, e era como uma sombra que acompanhava a luz de Shàn'jūn. Ele parecia solitário sem o sorriso fácil e a risada prolongada do discípulo de Medicina.

Ela olhou para a frente. Dilaya não havia parado. Só socara o tronco de uma árvore e xingara.

– Espertinhos – ela falou. – Eles usaram técnicas evasivas para fugir, mas isso significa que nem *nós* podemos rastreá-los. No começo seguiram para oeste, porém não temos como saber para onde foram.

– Dilaya – Lan chamou. Ainda estava entorpecida quando começara a seguir a garota, e tinham posto tanta distância quanto possível entre eles e Céu Termina. Agora, no entanto, a noite havia terminado e, com a luz do dia, os três precisavam encarar os horrores daquilo de que fugiam. – Não podemos desacelerar um pouco e… conversar?

– Conversar – a outra garota grunhiu. – Sobre o quê, Lan? O fato de que somos tudo o que resta para enfrentar um império inteiro?

Lan lutou contra a vontade de retrucar. Ela sentia o peso dos eventos recentes no peito, assim como as palavras finais dos mestres. A última missão da Ordem das Dez Mil Flores recaíra sobre eles. Sobre ela. Encontrar o equilíbrio. Destruir os deuses-demônios.

Lan passara a noite toda considerando tudo o que os havia levado até ali: peças do quebra-cabeças que a mãe havia lhe deixado, o caminho para o qual apontava. O caminho que ela ainda precisava seguir.

Māma fizera parte de uma rebelião, uma que não servia aos clãs ou à corte imperial, e sim ao povo. Uma cujo objetivo tinha sido acabar com os deuses-demônios e assim remover a fonte de poder que os governantes viviam disputando. Com Dé'zǐ, ela havia encontrado e selado dois deles: um em Lan e outro em Céu Termina.

Restavam a Tartaruga Preta e a Fênix Escarlate. No entanto, as coisas haviam mudado. A Tartaruga Preta estava com Zen e o Tigre Azul havia sido libertado. O único aspecto da equação que permanecia o mesmo era o mistério envolvendo a Fênix Escarlate. Quem a detivera por último fora a família imperial, porém estavam todos mortos.

A mão de Lan descansou na superfície lisa da ocarina em seu quadril. Onde quer que os deuses-demônios restantes se encontrassem, ela ia encontrá-los. E ia encontrar a Assassina de Deuses. Então os destruiria.

– Sim – Lan disse a Dilaya. – É exatamente sobre isso que quero conversar. Nós sobrevivemos. Nós estamos vivos, querendo ou não.

Nós carregamos o legado e as esperanças de todos que morreram na batalha. Portanto, é nosso dever torná-las realidade. – Ela estreitou os olhos. – Ou esqueceu as famosas palavras de seus ancestrais?

– Você... – O rosto de Dilaya ficou pálido, e seus dedos se fecharam em volta do punho da espada. – Não *se atreva* a invocar o nome dos meus ancestrais.

O peito de Lan se agitou em uma tempestade, uma que a fez querer gritar, atacar, destruir aquele mundo e a si mesma junto. Ela olhou nos olhos de Dilaya.

– Não fuja das palavras que eles e nossos mestres nos deixaram. Todos perdemos alguém na batalha. – Lan sentiu Tai se endireitar para olhar para ela. – Sobrevivemos para poder lutar por eles. E, para fazer isso, precisamos de um plano.

Foi Dilaya quem quebrou o contato visual, virando o rosto.

– E que tipo de plano você propõe? – ela perguntou, com um tom menos mordaz.

Lan se sentou. Suas pernas tremiam de exaustão. Tudo o que ela queria era se deitar na grama prateada e nunca mais se levantar. Ela respirou fundo.

– Para vencer esta guerra, precisamos derrotar dois inimigos – Lan afirmou. – Os elantianos e nós mesmos. Nossos deuses-demônios. – Ela sabia que Tai estava ouvindo, recostado às raízes retorcidas de uma velha ginkgo. O cabelo do invocador de espíritos caía todo molhado e emaranhado sobre seu rosto, e os olhos delineados em dourado só podiam ser vislumbrados. – O grão-mestre falou comigo sobre os deuses-demônios. Sobre equilíbrio e como o poder deles nunca deveria ter se tornado irrestrito. – As mãos de Lan tatearam o cinto, atrás d'Aquela que Corta as Estrelas. – Os instrumentos utilizados são apenas formas temporárias de controlar seu poder, mas não quebram o ciclo de caos iniciado pela presença dos deuses-demônios. Para fazer isso de fato, precisamos de algo mais.

Os olhos de Dilaya se estreitaram.

– Precisamos do instrumento que minha mãe mencionou.

Lan fez que sim com sua cabeça.

– Sua mãe estava se referindo a uma arma capaz de cortar o núcleo de qì que constitui um deus-demônio, para que ele possa retornar ao fluxo deste mundo e do próximo. Os primeiros xamãs a criaram como uma maneira de refrear o poder de qualquer praticante que se tornasse ganancioso demais sob a influência de um deus-demônio.

– A Assassina de Deuses – Tai disse, baixo. Tanto Lan quanto Dilaya se viraram para ele, surpresas. O rapaz olhava para a frente. – A família imperial tinha muitos segredos. Esse era um deles. Apenas os conselheiros mais próximos sabiam a respeito dessa arma.

Eles não tinham apenas sabido da arma, mas também procurado por ela. Discretamente, arriscando a própria vida.

— O grão-mestre me falou sobre ela — Lan comentou. — Antes... antes de morrer, ele explicou que nossa tarefa mais importante é trazer equilíbrio ao reino. Nossa história está repleta de tensões entre clãs combatentes, de dinastias entrando em ascensão e declínio, de linhagens da família imperial. E isso tudo... por quê? Por poder? — Ela arrancou um tufo de grama e o ergueu contra o céu cada vez mais claro. — É hora de alguém fazer o melhor para o povo deste reino, e não para o trono.

— Eu não sabia que você estava prestando atenção na aula — Dilaya murmurou.

— Tenho um plano — Lan prosseguiu. — Encontrar a Assassina de Deuses. Usar o poder dos deuses-demônios para combater os elantianos. E depois... — Ela olhou para Dilaya e Tai. — Destruir o núcleo dos deuses-demônios com a Assassina de Deuses. A qualquer custo.

— É absurdo — Dilaya disse.

— Não é, não — Lan retrucou. — Segundo o primeiro princípio do *Livro do Caminho*, o poder deve ser emprestado. Por sua própria natureza, ele é transitório. Os primeiros estudiosos, sábios e praticantes usavam o termo "emprestado" porque o poder deve ser devolvido, nunca possuído. Era assim que os primeiros xamãs e praticantes conseguiam controlar o poder dos deuses-demônios. No entanto, quando a Assassina de Deuses se perdeu, a família imperial ganhou um poder imenso através da Fênix Escarlate, *e se agarrou a ele*. Acumular poder só pelo poder não deveria fazer parte do Caminho.

Lan hesitou antes de prosseguir:

— Minha mãe me disse que aqueles que têm poder devem proteger os que não têm. Sei como isso é perigoso. Mas também sei que não podemos ficar sentados vendo nosso povo sofrer... sofrer assim. — Ela olhou nos olhos de Dilaya e Tai. — Quero encontrar a Assassina de Deuses. Quero usar o poder do meu deus-demônio contra os elantianos. E quero que vocês dois me impeçam se eu... — Ela soltou o ar com força, ao pensar em um rosto lindo com olhos pretos e inescrutáveis. — ... se eu perder o controle.

Fez-se silêncio por um momento, enquanto as palavras eram absorvidas.

— Bem, e o que acontece com você? — Dilaya perguntou, em um tom de voz estranho. — Se um deus-demônio é destruído, o que acontece com o canalizador?

Era uma pergunta a respeito da qual Lan pensara a noite toda. Ela olhou para Tai, porém a cabeça do invocador de espíritos estava curvada, seu rosto escondido pelos cachos de cabelo.

– Não sei – Lan falou, baixo. – Acho que vamos ter que descobrir.

– Outro problema: você disse que a Assassina de Deuses pertencia à família imperial – Dilaya continuou. – Estão todos mortos. Ela deve ter sumido.

– Não – Tai disse de repente, agachado sob a árvore, sua forma alta estranhamente dobrada. Lan e Dilaya se viraram para olhar. – Ela não sumiu.

– Como assim? – Lan questionou, endireitando-se para se concentrar nele.

– A família imperial era paranoica – Tai respondeu. – O imperador e seu herdeiro nunca ficavam no mesmo lugar. E eles se certificavam de guardar itens preciosos em um esconderijo, cuja localização ninguém além dos conselheiros mais próximos conhecia.

A boca de Lan ficou seca de repente.

– Se ainda houver algo a ser encontrado – Tai disse –, está em Shaklahira, a Cidade Esquecida do Oeste. Foi onde o imperador construiu o esconderijo, a salvo dos olhos do mundo. Era onde ele guardava a maior parte de suas posses mais valiosas.

Lan ouvira histórias sobre os planaltos e desertos do oeste, e os mitos que as acompanhavam. As histórias sopradas pelos hins falavam de demônios escondidos nas dunas, monges imortais que lançavam selos-armadilha nas paredes douradas dos templos. *Shaklahira* não era um nome hin; fora dado pelos clãs que no passado haviam governado os planaltos a oeste.

Por outro lado, os hins também contavam histórias das Estepes ao Norte; dos temidos clãs de xamãs Xan, selvagens que comiam carne humana e bebiam o sangue de crianças. Ela se deu conta de que o preconceito não era um conceito que tinha chegado com os elantianos. Lan se levantou.

– Então viajaremos para oeste. Encontraremos a Assassina de Deuses. Encontraremos o Tigre Azul e a Fênix Escarlate. Usaremos a força dos deuses-demônios contra os elantianos. E depois destruiremos todos e reconstruiremos este reino do nada.

À frente, a floresta de pinheiros se abria para um trecho de montanhas que se erguiam impossivelmente altas no céu. Um mar de nuvens se agitava nos picos. Enquanto Lan olhava, o sol subia no céu. Devagar, de maneira árdua e inevitável, ele queimava, um núcleo dourado cuja luz era como fogo, queimando carmesim.

Lan teve a impressão de que se encontrava nos limites do mundo enquanto levava a ocarina aos lábios.

Deixe que a canção de sua mãe a guie.

Ela fechou os olhos e começou a tocar. Parecia-lhe que aquele era o melhor canal de comunicação com o monstro que dormia dentro de si. Daquela vez, Lan tocou uma canção para despertar o qì dele.

Em sua mente, o núcleo prateado do deus-demônio começou a se expandir. Seu brilho ganhou força e seu corpo se esticou em uma massa serpenteante de escamas prateadas e garras afiadas. Um único olho se abriu, a pupila grande o bastante para engolir o corpo todo dela. Seu qì se encontrava firme, curado da ferida infligida por Aquela que Corta as Estrelas.

Lan se virou para encarar seu deus-demônio.

– Dragão Prateado do Leste – ela falou. – Atenda ao meu chamado.

O deus-demônio piscou devagar.

Você já invocou meu poder muitas vezes, Sòng Lián. Apenas não sabia. Todas as vezes que escapou da morte não foram coincidência ou uma confirmação de suas habilidades. Foi o meu poder que a trouxe até aqui.

– No entanto, você precisa de mim – Lan respondeu, sem titubear, dobrar-se ou ceder. – Sem mim, você não é nada. Sem mim, você só pode observar o vaivém deste mundo à distância, quando deseja muito tomar parte nele.

O dragão a observava de maneira quase indolente.

Você conhece os termos do acordo, ele disse, porém Lan o cortou.

– Não – ela disse, devagar. – Não conheço. Nunca fiz um acordo com você.

Os olhos do Dragão Prateado se curvaram no que poderia ser um sorriso.

– Não me vinculei a você – Lan prosseguiu. – Quem fez isso foi minha mãe. É o acordo dela, e não meu. Você não terá acesso a minha mente, a meu corpo ou a minha alma.

Mortal engenhosa.

– Diga-me quais são os termos do acordo.

Muito bem. O dragão recuou, revelando fileira após fileira de dentes brancos e brilhantes. *Sua mãe me prometeu a alma dela se eu protegesse sua vida. Apenas isso.*

Os dedos de Lan ficaram imóveis. A música parou. O deus-demônio, no entanto, permaneceu em sua visão, uma ilusão nascida do fluxo do qì. Observando-a.

– A alma dela – Lan sussurrou, sentindo as veias gelarem. Zen havia lhe contado que as almas devoradas por demônios não encontravam descanso e nunca cruzavam o Rio da Morte Esquecida. *Uma alma permanecer presa a este mundo depois da morte... é pior que uma eternidade de sofrimento.*

Ela se levantou, com as mãos de repente trêmulas.

– Deixe a alma dela ir.

Receio que o acordo não tenha sido esse, o dragão respondeu. *E o acordo é irreversível, jovem mortal.*

– Sempre há uma saída – Lan falou. – Qual é a condição? Qual é o preço?

Ah, mas a alma dela vale muitas outras, o Dragão Prateado respondeu, e Lan teve vontade de cravar as unhas no rosto dele e arrancar seus olhos. *Receio que seja insubstituível. A menos que...* Em um piscar de olhos, a criatura estava tão próxima que Lan se encolheu. *Talvez a alma da filha sirva. Mais jovem e com o mesmo poder.*

– Eu aceito – Lan disse. – Quando tiver acabado com você, pode levar minha alma em troca da alma da minha mãe. Mas só minha alma. Não minha mente ou meu corpo. E você cumpriu seu dever de proteger minha vida uma única vez ... estou pronta para abrir mão disso.

O Dragão Prateado estreitou os olhos.

Negócio fechado, ele concordou, e de repente atacou. Lan começou a cair, o céu, a montanha e as árvores desaparecendo em um túnel branco. Em sua mente, ela viu o núcleo branco do Dragão Prateado pulsar em seu peito, as gavinhas de seu qì envolvendo o braço esquerdo dela e o deixando incandescente. A dor se espalhou por seu pulso. Quando Lan olhou para baixo, viu que o selo que a mãe deixara nela estava desaparecendo, sumindo como água secando ao sol. Em seu lugar, novas palavras foram escritas, cada traço parecendo o corte pálido de uma cicatriz.

O nome verdadeiro dela, Sòng Lián, com os caracteres colocados ao centro. Um círculo em volta completava o selo. O novo acordo. O brilho, o fogo e a dor se foram. Lan piscou à luz pálida da manhã. Os sons da floresta – o trinado dos pássaros, o zumbir dos insetos, o farfalhar das folhas – começaram a voltar pouco a pouco. Atrás dela, Dilaya e Tai estavam recostados a um tronco de pinheiro, conversando. Não sabiam nada da troca que havia acabado de ocorrer dentro da mente de Lan.

Tudo e nada havia mudado. Lan percebeu que o Dragão Prateado ainda a observava, seus olhos gelados tremulando. Sua cauda se agitou e ele se esticou de repente, atingindo seu comprimento total na mente dela. Daquele jeito, o dragão assomava sobre as mais altas montanhas, erguendo-se até que sua cabeça tocasse o céu e sua mandíbula fosse capaz de engolir o sol.

Seus olhos azuis se curvaram de uma maneira que sugeria um sorriso.

E então, Sòng Lián, o que realizaremos juntos?

Ela olhou para o sol nascendo, para as montanhas na direção onde Céu Termina ficava. Onde os corpos dos oito mestres se encontravam, em meio às ruínas do que havia sido o ápice de sua cultura, de sua linhagem.

Dé'zĭ havia falado do acordo que havia determinado que o clã Sòng serviria a família imperial como conselheiros, em uma tentativa de encontrar a Assassina de Deuses. *Incluindo sua mãe.*

– Vamos para oeste, para Shaklahira, a Cidade Esquecida – Sòng Lián disse ao Dragão Prateado. – Vamos caçar os outros deuses-demônios e concluir o que minha mãe começou. Depois, juntos, vamos destruir o governo elantiano.

EPÍLOGO

Yīn e yáng, bem e mal, magnífico e terrível, reis e tiranos, heróis e vilões. O emprego de palavras nos clássicos antigos é mera questão de perspectiva. Na verdade, trata-se de dois lados da mesma moeda. Quem vive para contar a história decide que lado escolher.

Coleção de textos apócrifos e banidos, origem desconhecida

Conforme a noite retrocedia e o dia espalhava sua luz pelo mundo, a névoa na mente dele começava a clarear. Dizia-se que a Tartaruga Preta tirava energia da escuridão e da noite; ele havia notado que o dia o convinha menos quanto mais recorria ao poder do deus-demônio.

Zen parou no pico de uma montanha. O poder de um deus-demônio era notável. Em uma única noite de viagem tinha avançado o que talvez não conseguisse em duas semanas. Abaixo dele, a paisagem já começava a se alterar. Um grande rio serpenteava entre as montanhas, separando as Planícies Centrais da bacia Shǔ: uma faixa de território rebaixado preenchida por florestas decíduas que no passado haviam sido o lar de muitos clãs. Zen sabia que, com algumas semanas de viagem rumo a leste, encontraria arrozais e plantações de chá se alternando até onde a vista alcançava.

No entanto, ele só estava interessado no que havia além da bacia.

Com cuidado, pôs no chão o rapaz que carregava. Fora os arranhões nas bochechas, Shàn'jūn passara praticamente ileso à batalha. Zen havia conseguido protegê-lo do fogo e das explosões. Pegou um pedaço de pano da bolsa ainda úmida de chuva do discípulo de Medicina e começou a enxugar as mãos dele. Sangue não combinava com Shàn'jūn, como sujeira na água limpa de um rio.

Os olhos dele se demoraram no rosto do rapaz, um rosto que antes constituíra muitos de seus dias. Os dois tinham sido amigos. Antes que Zen perdesse o controle de seu primeiro demônio e ferisse Dilaya. A partir daquele dia, ele se certificara de manter distância das pessoas com quem mais se importava.

No entanto, não conseguira fazer o mesmo com Lan. Mesmo no estado em que se encontrava no momento, mesmo com a escolha dela de se opor ao objetivo dele, Zen não podia imaginar um mundo sem ela. Lembrava-se, na névoa densa em que se perdera na noite anterior, de um instinto impulsionando seu coração. Talvez tivesse sido um sonho, porém ele achava que se lembrava de seus braços nas costas dela, do cheiro de lírios que ela emanava, do cabelo de Lan fazendo cócegas em suas bochechas. E da voz dela, uma luz prateada no universo dele, antes que a escuridão de seu deus-demônio o consumisse outra vez.

Uma dor se espalhou por seu peito quando Zen pensou nela, tão intensa que ele precisou parar o que estava fazendo por um momento para levar a mão ao coração, com os dentes cerrados. Dentro dele, sentia uma raiva se erguendo, pertencente ao outro proprietário de seu corpo.

Corpo, mente e depois alma, o eco daquela voz sibilou.

O sol começava a se levantar. O ar esquentou carregado do cheiro de pinheiro, terra e chuva. Zen se viu respirando fundo enquanto pegava uma cabaça cheia de água de sua algibeira. Com delicadeza, ele ergueu a cabeça de Shàn'jūn e levou a cabaça a seus lábios.

Shàn'jūn tossiu. Seus olhos se abriram, castanhos e quentes como o outro recordava. Quando eles encontraram Zen, arregalaram-se de medo. O discípulo de Medicina se sentou, saindo do alcance de Zen, que também se afastou.

– O que aconteceu? – Shàn'jūn perguntou, então olhou em volta. – Onde estão todos?

Zen sabia que Shàn'jūn se referia a alguém em particular: Chó Tài, o garoto que era dono de seu coração. Por um momento, Zen pensou em proteger Shàn'jūn da verdade, assim como o amigo havia feito por ele quando eram pequenos. Mas aquela época já havia ficado para trás.

– Céu Termina caiu – ele disse, sem emoção. – Desconheço o destino dos outros.

Com uma única exceção.

Os lábios de Shàn'jūn perderam a cor. Ele fechou os olhos.

– Entendo.

Zen virou o rosto enquanto a dor abria um caminho vago na expressão de Shàn'jūn. No passado, ele teria dito palavras bondosas para o amigo.

O passado estava no passado, no entanto, como as areias do deserto de Emarã, que se enterravam dia após dia.

Zen precisava olhar para o futuro.

– É um novo dia – ele falou. – Temos uma nova chance de lutar. Você não tem nenhuma obrigação para comigo, Shàn'jūn. – O rapaz se encolheu quando Zen falou seu nome. – Mas seria bom contar com um aliado aonde vou.

– E aonde você vai? – o discípulo de Medicina sussurrou. Seu rosto estava inclinado na direção do sol nascente. A luz vermelho-sangue cobriu os traços delicados dele. Sob seus cílios, lágrimas se formaram, cintilantes.

Algo se instalou na boca do estômago de Zen. Enquanto o sol vermelho traçava um arco no horizonte, aquele podia ser outro momento em que o caminho de sua vida divergiria do dos outros.

Ele não olharia para trás. Não se arrependeria. O que quer que tivesse considerado possível por um momento com Lan permaneceria naquele vilarejo distante nas montanhas, suspenso entre o sonho e a realidade.

Se não está comigo, você está contra mim.

Xan Temurezen se levantou e voltou os olhos para o norte, para a terra de seus ancestrais.

– Para casa – ele respondeu.

AGRADECIMENTOS

Todas as minhas histórias vêm do coração, porém esta abarca muito mais, porque contém as histórias vivas que ouvi de meus avós quando criança na China e a herança que compõe tanto de minha identidade. Serei eternamente grata às seguintes pessoas por considerar esta uma história digna de ser contada:

Krista Marino, mestra da trama e de todas as coisas moderninhas e descoladas, que não é apenas uma editora brilhante e a maior defensora de minhas palavras, mas também uma pessoa maravilhosa e única. Obrigada por sempre dar a direção certa às histórias que quero contar e por me desafiar a descobrir a melhor versão delas.

Pete Knapp, mestre do planejamento e das planilhas de Excel, que disse sim lá no começo e continua a me guiar no mercado editorial e a guiar minhas histórias a evoluir a partir de sementes de ideias. Obrigado por seu trabalho incansável pelos meus livros. Também agradeço a Andrea Mai, Emily Sweet e toda a equipe da Park & Fine por garantir que minhas histórias continuem a encontrar um lar em vários países que eu adoraria visitar um dia.

A equipe da Delacorte Press: Lydia Gregovic, minimestra da edição e a editora-assistente mais incrível que alguém poderia pedir, cujo comentário "eles são tipo Pokémons lendários!" me ajuda até hoje quando tento explicar o que são os deuses-demônios; Beverly Horowitz, nossa grã-mestra e líder destemida; Mary McCue, extraordinária mestra da publicidade; Colleen Fellingham e Candice Giannetti, que estou convencida de que têm superpoderes de edição de texto nível deus-demônio; April Ward e Sija Hong, pela capa maravilhosa, e o restante da equipe da RHCB, incluindo Tamar Schwartz, Ken Crossland, Judith Haut e Barbara Marcus.

Vicky Leech e a equipe da HarperVoyager, assim como a extraordinária agente Claire Wilson, que defendeu minhas palavras desde o começo e trabalhou incansavelmente para garantir que estas histórias encontrassem seu pessoal do outro lado do oceano. É muita sorte minha ter trabalhado com vocês.

Shelley Parker-Chan, Chloe Gong, Ayana Gray, Sara Raasch, Katherine Webber, June Hur, Rebecca Ross e Francesca Flores, cujos comentários iniciais bondosos foram muito importantes. Obrigada por dar uma chance a este meu (longo) livrinho.

Meus amigos, as pessoas que escolhi como meus companheiros em Céu Termina, cujo entusiasmo inabalável pelos meus livros é uma fonte de apoio e força. Em particular minha melhor amiga, Crystal Wong, por acompanhar todos os livros que publico, de maneira leal e constante (e por muito mais, porém principalmente por tolerar os erros gramaticais da versão não revisada do manuscrito deste livro); Grace Li, por ler uma versão terrível ainda anterior e continuar torcendo por mim; Katie Zhao e Francesca Flores, por lerem várias versões das amostras que não foram aceitas e fazerem comentários valiosos; e, claro, à minha primeira companheira de crítica, Cassy Klisch, por ler inúmeras versões deste livro antes e depois de ser vendido e ainda encontrar palavras gentis para minha escrita, depois de quatro livros inteiros.

Mamãe e papai Sin, por seu incentivo e entusiasmo enquanto eu trabalhava em 《射雕英雄传》, pelas discussões históricas apaixonadas iniciadas por ele e por me apoiar no desenvolvimento do meu cantonês e na escrita chinesa tradicional. Ryan e Sherry, por me ajudar a sobreviver no campo e serem os melhores colegas de quarto/irmãos do mundo sob a intendência de Sua Majestade Olive.

Arielle (Weetzy), a melhor irmã e companheira do mundo, que compreende em profundidade a identidade da diáspora. Fico muito feliz por termos nossas horas de WeChat, nossas piadas internas e discussões. Obrigada por estar sempre presente. Os Growlithes logo terão seu império.

Clement, o melhor companheiro para a vida que eu poderia ter, de verdade. Obrigada por cuidar de todas as coisas adultas quando eu tinha um prazo a cumprir, por cozinhar e limpar, por ser meu motorista e me tratar como uma princesa. Obrigada por me desafiar intelectualmente e pelos inúmeros debates e discussões apaixonados para abrir nossas mentes. Na sua próxima vida, não se esqueça de procurar por uma menininha esquisita que adora histórias.

姥姥，奶奶，爷爷，姥爷：我们今天的和平以及幸福是由 你们打造出的一片天地。 你们是历史上的勇士和我心目中真正的英雄。

妈妈爸爸：感谢你们从小培养了我们对文化和历史的爱，一直以来耐心仔细的给我传述你们丰富的历史知识。

Este livro foi composto com tipografia Electra Std e impresso em papel Off-White 70 g/m² na Formato Artes Gráficas.